片岡真伊

日本の小説の翻訳にまつわる特異な問題

文化の架橋者たちがみた「あいだ」

中公選書

はじめに

かつて幾多の同時代の日本文学が訳され、今日に至るまでの海外における日本文学の受容の基盤が作られた時代があった。それが第二次世界大戦後、とりわけ一九五〇年代半ばから七〇年代にかけてアメリカとイギリスで活性化した、同時代の日本の小説の英訳・出版の試みである。

この時代は、第二次世界大戦という歴史的変動が文化の架橋者たちを育て、日本の小説の翻訳の黄金期へと導かれた時代であった。戦後GHQ／SCAP（連合国軍最高司令官総司令部）に勤務するなか、同時代の日本文学を知った日本文学英訳出版の後の立役者たちは、帰国後その翻訳に駆り立てられ、日本の小説の翻訳出版事業に奔走することになる。インドの詩人・思想家であるラビンドラナート・タゴールが一九一三年にアジア人として初めてノーベル文学賞を受賞して以来、次の受賞者は東アジアから輩出されるだろうとの予測が、まことしやかに囁かれていたのだ。だがその実現には、その候補者となり得る作家のまとまった数の作品を英訳・刊行することが必須であった。

この時代に英訳された日本の小説には、川端康成《かわばたやすなり》の『雪国』（*Snow Country*）に『千羽鶴』（*Thousand Cranes*）、谷崎潤一郎《たにざきじゅんいちろう》の『蓼喰《たでく》ふ虫』（*Some Prefer Nettles*）や『細雪』（*The Makioka Sisters*）、三《み》

島由紀夫《しまゆきお》の『潮騒』（*The Sound of Waves*）、『金閣寺』（*The Temple of the Golden Pavilion*）などがある。これらの小説の英訳は、いずれもクノップフ社というアメリカの出版社から刊行され、カワバタ、タニザキ、ミシマ、いわゆる「ザ・ビッグ・スリー」（御三家）が世界的に認知される契機にもなった。一九六八年に川端康成が日本人初のノーベル文学賞を受賞したのも、また谷崎や三島が幾度かノーベル文学賞候補に挙げられたのも、このクノップフ社の英訳によるところが大きいといわれている。

それまで海外で知られている日本文学というと、紫式部《むらさきしきぶ》の『源氏物語』などのごくわずかな古典、しかもその読者層は有識者層や作家たちに限られていた。戦前・戦中期には、二葉亭四迷《ふたばていしめい》の『其面影《そのおもかげ》』など、いくつかの日本文学の英訳が散見されるものの、まとまった数の同時代の日本の小説が本格的に英語圏で、しかも一般読者に向けて紹介されるようになるのは、戦後期に入ってからのことである。なかでも一九五〇年代半ばから七〇年代にかけてクノップフ社が実施した「日本文学翻訳プログラム」は、同時代の日本の小説をまとまった数翻訳するという商業出版社として初の試みであり、翻訳された作品の数は、かつて他に類を見ない規模のものであった。わずか二〇年ほどのあいだに、実に三五点以上もの英訳が刊行されている。

私がこれらの戦後期日本小説の英訳に興味を抱くきっかけとなったのは、日本人としては二人目のノーベル文学賞受賞者である大江健三郎《おおえけんざぶろう》のあるひと言であった。一九九五年に行なわれたシンポジウム「日本語と日本人の心」で、大江は次のように述べている。

もっとも、どうしても翻訳できない言葉というもので書く日本文学というものがこれまであったわけなのです。私は幾つか、フランス語と英語とで、翻訳文学賞の審査員をしているのですが、たとえば谷崎潤一郎の『卍《まんじ》』なんていう作品の英訳は、じつにどんどん省略してあります。そうしなければ普遍的にならないのです。

それから川端さんの『雪国』でも、有名なサイデンステッカーさんの翻訳では、いちばん最初の、「国境の長いトンネルを抜けると雪国であった。夜の底が白くなった」などというところは、英語には訳されていないのです。小説が始まると、すぐ女の人が「駅長さあん、駅長さあん」と叫ぶようになっています。[1]

この発言を目にした時の衝撃は、今でも忘れ難く残っている。かくいう私も、戦後期に刊行された英訳を読み、日本文学に慣れ親しんだ一人であったからだ。

高校卒業とともに渡英し、学部課程で英文学を専攻した私は、古英語や中世英語、シェイクスピアにヴィクトリア朝文学と、英文学漬けの日々を送った。英文学中心の生活への反動から、イギリスの修士課程に進学した際には比較文学プログラムを専攻し、日本文学にも強い関心を抱くようになった。留学先の大学で日本近代文学の授業を履修した当時、手当たり次第に読んだ英訳の中には、クノップフ社の刊行した「ザ・ビッグ・スリー」の小説も数多く含まれていた。もし大江の言葉が本当ならば、それまで私が読んできた日本文学とは、いったい何だったのか。すぐさま『雪国』とその英訳版を手に取り、冒頭部分を見比べたところ、冒頭部分の最初の二文は訳出されており、むしろヒロイン・葉子の「駅長さあん、駅長さあん」という呼び声のほうが省略されていることが判明した。[2]

だが、この大江の指摘は、小説の英訳における大幅な「省略」が決して珍しくないことを物語る点では間違っていないに違いない。そう思った私は、大江の言葉に導かれるようにして、戦後期に英語圏で刊行された小説の英訳と原典とを見比べてみた。するとそこには、のちに本書で明かされるような、作品そのものの姿かたちや喚起される印象を大きく変えるような、さまざまな大幅な改変・調整がなされていたことが浮かび上がってきた。

大江の発言は、英訳での改変があたかも翻訳者自身の判断によるものであるかのような印象を与えかねない。しかし、修士課程の修了後、再び博士課程で研究を始めるまでの数年間、海外のブランドや商品が日本市場に参入するためのリサーチやブランドコンサルティングに関わる仕事に従事していた私にとって、ここまで大胆な省略や改変が、翻訳者の独断によるものとは到底思えなかった。日本文学の翻訳プロセスにも、私がかつて前職で目撃したのと同様、さまざまな人物の判断や事情が絡んでいるに違いない。だが、いったい誰が、いかなる理由により、そのような大幅な変更に踏み切ったのだろうか。そして、何が彼らをそのような変更へと駆り立てたのだろうか。

改変や調整の跡をたどりつつも、その理由が推察の域を出ないなか、研究を大きく前進させるきっかけとなったのは、当時の英訳・出版現場にまつわる史料の発見であった。その一つが、テキサス大学オースティン校のハリー・ランソム・センターに所蔵されているクノップフ社のアーカイヴズである。二〇一六年秋、私は同センターの助成を受け、一ヵ月にわたりフェローとしてアーカイヴズに所蔵されている日本文学英訳関連の史料調査を行なった。

クノップフ社は、ノーベル文学賞受賞者を含む、数多くの著名な作家たちの作品を刊行してきたことで知られるが、このアーカイヴズには、クノップフ社の編集・出版現場にまつわる一五二六箱に及ぶ史料が保管されており、その中には「日本文学翻訳プログラム」で英訳・刊行された作品にまつわる膨大な史料群も含まれている。当時日本文学の英訳に携わったクノップフ社の編集者たちの史料ボックス、そして著作別、作家別に振り分けられたフォルダーには、原著者や翻訳者、編集者、また他国の出版社との書簡のやりとりのみならず、事務手続きの書類や内部資料（契約書、作品情報をまとめたエディトリアル・ファクト・シート、出版・再販情報が記されたカード、宣伝に関わる書類やプレス・リスト、配本先の店舗リスト）、社内のスタッフ間の書類やメモのやりとりなど、当時の現場の様子を生き生きと甦らせる、タイプライターや手書きで記された史料が多数保管されている。ごく一部の例外を除き原稿等は保管されていないものの、出版に関わりのある人物たちのあいだで交わされた、編集から宣伝活動に至る、当時の翻訳出版現場の様子が克明に記録された書簡や史料が多数残されている。

しかし、このアーカイヴズの史料整理が一九九六年にようやく完了したということもあり、これらの史料群を調査・考察した研究の蓄積は未だ浅い。わずか一例のみの先例では、[3] 訳文自体の分析や考察、改変や編集の結果生じた「読み」の変化など、文学的側面には深く踏み込んでいない。こうした状況に鑑み、本書では未発表の史料を新たに考察対象に加えるとともに、先行研究者が足早に通り過ぎていた史料を、原文と英訳文の比較検討と突き合わせつつ、徹底的に読み直した。そのうえで、日本の小説を英語圏に移すにあたり、言語や文学規範の根本的な違いや、文化的な隔たりを文化の仲介者たちがどのように跨ごうとしていたのか、その「あいだ」の実相を明らかにすることに注力した。この史料群を手がかりに翻訳・出版過程における改変や調整に光を当て、その変容の根本的な理由を問う研究は、本書が初の試みとなる。[4]

出版社側の史料に加え、本書では、翻訳者から見た日本文学の英訳現場を解き明かすため、一九五〇年代から七〇年代にかけてクノップフ社で日本文学の英訳を最も多く手掛けたエドワード・G・サイデンステッカーの史料にも探索の手を伸ばしている。サイデンステッカーは、その自伝や講演の中で、長年日記をつけていることにたびたび言及しているが[5]、その日記が所蔵されているのが、サイデンステッカーの母校でもあるコロラド大学ボルダー校にある特別史料「エドワード・G・サイデンステッカー・ペーパーズ」である。日記の他にも、サイデンステッカーの見た日本文学翻訳の様相を垣間見せてくれる豊かな史料が保管されている。これらの史料以外にも、ドナルド・キーンをはじめ、クノップフ社との関わりが深く、それ以外の出版社でも、戦後期に日本文学の英訳に寄与した翻訳者たちの書籍・講演・ジャーナル等で既刊されている証言を適宜参照した。

　イギリスで英文学を学び、また日本文学を英語で読み、そして時には海外ブランドのための日本市場のマーケティングリサーチを行なうなかで、私は異文化接触や文化の仲介を経験しながら、さまざまな違和感、葛藤を抱いてきた。本書は、そうした異文化間交流の「わだかまり」の「正体」を解明したいという願いから発想された。

　だが、ここで改めて強調しておきたいのは、本書はただ単に文化の仲介者たちが直面した辛苦の跡をたどることを目的としているのではない、という点である。ここで目指しているのは、翻訳・出版過程において、いったい「何が」変更や改変を強《し》い、駆り立てたのかを解明することであり、当時の文化の仲介者たちさえも掴み得なかった翻訳問題や葛藤の根源を探ることに重きを置いている。

　さらに本書では、翻訳された作品が移植先の読者にどう受け止められたのか、そしてその英訳がたどり着いた先々で、人々にどのようなインスピレーションを与えていたのかについても明らかにしている。戦後期に未知の文学を手に取ったアメリカやイギリスの読者たちは、日本の文学のどのような部分に魅力を感じ、また拒絶反応を覚えたのだろうか。そして、これらの文学が英訳されたことにより、どのような新たな可能性が切り拓かれたのだろうか。

村上春樹《むらかみはるき》など日本の現代作家の小説が翻訳され、国際的な人気を博すなか、なぜあえてこの時代に光を当てるのかと問う読者もいるだろう。だが日本文学の英訳・出版現場の中でも、文化的・言語的な隔たりが大きかった時代を見つめるからこそ、文化の架橋者たちの直面した翻訳問題の本質や、彼らがその隔たりをどう乗り越えようとしていたのか、その狭間の実相を照らし出すことができるのではないだろうか。この時代の翻訳現場や英訳された日本文学のその後を探索するということは、日本文学のどのような側面や要素が移植先において拒絶を生み、また人々の心が、いかなる条件のもと、どのようにして異なる文学（あるいはその根底にある文化）への寛容性に導かれるのか、その力学を解明することを意味する。言い換えれば、人が自己とは異なるもの（他者）のどのような側面に興味を抱き、触発されるのか、異文化接触のダイナミズムそのものを、より深く理解することにもつながるのではないだろうか。

以上のような期待から、本書では、海外における日本文学受容の基盤が作られた戦後期の日本文学の英訳に着目し、その異文化接触面でいったい何が起きていたのか、以下にさまざまな具体例を織り交ぜつつ明らかにしていくこととする。

目次

はじめに……iii

序章　日本文学翻訳プログラムの始まり
――ハロルド・シュトラウスとクノップフ社……3
1　立役者シュトラウス、日本文学と出会う　6
2　再び日本へ――英訳に耐え得る同時代の著作とは　10
3　日本の小説の英訳状況――日本文学翻訳プログラム以前　18
4　想定された読者層　22
5　誰の小説を英訳・刊行するか　26
6　川端康成著作の英訳をめぐる軌道修正　31
7　翻訳者、著者、編集者の密なやりとり　35

第一章　日本文学の異質性とは何か――大佛次郎『帰郷』……39
1　日本の小説の読ませ方――手引としての英訳版序文　43
2　シュトラウスの発想源、鶴見祐輔の英訳版『母』　46
3　ビアードが序文に記した注意書き　51
4　シュトラウスが序文に記した日本の小説の特徴　54
5　「竜安寺」あるいは「ドラゴンの安らぐ寺」　56
6　シュトラウスが紹介する「浮世の場面」　62
7　プロットと「偶然のめぐり合わせ」　66
8　英訳版『蓼喰ふ虫』の序文に複製された内容　70
9　アメリカ人の見た日本の小説と、その違和感　77
第二章　それは「誰が」話したのか――谷崎潤一郎『蓼喰ふ虫』……85
1　会話部分の翻訳の「ぎこちなさ」　88
2　“Who?” “You.” “Me?” “Yes, you.”　98
3　編集者による自動編集――「会話に関する覚書」とその役割　105

4 太宰治「雌について」に見るサイデンステッカー訳の原型 111
5 「空疎」で「薄っぺらい」日本小説の会話部分 118
6 ノヴェルの「ダイアローグ」と小説における「会話」 121
7 サイデンステッカーと会話部分英訳のその後 128

第三章 結末はなぜ書き換えられたのか――大岡昇平『野火』……131
1 書き換えられた「エピローグ」――かき消された原著者の意図 134
2 英米圏で期待される「効果的な結末」 140
3 「完全な連続性」への書き換えとその代償 145
4 「種明かし」か「伏線」か 147
5 原著者の意図を読み取った書き換え 154

第四章 入り乱れる時間軸――谷崎潤一郎『細雪』……159
1 浮遊する視点から見る日本語と英語の狭間 162
2 指摘されたサイデンステッカーの時制感覚 173
3 スタイリング・メモという自動変換装置 179

4　削除された「谷崎特有の言い回し」　182
5　“had”を通して見る時制感覚の齟齬　187

第五章　比喩という落とし穴——三島由紀夫『金閣寺』…… 193
1　シュトラウスは訳文のどこに違和感を覚えたか　196
2　薄弱化する比喩——「妄念」の比喩の翻訳をめぐって　202
3　モリスの誤訳か、三島著作の「誤り」か　208
4　喪われた木洩れ陽の比喩の連関　215
5　刈り取られた違和感　219
6　落とし穴にはまるモリスの自己弁護　226

第六章　三つのメタモルフォーゼ
——『細雪』、「千羽鶴」、川端康成…… 231
1　タイトルの変貌——『細雪』から *The Makioka Sisters* へ　234
2　カヴァーの変貌——読み換えられた「千羽鶴」　245
3　二つの川端像——東洋の賢者から世界の「カワバタ」へ　266

第七章　囲碁という神秘――川端康成『名人』……273
1　英訳までの困難な道程　276
2　「囲碁」を訳すということ　281
3　刊行準備段階での川端の死　292
4　*The Master of Go* と冷戦の影
――「もしナボコフが観戦記を書いたならば」　299
5　本因坊秀哉に重ねられた川端像　304
6　囲碁における「残りの一分間」　307
7　創作源としての『名人』――*Positively Fifth Street* (2003)　312
8　英訳版日本小説と *The Master of Go* の行方　317
終章　日本文学は世界文学に何をもたらしたのか
――英訳版『細雪』の最後の二行……325
1　アンガス・ウィルソン、日本文学と出会う　328
2　アジア文学の翻訳がいかなる可能性を拓き得るか　330
3　『細雪』の位置付けの変化　334

4　ウィルソンの見た日本の小説の異質性　337
5　ウィルソンの葛藤——能動と受動の狭間で　339
6　「現代の小説家たちのジレンマ」と突破口としての日本文学　342
7　*The Makioka Sisters* の最後の二行　345

あとがき……………356

注　384
出典・主要参考文献　396
事項索引　399
人名索引　403

ひとつの譬喩《ひゆ》

このあいだわたしは牧場から花束を摘《つ》んできた、
だいじに家にもちかえったが
手のぬくみで
花はみなぐったりと萎《しお》れていた。
けれどそれを爽かな水をたたえたコップに挿すと
なんという奇蹟！
花々は頭をもたげ
茎や葉は緑にかがやき
どこもかも力みなぎり美しく
いまも母なる大地にはぐくまれているよう。

ちょうどそんな感じがした、
わたしの歌がうつくしく
他国のことばに訳されて　朗読されるのを
聴いたとき。

ヨハン・ヴォルフガング・フォン・ゲーテ[1]

日本の小説の翻訳にまつわる特異な問題

——文化の架橋者たちがみた「あいだ」

序章　日本文学翻訳プログラムの始まり

——ハロルド・シュトラウスとクノップフ社

映画『雪国』の撮影現場、越後湯沢にて。左から川端康成、ハロルド・シュトラウス、ミルドレッド・シュトラウス、E・G・サイデンステッカー、豊田四郎（湯沢町教育委員会提供）

つくづく奇妙なことだが、日本文学の発見や日本語からの翻訳者が確保できたのは、日本が第二次世界大戦に参戦したこと、そしてそれに続く日本占領の結果であった。それがなければ、日本文学の重要性が認められるのは何年も先のことになったであろう。

——フレデリック・ウォーバーグ

It is strange to realize that the discovery of Japanese literature and the availability of translators from the Japanese was due to the entry of Japan into World War Two and the subsequent occupation of Japan. Without that, recognition of its importance might have been delayed for years.

——Fredric Warburg[1]

一九七〇（昭和四十五）年十一月二十五日に割腹自殺を遂げた三島由紀夫（一九二五〜七〇）は、自著の英訳を手掛け、長年の友人でもあったドナルド・キーン（Donald Keene, 1922–2019）宛の最後の書簡（同年十一月付）の中で、こう記している。

この上何かお願ひすることは洵《まこと》に厚かましいのですが、一つだけお許し下さい。といふのは、ただ一つの心残りは「豊饒の海」のことで、谷崎氏の死後急に谷崎氏に冷たくなつたクノップが、これを出し渋ることが考へられます。第一巻、第二巻は翻訳がほとんど出来てゐますから、大丈夫かもしれませんが、問題は第三巻、第四巻です。御面倒ですが、同じお願ひをモリスさんにもしておきましたので、モリスさんとも御相談の上、何とかこの四巻全巻を出してくれるやう、御査察いただきたく存じます。さうすれば世界のどこかから、きつと小生といふものをわかつてくれる読者が現はれると信じます。[2]

三島は『豊饒の海』の四巻目である『天人五衰』を書き上げた直後に自殺している。しかし、当時『豊饒の海』の英訳は未刊行であり、その最初の二巻（『春の雪』『奔馬』）の刊行準備が進められている最中にあった。そうした時期に綴られたこの文面には、三島が自分の死後、未だ英訳が着手されていない『豊饒の海』の残りの二巻（『暁の寺』『天人五衰』）が無事刊行されるか不安を抱き、キーンと同じく三島の小説の英訳を手掛けた日本文学研究者アイヴァン・モリス（Ivan Morris, 1925−76）にも自身の願いを託した経緯が記されている。

三島はなぜこのような恐れを抱いたのだろうか。その背景にはいかなる事情が絡んでいたのだろうか。

これらの問いを解き明かすにあたり、「クノップフ」と日本の作家たちとの関わりがどのように始まったのか、まずはそこから探っていくことにしたい。

1　立役者シュトラウス、日本文学と出会う

クノップフ社と日本文学とのつながりが本格的に始まるのは、第二次世界大戦直後に遡る。大戦終結後、英語圏ではアメリカのクノップフ社やグローヴ・プレス社、ニュー・ディレクションズ社などの出版社が、次々と同時代の日本文学の英訳に乗り出していた。その動きの中心的な役割を担い、後に「ザ・ビッグ・スリー」と呼ばれることになる作家たち（谷崎潤一郎・川端康成・三島由紀夫）の著作を多数手掛けたのが、クノップフ社の編集長ハロルド・シュトラウス（Harold Strauss, 1907−75）である。

シュトラウスは、一九五四年から退職する七四年五月にかけて、実に三〇冊以上もの日本の小説・戯曲・短篇集の英訳の刊行を担当している。わずか二〇年間でここまで集中的に日本文学の刊行を実現させたその試みは、それまでの日本文学の英訳には類を見ない規模のものであった。その重要性は、刊行数にとどまらない。クノップフ社のアーカイヴズには、ドイツ、イスラエルなど国

外の出版社からの翻訳権に関する問い合わせの書簡が多数残されており、クノップフ社での試みがアメリカ国外の出版社にとって日本文学の翻訳を刊行する際の参考になるとともに、原著者と海外の出版社をつなぐ窓口でもあったことが見て取れる。

シュトラウスが日本の小説を中心とした英訳事業に乗りだした当時、英語圏では、翻訳文学を刊行するということ自体が大きなリスクを伴うものと考えられていた。イギリスで長年出版業に携わったアンソニー・ブロンド（Anthony Blond, 1928–2008）は、自身の経験を記した『出版というゲーム』（*The Publishing Game*, 1971）の中で、「イギリスとアメリカの出版社が協力し、費用を分担することなく翻訳権を買うことは稀である」と述べ、その理由として、外国の作家の評価が困難であること、優れた翻訳者を見つけることの難しさ、原著者から訳文の承認を得る時間やそれに伴う困難などを挙げている。[3] そして、戦後期に外国の作家の著作を英訳・紹介した勇気ある出版社の代表例として、日本文学をイギリスに紹介したセッカー&ウォーバーグ社を引き合いに出している。

このセッカー&ウォーバーグ社が刊行した日本文学の中には、アメリカのクノップフ社が刊行し、同社との連携のもとイギリス向けに出版したものが多く含まれていた。セッカー&ウォーバーグ社の編集長フレデリック・ウォーバーグ（Fredric Warburg, 1898–1981）は、シュトラウスに宛てた一九七一年九月二十二日付の書簡の中で、日本の小説を紹介してきたその功績を、「アルフレッド・クノップフ（社長）」に監視されながらも、それに伴うリスクを冒す勇気があることは、大いに尊敬されるべきこと」と称えている。[4]

クノップフ社はもともと外国文学の出版社として始まり、その分野において多大なる貢献をした出版社として知られている。とはいえ、日本文学を英訳・紹介するにあたり、それまでクノップフ社が手掛けてきた西欧文学からの英訳以上の諸問題が伴うことは、容易に想像がついたことだろう。

ウォーバーグは自伝『全著者は平等』(*All Authors Are Equal*, 1973) の中で、自身と日本文学の出版との関わりを「日本とのつながり」("The Japanese Connexion") という一章に綴っている。その中で、一九五四年の春、アメリカに出張した際に、シュトラウスから初めて日本文学の英訳企画を打ち明けられた時のことを振り返り、「日本文学の発見や日本語からの翻訳者を確保できたのは、日本が第二次世界大戦に参戦したこと、そしてそれに続く日本占領の結果」であり、「それがなければ、日本文学の重要性が認められるのは何年も先のことになったであろう」と述べている。[5] その立役者の一人であるシュトラウスが日本文学と出会う契機となったのもまた、この第二次世界大戦という歴史的変動であった。

シュトラウスは、ハーバード大学を一九二八年に卒業した後、編集者の道を歩み始めている。コヴィチ・フリード社を経てクノップフ社に入社した後、一九三九年にはアソシエイト・ディレクターに、そして三年後の四二年には編集長に昇進するが、第二次世界大戦の激化を受け、同年の三月には軍務に就いている。翌年、アメリカ空軍中尉としてカリフォルニア州のライツ・フィールドでパブリシティ業務に携わるが、ある日目にした軍務公募が、その後のシュトラウスの運命を大きく変えることになる。彼は、自身の語学力(フランス語・ドイツ語、また若干のスペイン語・イタリア語)があれば、ヴァージニア州の軍政訓練センターを経た後、ヨーロッパへ連れて行ってもらえるだろうと考え、その公募に応募したのだ。ところが、ヨーロッパ行きの定員は瞬く間に一杯となり、シュトラウスは日本語を学ぶために、シカゴのノースウェスタン大学に派遣されることになる。[6]

当時日本語の読み書きができる人材は、日系アメリカ人を除けば極めて限られていた。ドナルド・キーンは、開戦間もない頃、あるラジオコメンテーターが、「日本語を読み書きできるアメリカ人は五十人しかいない」と述べていたと記憶している。[7] 日本語の使い手を急遽育成する必要に迫られたアメリカでは、ノースウェスタン大学に加え、キーンやエドワード・G・サイデンステッカー（Edward G. Seidensticker, 1921–2007）が訓練を受けたコロラド大学ボルダーに設置されたアメリカ海軍日本語学校、そしてハーバート・パッシン（Herbert Passin, 1916–2003）の配属されたアナーバーの陸軍日本語学校などで、集中的な日本語教育が行なわれていた。半年にわたり日本語の集中訓練を受けたシュトラウスは、その後カリフォルニア州モントレーに送られ、第二次世界大戦の終結後、一九四五年にGHQ／SCAPの一員として日本に渡ることになる。

来日したシュトラウスが担当したのは、民間情報教育局（CIE）で雑誌や本の検閲をする仕事であった。シュトラウスの回想によれば、当時は「新聞の社説に目を通し要約する部局」、「雑誌や本に目を通し要約する部局」の二部局が設置されており、後者を担当するなかで数多くの日本人作家や出版社を知ったという。そして、「日本にこれだけ重要な同時代の文学が存在していること」を把握したのも、その検閲作業を通じてのことであった。[8]

英訳の一作目となる『帰郷』の著者、大佛次郎《おさらぎじろう》（一八九七〜一九七三）に出会ったのは、この業務のために日本に滞在していた頃のことで、シュトラウスは大佛に限らず、GHQ／SCAPでの勤務を終える一九四六年九月頃にかけて積極的に作家、出版社、編集者たちとの交流を深めた。シュトラウスが、その後アメリカで再び仕事に戻る際に、この経験を活かす心算があったことは、想像するに難くない。第二次世界大戦を通して日本文学を発見したシュトラウスは、アメリカに帰国し、編集者として復帰した後、同時代の日本の小説の英訳へと駆り立てられてゆく。

2 再び日本へ――英訳に耐え得る同時代の著作とは

GHQ／SCAPでの勤務を終え、一九四六（昭和二十一）年の年末にアメリカに帰国したシュトラウスは、一九五二年十月と五四年十月の二度来日し、日本の小説の英訳出版の実現に向けて下準備を進めている。

一度目の一九五二年の再来日は、クノップフ社から日本の小説を英訳・出版する可能性を探るための事前調査を兼ねた来訪であった。クノップフ社のアーカイヴズに保管されている「編集者の出張報告書」（Editor's Report on Trips）というフォルダーには、編集者たちが作家や新作を発掘するため、世界各地を訪れた際の記録が残されている。その中には、シュトラウスが日本滞在中に、クノップフ社の社長アルフレッド・A・クノップフとその妻ブランチ・クノップフに宛てて綴った一九五二年十月三十一日付の書簡が保存されている。この書簡によれば、シュトラウスはこの滞在期間中に、前もって手配していた三〇本にも及ぶアメリカ人や日本人による日本の小説の英訳原稿や、部分的な試訳に目を通していたようだ。[9]

これらの英訳に目を通す傍ら、シュトラウスは、英訳対象とする小説探しについて助言を求めるため、作家や出版業界の人物たちとの面会を重ねていた。シュトラウスと日本の作家たちとの交流については、『アトランティック』誌（*The Atlantic*）一九五三年八月号に掲載されたシュトラウスの記事「日本での編集者」（"Editor in Japan"）に詳しい記述がある。それによると、彼が最初に面談した作家の一人が、後にその著作『野火』の英訳がクノップフ社から刊行されることとなる大岡《おおおか》昇平《しょうへい》（一九〇九～八八）であった。記事には、大岡に伴い英文学者の吉田健一《よしだけんいち》（一九一二～七七）と中央公論社社長の嶋中鵬二《しまなかほうじ》（一九二三～九七）らが同席し、シュトラウスが当時滞在していた日本外国特派員協会で交わした彼らの会話の一部が記録されている。その他、石川達三（一九〇五～八五）や、後にその著作を多数英訳化することとなる川端康成（一八九九～一九七二）のもとを訪れた際の回想も綴られている。

ここで興味深いのは、シュトラウスが訪問した作家がいずれも四十代以上の中堅、あるいはベテラン作家であったという事実である。後に詳述するが、クノップフ社の日本文学翻訳プログラムは、同時代に活躍する日本人作家の著作を刊行することを目的としていた。それにもかかわらず、シュトラウスはなぜ、より長い付き合いを期待できる若手作家を発掘するのではなく、あえてベテラン作家たちとの交流を深めていったのだろうか。

その答えは、シュトラウスが当時の日本の小説の状況をどのように捉えていたのかを探ると明らかになる。シュトラウスが帰国後に日本文学研究者のハワード・ヒベット（Howard Hibbett, 1920–2019）に宛てた書簡には、出版界や文壇、そして知識人層の日本人の友人たちと言葉を交わすなかで、当時日本で活躍していた若手作家たちに抱くようになった違和感が記されている。

日本の小説を「合理化」（rationalize）しようとし、フランスの小説の模倣にエネルギーを注ぎ込んでいる若手たちは、実にお粗末なものを書いています。私が公に言わざるを得なかったように、我々がもしフランスの小説を翻訳したいのならば、それらの日本版の模倣［を翻訳するの］ではなく、直接そうすることでしょう。[10]

ここでシュトラウスがヨーロッパ文学の影響を受けた日本の小説に対して見せた拒絶反応は、日本文学翻訳プログラムで英訳化された小説の選定条件とも深い関わりがあった。シュトラウスは、前掲したクノップフ夫妻宛の書簡にも同じような印象を綴っている。そこには、シュトラウスが英訳には不向きと判断した著作の一つ、芥川賞受賞作の堀田善衛《ほったよしえ》『広場の孤独』(一九五一)についての記述も含まれていた。シュトラウスは、その理由について、「フランスの影響を強く受け、合理主義的・理知的であり、作品の醸し出す雰囲気や動き、性格描写もなければ、特に日本的な味わいがあるという訳でもない」と述べ、日本では高い評価を得ているものの、「もしフランス小説が欲しければ、フランスから手に入れるべきだ」と説明している。[11]

では、シュトラウスはどのような日本の小説を英訳・刊行すべきだと考えていたのだろうか。

英訳対象となる小説を探し求めるなか、シュトラウスが大きな収穫を得たのは、一九五二年秋、帰国する直前に、以前からの知り合いである大佛次郎のもとを訪れた時のことであった。大佛といえば、歴史小説「鞍馬天狗《くらまてんぐ》」シリーズの著者として広く知られるが、現代小説も数多く手掛けており、シュトラウスと出会う以前には、ロマン・ロランの著作の翻訳やノンフィクション『ドレフュス事件』(一九三〇)を刊行するなど、フランスとの関わりが深い作家でもある。西欧の影響を強く受けた小説を拒絶していたにもかかわらず、シュトラウスが選んだのは、その大佛による現代小説『帰郷』であった。『アトランティック』誌に掲載された前掲の記事には、東京帝国大学でフランスの法律と文学を学んだ大佛の来歴に続き、大佛が自身とフランスの関わりについて語った発言録が組み込まれている。

だが、それ「フランスとの関わり」はずっと前のことだ、と彼は語った。彼は現代の模倣者たちとは異なり、「フランス小説」を書こうとしなかった。彼がフランスのもので、消化することのできないものを用いることは一切なかった。「スタイルを真似るのは危険です」と彼は言う。「考え方をそのまま輸入することもできません。ただし、そのアイディアを吸収するというのであれば、外国文学を学ぶことが役立つこともありましょう。それでも長い目で見れば、日本の文化にしっくりくる思想だけを受け入れるべきです。日本には抽象的な哲学や宗教上の教義はありません。私たちは、そのような思想を我がものにすることができないのです[12]」

この大佛との面談は、シュトラウスがその後、同時代の日本の小説を取り巻く状況を見極め、英訳対象とする小説を選定するにあたり、重要な判断材料となったようだ。シュトラウスは、ヒベットに宛てた前述の書簡の中で、なぜ若手の作家の発掘を断念し、ベテラン作家との接触を図ったのか、その経緯を明かしている。

近頃文学賞を手に入れている若手たちの作品に多くの時間を無駄に費やしたあと、私は残りの時間を長与《ながよ》善郎《よしろう》や川端康成、そして大佛次郎などの、年長の作家たちとともに過ごしました。私は彼らを通して、伝統的な日本の小説の神髄を初めて理解し、また彼らのうち何人か「の作品」をここ「アメリカ」で出版する価値があるという感触を得たように思います。編集者として、アメリカの読者が日本の小説には日本特有の味わいや雰囲気を期待するだろうと確信していることも、ひと言つけ加えておかねばなりません[13]。

この言葉通り、彼に助言をしたベテラン作家たちのうち、日本文学翻訳プログラムの一作目には大佛の小説が、そして川端の小説もまた英訳対象として選ばれ、次々と訳されていくことになる。

では、その初期段階に選ばれた著作には、どのような特徴があったのだろうか。シュトラウスは、一九五七(昭和三十二)年に『読売新聞』に寄稿した記事の中で、自身が日本文学翻訳プログラムの初期段階において英訳対象とした日本の小説の特徴や傾向をこう説明している。

今まで私が取上げて来た日本の文学作品は、日本の伝統的な作品が多い。日本にはもちろん、いろんな種類の作品があるが、あまり西洋的な影響を受けたり、写実的で文体の硬い作品は興味が薄い。三島氏は例外だが、日本の若い作家はヨーロッパ文学を勉強し過ぎたために、日本文学の伝統的な特長を失っているように見える[14]。

この記事が書かれたのは、クノップフ社から既に大佛次郎『帰郷』、谷崎潤一郎『蓼喰ふ虫』、三島由紀夫『潮騒』、吉川英治《よしかわえいじ》『新・平家物語』、川端康成『雪国』の英訳が刊行され、また、三島の『近代能楽集』や大岡の『野火』、谷崎の『細雪』の刊行を控えている時期であった。だが、シュトラウスの「日本の伝統的な作品が多い」という表現だけでは語弊が生じるように思われる。彼がこの言葉をもって具体的にどのような作品を示唆していたのかについて、少し掘り下げて詳解しておきたい。

シュトラウスは、『アトランティック』誌に掲載された記事「日本での編集者」の中で、自身が英訳対象とする作家を発掘した経験を踏まえ、日本の作家を五つのグループに大別している。シュトラウスの説明する各グループの特徴を整理すると、以下の通りになる。

一、「古典的な作家たち」――移り変わり（transience and change）を背景として「浮世」の世界を描き出し、叙情的な美しさを追求する。全員が象徴主義者。彼らの小説には、構造というものがほとんどなく、人間の存在の不確かさを描くとされる。人を楽しませるのでも知識を与えるのでもなく、自然界との調和の法、道（Tao）へと誘う。

二、「引く手あまたの小説家たち」――最低限の教養を持つ階級の人々を、メロドラマ風の歴史小説で楽しませる。

三、「若きイデオロギー信奉者たち」――絶望感を表現することに身を捧げる、マルクス主義者、あるいはニヒリストたち。彼らは合理主義をスローガンとする。〔中略〕だが今日、ニヒリストは皆、実存主義者や中立主義者であり、消化されずにいる西欧からの影響に満ちている。

四、「大衆作家たち」――混乱を気にかけず、ユーモアでもって対処しようとする。ご都合主義な登場人物、闇市のやり手たちや堕落した官僚たちなど、器用で鋭い洞察力を持つ人物たちを好む。彼らは、古典的作家たちの明確な目的である「人間の感情の解明」を一切試みないものの、多くの場合、鋭い風刺的な機知を自在に使いこなす。

五、「進歩的人文主義者たちの優れた大集団」――彼らは古典的伝統に精通しているが、それに囚われない。彼らは人生が、整った断定的なプロット（neat and conclusive plot）を用いるにはあまりに不確定なものと捉えているが、古典主義者たちよりもはるかに世俗的である。彼らのうちの何人かは、世界のどこでも優れた学識人として、評価されるような人物である。[15]

なかでも特に着目したいのは、シュトラウスがその卓越性を強調する五番目のグループの説明である。前述のシュトラウスが大佛と交わした話の内容を彷彿とさせるばかりか、日本文学翻訳プログラムの初期段階において、その著作が英訳・刊行された谷崎や川端、そして三島など、西欧文学に強い影響を受けながらも日本の古典的要素を取り込み、独自の文体や作風を確立させた作家たちを喚起させる。シュトラウスが翻訳対象とする小説に求めていたのは、単に異国趣味を助長するような古典的な小説でも、また、ヨーロッパ文学の模倣者としての姿を印象づけるような小説でもなく、西欧文学には見られない独自性・異質性を伝え得る、「古典的伝統に精通しつつも、それに囚われない」、「古典主義者たちよりもはるかに世俗的な」作家たちによる小説であった。

これまでの研究では、一九五〇年代にクノップフ社において英訳・刊行された日本の小説が、日本の伝統的な側面や異国趣味を助長するものであったという論議、そしてそこから構築される日本文学のイメージと、当時の冷戦下における米国のイデオロギー政策との関わりを指摘する考察が積み重ねられてきた。[16]また、日本国内では、文芸評論家の青野季吉《あおのすえきち》（一八九〇〜一九六一）が、一九五七年に日本で開催された国際ペン大会において咎めたように、そのような著作が一方的に選ばれたことに対して批判がなされている。[17]確認までに、国際ペン大会が日本で開催される一九五七年九月までに、クノップフ社から刊行された日本文学のリストを表序−1に示しておくことにしたい。

この出版リストを一見すると、日本文学翻訳プログラムの初期段階に英訳・刊行された著作には、

表序－1　クノップフ社日本文学翻訳プログラム出版タイトル（1955-1957）

刊行年	原題	タイトル（英）	原著者	翻訳者
1955	帰郷	*Homecoming*	大佛次郎	Brewster Horowitz
1955	蓼喰ふ虫	*Some Prefer Nettles*	谷崎潤一郎	Edward G. Seidensticker
1956	潮騒	*The Sound of Waves*	三島由紀夫	Meredith Weatherby
1956	新・平家物語	*The Heike Story*	吉川英治	Fuki W. Uramatsu
1957	雪国	*Snow Country*	川端康成	Edward G. Seidensticker
1957	近代能楽集	*Five Modern No Plays*	三島由紀夫	Donald Keene
1957	野火	*Fires on the Plain*	大岡昇平	Ivan Morris

英語圏での日本文学に対するエキゾティシズムを助長するような要素を有する作品も見受けられる。だが、これは、選定された著作のほんの一側面にすぎない。むしろ、英訳対象から除外された小説、またシュトラウスが見た当時の日本の小説を取り巻いていた状況に目を向けてみるとどうだろうか。これまで見てきた、シュトラウスが「日本特有の味わいや雰囲気を兼ね備えた」小説を選んだ経緯に鑑みると、その選定条件には、単なる「異国趣味」という言葉や、冷戦下における米国のイデオロギー政策との関わりだけでは片付けることのできない、当時の日本における小説の出版状況、そしてその翻訳対象としての耐久力の有無が絡んでいたという事実が浮かび上がってくる。

戦時中に抑えつけられていた西欧の著作への渇望が一気に噴出し、日本の若手作家たちが西欧文学の吸収・模倣・応用に駆り立てられた戦後直後の状況下で、シュトラウスは、日本文学の独自性をアメリカの読者に伝え、かつ英訳に耐え得るような同時代の作家の著作を探すという難題に迫られていた。もし仮にシュトラウスがヨーロッパ文学の影響を強く受けた著作を英訳・刊行していたとしたならば、当時の英語圏の読者にどのような印象を与えたのだろうか。答えは、一九五六年にグローヴ・プレス社から刊行された『日本近代文学選集』（*Modern Japanese Literature: An Anthology*, ドナルド・キーン編[18]）を、イギリスの作家アンガス・ウィルソン（Angus Wilson, 1913–91）が「死んだモデルの模倣」と酷評した例に見いだすことができる。[19] この、日本側が輸出を望む著作と、移植先が翻訳対象として求める著作との齟齬については、終章で詳しく述べることにしたい。

シュトラウスが総合プロデューサーとして奔走したクノップフ社の日本文学翻訳プログラムには、それまでの日本文学の英訳の試みに比べ、どのような違いや特色があったのだろうか。その差異を洗い出す前に、まずは第二次世界大戦以前の日本文学の英訳状況、そしてクノップフ社の日本文学翻訳プログラムに至る変遷について、見渡しておくことにしたい。

3　日本の小説の英訳状況――日本文学翻訳プログラム以前

シュトラウスは、最初の二作である大佛の『帰郷』と谷崎の『蓼喰ふ虫』を英訳・出版するにあたり、「日本の小説の翻訳にまつわる特異な問題」（"Unusual Problems Involved in Translating Japanese Novels"）という記事をアメリカの出版業界誌『パブリシャーズ・ウィークリー』（*Publishers' Weekly*）に寄稿している（一九五四年十一月十三日号）。その中で、「文学的に卓越した小説に限って言えば、我々は実質的に白紙状態で始めることになる」と、クノップフ社での日本文学英訳の試みの新規性を強調している。[20]

第二次世界大戦以前、英語圏の出版社が手掛けた日本文学の英訳は、その大部分が古典文学で占められていた。二十世紀の序盤には、原著が刊行されてからわずか四年後の一九〇四年に、ポストンのH・B・ターナー社から徳富蘆花《とくとみろか》の小説『不如帰《ほととぎす》』（*Nami-ko*, 訳：塩谷栄）が出版されている。

だがそれ以降に英語圏で出された日本文学となると、一九〇九年に刊行された小倉百人一首の英訳 *A Hundred Verses from Old Japan* に始まり、『土佐日記』（*The Tosa Diary*, 1912）や『徒然草』（*The Miscellany of a Japanese Priest*, 1914）を英訳したウィリアム・N・ポーター（William Ninnis Porter, 1849–1929）など、古典の英訳を手掛けた人物の活躍が目立つ。ポーターにつづいて日本文学を次々と英訳したのは、『源氏物語』の翻訳者として知られるアーサー・ウェイリー（Arthur Waley, 1889–1966）であった。ウェイリーは、一九二五年から三三年にかけて『源氏物語』（*The Tale of Genji*）をジョージ・アレン＆アンウィン社から刊行すると、続けて同社から『枕草子』の英訳（*The Pillow Book of Sei Shōnagon*, 1928）を出している。イギリスに限らず、アメリカでも、ニューヨークの老舗出版社ホートン・ミフリン・ハーコートから『紫式部日記』の英訳を収録した *Diaries of Court Ladies of Old Japan*（1920）が、そしてその二年後には、クノップフ社から能の英訳を収録した *The Nō Plays of Japan*（1922）が刊行されている。

　では、古典文学ではなく小説に限定してその英訳史をたどると、何が見えてくるだろうか。英語圏の出版業界誌、そしてシュトラウスの語る日本の小説の英訳史では、あたかも日本の小説の英訳がなされなかった空白期間があるかのようである。だが、第二次世界大戦以前に刊行された日本文学の翻訳リストや目録をたどると、[21] 戦前・戦中にも、多数の同時代の日本の小説が英訳・刊行されていたことが判明する。ただし、その多くは、日本国内の出版社が手掛けたものであった。例えば、戦前に芥川龍之介《あくたがわりゅうのすけ》の「蜘蛛の糸」や「鼻」などの短篇を収めた *Tales Grotesque and Curious*（1930, 訳：グレン・W・ショー）を、また戦中には夏目漱石《なつめそうせき》の『こころ』（1941, 訳：佐藤いね子）などを送り出した北星堂をはじめ、春秋社や研究社などが、日本の小説の英訳を多数刊行している。

日本国内の出版社が手掛けた英訳があったことは、シュトラウスの知るところでもあったようだ。だが、シュトラウスはこれらの小説について、「東京では数多くの不十分な翻訳と、少しばかりの良い翻訳が出版されたが、それぞれ〔の翻訳〕は、ほんの一握りの冊数しかアメリカに届くことはなかった」と語る。[22] 日本の小説の英訳が多数存在していたにもかかわらず、シュトラウスは、これらの翻訳を英語圏から刊行されたものに比肩しないと見なしていた。ここに、英語圏の出版社の立場から見た日本の小説の英訳史像と、その実像とのズレが浮かび上がる。

もちろん、第二次世界大戦以前に英語圏の出版社から刊行された日本の小説の英訳が、皆無だった訳ではない。例えば、第二次世界大戦以前にヘンクル社から出版された日本の小説、鶴見祐輔《つるみゆうすけ》（一八八五〜一九七三）の『母』のように、たまたま原著者が自己翻訳し得るほどの英語力を有していたこと、そして鶴見の噂を聞きつけ、英訳化を持ちかけた出版社があったことなど、偶然のめぐり合わせにより英訳が実現したものもあった。また、『母』の英訳（*The Mother*, 1932）が刊行された翌年には、小林多喜二《こばやしたきじ》の『蟹工船』の抜粋に加え、黒島伝治《くろしまでんじ》、片岡鉄兵《かたおかてっぺい》、林房雄《はやしふさお》による短篇などの英訳と、小林の死亡経緯が記された文を収録した *The Cannery Boat and Other Japanese Short Stories* が刊行されている。この選集は、日本におけるプロレタリア文学を紹介することを目的として編纂されたもので、アメリカではインターナショナル・パブリシャーズが、またイギリスではマーティン・ローレンス社が出版している。さらに一九三九年には、火野葦平《ひのあしへい》の『麦と兵隊』の英訳（*Wheat and Soldiers*, 訳：石本シヅエ）が、アメリカのファラー&ラインハート社から出ている。

だが、ここで挙げた小説の数々は、あくまでその時々の歴史的背景や出版社の性質、そして関係者のつながりにより英訳に漕ぎつけた稀有な例であり、後のクノップフ社に見るような、同時代の日本の小説を継続して刊行するといった持続性は、いずれの出版社の場合にも見られなかった。

　ところが、第二次世界大戦の終戦を迎えると、英語圏では、文芸雑誌や出版社が、こぞって同時代の日本文学を紹介するようになる。一九五三年に詩人のスティーヴン・スペンダー（Stephen Spender, 1909–95）らが創刊したイギリスの文芸雑誌『エンカウンター』誌（*Encounter: Literature, Arts, Politics*）の創刊号には、サイデンステッカーによる太宰治《だざいおさむ》の短篇二篇の英訳が掲載された。またアメリカでは、『アトランティック』誌一九五五年一月号の日本特集（*Perspective of Japan: An Atlantic Supplement*）において、日本の短篇や詩などが紹介されている。この特集冊子は、今なお日本の小説を積極的に英訳・刊行する出版社として知られるニュー・ディレクションズ社の創業者ジェイムズ・ラフリン（James Laughlin, 1914–97）がフォード財団の助成を得て、一九五二年に立ち上げた出版社インターカルチュラル・パブリケーションズ社が編集したものであった。アルフレッド・A・クノップフなど数名を取締役に迎え、ラフリンやエドワード・サイデンステッカー、ケネス・ヤスダなどが編集に携わっている。この冊子には、日本の宗教や演劇、現代美術、建築などの紹介に加え、川端康成の「伊豆の踊子」の抄訳、谷崎潤一郎の『陰翳礼讃』の翻案の他、与謝野晶《よさのあき》子《こ》の短歌やラフリンと交流のあった北園克衛《きたそのかつえ》の詩など、幅広い作品が収録された。日本文学を紹介する動きが徐々に高まるなか、後に英語圏での日本文学の授業で繰り返し用いられることとなる『日本近代文学選集』（1956）の編纂にキーンが取り組んでいたのも、ちょうどこの頃のことである。[23]

　このように日本文学英訳の機運が高まるなか、雑誌での掲載ではなく、単行本として小説の全篇を英訳し、まとまった数の同時代の日本の小説を紹介した最初の試みが、クノップフ社の日本文学翻訳プログラムであった。

4　想定された読者層

シュトラウスが新たに目指したものとはいったい何だったのだろうか。その手がかりとなるのが、冒頭に示した三島の遺した書簡である。そこには、「谷崎氏の死後急に谷崎氏に冷たくなったクノップが、これ〔『豊饒の海』の残りの二作『暁の寺』『天人五衰』〕を出し渋る」可能性が記されていた。一九六五年の谷崎の死後、クノップフ社がその小説の英訳を控えるようになったこの経緯には、日本文学翻訳プログラムのある方針が深く関わっていた。

シュトラウスは、翻訳プログラムの立案当初より、存命中の作家の小説を英訳化することを大前提としていた。この前提には、アメリカの読者に日本に優れた同時代の小説があるということを認知させるという目的に加え、実は、もう一つの思惑が絡んでいる。シュトラウスは後にある書簡の中で、なぜそのような方針を採ったのか理由を説明するなかで、「クノップフ社がヨーロッパ文学に用いていたのと同じ方針を適用した」と述べる。というのも「我々の外国文学の刊行物に反応するある特定の読者層が関心を抱いているのが、存命中の作家、あるいは死去して間もない作家の著作であった」[24]（傍点筆者）。日本文学翻訳プログラム以前のクノップフ社には、同時代の外国文学を積極的に英訳することにより、アルベール・カミュ（Albert Camus, 1913–60）などを含むノーベル文学賞受賞者を次々と輩出してきた実績があった。自社が踏襲してきた方策をこの翻訳プログラムに適用することは、シュトラウスにとって自然の成り行きであったと言えよう。

存命中の作家の著書を積極的に英訳化するのに加え、もう一つ特筆すべき特徴は、クノップフ社が「商業出版」(trade publisher)の区分に属していたという事実である。比較文学者で、英文学や日本文学の研究者でもあるアール・マイナー(Earl Miner, 1926–2004)は、一九七四年に当時取り組んでいた日本の古典文学に関する書籍の出版をシュトラウスに打診していた。その際にも、シュトラウスは返事の中で、「これは一般読者(general reader)を惹きつける本ではないというのが、私の印象です。我々は結局のところ商業出版で、大学出版ではないのです」と、強調している。[25]

この書簡に限らず、シュトラウスは、日本文学翻訳プログラムの現場でのやりとりで、「一般読者」を対象としていることをたびたび強調している。だが、この「一般読者」とは、いったい何を指しているのだろうか。当時クノップフ社の日本文学翻訳プログラムで想定されていたのは、いかなる人々の集まりであったのであろうか。

それを探る手がかりは、シュトラウスがこの翻訳プログラムの初期に、キーンに宛てた手紙に垣間見ることができる。一九五六年七月六日付のキーン宛の書簡には、次のような内容が記されている。

> あなたもご存じの通り、私たちは日本の小説のための大きな動きの最中にいます。これらの日本の小説をエキゾティックな興味のカテゴリーから脱却させ、有識者やアッパー・ミドル・ブラウの顧客層にそこそこの規模の読者を生み出そうと試みています。[26]

引用部分にあるアッパー・ミドル・ブラウとは、このやりとりが交わされた七年前の一九四九年に、アメリカの美術史家で『ハーパーズ』誌（*Harper's Magazine*）の編集者でもあるラッセル・ラインズ（Russell Lynes, 1910–91）が、「ハイブラウ、ローブラウ、ミドルブラウ」と題する記事で提唱した嗜好区分の一つである。ラインズはこの記事の中で、従来の社会階層を基準とする嗜好区分、つまり生まれや富、そして血筋などを基準に趣味嗜好を語ることは、もはやできない時代に差し掛かっていると述べる。そして、階級よりも知的表現の仕方や教養がこうした区分の新たな基準となると論じている。なかでもその層の一つであるアッパー・ミドル・ブラウは、仕事のうえでもハイブラウ（知識人、教養人）の考え方、また文化的人工物やアイディアを広めることに貢献するといった特徴を持つと定義されている。[27] クノップフ社の日本文学翻訳プログラムでは、従来の日本文学読者層である有識者層（intellectuals）に加え、波及効果を持つアッパー・ミドル・ブラウを読者層として取り込むことにより、読者層の拡充を目指していたのだ。

ただ、ここで注意しておかねばならないのは、この「一般読者」があくまでも仮想のものであり、想定読者と実際の読者とは必ずしも一致しないという点である。

クノップフ社で日本の小説の英訳を多数手掛けたサイデンステッカーは、翻訳者として駆け出しのころ、しばしば「一般読者」という言葉を用い、自身の翻訳論を展開している。[28] ところが、一九六四年にワシントンで開かれたＡＡＳ（Association for Asian Studies）の年次大会におけるシンポジウムでの発表「読者・一般、あるいはそうでない者たち」（"The Reader, General and Otherwise"）では、「一般読者」に合わせて翻訳を調整することに対して懐疑的な様子を見せるようになる。[29] クノップフ社の翻訳プログラムをしばし離れ、学術環境に身を置いたことが、彼の翻訳観に変化をもたらしたのだろうか。

さらに翻訳者としてのキャリアの終盤に差し掛かった一九八九年頃になると、彼が日本文学の読者として想定し、思い描く読者層は、ある具体性を帯びるようになる。一九八九年五月に龍谷大学で開かれた国際会議においてサイデンステッカーは、一般読者も何も、そもそも日本文学の場合、それほど多くの読者は存在しないとし、結局のところ翻訳者が意識するのは、その他の二つの読者層であると主張する。その一つが、訳文を詳細に調べ上げ、訳文の何が問題かを世に知らしめる学者と批評家たち、そしてもう一つは、自身の著作に活かせるような細部や要素を探し求めて、訳文をじっくりと考察する作家たちであり、後者こそが翻訳者に、大きな満足感をもたらすと語る。[30] アメリカにおける出版市場と作家たちとの関わりについて研究するジェイムズ・L・W・ウェスト三世も、一九〇〇年以降のアメリカの出版環境に関して考察するなかで、「書評者や文学史学者がそう思うのとは裏腹に、新米出版者は、「一般読者層」など一人もいないことをすぐさま知ることになる」と述べる。そして「一般読者」の不在の代わりに、「活字には、数多くの小規模な読者層が存在し、その一部は重なり合い、それら全てには、異なるマーケティング及び販売戦略をもって、働きかけねばならない」と主張する。[31]

とはいえ、本章でも後述するように、さまざまな部門から成るアメリカの出版社での、ましてや各作業段階において英語で書かれた著書の場合よりも多くの人材を必要とする翻訳文学の出版では、作業を進めるにあたり、その方向性を指し示す想定読者層の設定は欠かせない指標であった。日本の小説の英訳現場を考察していくにあたり、シュトラウスがこのような仮想集団を想定して英訳対象とする小説を選定し、また編集者・翻訳者らが訳文の編集に取り組んでいたという事実は、心に留めておくべきだろう。

5　誰の小説を英訳・刊行するか

シュトラウスが日本文学翻訳プログラムを進めるにあたり設定していた条件のもと、最終的に選び抜かれ、シュトラウスがクノップフ社を退職するまでに手掛けた（あるいは着手した）日本文学の英訳は、表序－2（二八～二九ページ）の通りである。この表にも明らかなように、吉川英治（一八九二～一九六二）や野坂昭如《のさかあきゆき》（一九三〇～二〇一五）、開高健《かいこうたけし》（一九三〇～八九）など、英訳化される著作が一冊にとどまった数名を除いて、基本的に英訳対象となった作家の小説は、少なくとも二タイトル以上が英訳・刊行されている。

シュトラウスは、三島由紀夫の『午後の曳航』の英訳を担当したジョン・ネイスン（John Nathan, 1940–）に宛てた書簡（一九六五年五月十四日付）の中で、アメリカでは基本的に「本というよりもむしろ著者を発表」し、「特定の著者の名声を築き上げること」に重きが置かれること、そしてその背景には、「彼らの著作への興味により、十分な売り上げが確保される」という事情が絡んでいることを明かしている。[32] シュトラウスの場合に限らず、こうした特定の著者のタイトルを増やし、相乗効果を狙う出版手法は、当時アメリカの出版業界において、売り上げを効率的に伸ばすのに有効な方法だと考えられていた。

しかし、日本文学翻訳プログラムにおいてこのような出版手法が採用された背景には、アメリカにおける出版手法のあり方に加え、もう一つの事情が関係している。

日本文学翻訳プログラムの初期段階において、谷崎、川端、三島の著作の英訳が積極的に刊行された背景に、ノーベル文学賞受賞者の輩出を視野に入れていたことが絡んでいたことについては、既に述べた。だが、その選考対象となるためには、暗黙裡の前提条件があった。ノーベル文学賞の選考委員会が選考対象とする作家を審査するにあたり、その著者の作風、技量、力量を測るためには、一定数の著作の翻訳が求められたのだ。幾度か選考対象となったにもかかわらず、西脇順三郎《にしわきじゅんざぶろう》(一八九四〜一九八二)が審査対象から外された理由には、その作品の翻訳数の少なさが関わっていたこと、また、一九六一年に川端がノミネートされた際にも「翻訳された今までの作品数が少なすぎるため」に、ノーベル賞の授与が見送られていた経緯については、大木ひさよがスウェーデン・アカデミー所蔵の選考資料を調査した研究の中で、明らかにしている通りである[33]。

この出版リストでもう一つ注目したいのは、プログラムの開始から一〇年を迎える一九六四年頃になると安部公房《あべこうぼう》(一九二四〜九三)の小説が加わり、さらには野坂昭如や開高健など、それまで英訳対象としていた作家以外の作品が、単発的に英訳・刊行されていることである。

シュトラウスは徐々に方向転換を図った経緯について、ウォーバーグに宛てた書簡の中で、その内実を明かしている。

当然のことながら、私は年長の、長年名声を博してきた作家、川端や谷崎、そして大佛から始めた。だが、一九五〇年代の終わりに近づくと、次第に、より若手で才能のある戦後期の作家たちをいくらか英語圏に送り出すのが私の務めだと考えるようになった。当時川端に、三島〔の著作〕を出すよう非常に熱心に勧められており、もちろん川端は正しかった[34]。

年	原題	タイトル（英）	原著者	翻訳者
1968	エロ事師たち	*The Pornographers*	野坂昭如	Michael Gallagher
1969	雪国・千羽鶴（ノーベル賞受賞記念）	*Snow Country and Thousand Cranes*	川端康成	Edward G. Seidensticker
1969	愛の渇き	*Thirst for Love*	三島由紀夫	Alfred H. Marks
1969	燃えつきた地図	*The Ruined Map*	安部公房	E. Dale Saunders
1970	山の音	*The Sound of the Mountain*	川端康成	Edward G. Seidensticker
1970	第四間氷期	*Inter Ice Age 4*	安部公房	E. Dale Saunders
1972	名人	*The Master of Go*	川端康成	Edward G. Seidensticker
1972	春の雪	*Spring Snow*	三島由紀夫	Michael Gallagher
1973	奔馬	*Runaway Horses*	三島由紀夫	Michael Gallagher
1973	暁の寺	*The Temple of Dawn*	三島由紀夫	E. Dale Saunders & Cecilia S. Seigle
1973	夏の闇	*Darkness in Summer*	開高健	Cecilia S. Seigle
1973	天人五衰	*The Decay of the Angel*	三島由紀夫	Edward G. Seidensticker
1974	箱男	*The Box Man*	安部公房	E. Dale Saunders
1975	美しさと哀しみと	*Beauty and Sadness*	川端康成	Howard Hibbett
1976	源氏物語	*The Tale of Genji*	紫式部	Edward G. Seidensticker
1977	*Contemporary Japanese Literature: An anthology of fiction, film, and other writing since 1945*			Howard Hibbett（編）

＊刊行順。テキサス大学オースティン校ハリー・ランソム・センターに所蔵されている一次史料（マニュスクリプト・レコード、書簡等）を元に執筆者が作成。日本文学翻訳プログラムでは、主に同時代の小説を英訳対象としていたが、『源氏物語』だけは、唯一の例外としてシュトラウスが刊行を進めたため、この表に含めることとした。

表序－2　クノップフ社日本文学翻訳プログラム出版タイトル

年	原題	タイトル（英）	原著者	翻訳者
1955	帰郷	*Homecoming*	大佛次郎	Brewster Horowitz
1955	蓼喰ふ虫	*Some Prefer Nettles*	谷崎潤一郎	Edward G. Seidensticker
1956	潮騒	*The Sound of Waves*	三島由紀夫	Meredith Weatherby
1956	新・平家物語	*The Heike Story*	吉川英治	Fuki W. Uramatsu
1957	雪国	*Snow Country*	川端康成	Edward G. Seidensticker
1957	近代能楽集	*Five Modern No Plays*	三島由紀夫	Donald Keene
1957	野火	*Fires on the Plain*	大岡昇平	Ivan Morris
1957	細雪	*The Makioka Sisters*	谷崎潤一郎	Edward G. Seidensticker
1958	千羽鶴	*Thousand Cranes*	川端康成	Edward G. Seidensticker
1959	金閣寺	*The Temple of the Golden Pavilion*	三島由紀夫	Ivan Morris
1960	旅路	*The Journey*	大佛次郎	Ivan Morris
1961	鍵	*The Key*	谷崎潤一郎	Howard Hibbett
1963	宴のあと	*After the Banquet*	三島由紀夫	Donald Keene
1963	春琴抄、恐怖、夢の浮橋、刺青、私、青い花、盲目物語	*Seven Japanese Tales*	谷崎潤一郎	Howard Hibbett
1964	砂の女	*The Woman in the Dunes*	安部公房	E. Dale Saunders
1965	午後の曳航	*The Sailor Who Fell from Grace with the Sea*	三島由紀夫	John Nathan
1965	瘋癲老人日記	*Diary of a Mad Old Man*	谷崎潤一郎	Howard Hibbett
1966	他人の顔	*The Face of Another*	安部公房	E. Dale Saunders
1968	禁色	*Forbidden Colors*	三島由紀夫	Alfred H. Marks

三島の次にクノップフ社の作家リストに名を連ねるようになり、著作の英訳化が重点的に進められたのが、安部公房である。『砂の女』の英訳（*The Woman in the Dunes*, 1964）が刊行された後、シュトラウスが退職するまでに英訳・刊行された安部の小説は、『他人の顔』（*The Face of Another*, 1966）、『燃えつきた地図』（*The Ruined Map*, 1969）、『第四間氷期』（*Inter Ice Age 4*, 1970）、『箱男』（*The Box Man*, 1974）など、計五冊にのぼる。だが、英訳対象とする作家を新たに増やそうという意欲にもかかわらず、シュトラウスは最終的に安部以外の作家による著作の英訳を重点的に出すことなく、編集者としてのキャリアを終えている。そこには、どのような事情が絡んでいたのだろうか。

日本文学翻訳プログラムに関わる翻訳者と編集者のやりとりには、英訳の対象にならない理由として、小説の長さがアメリカの読者にとって適当な長さでないという理由がたびたび挙げられている。例えば、シュトラウスはキーンに宛てた書簡の中で、吉行淳之介《よしゆきじゅんのすけ》（一九二四〜九四）による小説、特にその最新作『暗室』（一九七〇）を気に入ったと打ち明けている。しかし、その翻訳の刊行になかなか踏み切れずにいるのには、吉行の場合、「ノヴェルというよりもノヴェレッタ（小品・中篇小説）を書くことが実に多く」、しかも「ノヴェレッタは、ここ［アメリカ］では出版するのが非常に難しい」という、原典の長さと、アメリカの出版事情との噛み合わせの悪さが絡んでいた[35]。

当時の日本における小説出版の流れを見ると、新聞、あるいは文芸雑誌等において発表し、それをまとめたものを単行本として刊行するという出版形式が多く見受けられる。翻訳者としてクノップフ社の日本文学翻訳プログラムに関わったサイデンステッカーもまた、後に自身の教え子であり、谷崎潤一郎の研究者・翻訳者でもあるアンソニー・チェンバーズ（Anthony H. Chambers, 1943–）とのやりとりの中で、この出版形態の違いについて以下のように説明している。

日本の作家たちは、我々の作家たちが気にするほどに、〔小説の〕長さについてそこまで気を遣う必要がないようだ。私たちにとって本といえば、はかりに載せることができ、誇らしく思うことのできるものだ。連載形式で刊行される可能性はほとんどない。日本では、ほぼ何でもどこかに連載することができる。日本の出版社は、ほとんどの国では小冊子（pamphlet）のカテゴリーに入るような本でも、刊行するのを全く厭わないようだ。[36]

新聞・雑誌などへの掲載なしに直接単行本として新たに発表される作品のことを、日本ではわざわざ「書き下ろし」と呼ぶ。だが、その言葉に相当する英語表現は存在しない。日本とアメリカとで好まれる出版形式や、その形態に隔たりがあることは、このことにも裏付けられよう。

このように、シュトラウスが新たに英訳対象とする同時代の作家を発掘するにあたり思うような成果を上げられずにいた背景には、彼が可能性を見いだした日本の作家の著作にノヴェレッタに相当する長さの小説が多く見られたことが関わっている。そこには、条件を満たす如何の問題ではなく、むしろ、アメリカで読者に好まれるノヴェルの長さと、日本で作家が発表形式として好む小説の長さとの相性の悪さ、さらには作品の発表形態や出版手法など、複数の文化の翻訳問題が絡んでいた。

6　川端康成著作の英訳をめぐる軌道修正

日本文学翻訳プログラムの出版リストでもう一つ興味深いのは、一九五九年から六八年にかけての約一〇年間に、川端の著作の英訳が一冊も刊行されていないという点である。一方で、三島や谷崎を中心とした英訳化は継続して進められている。翻訳プログラム開始直後には、積極的に英訳されていたにもかかわらず、なぜ川端の著作の場合には、約一〇年もの空白期間があったのだろうか。

クノップフ社が一時的に川端の著作の刊行の手を止めた要因には、複数の理由が挙げられる。一つには、ドナルド・キーンも証言するように、商業的側面における業績が思わしくなかったことがある。[37] サイデンステッカーが、「全体として黒字でさえあれば、作品によって、時に多少の赤が出ることがあっても、気にしなかった」とシュトラウスから聞いたと伝えていることからも、少なくともこの翻訳プログラムの初期段階では、商業的利益を回収することのみが主眼ではなかったことが窺い知れる。[38] しかし、後にウォーバーグに宛てた書簡（一九七二年十二月二十一日付）の中で、最初に出した大佛の『帰郷』は一万二〇〇〇部を売り上げ、増刷分にも十分な売り上げがあったものの、川端の小説で少々スランプに陥った実情を打ち明けている。[39]

川端の著作自体の売り上げ状況のみならず、当時の出版業界を取り巻く状況の変化もまた影響したに違いない。一九六〇年代といえば、コングロマリットが勢力をふるい始め、巨大メディア企業が出版社を買収する動きが出始めた時期にあたる。クノップフ社もその例外ではなく、一九六〇年にはランダムハウスに買収され、その五年後の一九六五年に今度はそのランダムハウスが、RCA（Radio Corporation of America, 後の RCA Corporation）に売却されている。巨大企業グループの傘下に入った出版社、パンセオン社を率いていたアンドレ・シフリン（André Schiffrin, 1935–2013）は、この頃から「従来は編集者の仕事だった何を出版するかという検討が、経理部門とマーケティング部門が大きな発言権を持つ「編集委員会」に委ねられるようになった」と証言している。そして、こうした状況の変化に伴い、それまで書籍ごとに損益計算の提出が求められていたのが、編集者一人一人に対しても課せられるようになったこと、そして各個人が毎年一定の利益をあげるよう要求されることになったと振り返っている[40]。短期間での売り上げを見込むというよりも、長期間にわたり継続して売り上げを維持するタイトルから成る日本文学翻訳プログラムにとって、利益をあげ、日本の小説の英訳を継続してゆくのには、非常に不利な状況であったと言えよう[41]。

また、川端の小説の英訳化が中断された背景には、サイデンステッカーがたびたび言及しているように、出版社側が川端作品を継続して刊行する必要がないという判断を下したことが絡んでいる。サイデンステッカーが、最も愛着を持つ川端の著作である『山の音』の英訳化を提案した際に、シュトラウスは川端の作品を「気取っている（precious）」とし、その案を却下していた[42]。さらに、サイデンステッカーと同じく当時翻訳プログラムに携わっていた翻訳者アイヴァン・モリスには、川端著作の英訳化に積極的になることができない理由として、川端が最も印象派的（impressionistic）かつ最も「〔西欧の〕ノヴェル的」でない（least novelistic）点にあることを打ち明けている[43]。ところが一九六八年、ノーベル文学賞を受賞したのは、彼が「気取っている」と揶揄した川端であった。川端の受賞が判明した直後、クノップフ社はすぐさま川端のノーベル文学賞受賞をアナウンスした広告を新聞に掲載し、翌年一月には、既に刊行していた『雪国』と『千羽鶴』を組み合わせたノーベル文学賞受賞記念特別版 *Snow Country and Thousand Cranes* をハードカヴァーで出版している。さらに一九六八年十一月十日には『ニューヨーク・タイムズ』紙（*The New York Times*）の書評欄に、シュトラウスへのインタビューを元にした記事が掲載されている。そこには、「クノップフではまた、来る秋に、このノーベル賞受賞者によるもう一冊の小説『山の音』の刊行を予定しており、他の二冊の翻訳を手掛けたエドワード・G・サイデンステッカーが現在翻訳を進めている」と、一旦は翻訳化が却下されたはずの『山の音』が、次の秋には出版される告知がなされている。そして、この記事の結びには、「自宅の書斎に、シュトラウス氏はまだ日本語のままの一二冊あまりの分厚い川端の本を所有しており、この先〔刊行される〕本が〔ここから〕生まれるかもしれない。今では話すにも書くのにもその言語を駆使するようになったシュトラウス氏が、それらを拾い読みしている」といった、川端著作をさらに刊行する意欲があることを仄めかす内容が綴られている。[44]

ノーベル文学賞の受賞を転機としたシュトラウスの軌道修正により、一九七〇年に刊行された『山の音』の英訳 *The Sound of the Mountain* は、川端のみならずサイデンステッカーの翻訳者としての存在感を示す契機にもなった。その翻訳で、サイデンステッカーが、全米図書賞の翻訳部門賞を受賞したからである。同賞は、一九五〇年以来続くアメリカ国内でも権威ある文学賞の一つで、ウィリアム・フォークナーやノーマン・メイラー、ソール・ベローなど、多数の文芸界の巨匠たちに授与されている賞でもあり、一九六七年から翻訳部門の枠が新たに設けられている。サイデンステッカーの受賞直後の『ニューヨーク・タイムズ』紙には、受賞を伝えるクノップフ社の広告「全米図書賞受賞者　エドワード・G・サイデンステッカー　川端康成『山の音』の翻訳による」("Winner of a National Book Award Edward G. Seidensticker for his translation of THE SOUND OF THE MOUNTAIN by Yasunari Kawabata")が掲載されている。[45]

徐々に築き上げられた川端の認知度や文学賞、またサイデンステッカーの翻訳に対する評価など、アメリカにおける川端著作の実績が積み重ねられることにより、[46]シュトラウスの出版方針は軌道修正された。その結果、川端作品の英訳化は引き続き継続されることとなり、最終的に、囲碁という英語圏に移植しづらい難解な題材を扱った『名人』の翻訳に結びつくことになる。

7 翻訳者、著者、編集者の密なやりとり

ここまで、クノップフ社から刊行された日本の小説の特徴や、英訳対象となる小説の諸条件、英訳の出版方針の変遷を明らかにしてきた。では、その英訳テクスト自体は、どのような環境下で生成されていたのだろうか。それぞれの作品の翻訳現場を見る前に、当時のクノップフ社における日本文学の英訳・刊行現場の様相を、ここで詳らかにしておきたい。

クノップフ社の創業者であるアルフレッド・A・クノップフは、一九六四年に「出版業の昔と今――一九二一年から一九六四年まで」（"Publishing Then and Now: 1921–1964"）という講演の中で、「最初の大きな変化は、私の考えでは編集者が出てきたことであった」と「編集者」の登場が出版環境に大きな変化をもたらしたと強調している。[47]「かつて本格的な小説家たちは、自身の能力をより強く信じていた」と述べるクノップフは、中には閲読者の助言を歓迎した例外、例えばジョゼフ・コンラッドやジョン・ゴールズワージーなどはいたものの、一般的には作家が「書き」、しかもそれらの作品を見事に書いていたこと、そして出版者たちはあくまでも「出版者」であったと回想する。[48]だが、一九五〇年代半ばに日本文学翻訳プログラムが始動した頃のクノップフ社の編集現場は、クノップフが語るような、出版社側のテクスト生成への関与が最小限であった時代とは、全く異なる様相を呈していた。

図序−1は、日本文学翻訳プログラムにまつわる出版社側の書類や編集者・翻訳者間の書簡などを元に、一九五〇年代から七〇年代のクノップフ社における日本文学の英訳出版環境を図で示したものである。各作品の具体的な現場の様子については後章で詳しく検討するが、ここでは本書を読み進める手がかりとして、日本文学翻訳プログラムの英訳現場の様相を素描しておくことにしたい。

まず、図左手に示した英訳現場に注目しよう。既に幾度か述べたように、クノップフ社では存命中の作家の著作を刊行していたが、そのため、図中の翻訳者、著者、編集長（シュトラウス）、三者間の矢印が指し示すように、彼らのあいだで密なやりとりがなされていた。その内容は契約条件の交渉等の出版にまつわる諸連絡から、訳文の内容に関するものまで多岐にわたるが、本書で主に扱うのは、彼らのあいだで交わされた英訳版テクストに関わる書簡のやりとりである。

これら三者に加え重要な役割を担うのが、図序−1中の、先に挙げた三者の下に示した「助言者」（advisor）、そして「閲読者」（reader）である。この助言者にあたるのが、この章でも登場したヒベットを含む日本研究者たちで、彼らはシュトラウスからたびたび問い合わせを受け、英訳候補となる小説について助言をしていた。また、閲読者たちは、候補となった小説が英訳に向いているのかどうかについて報告書を提出する役割を担っていた。彼らに加え、クノップフ社の英訳出版環境を考察するにあたり忘れてはならないのが、シュトラウスの同僚編集者たちが関わっていたという事実である。彼らは編集者として、日本語を知らない英語を母語とする者として英訳原稿に目を通し、シュトラウスに助言をしていた。そして時には、その助言が英訳文の編集や校正手法に影響を及ぼすことになる。

次に、図の右手に目を向けつつ、この現場の様子を書き起こす手がかりの一つとなった、ある一

図序－1　クノップフ社の日本文学英訳現場、1950年代～70年代

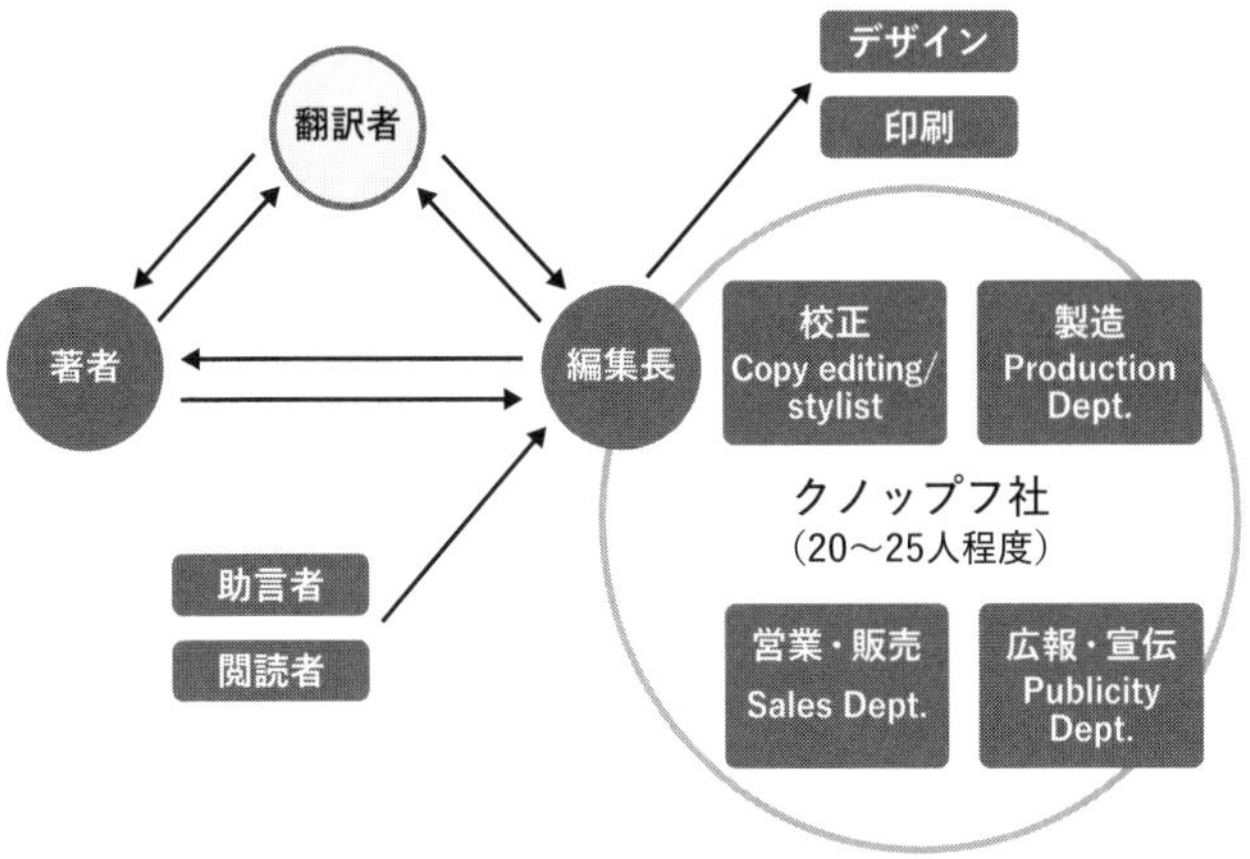

＊当時の現場にまつわる史料・書簡等を元に執筆者が作成

通の書簡を見てみることにしたい。それが、まだ日本文学翻訳プログラムが始まって間もない頃、シュトラウスが三島由紀夫の『潮騒』の英訳を担当したメレディス・ウェザビー（Meredith Weatherby, 1915–97）に宛てて書き送った一通の書簡である。当時、翻訳者たちは、クノップフ社との契約により、タイプした原稿を二部提出することを義務付けられていた。書簡の中でシュトラウスは、なぜこのような負担が翻訳者に課せられるのか、その理由を次のように記している。

> デザイナーと印刷業者のところへ原稿を発送し、またその校正刷が届くまでの時間を合わせると、二ヵ月以上かかる可能性があります。その間に、原稿の写しを我が社の販売員や広告マン、広報・宣伝担当者などの間で回し読みするのが通例です。そうすることにより、本が印刷に回される頃には、約二〇～二五人もの人々が、その概要を十分に把握していることになります。

原稿の写しが一部ないと、この人たちに校正刷の予備を支給できるまで待たねばならなくなります。[49]

この書簡からは、英訳原稿の校正刷が出るまでに、販売を担当するセールス部門、宣伝やマーケティング手法を練るパブリシティ部門のスタッフたちが、もう一部の原稿を回し読みし、出版準備を整えていたことが読み取れる。この二部門に加え、図序－1にも示した通り、クノップフ社では、原稿を校正するコピーエディティング部門、書籍の印刷や製作を担当するプロダクション部門などを含む、複数の部門が出版過程に携わっていた。さらに、図序－1の円内に示した社内スタッフの他にも、社外のデザイナーにカヴァーのデザインを外注するなど、多くの人物による共同作業のもと、日本の小説の英訳が生成・編集・調整されていた。

従来の日本文学の英訳に関する研究というと、翻訳者とテクストとの関係性に着目し、原文と訳文とのあいだに生じる落差は、あたかも翻訳者の手によるものであるかのように語られる場合が多く見受けられる。だが実際には、訳文は複数の工程を経て生成され、さらにその過程には、翻訳者のみならず編集者、そして出版社内外のスタッフなど、多数の人的要素が加わる。そのうえ、翻訳当時の原稿作成・複写方法に関わる技術的・経済的要素などの環境要因など、さまざまな力学が絡んでいた。

では、その翻訳・編集・出版過程において、彼らは、日本語圏と英語圏との言語間や文学規範、そしてその根底にある文化的差異を、どのように乗り越えていたのだろうか。以降の章では、その日本文学の英訳・出版現場の内実に、深く分け入ることにしたい。

第一章　日本文学の異質性とは何か——大佛次郎『帰郷』

英訳版『帰郷』*Homecomming*
（Knopf, 1955）

異邦人となって了った恭吾には古い茶室の面白味がわからなかった。苔だけの西芳寺の庭や、竜安寺の石の庭は変っていて面白いし美しいと見たが、やはり簡素な味だの、草や木に愛着を寄せて生活の貧しさに耐えて来た人間の設計だと感じた。

——大佛次郎『帰郷』第十三章

Kyogo had become too much a foreigner to appreciate the old teahouses. The pure moss garden of the Western Fragrant Shrine and the rock gardens of the Temple of Dragon's Peace interested him because of their different beauty; but here too he saw the taste of a people who had learned to bear the meagerness of their lives by cultivating a fondness for simple things like herbs and plants.

——Jiro Osaragi, *Homecoming*, tr. by Brewster Horowitz, Chapter 13

第二次世界大戦後初の同時代の日本の小説の英訳として、また日本文学翻訳プログラムの第一弾としてクノップフ社から刊行されたのは、大佛次郎の『帰郷』であった。一九五五年一月に刊行された『帰郷』の英訳 *Homecoming* は、ブリュースター・ホロヴィッツ（Brewster Horwitz, 1924–54）が英訳を担当している。

ホロヴィッツは、戦時中に米軍の語学訓練プログラムを受け、ニューヨーク大学の古典・東洋言語学部で修士号を取得しているが[1]、シュトラウスがホロヴィッツを見いだしたのは、全くの偶然によるものだった。シュトラウスがビザを取得するため、在ニューヨーク日本国総領事館を訪れた際に、そのパスポートにスタンプを押したのが、ホロヴィッツだったのである。シュトラウスは後に、翻訳者探しに難航している最中に訪れた、この数奇なめぐり合わせを、こう回想している。

彼は、私のパスポート・ビザにスタンプを押した際に、自分ならその仕事ができるという思いも寄らない提案をしてくれた。彼が一世代に数人しか出現することのない翻訳の天才とも言えるような人物であることが判明し、大佛の『帰郷』を我々のために翻訳したのだった。[2]

ところが、この英訳版『帰郷』には極めて興味深い点がある。収録された序文は、翻訳者のホロヴィッツによるものではなく、担当編集者であるシュトラウスが手掛けたものであった。

翻訳文学における序文は、その国の文学や著者に不案内な読者でも読み進めやすいよう、原著者やその著作の特色、作品の特徴を把握するための手がかりとなる主題やモチーフの紹介に加え、原著を取り巻く文化環境・社会状況などを含む情報を予備知識として読者に提供するという補助的な役割をも果たす。通常は翻訳者やその分野の専門家が手掛けることが多い。クノップフ社の書籍の場合、序文は必ずしも付されているものではなく、あえて必要だと判断された場合にのみ付されていたようだ。戦後期に同社が刊行した日本文学の場合を確認すると、序文が付されているのは、翻訳プログラムの序盤に刊行された『蓼喰ふ虫』や『雪国』、『金閣寺』などに限られ、一九六〇年代以降には、囲碁を題材とした『名人』など異文化要素の説明が必要となる場合を除き、序文はことごとくその姿を消している。

なかでも、シュトラウスが自ら筆をとり、日本文学翻訳プログラムのプロローグとしてしたためた『帰郷』の序文には、英訳出版への意気込みのみならず、彼が当時、日本の小説をアメリカの読者にどのように紹介しようとしていたのかを知る手がかりが残されている。

この序文でとりわけ特徴的なのは、作品の成立経緯の解説に重きが置かれるのではなく、「我々の〔ノヴェルとの〕違いは目立つようなものではなく、見落とされそうな違いである。だが、いくつかの特徴に注目する読者は、より大きな喜びを得ることだろう」という前置きに続けて、『帰郷』に見る日本の小説の特色・異質性が次々と書き連ねられているという点にある。[3]

なぜシュトラウスは序文でこのような手法を用い、どこからその着想を得たのだろうか。[4]

1　日本の小説の読ませ方――手引としての英訳版序文

その重要な手がかりとなる史料が、クノップフのアーカイヴズにある『帰郷』英訳関連の史料フォルダーに保管されている。フォルダー内の史料に一枚一枚目を通してゆくと、そこには、英訳版『帰郷』が刊行される約十ヵ月前に記された、「『帰郷』に関する報告書」（"Report on HOMECOMING"）という書類が見つかる。この報告書には、"H・W" というイニシャルが付されていることから、日本文学翻訳プログラムの初期段階においてたびたびシュトラウスに助言をしていた同僚の編集者、ハーバート・ウェーンストック（Herbert Weinstock, 1905–71）が作成した報告書であることがわかる。

ウェーンストックは、チャイコフスキーやショパンなどを含む作曲家の伝記の著者として広く知られ、長年クノップフ社の編集者を務めた他、翻訳者としても活躍した。この報告書でウェーンストックが助言したのは、登場人物のリストや発音に関する覚書（"Note on pronunciation"）、序文、そして挿絵を付け足すことであった。いずれの要素も最終的に英訳版『帰郷』に取り入れられているが、この時ウェーンストックは、「この本をどう読むのか、読者に親切に伝える簡潔な序文があるほうが良いと思う。これ〔この小説〕に顕れる「日本の小説の一般的な特徴」を示したものを」という提案をしている。[5]

ウェーンストックからの助言を得たのち、シュトラウスが執筆した『帰郷』の序文は次の一節に始まる。

これまで我々は日本の最も優れた近代文学という豊かな世界から締め出されてきた。〔先の〕戦争以来、同時代の小説は英訳されてこなかった。戦前にはたった数冊、ごくわずかではあるが、ここ〔アメリカ〕でも全くの偶然により翻訳が出ている。例えば、鶴見祐輔の感傷的な小説『母』の場合は、たまたま著者が英語を知っていたことから、彼が一九三二年に自ら翻訳を手掛けている。[6]

シュトラウスはこの冒頭部分において、英訳版『帰郷』以前の日本の小説の英訳状況を説明するにあたり、第二次世界大戦以前に英訳された「同時代の小説」の一例として、真っ先に鶴見祐輔による小説『母』の英訳を引き合いに出している。政治家として知られる鶴見だが、旅行記や随筆、伝記、そして『母』を含む小説など、実に幅広いジャンルで活躍した著述家としての一面をも持つ。シュトラウスはこの序文に限らず、日本文学翻訳プログラムの宣伝を兼ねて『パブリシャーズ・ウィークリー』誌に寄稿した記事「日本の小説の翻訳にまつわる特異な問題」でも、『母』の英訳に言及している。

だが、日本の「近代小説」の英訳でいえば、一九一九年にクノップフ社でも、一九一六年に英語研究社から刊行された二葉亭四迷（一八六四〜一九〇九）の『其面影』の英訳 *Sono Omokage: An Adopted Husband* を元にした、*An Adopted Husband [Sono Omokage]* を刊行していたはずである。[7] それにもかかわらず、なぜシュトラウスはあえて鶴見の『母』に言及したのだろうか。さらに興味深いことに、日本文学の外国語への翻訳史をたどるにあたり、繰り返し参照される各種翻訳年表では、この鶴見の英訳版『母』の存在は、ことごとく見逃されている。[8] シュトラウスは、そもそもどのようにしてこの小説の英訳の存在を知り得たのだろうか。

その手がかりとなるのが、ウェーンストックが報告書を記した約三ヵ月後に、シュトラウスがA・F・フリンクという知人に宛てて書いた一通の書簡である。一九五四年六月二十五日付のこの書簡には、以下の内容が記されている。

> 先日、あなたがミルドレッド〔シュトラウスの妻〕に日本〔関連〕の本をくれたのは、私にとって思いがけぬ幸運でした。〔中略〕私はたまたま、我々の出版する日本の小説の翻訳第一作目のための序文を書いているところだったのですが、鶴見の『母』の序文でチャールズ・A・ビアードが述べておく必要があると感じていたことが、私の言おうとしていたことと同じようなことであったということが分かりました。アルフレッド・クノップフはビアードの熱狂的なファンで、これ〔ビアードの序文〕にひどく感心していました。[9]

この書簡に、英訳版『母』の序文の執筆者として登場するチャールズ・A・ビアード（Charles A. Beard, 1874–1948）は、何度か来日しているアメリカの歴史・政治学者である。「アルフレッド・クノップフが、熱狂的なファン」であったことは、クノップフ社でも、*The Economic Basis of Politics*（『政治の経済的基礎』; 1922）や *A Foreign Policy for America*（『アメリカの外交政策』; 1940）など、ビアードの著作を出版していることからも裏付けられるだろう。では、そのビアードが序文を認め、シュトラウスが刺激を受けたという『母』の英訳は、どのような経緯で出版されたのだろうか。

2　シュトラウスの発想源、鶴見祐輔の英訳版『母』

鶴見祐輔による小説『母』は、『婦人倶楽部』での連載を経て、一九二九（昭和四）年に大日本雄弁会講談社（現・講談社）から単行本が刊行されている。ノンフィクション作家の澤地久枝が子供の頃に出会った印象深い本として挙げ、「日本の母はかくあれと大衆に向けて説く」ことを目的としたものと振り返った[10]この小説は、昭和初期のベストセラーとして人気を博した。『母』には、洋行帰りの大河澄男のもとに嫁いだ朝子の、夫との不和やその愛人との対立、彼の死、さらには自ら立ち上げた事業の失敗など、度重なる困難に見舞われつつも逞しい婦人へと成長を遂げ、息子を立派な人物に育てるべく大正の動乱期を果敢に生き抜く姿が描かれている。英訳版は、単行本の刊行から約三年後の一九三二年に鶴見自身の手により訳され、ニューヨークのレイ・D・ヘンクル社から *The Mother* として出版された[11]。

『母』が英訳されるに至った事の始まりは、鶴見がニューヨークで過ごした一九一八年に遡るという。鶴見はこの時のことを、『欧米大陸遊記』（一九三三）に収録された「英文『母』の執筆」と題した一節において、こう述懐している。

> 私が大正七年に紐育《ニューヨーク》で痛感したことは、一国が他国に本当に了解せられるのは文学の力である、といふことであつた。当時露西亜《ロシア》は共産主義政府のできて間もなくのことで、米国人は共産主義を蛇蝎《だかつ》のごとく嫌つた。それでゐて、本屋では露国ものが花形であつた。その理由を

探索して、私は露国の小説にぶつかつた。米国人は帝政露国の時も、共産露国の時も、同じやうに政治を離れて、露西亜国民といふものに親しみを抱いたのだ。それは露西亜小説のお蔭だ。トルストイやツルゲニエフやドストイエヴスキーを読んだ何百万の米国人は、露西亜人といふものに対してある親しみを持つてゐたのだ[12]。

この時の実感から鶴見は、「日本が本当に世界に了解せられるためには、どうしても日本の文学、殊に小説を紹介しなければいけない。それも現代の作品でなくてはいけない」と考えるようになり、以後、その必要性を訴え続けることになる[13]。

アメリカのコロンビア大学で六回にわたり講義を行なった際（一九二四〜二五）には、第四・第五講に「現代文学——小説・戯曲・詩歌」（"Modern Literature — The Novel, The Drama, and Poetry"）という題目を選び、日本近代の小説・詩歌・戯曲を取り上げ、明治維新から同時代にかけての文学作品を、日本文学の特色を交えつつ時系列に沿って詳しく紹介している[14]。

鶴見はなぜこのような話題を組み込んだのかについて、『北米遊説記　附・米国山荘記』（一九二七）の「日本文学の世界化」という一節の中で詳しく説明している。「自分は永い間考へてゐたことがある。それは日本の世界に了解せられざる重大なる原因の一つは、日本語が外国人に習得せられず、従つて日本の文学が外国人の手の届かぬ距離にあるためである」という鶴見は、軍人・外交官・商人・留学生としての日本人は知られているものの、「日本人のありのまゝの姿」が知られていないために、「日本人は世界といふ家族団欒《だんらん》のうちの、気の置けない一員にはなりきれない」と主張する。その具体的な方法として長年考えていたのが「日本現代文学の英訳」であり、「そのつたなき三番叟《さんばそう》」として組み込んだのが、コロンビア大学での現代日本文学に関する一講であった[15]。この講演が行なわれたのは、排日移民法が成立した頃のことで、鶴見がアメリカにおける排日感情を解決すべくその糸口を模索していた時期にあたる。そのような緊張関係があったからこそ、異文化理解における文学の大切さが殊更痛切に感じられたに違いない[16]。

さらにシカゴ大学で毎年夏に行なわれる国際問題に関する研究会議（一九三〇年六月）に招かれた折には、日米関係を主題とした円卓会議において、「日米両国の文化的接触といふことで、殊に米国国民が日本の現代文化に全然無知識であることが、両国誤解の大きい原因」だと力説している。その後この会議では、「どうしたら現代日本文化を米国に紹介することができるかといふ議論」にまで発展したという。そこで鶴見が提案したのが、日本の小説の翻訳をすること、そして歌舞伎をニューヨークやシカゴなどで上演し、日本画展をアメリカの各市で開催することであった[17]。今でいうところの「ソフトパワー」としての文学翻訳の意義を見いだした鶴見は、その後一年間、この案を実現させようとアメリカ各地の有力者を説得してまわっている。だが、その願いは、ある歴史的事件により阻まれることになる。この時のことを一九三三年に振り返りつつ、鶴見は次のように述べる。

その議は大いに熱してゐた処へ満洲問題が勃発し、遂にその機会を失してしまつたけれども、今後何年かの後『日本文化の輸出』をしたいといふことが、私の熱烈な希望だ。もう日本は自国の文化を世界に輸出すべき時期に到達してゐる。たゞ言葉といふ障害のため、今日までこれができずに居ることは、返す〴〵も遺憾なことである。米国側に於ては、これを受け容れる機運は今や熟せんとしてゐるのだ。[18]

「今後何年かの後『日本文化の輸出』をしたい」と語っていた鶴見であったが、満洲事変で計画が立ち消えとなった後、彼が再び日本文化の輸出に向けて活動を再開した記録は残っていない。鶴見は、日本の小説の英訳計画に着手した頃のことを、次のように振り返っている。

今度も渡米するとすぐ私は、紐育の太平洋問題調査会[19]の仲間にこれを勧説し、一方には日本に手紙を出して、ある文芸批評家と小説家とにその翻訳すべき作品の選択を依頼した。それが定まつたら誰か紐育で日本人を捜して翻訳して貰つて、更にこれを米国人の文章家に見て貰つて、本屋から出版させようと計画した。[20]

アメリカ側、日本側の双方に働きかけ、日本の小説の英訳計画を形にしようと試みた鶴見であったが、この計画は思うように進まなかったという。だが、鶴見がこの翻訳計画に取り組み始めて半年ほど経った後、ある転機が訪れる。

日本からは返事は来ず、米国側でその冒険をしようといふ出版社は見当らずして困つてゐると、或日突然一人の米国人が私を尋ねて来た。それが出版社のヘンクル君であつた。

どこから聞いたか同君は、私の小説『母』を出版したいと言ひ出したのである。それで私も他人の作品を出版する為めの努力が、半年かゝつて埒《らち》〔ママ〕が開かず困つてゐた際であつたので、それでは同じ試験なら、自分のもので試験しようと考へて、とう〳〵小説『母』を自分で英訳することに決めたのである。[21]

この時、鶴見に『母』の英訳化をもちかけたレイ・D・ヘンクル（Rae Delancey Henkle, 1883–1935）は、『ニューヨーク・ヘラルド』紙（*The New York Herald*）外信部の編集者や『クリスチャン・ヘラルド』紙（*The Christian Herald*）の編集長を務めた経歴の持ち主で、一九二七年に出版社であるレイ・D・ヘンクル社を設立している。ヘンクルは惜しくも、『母』の英訳が刊行されてからわずか三年後に死去し、アメリカの出版業界誌『パブリシャーズ・ウィークリー』にその追悼記事が掲載された際には、「ヘンクル氏は三年前、この国で刊行される現代日本小説の英訳としては初めてとなる鶴見祐輔の『母』を出版した」という紹介がなされている。出版業界において、同時代の日本の小説を初めてアメリカに紹介した人物として認識されていたことが窺える。[22]

鶴見がビアードを初めて知ったのは、自身の師である新渡戸稲造《にとべいなぞう》（一八六二〜一九三三）に同行し、初の渡米を果たした一九一一年に遡る。渡米中に、ブラウン大学の教授からビアードの本を薦められたという。その八年後の『ニュー・リパブリック』誌（*The New Republic*）のパーティーで本人と初めて対面しているが、二人が親しくなる直接のきっかけとなったのは、東京市長に就任した後藤新平《ごとうしんぺい》（一八五七〜一九二九）からの頼みで、鶴見がビアードに、東京市政の改革の手伝いを要請したことであった。一九二四年五月の総選挙において鶴見が落選した折には、ビアードから「コロムビア大学に来り、講演せよ。その他の大学の方も都合できると思ふ」との招待を受け、[23]アメリカ各地で日本事情を紹介する講演を行なっている。その一環として組み込んだのが、先に挙げた現代日本文学に関する一講であった。講演旅行を終え帰国した鶴見は、その二年後の一九二七年に著述活動を本格的に開始し、小説『母』を連載した。二年にわたる連載期間中にも、一九二七年、二八年と鶴見が渡米した際にニューヨークで会うなど二人の交流は続き、『母』の単行本が刊行された翌年の一九三〇年にアメリカに長期滞在した際に、鶴見はビアードに英訳版『母』の序文を依頼している。

3 ビアードが序文に記した注意書き

英訳版『母』の巻頭に登場するビアードの端書き（"Prefatory Note"）の冒頭には、彼が序文を引き受けた経緯が綴られている。それによると、序文の依頼を受けた当初、ビアードは、序文というものは文人の手によるものであるべきだと助言したそうだ。だが鶴見の友人たちから、日本を訪れたことのあるそのような人材はまだほとんどいないという反論に遭ったという。ビアードは「この本の文学的、精神的価値について、私は専門的適性をもって語ることはできない」と、門外漢である自身が序文を手掛けることへの不安を滲ませる一方、「だが、もしかしたら私でも、話の流れをたどるにあたり、その道のりを照らし出す手助けとなるような、少しばかりの情報を読者に提示できるかもしれない」と述べる。[24] このような前置きに続けて、鶴見の来歴やアメリカとの関わり、彼の著述活動、そして『母』が刊行後、年間二五万部という異例の売り上げを記録する大ベストセラーであったことなど、作品の背景説明が書き連ねられる。だが、この序文でとりわけ注目したいのは、これらの説明に続く結びの二ページである。その箇所は、次のような一文に始まる。

この小説の形について判断を下すにあたり、文芸評論家たちは、当然のことながら自分たちの〔文学〕規範（canon）に導かれることだろう。だが戒めとして、一つ、二つの注意書き（one or two *caveats*）を組み込んでも差し支えあるまい。[25] 文芸批評家たちに向けたこの警句を据え、ビアードは日本の小説の特徴について説明を繰り広げる。ビアードはまず、日本人の物の考え方や捉え方が、そもそも西欧の場合とは異なることを強調する。

日本人の物の見方は、これまで哲学やギリシャ劇の論理に支配されることはなかった。西洋の型よりも構造的にシンプルで、柔軟性が高い。自国の文学的伝統に忠実な鶴見氏は、話の最初から最後まで、論理的な展開（logical development）に従うのではなく、彼自身の心持ちに合わせて漂い、彼の精神がそう求めるのと同じ唐突さで場面を転換させる。日本人は、ちらりと垣間見えるもの（glimpses）や、挿話（vignettes）、そしてひらめき（flashes）――彼らの直感的な洞察力を抑制的に表現したものに傾倒しており、込み入った論議の長い連鎖をたどろうとしたがらない。これは、鶴見氏がその語りを幾度も中断し、彼の小説の登場人物たちに思いを馳せ、意のままに過去に戻る、いわゆる「振り返り」（set-back）を、実にのびのびと用いる理由の説明の一助になるかもしれない。[26]

ビアードは真っ先に、日本人の精神構造が西洋の哲学やギリシャ劇の構造とは異なることを強調し、鶴見の小説の特徴に関する解説を交えつつ、両者の根本的な差異を浮き彫りにする。それとともに、『母』においてその語り（ナラティヴ）が時折断ち切られ、回想場面が挟み込まれることに前もって言及することにより、読者がこの作品を読み進めるにつれ抱き得る違和感を和らげようとしている。

西欧と日本の精神構造の差異に切り込んだビアードは、二つ目の注意事項について説明を展開する。

この場合もまた、日本人は生命の神秘や美しさを目の前にすると、饒舌でなくなる。彼らは、重要な局面や問題を、わずかな仕草や物で象徴し、残りは観察者に想像の余地を残すことを好む。例えば、並外れて美しい庭を通って客人を案内する場合、主人は沈黙を守るか、あるいは、もしその時の心地良さが発言を必要とするならば、あるいは特別に美しく紅葉した一枚の葉の葉先のことを口にするかもしれない。能の何気ない仕草ひとつで、熟練者には、口達者な西欧の話し手による演説一つよりも、多くの意味が伝わることもある。[27]

ビアードは、客を迎え入れ、邸内の庭を案内する主人の些細な動作、そして日本の小説に先んじて西欧で紹介されていた能を引き合いに出し、この小説を介して読者がこれから接する未知の文学形式の根底にある文化的背景を描き出そうと試みている。[28]これらの注意事項を読者に伝えた後、ビアードは、序文を次のように結ぶ。

それ故に、批評力のある読者は、この話を読み進めるなかで日本人の物の見方と向き合う際に、自分自身に限界があることを常に心に留めておくとともに、西欧の規準を当てはめて考えるより、適応できるよう努めなければならない。日本の習慣や思想を明らかにするほか、この小説はそのように扱うならば、西欧側の日本人の心理に関する知識に寄与するものである。[29]

ここでビアードは、先に挙げた警句を彷彿とさせるような、「西欧の規準を当てはめる」ことの危険性について言及している。読者に注意を促すビアードの口調は、仮にこの小説に対して違和感や拒絶反応を覚えたとしても、それは読者（文芸評論家たち）自身の能力の限界の顕れであると言わんばかりの口調である。このようにビアードは、警句を交えつつ説明することにより、読者が慣れ親しんだ論理構造や文学形式と日本のそれとの差異を、あらかじめ印象付けようと試みている。そうすることにより、アメリカの読者が踏襲してきた西欧文学の規範、規準でこの小説を判断するといった事態を事前に回避しようと試みているのだ。そして、このビアードの手掛けた序文は、第二次世界大戦後に、シュトラウスによる日本小説英訳の序文の発想源として、期せずしてクノップフ社日本文学翻訳プログラムに結びついてゆくこととなる。

4 シュトラウスが序文に記した日本の小説の特徴

大佛次郎の現代小説『帰郷』は、元海軍将校で、役所の金に手をつけ引責辞職した後、長年欧州各地やシンガポールなどを転々としてきた主人公・守屋恭吾が、あることをきっかけに敗戦後の日本に帰国し、娘との邂逅や故国のかつての面影を探す旅を経て、再び日本を離れるまでの経緯が描かれる。ここでは、その英訳版の序文の内容を確認するとともに、そこにシュトラウスが記した日本の小説の特徴を見てゆくことにしたい。

第一節でも既に述べた通り、『帰郷』の序文冒頭は、鶴見の『母』などに言及しつつ、これ以前の日本文学の英訳状況を紹介する。加えてシュトラウスは、既にアメリカの読者にとって馴染みのある日本の絵画や伝統芸能など、小説に先んじて紹介されていた日本文化の存在に触れ、「日本の絵画に対する審美眼は洗練されたものだが、日本の小説に対する目もまた、確かに養われなければならない」と、読者に訴える。[30]

このような前置きに続けてシュトラウスが綴ったのが、この章の冒頭でも触れた「我々の〔ノヴェルとの〕違いは目立つようなものではなく、見落とされそうな違いである。だが、いくつかの特徴に注目する読者は、より大きな喜びを得ることだろう」（"The differences from ours are not obtrusive, and one can easily overlook them; but the reader who watches out for certain traits will have the greater pleasure."）という一文であった。[31] シュトラウスは、日本の小説の特性や西欧の小説との差異が、小説を読み進める際に「目立つようなもの」にはならないと強調したうえで、読者にむしろその異質性を愉しむよう誘っている。ビアードの読者を諭すような警句に比べれば、シュトラウスの口調は柔らかなものである。だが、日本の小説の異質性に対する読者の抵抗感や拒絶反応を和らげるための前置きに続けて、日本の小説の特徴を述べるという筆の運びは、彼がビアードの序文に触発された痕跡とも言えるだろう。

シュトラウスは『帰郷』にいかなる「日本の小説の一般的な特性」を見いだし、その読み方を読者にどのように伝授しようとしたのだろうか。シュトラウスは、その序文において日本の小説の特徴を四ページにわたり説明している。ここでは、クノップフ社の英訳・出版現場を考察していくうえで特に重要と思われるいくつかの問題に焦点を絞って見てゆく。だがその前に、まずは必要な前提として、ある翻訳問題に触れておくことにしたい。

5 「竜安寺」あるいは「ドラゴンの安らぐ寺」

『帰郷』の英訳が出てから三三年後の一九八八年九月にパリのユネスコ本部で行なわれた講演において、文芸評論家の江藤淳《えとうじゅん》（一九三二〜九九）は、クノップフ社から刊行されたエドワード・G・サイデンステッカーの訳した『細雪』（*The Makioka Sisters*, 1957）に言及し、上巻第二十二章のある一節において、大森・麻布・丸の内等の地名が省略されていることを指摘している。江藤は、これらの地名が作中においていかに重要な意味合いを持つか、また、どのような土地柄の違いを示唆しているかを解説しつつ、英訳における地名の省略の要因を次のように推察している。

一見したところ、翻訳者は、ある種の言語学者が主張するように、地名や固有名詞は「無意味」だからという理由で、これを省略したかのように見えます。しかし、私はこの考えには同調することができません。全く逆に、私は、翻訳者が地名や固有名詞を省略したのは、レヴィ−ストロースが『野生の思考』で述べている通り、やはりそれらが日本文化の構造そのものに深く根ざした言葉だからに違いないと考えています。〔中略〕もし翻訳者が、地名や固有名詞を省略せずに訳していたとするなら、彼は日本文化の多次元的体系のなかに存在するある具体的な位置に触れなければならなくなるでしょう。そして、もし彼が現実にこの方向にコミットしたとすれば、彼はたちどころに依拠すべき西欧の物語話法《ナラトロジィ》の体系を奪われてしまうことになります。これこそ翻訳者が、本来重要なはずの地名や固有名詞を、英訳のテクストから削除した最も緊要な理由の一つだったに違いありません。[32]

ここで江藤は、地名・固有名詞の背負う文脈や含蓄がもはや無意味であるという一部の言語学者たちの主張を批判する一方、文化構造と密接な関わりを持つ地名・固有名詞を異なる言語圏に移すことの難しさに配慮している。いわばどっちつかずの議論を展開しているわけだが、実はこの講演内容は、江藤の持論、「日本語で書かれた原作品が、たとえば英語に翻訳された場合にすっかり変貌してしまうおそれ」に根ざしたものであった。この講演の前日にレヴィ＝ストロースと対談した江藤は、西欧の文学作品の日本語訳の場合とは大きく異なり、日本の文学作品の英訳を、翻訳者が「翻訳の過程で、ことも無げに原作品をまったく異なったタイプの文学的テクストに変えてしまう」ことから、この問題にこだわるようになったと明かしている。[33]

江藤はこの講演の前後に、地名・固有名詞の翻訳に言及した講演を、他にもいくつか行なっている。[34]その中には、ロンドンのジャパン・ソサエティーで行なわれた講演も含まれていた。講演内容を新聞で断片的に知った翻訳者のサイデンステッカーは、自身の翻訳が批判されたものと受け取ったようだ。翌年に龍谷大学において行なわれた講演において、サイデンステッカーは、「翻訳に全ての固有名詞がある〔訳出されている〕というわけではないことが、ひどく彼〔江藤〕の気にかかったようです。その一つ一つが著者により厳選されたものである、と彼は主張しています。そして、その一つ一つに、日本人にはすぐにわかるような豊かで繊細な含蓄がある、と[35]」と前置きをしたうえで、その翻訳問題の内実を次のように明かし、反論している。

いくつかの解決策が考えられますが、どれも完璧なものとは言えません。まさにこのこと、つまり、翻訳がジレンマの連続であるということを、江藤氏のような人たちは理解していないのです。〔中略〕悲しいことに、日本語の語彙の大部分は、固有名詞であるにせよないにせよ、アメリカの読者、そしてヨーロッパの読者たちの大多数にとってまったく異様（outlandish）なものです。〔中略〕彼〔翻訳者〕は、その一部、あるいは全てを、小石川は“Pebble Brook”（小石、小川）、そして衣笠山は“Silk Sedge Hat Mountain”（衣／絹、スゲ、帽子、山）などというように試訳することもできます。しかし、一風変わった感じや重苦しい印象が生まれ、また二番目の例が示すように訳のわからない印象をも残すでしょう。時間をかけて本文、あるいは脚注で各地名について説明することもできますが、これでは原文にあるリズムをすっかり変えてしまうことになり、読者の読む意欲を失わせてしまうことにもなります[36]。

サイデンステッカーは、翻訳の実際問題として、地名の負う文脈や含蓄を全て訳出することが読者の興味を削ぐばかりか、文のリズムを乱す原因になりかねないと説いている。このように地名の英訳はさまざまな翻訳問題を孕む。実はこの問題こそ、三四年前に、すでにシュトラウスが『帰郷』の英訳現場で直面していた問題であった。
序章でも述べた通り、シュトラウスは『帰郷』、そして『蓼喰ふ虫』の英訳出版に先駆け、「日本の小説の翻訳にまつわる特異な問題」を、『パブリシャーズ・ウィークリー』誌に寄稿している。上記二作品の英訳準備段階において、シュトラウスが実際に経験したことを凝縮した形で書き綴ったこの記事で真っ先に紹介したのが、人名の表記方法や地名など、固有名詞に関する翻訳問題であった。

シュトラウスは記事の中で、地名を全て翻訳することは可能だと述べつつも、「東京」をその字義通りに“Eastern Capital”（東の都）と訳すこと、また賀茂川（“the Kamo River”）をその漢字表記の意味合いで“the Happy Verdant River”（幸福な緑に囲まれた川）と呼ぶことは考えられないと述べている。さらにシュトラウスは、しばしば日本人が元々の意味を無視して、この“the Kamo River”から“Kamo”の異形同音異義語である「鴨」“the Duck”を連想する傾向があることを説明する。[37] シュトラウスらが直面した翻訳問題の焦点となったのは、この地名の由来やその漢字が負う意味、そしてその地名から連想する文脈などを、どこまで英訳において反映するかということであった。

前掲の記事を見ると、シュトラウスは、東京や賀茂川などの地名の漢字が持つ意味・文脈を訳すことは考えにくいと述べる一方、いくつかの地名の場合には、その地名が負う意味合いを選択的に訳出した場合もある、という内情を明かしている。

けれども、いくつかの地名は“the Street of the Wood Merchants”（材木商人の通り〔木屋町《きやまち》通〕）のような洗練された（そして適当な）エリザベス朝風の表現に、またその他にも、“Golden Tower Shrine"〔金閣寺〕や"Temple of Dragon's Peace"〔竜安寺〕などは日本語から伝わるのと同じような優美なヴィジュアル・イメージになるため、そのような場合には、〔地名を〕翻訳することにしました。[38]

この記事でシュトラウスが例として挙げた「賀茂川」「木屋町通」「竜安寺」などの地名は、『帰郷』の本篇の第十三章（「過去」）に登場する地名である。地名や通りの名前、寺社名などが頻出するこの章において、固有名詞の呼称を単にアルファベット表記に置換するだけでは、英語圏の読者にとって、親しみのない固有名詞ばかりを羅列した文章が出現することになりかねなかった。だが、ここで初めて、シュトラウスの採用した地名の選択的な訳出手法が威力を発揮することになる。例えば、「元誓願寺」は英訳版では"the Temple of the Original Vow"となり、また「室町姉小路」は"Elder Sister Lane in Muromachi"となる。[39]「愛宕山」はその呼称通りに"Mount Atago"と訳されているが、清水寺は"Clear Water Shrine"に、そして苔寺は"the Moss Temple"となる。[40] このような選択的な翻訳手法を用いると、原文と英訳文の印象はどのように変化するのだろうか。

『帰郷』の第十三章には、主人公の守屋恭吾が日本に帰国後、京都の名所旧跡を訪れ、彼の視点から貧しさの中に美を見いだす日本人の美の世界が語られる、次のような一節が登場する。

異邦人となって了った恭吾には古い茶室の面白味がわからなかった。苔だけの西芳寺の庭や、竜安寺の石の庭は変っていて面白いし美しいと見たが、やはり簡素な味だの、草や木に愛着を寄せて生活の貧しさに堪えて来た人間の設計だと感じた。[41]

この箇所は、英訳版では以下のように訳出されている。特に下線部の寺社名がどのように変換されているのか、着目されたい。

Kyogo had become too much a foreigner to appreciate the old teahouses. The pure moss garden of the Western Fragrant Shrine and the rock gardens of the Temple of Dragon's Peace interested him because of their different beauty; but here too he saw the taste of a people who had learned to bear the meagerness of their lives by cultivating a fondness for simple things like herbs and plants.[42]

原文を単独で読むと、この引用箇所は、読者の既成知識に頼りながら、名所に言及しつつ日本特有の美を平板に分析した記述に過ぎない。しかし、クノップフ版の英訳では、西芳寺は"the Western Fragrant Shrine"に、そして竜安寺は"the Temple of Dragon's Peace"となり、その漢字が負うところの意味が如実に表出している。名所の漢字表記が負う意味を訳出した結果、長年の海外生活でもはや異邦人となった恭吾の目で見た西芳寺や竜安寺は、「西洋の芳香が漂う聖堂」、そして「ドラゴンの安らぐ寺」となり、異国情緒豊かな日本（京都）の情景として描かれることになる。たとえ原著の読者にとって地名の背負う文脈がそこまでの意味をなさなかったとしても、英訳版『帰郷』では、京都の地名や寺社名の漢字に内在する意味が英訳を通して浮き彫りにされた結果、古都の洗練された雰囲気や趣、そして異邦人となった恭吾の目から見た京都のエキゾティックな情景が、一層味わい深いものとなって伝わる。

英訳版『帰郷』では、地名の呼称を単にアルファベット化するのではなく、その漢字が負うところの意味を英訳において選択的に表面化させることにより、あたかも京都を訪れた旅行客が、初めて接する地名・通りの名の漢字を見てその由来に思いを馳せることができるような翻訳手法が採られている。『帰郷』の本文中にもあるように「名所旧蹟などと云うものが、現在の日本人の生活には段々と無意味なものになって来ている」のに対し、長年外国に暮らしてきた恭吾が「この廃れた寺々に心を惹かれている」様が、英訳版ではより鮮やかに描写されるのである。[43]

6 シュトラウスが紹介する「浮世の場面」

実はこの翻訳手法は、シュトラウスが『帰郷』の序文で紹介した、日本の小説の特徴と密接な関わりがある。シュトラウスが序文において、日本の小説に見いだされる特徴を説明するにあたり真っ先に挙げたのは、『帰郷』に垣間見える「浮世」(floating world)の要素であった。シュトラウスは、「浮世」の概念を次のように説明する。

日本では、芸術は慰めであり、感覚の愉しみに終始する。だが、この愉しみは、束の間の儚いものとして知られる。したがって日本人は、その古い仏教用語の意味合い、「〔享楽の〕浮き」(pleasure)と「憂き」(regret)の両方を示唆する「浮世」の意味合いを持ち続けてきた。[44]

シュトラウスは、この「浮世」の特徴を垣間見せる箇所が『帰郷』には数多く登場すると解説している。[45] その一例として彼が引き合いに出したのが、前節でも触れた第十三章の一場面であった。シュトラウスは、この場面について「恭吾は、非常に長い間海外に住んできたため、彼は日本をほぼ外国人の視点から見つめる」と解説し、外国人としての恭吾の眼差しを介しているため、大佛は距離を置いて日本を観察することができると述べ、だからこそ『帰郷』が日本とアメリカをつなぐ懸け橋となると説く。[46] 続けてシュトラウスは、その場面から以下の一節を引きつつ、次のように「浮世」に関する説明を展開する。括弧内は英訳版を筆者が日本語に訳し戻したものである。

"[I]t was because they were so poor that the Japanese had discovered a world of beauty unknown to Western aesthetics, and called it by names suggesting melancholy and unfulfillment … Kyogo had become too much of a foreigner to appreciate the old teahouses. The pure moss gardens of the Western Fragrant Shrine and the rock gardens of the Temple of Dragon's Peace interested him because of their different beauty; but here too he saw the taste of a people who had learned to bear the meagerness of their lives by cultivating a fondness for simple things."

Thus in a few lines Osaragi leads one into the floating world in terms comprehensible to the foreigner, and then writes an exquisite "floating scene."[47]

（「西洋人には知られていなかった美の世界を日本人が発見し、それを物悲しさ〔『帰郷』の原文では「わび」〕や物足りなさ〔「さび」〕を示唆する名で呼んだのは、彼らがあまりに貧しいからであった。[48]……古い茶室の面白みがわかるには、恭吾はあまりに異邦人と化してしまった。西洋の芳香が漂う聖堂〔西芳寺〕の青々とした苔の庭やドラゴンの安らぐ寺〔竜安寺〕の石庭は[49]、その一風変わった美しさから彼の関心を引いた。だが、彼はここにも、簡素なものに愛着を寄せることにより生活の貧しさに耐えることを学んだ人々の審美眼を見いだすのだった」

このように大佛はわずか数行で、外国人にも通じる言葉遣いで、読者を浮世に引き入れ、この上なく美しい「浮世の場面」を書く)

シュトラウスがこの場面をわざわざ引き合いに出したのには、彼がこの場面の英訳現場において前述したような地名の翻訳問題に直面し、その編集に苦心したという事情が関係していた。続いてシュトラウスは、その「浮世の場面」を次のように説明する。

このような瞬間に、小説(あるいは映画や劇)の筋の展開 (action of a novel) は一時的に中断される一方で、日本人の感性は直感的に自然を象徴したものに向けられることになる。これは、この象徴が意味するところに見向きもしない人たちからは、感傷的だとよく勘違いされる。翻訳者にとって、優美でさりげないヒントを与えるという、最も骨の折れる課題の一つでもある。[50]

シュトラウスは、アメリカの読者にセンチメンタルだと受け取られかねないこの場面において、「象徴」が何かを示唆していると明示することにより、拒絶反応を事前に回避しようと試みている。さらにシュトラウスは、この「浮世の場面」の英訳過程における現場の内情を次のように明かしている。

〔翻訳者である〕ブリュースター・ホロヴィッツは、叙述や内省から成るいくつかのこうした場面を訳す傍ら、こう書いてよこした。これら〔の場面〕は、日本の映画カメラマンが、動きのない風景のロングショットへと切り替えるようなもので、アメリカの編集者の大半が、取り除いてしまいたくなるものだ。だが、そうすることは、この小説の魂を打ち砕くことになる、と。これら〔の場面〕は、そのままにしてある。[51]

シュトラウスは、翻訳・編集現場の舞台裏を明かし、あえてその箇所を意図的に残したと断りを入れている。アメリカの読者からこうした箇所に不満が出るものと想定し、あらかじめ自己弁護を図っているのだ。そのうえで、この場面に関する説明を次のように締めくくる。

これらの節は、主観的である。だが、日本人の想像する内容は、我々のものよりもはるかに感覚的である。そのため、我々の主観的な文章は、感傷に浸りすぎ、重苦しく、自己憐憫に満ちているかもしれないが、日本の主観的文章は、気分や雰囲気を喚起するために、具体的な象徴を用い、極めて鮮やかで、知覚的であり、フランス印象派の絵画によく似ている。[52]

シュトラウスは、一見主観的な描写が、日本人の感覚的なものに根ざしたものであると断り、その描写がそもそも西欧のいわゆる「主観的な描写」とは性質が異なることを強調している。

だが、果たして原文は、シュトラウスが言うほどに鮮やかで知覚的な描写であっただろうか。むしろこの箇所は、英訳されてはじめて、その特色が一層誇張、表面化され、フランス印象派の絵画に喩えるに十分な性格を帯びるようになったと言えないだろうか。

7 プロットと「偶然のめぐり合わせ」

「浮世」の要素に続けて、シュトラウスが解説したのは、日本人が「はっきりとした解明部」(strong resolution) を嫌うということであった。シュトラウスは、欧米のノヴェルと日本の小説のエンディングの差異について、以下のように説明する。

日本人ははっきりとした解明部を忌み嫌う。たゆたい、儚きものに対して敏感な日本人は、このような結末の迎え方は作為的だと考える。極めて悲劇的な、あるいは幸福な結末の迎え方を求める代わりに、彼らは、各々の性格や運命に従って日々の生活が続いていくことを連想させるものを好む。[53]

また、シュトラウスは、この特徴をより具体的に説明するため、原著者の言わんとしていることを代弁してみせもする。

仮に日本の小説家に、彼の〔書いた〕ある結末部分について問いかけたとしたら、こう答えることだろう。「なぜあなたに教えてやらねばならないのだろうか。まだあなたにわからないのであれば、私は登場人物たちをしっかりと描き切ることができなかったに違いない」と。[54]

日本の小説の結末部分における特徴は、その後もクノップフ社での日本の小説の英訳現場において、翻訳問題として繰り返し現れることになる。ここでは、シュトラウスが日本文学翻訳プログラムの一作目の時点で、既にこの問題に着目し、序文において言及していたことを書くのみにとどめ、実例については後の章で詳しく見てゆくことにしたい。

このエンディング部分に関する説明に加え、シュトラウスがその序文において最後に挙げた日本の小説の特徴は、『帰郷』にしばしば登場する「偶然のめぐり合わせ」（coincidence）であった。

最後に、偶然のめぐり合わせの用い方についても、一言触れておかねばなるまい。日本の小説において、それは不安定なプロット（shaky plot）を支える下手な技法にはならない。その起源は、歌舞伎の伝統にある。歌舞伎では時折、主要登場人物を舞台上に集めるが、それはプロットを先に進めるためではなく、アイロニカルなニュアンスで登場人物たちを俯瞰的に対比させ、人物造作（characterization）を深めるためのものである。『帰郷』には、ナラティヴ上、何人かの登場人物を郊外の列車の同じ車両に集める必要性は、少しもない。それにもかかわらず、極めてアイロニーに満ちた、読み応えのある場面である。[55]

ここでシュトラウスは、日本の小説における「偶然のめぐり合わせ」の使われ方を説くことで、英語圏の読者にとってみれば一見不安定なプロット（筋書き）に対する違和感を事前に回避しようと試みている。

ところが、この「偶然のめぐり合わせ」やプロットの不安定さは、英訳版『帰郷』の刊行後、アメリカ各紙誌の書評において手厳しく批判される結果となった。例えば、『サンフランシスコ・クロニクル』(*San Francisco Chronicle*)紙に掲載された書評には、次のような記述がみつかる。

But it is not the plot of this novel that is important. In fact, by American standards it might well be considered trite and full of contrived situations.
What is rewarding to the reader is the telling way in which Osaragi has caught the very essence of his native land as it seeks to forget its disastrous past and to strive for a new beginning.[56]

(しかし、重要なのは、この小説のプロットではない。事実、アメリカの規準からすれば、筋はありふれた、わざとらしい状況がうんざりするほどあると見られよう。

読者にとって価値があるのは、悲惨な過去を忘れ、新しい始まりのために努力しようとする、彼の故国の本質そのものを捉えた、大佛氏の手法である)

さらに、文芸雑誌を祖とするアメリカの主要雑誌『アトランティック・マンスリー』誌(*The Atlantic Monthly*)に掲載された書評には、「これら全てが、いささかムラのある筋書きで描かれており、そこには見事な場面もあれば、多少のくだらなさも見受けられる」[57]と、書評者が『帰郷』のプロットに対して抱いた違和感が綴られている。

『帰郷』における「偶然のめぐり合わせ」が、アメリカの読者のプロットに対する拒絶反応の引き金になりかねないというシュトラウスの読みは、的を射ていたとも言えよう。だが、これらの書評内容から判断して、シュトラウスの序文での説明は、アメリカの書評者が違和感を軽減し、また彼らが従来の文学規範から抜け出す呼び水となるには、やや物足りなかったようだ。「わざとらしい状況がうんざりするほどある」（"full of contrived situations"）、「いささかムラのある筋書き」（"somewhat uneven plot"）、「多少のくだらなさ」（"touches of trashiness"）という書評者たちの言葉の端々には、彼らが英訳版『帰郷』に対して抱いた拒絶反応が見え隠れする。

「偶然のめぐり合わせ」が多すぎるというこうした批評は、原著者である大佛自身の耳にも届いていたようだ。大佛は、その後、一九七二年に記した自選集版の『帰郷』のあとがきにおいて、次のように振り返っている。

アメリカの批評家の中にも、「帰郷」には「偶然の出合」が多過ぎるとの言葉がありました。広いアメリカ大陸と違って、狭い日本の国土では人々の泳ぐ範囲が道路にしても交通機関にしても限られているので、街頭で人の出合うチャンスさえすくなくない。六本木、銀座と限らず、それぞれの人の所属する道路が、その階級や生活習慣に依って、ほぼ決っているのです。その上に、「帰郷」が新聞小説として出発したことをアメリカ人は知らないし、考えない。童話の中で、美しいお姫さまと王子は偶然でなく必ず出合います。新聞小説も、毎日進行する上で、どこかで空間の制限を大幅に要求します。舞台のドラマが、一つの幕に、飛び離れた人間が出て来ていろいろの情景（セーヌ）が順を追って紹介されても、不合理と見ないのと同じコンヴェンション（約束）と見ることもできるのです。しかし、一つの作品の欠陥としてアメリカ人のこの指摘は正しいから、その後の私は、新聞小説でも努めてこの「偶然」を避けるようにしています。[58]

アメリカの読者たちの拒絶反応を回避するため、シュトラウスは『帰郷』の英訳を刊行するにあたり、日本の小説の特色、そしてその根底にある文化的な差異を丹念に記述した序文を用意し、自己弁護を図った。それにもかかわらず、英訳版『帰郷』は、アメリカの文学規範、価値基準に当てはめた評価に晒され、移植先の読者から拒絶反応を招く事態を免れ得なかった。そして、しまいには原著者までもが、アメリカと日本との地理的条件・文学規範の齟齬に揺さぶりをかけられ、創作姿勢を変容させるという事態までもが発生したのである。

8　英訳版『蓼喰ふ虫』の序文に複製された内容

英訳版『帰郷』は、一九五五年一月に刊行されたが、そのわずか三ヵ月後の四月には、日本文学翻訳プログラムの二作目として、谷崎潤一郎（一八八六〜一九六五）の『蓼喰ふ虫』の英訳 *Some Prefer Nettles* がクノップフ社から出版されている。この英訳版『蓼喰ふ虫』には、一作目と同様、巻頭に序文が収められている。序文を手掛けたのは、英訳を担当したエドワード・G・サイデンステッカーであった。英訳版『帰郷』の序文の末尾には「一九五四年九月」と、また、英訳版『蓼喰ふ虫』の序文の末尾には「一九五四年十月」と、それぞれが記された月が書き添えられている。このことから、英訳版『蓼喰ふ虫』の序文が、シュトラウスが英訳版『帰郷』の序文を書き終えてからわずか一ヵ月後に完成したものであったことがわかる。『帰郷』の序文は九ページ、そして『蓼喰ふ虫』の序文は一一ページから成り、両者は長さや構成において、その趣を大きく異にしている。英訳版『蓼喰ふ虫』については、次章でも検討するが、ここではこの二つの序文を読み比べた際に浮上する、ある共通点に触れておきたい。

サイデンステッカーによる英訳版『蓼喰ふ虫』の序文は、全四節で構成されている。第一節には、谷崎の来歴や作風の変遷、英訳が出版される時点での谷崎の創作活動が略述されている。第二節では、『蓼喰ふ虫』に見いだされる谷崎の自伝的要素や、新しいものと古いもの、美佐子と要、東京と大阪、そして外国人娼婦ルイズと、人形のような京生まれのお久（美佐子の父の愛人）との対比が描かれ、両極の要素のあいだで揺れ動く谷崎の葛藤が語られる。続く第三節では、谷崎の文体やその特質に関する説明が展開され、最後の第四節では、作中に登場する文楽についての解説、さらには、各章の冒頭に挿入された文楽の一場面を描いたイラストに関する説明や、日本語での人名表記の順序（姓・名）を踏襲したことなどが綴られている。ここで特に着目したいのは、このうちの第三節目に記された内容である。

サイデンステッカーは、谷崎の文体の特徴を説明するにあたり、その『文章読本』に依拠しつつ、谷崎が「自身の言語の特質を知り、それに自身を順応させることは、日本の作家の務めである。日本語が曖昧（vague）ならば、その曖昧さこそが日本語の長所でなければならない」という考えの持ち主であることについて触れている[59]。また、谷崎が夢見心地の流れ漂うような散文（floating prose）の特徴を持つ『源氏物語』の文体の流れに自身を位置づけていたことについて述べると、「彼らは、そこに書いてある以上のことを示唆するような不明瞭（misty）な散文を好む」ことなど、この種の文体を用いる作家の特徴を書き連ねる。[60] さらに、谷崎が「あまりにはっきりしようとしすぎるな。意味に幾らかの余白を残すように」という教訓を作家志望者たちに伝授していたという解説がなされ、「現代の作家たちは、読者に親切すぎるように私は思える」と谷崎が主張していたこと、そして、「我々日本人は、事実を赤裸々にするのをよしとせず、事実や物事と言葉との間に薄い紙一枚を挟み込み、それを表現するのが良い形であると考える」と論じていたことについて言及している。[61] サイデンステッカーによれば、これらの谷崎の文体の特徴や、原著者の考えを引き合いに出したのは、決してその翻訳の難しさを主張するためではなく、むしろ西欧の読者の混乱を招くようなこの小説の特徴や「彼らにとっては不明確なエンディング部分」の手がかりとなればという願いからであったという。[62]

ここでサイデンステッカーは、シュトラウスと同様、日本の小説のエンディング部分の差異について言及している。日本の小説を英語圏に紹介するにあたり、小説のエンディングの異質性に言及したのは、何もこの二人の場合に限らない。例えば、先に挙げた鶴見は、コロンビア大学での講義の中で、樋口一葉《ひぐちいちよう》の『たけくらべ』の筋書きを説明するにあたり、その終わり方について、「そこで、彼女が何をしたか、あるいは何を感じたのかを説明することなく、このストーリーは唐突に終わりを迎える。あとは、読者の想像にゆだねられている。日本文学の本質が示唆することであり、表現することとではないという事実のもう一つの実例であろう」という説明を織り込んでいる。[63] 日本の小説の終わり方には、それだけアメリカの読者にとって違和感を禁じ得ない特徴があることの証拠だろう。サイデンステッカーは、この西欧の読者にとってみれば「訳のわからない、不明確なエンディング」について、さらに次のような説明を展開する。

だが、我々には要がこれから何をするのか厳密なところは明かされない。彼は翌日、市役所に姿を現し、離婚届を提出するという形で、西洋との離別を大げさに宣言するのだろうか。それとも、当分のあいだは、お久とユーラシア人のルイズ両方を手に入れ、さらに、もしかしたら彼の妻、美佐子までもを庇護することによって、妥協することを選ぶのだろうか。我々は知らない。ここまできて谷崎は、「不親切」になることを選ぶ。「なぜあなたに教えてやらねばならないのだろうか」彼がそう言うのが聞こえる。「要について私は十分に教えただろう。私は余白をいくらか残しておくほうを選びたい」と。[64]

この説明で興味深いのは、傍線部にあるように、主人公の要が、結局どのような運命をたどるのか、読者が知ることはないと強調する一方で、この結末部分が何かを示唆するとするならば、どのような「読み」の可能性があるか、主人公がたどり得る結末がいくつか示されているという点である。さらに注目に値するのが、この第三節の最後の結びの文（波線部）である。ここでサイデンステッカーは、原著者であれば登場人物たちがたどる結末について訊かれた際になんと答えるか、想像上の受け答えを演じてみせる。

この説明の仕方から思い出されるのは、シュトラウスが『帰郷』の序文に登場させた、日本の小説のエンディングに関する問答であろう。「仮に日本の小説家に、彼の〔書いた〕ある結末部分についいて問いかけたとしたら、こう答えることだろう。「なぜあなたに教えてやらねばならないのだろうか。まだあなたにわからないのであれば、私は登場人物たちをしっかりと描き切ることができなかったに違いない」と」。小説自体の性質や序文の構成、長さがここまで異なるにもかかわらず、なぜ『帰郷』の序文で紹介されている日本の小説の特性や、その筆運びを彷彿とさせるような特徴が、この序文に見いだされるのだろうか。

この問いを紐解く手がかりとなるのは、両作品が刊行される前年に、シュトラウスとサイデンステッカーのあいだで交わされていた数通の書簡である。『蓼喰ふ虫』の英訳を終え、その原稿を発送する数日前の一九五四年四月四日に、サイデンステッカーは「序文はどうしますか？　要りますか？　もしそうならば、どれくらいの長さ、どの程度の専門性で？」と、シュトラウスに問い合わせている。[65] サイデンステッカーがこの書簡を送った時、折しもシュトラウスは、英訳版『帰郷』の序文執筆に取り組んでいる最中にあった。一〇日あまり後にシュトラウスは、サイデンステッカーに宛てた返信の中で、「もちろん、翻訳者による序文はあったほうが良いと考えています」と伝えており、ちょうど自身も「日本の美術や文学における「浮世」について述べたいこと」、そして「避けて通ることのできない不明確なエンディング（indefinite ending）について、述べておきたいことがある」ため、自身も「大佛の小説の短い序文を書いているところ」だと明かしている。[66] この文面からは、序文の生成段階において、前節でも触れた日本の芸術に見る「浮世」の要素と、エンディングの説明に、シュトラウスが重きを置いていたことが明らかになる。さらにシュトラウスは、次のように続ける。

『蓼喰ふ虫』では、それ〔小説〕を日本の文学的伝統の中にまともに位置づけるためにも、序文が、一層重要になることでしょう。加えて、特殊な翻訳問題について、あなたの言いたいことを何かしら書いていただいて構いません。序文は、一五〇〇語を超えるべきではないと考えています。[67]

シュトラウスの「それ〔小説〕を日本の文学的伝統の中にまともに位置づける」という言葉には、ビアードの、アメリカの読者が「西欧の規準を当てはめる」悪癖に読者が陥らぬよう指南する序文の特徴とも、相通ずるものを読み取ることができよう。

シュトラウスからの指示を受けてサイデンステッカーが送ったのは、指定された語数をはるかに上回る長さの序文であったようだ。だがこの長さが逆に、シュトラウスの序文は短くあるべきだという見方を、変えるきっかけになったようである。前掲の書簡の約二ヵ月後、サイデンステッカーの書いた『蓼喰ふ虫』の序文に目を通したシュトラウスは、「あなたの谷崎に関する経歴ノート、そして翻訳を通して読んだことで、私の序文に対する考えが幾分変化しました」とし、「当初提案したよりも大幅に長くすべき」、また「より多くの点を網羅すべきだと考えている」と伝えている。[68]では、その網羅すべき点とは何なのか。シュトラウスは、以下の点を膨らませるよう、サイデンステッカーに詳細な指示を書き送っている。

〈谷崎の人生の事情をいくつか取り上げ、東京での震災〔関東大震災〕の時点までに彼がうけた外国からの影響や、彼が大阪へ移住した後、そして『蓼喰ふ虫』を書いた時期に次第に日本の過去に関心を寄せていったことについて強調することが最も重要になると思います。これがあることにより、アメリカの読者がこの小説をより知的に読み進めることができるようになるはずです。また、この対立と、要と美佐子の離婚問題との関連性についても、いくらか触れておくべきだと思います。アメリカの読者は、日本の読者には明らかな物事についていくらか助けが必要ですし、そうした助けを受ける権利があると私は思います。この夫婦における文化的な綱引き（cultural tug-of-war）の重要性をそれとなく示せば、アメリカの読者はそれを理解し、この本を一層楽しむことでしょう。また、一方では東京、他方では大阪と、繰り返し現れる生活・文化の比較についても（日本の読者にとってみれば明々白々ですが、アメリカの読者には厄介なため）少しだけ説明をする必要があると思います。また、離婚問題が谷崎にとって重要であったことについて、解説しておいたほうがいいと思います。『蓼喰ふ虫』を書いてから二年後、彼は妻と離婚し、彼女はあらかじめなされた平和的な取り決めによって、詩人で小説家の佐藤《さとう》〔春夫《はるお》〕のもとへと向かったのですから。[69]

シュトラウスは、アメリカの読者が『蓼喰ふ虫』を読み進めるのに必要となる作品及び文化的背景に関する説明を補うよう、細かな指示を書き記している。だが、シュトラウスが中でもとりわけ注意を払うよう指示したのは、自身も『帰郷』の序文でこだわりを見せていた小説のエンディングに関する説明であったようだ。シュトラウスは、結末部分に関する解説を序文に付加するよう、サイデンステッカーを促している。

以前〔手紙で〕書いて知らせた通り、日本の一般的なエンディングのあり方について、必ず何かしら述べておく必要があります。彼らがはっきりとした結末（definite endings）を嫌うことや、〔そうした終わりのあり方が〕不自然で人生そのものに忠実でないという考え、また、移ろいや変動の只中に人が存在し続けると彼らが感じることについてです。ですが、それだけでは充分とは言えません。九九パーセントのアメリカ人が、その結末部分が何を意味するのかを尋ねることでしょう。〔中略〕私は、エンディングが意味するところを詳しく説明しろと言っているわけではありません（そうすることは、間違いなく谷崎の気分を害することになるでしょうし、必要ありません）。ただ私は、あり得る意味をそれとなく示し、また、いくつかの象徴から読み取れることを指摘してくれるようお願いしているのです。例えば、コテージに女形の人形があることについて、そして雨と要の決断の両方に関連する「とうとう始まったなあ（it's finally begun）」〔原文では、「いよいよ降って来ましたなあ」〕という言葉について。[70]

この引用箇所からは、シュトラウスが、ただ単に日本の小説のエンディングの特徴を説明するのみならず、それでは充分な説明とは言えないとし、その終わりが示唆し得る意味を書き加えるよう指示していたという事実が明らかになる。こうした指示の結果、英訳版『蓼喰ふ虫』の序文には、『帰郷』序文に書き連ねられた日本の小説の特徴をあたかも複製した内容、しかもそのエンディングの読みの可能性までをも指南するような内容が盛り込まれることとなった。

9　アメリカ人の見た日本の小説と、その違和感

では、シュトラウスとサイデンステッカーが念入りに準備した序文は、どのように作用したのだ

ろうか。一九五五年六月四日に発行された『サタデー・レヴュー』誌（*The Saturday Review*）に掲載されたベン・レッドマンによる書評の冒頭には、サイデンステッカーの序文に対する賛辞が、以下のように綴られている。

谷崎潤一郎の小説『蓼喰ふ虫』の読者たちは、エドワード・G・サイデンステッカーに二重の恩義を感じることだろう。完璧に訳されたに違いない翻訳、そして優美かつ有益な文学志向の小論に対して。〔中略〕サイデンステッカー氏の序文は、我々をなじみのない領域への旅に備えさせてくれる。[71]

「小論」（essay）に喩えられたサイデンステッカーの序文は、レッドマンが日本の小説という未知の領域に足を踏み入れるにあたり、大きな一助となっていたようだ。レッドマンは、「おそらく、西欧フィクションの傑作におけるさっと通り過ぎるような語りや、心理描写の深さに慣れた多くの読者たちは、『蓼喰ふ虫』の素晴らしさに気づくことはできないだろう」と懸念しつつも、「しかし、彼らは結果的に堂々とした〝総体〟（imposing total）となるような性質の数々に気づくことになるだろう。その総体をどう呼ぼうとも、彼らはこのうえなく素晴らしい芸術と鋭い感性、絵画のような美しさ、心地良い程よく機能する語りの技、心理的な機微、そして機知に気づくことになるだろう。要するに彼らは、名人が着想し、創り出した小説を見いだすことだろう」と述べ、この小説から得られる「発見する愉しみ」（"pleasure of discovery"）を書き連ねている。[72]

だが、アメリカの読者たちが慣れ親しんできたノヴェルのエンディングと、日本の小説の終わり方との隔たりは、シュトラウスが想像していた以上に大きかったようだ。『シカゴ・サンタイムズ』紙（*Chicago Sun-Times*）に掲載された書評は、小説のエンディングを「読者に想像の余地を大いに残している。自分でどうにかしろと言わんばかりのエンディングである」（"In leaving much to the reader's imagination — even to the extent of a do-it-yourself ending"）と言い表しており[73]、アメリカの読者が期待するエンディングとはあまりにもかけ離れた終わりの迎え方に、作者に突き放された印象を抱いた様が浮き彫りにされている。さらに、『アトランティック・マンスリー』誌に掲載された英訳版『蓼喰ふ虫』の書評では、日本の小説と西欧のノヴェルとの差異が以下のような形で強調されている。

谷崎の散文（エドワード・G・サイデンステッカーにより見事に英訳されている）は、美しく明快かつ流れるようである。とはいえ、彼の芸術的手腕は、読者側に特殊な協力を要請する。その目的は、語られている以上のことを示唆することにある。説明的な場面がはっきりと描かれ、鮮やかに［その場面を］喚起させる一方、その人物造作は読者の推論を引き出し、結論を出させる。これは、ふつう西欧の小説家ならば提供しているはずのものである。その結果不明瞭（indefinite）であるにもかかわらず、『蓼喰ふ虫』には、人の心を摑んで離さない素晴らしさがある。[74]

「とはいえ、彼の芸術的手腕は、読者側に特殊な協力を要請する」という言い回しや、「その結果不明瞭であるにもかかわらず」という言葉の端々には、西欧のノヴェルに慣れ親しんだ読者が日本の小説を読む際に、一種の負荷を負わねばならないことが暗に示されている。これらの反応にも明らかなように、当時英訳版『蓼喰ふ虫』を通して初めて日本の小説に接触した書評者の多くは、自身の慣れ親しんだ文学の規範（literary canon）からは容易に抜け出すことができなかったようだ。

書評における煮え切らない反応以前に、この英訳版『蓼喰ふ虫』の序文に手厳しい指摘があったことについても、一言触れておかねばなるまい。英訳版『蓼喰ふ虫』の刊行される以前、シュトラウスは何人かの日本事情に詳しい人物に助言を求むべく、その英訳原稿を送っている。シュトラウスが助言を求めた人物の中には、当時『ニューズウィーク』誌（*Newsweek*）の編集者であったフランク・B・ギブニー（Frank B. Gibney, 1924–2006）が含まれていた。ギブニーは、サイデンステッカーらと同様、第二次世界大戦中、コロラド大学に設置されたアメリカ海軍日本語学校において日本語を学び来日した後、東京を拠点に『タイム』誌（*Time*）の海外特派員や『ライフ』誌（*Life*）の論説委員、『ニューズウィーク』誌の特集記事編集主任として活躍している。原稿に目を通したギブニーが、シュトラウスに宛てて綴った書簡（一九五四年十二月十日付）には、「翻訳者による序文もあまり上出来でないと感じた」という率直な意見が記されるとともに、「これから読まれようとしているストーリーの詳細について検討し、どこかブック・レポートめいたものにするのではなく」、「日本文学の伝統的な手法や、その作品がどのような考えをもって書かれたのかについて論じたほうが、ストーリーのはるかに良い舞台設定になったかもしれない」との見解が綴られている。[75]

ギブニーの手厳しいコメントの後、序文が手直しされた形跡は見当たらない。その後、『帰郷』『蓼喰ふ虫』に続いて英訳版が刊行された三島由紀夫の『潮騒』（*The Sound of Waves*, 1956）、そして吉川英治の『新・平家物語』（*The Heike Story*, 1956）に序文は収録されることはなく、続いて刊行された川端康成の『雪国』の英訳で、再びサイデンステッカーの手掛けた序文が巻頭に収録されることとなる。

一九五五年十二月七日頃、英訳版『雪国』の序文の手直しをしていたサイデンステッカーに宛てた書簡において、シュトラウスは、次のような助言をしている。

駒子と葉子との関係性について説明があると随分役に立ちます。私は、このことについてやはり何か少し、とても手短かに軽く述べたものを序文に入れるべきだと考えています。経験から言えるのは、読者は、日本の小説で何かが意図的に曖昧（vague）にされているとの説明を受けると、不平を言わぬのみならず、その曖昧さの真価を意外とよく理解するということです。ですが、もしこのことを知らされていないと、あまりに馴染みがないため、それが彼らの妨げになってしまうのです。ことによると、翻訳が明瞭でないとか、あるいは理解すべきことをどういう訳か理解し損ねてしまったなどと、考えてしまうかもしれません。[76]

『蓼喰ふ虫』の場合では、序文に網羅すべき点を細かく書き送るように依頼していたが、今回はそれとは異なり、シュトラウスは、駒子と葉子との関係性に関する説明を追加するよう求める一方で、その説明を手短かで軽いものにとどめるよう求めている。その結果、サイデンステッカーが手掛けた今回の序文は、わずか六ページにまで切り詰められたものであった。

シベリアから吹く風の描写に始まり、冒頭の数行で一気に『雪国』の舞台が描き出される詩情に満ちたこの序文は、その二倍近くの長さの『蓼喰ふ虫』の序文を手掛けた同一人物によるものとは思えないほどにその様相が変化している。『帰郷』や『蓼喰ふ虫』での序文生成、そして書評者たちからの反応など前作での経験を生かして形づくられたこの英訳版『雪国』の序文は、最終的に担当編集者であるシュトラウスから「序文は総じて、最高の出来だ」と評価され[77]、原著者である川端からも、序文がシベリアからの寒風や芸者と温泉地などの説明に始まり、『雪国』の解説に及ぶ筆の運びに関して、「なるほどとおどろきました。御懇切な Introduction と存じます」というお墨付きが得られるような序文へと、姿かたちを変えることとなった[78]。

＊

シュトラウスによる英訳版日本小説の序文の源流をたどることにより、新たに浮かび上がった事実とは何か。それは、第二次世界大戦以前の『母』から敗戦後、クノップフ社における日本小説の英訳の試みとに、つながりがあったという事実である。一九三〇年代にたち消えとなった鶴見祐輔の日本小説の英訳の試みは、第二次世界大戦後、日本人の手による「輸出」でなく、今度は戦時中日本との関わりを深めたシュトラウスらによる日本の小説の「輸入」へと姿かたちを変え、実現することとなった。しかも、その一作目として選ばれた『帰郷』は、奇しくも鶴見が期待をかけていた、大佛次郎によるものであった。鶴見は、折に触れて大佛の小説の熱心な読者であることを公言している。英訳版『帰郷』がクノップフ社から刊行される七年前、一九四八年六月二十四日に記した随筆で鶴見は、「私が〔ウィリアム〕ロックやクリントン〔正しくは、ジェイムズ・ヒルトン〕を愛読したように玩味する日本の作家は、大佛次郎氏である」と述べ、とりわけその「洗練された朗らかな知性」、そしてその「余人の企及できないユーモア」を高く評価している。[79] 鶴見によるこの大佛贔屓《びいき》は、彼のアメリカでの経験に裏打ちされたものであった。鶴見は、次のように回想する。

私は米国で講演をしたり新聞雑誌に寄稿したりしてゐたころ、日本人の外国人に好かれないのは、ユーモアの乏しい点だといふことを言はれるので、日本のユーモアといこふとを〔ママ〕、ゼ・サタデー・イヴニング・ポーストに書いたことがある。そのときいろ〳〵の日本の文学物を漁つて見た。そして驚いたことは、私がそれまでユーモアと考へてゐたものが、さて英訳して見ようとなると、本当のユーモアでなくて、楽屋落ちや、言葉のごろや、低能な悪ふざけや、あくどい皮肉などであることであつた。そして結局俳諧趣味のものに、上品なユーモアのあることを発見した。〔中略〕そんな意味で私は、大佛次郎氏の作品の中に現はるユーモアを、高く評価する一人である。[80]

自著の英訳版『母』が、第二次世界大戦後のクノップフ社による日本小説の英訳事業に貢献していたという事実、そして大成を願っていた大佛の著作の英訳が刊行される際に、その序文の発想源となったことをもし鶴見が知ったならば、どれだけの感慨を覚えたことだろうか。鶴見は一九五九年十一月、突如脳軟化症に倒れた後、一年間の入院生活を経て、以後療養生活を送ることになる。[81] 管見の限り、鶴見がそのことを知った形跡は見当たらない。

第二章　それは「誰が」話したのか——谷崎潤一郎『蓼喰ふ虫』

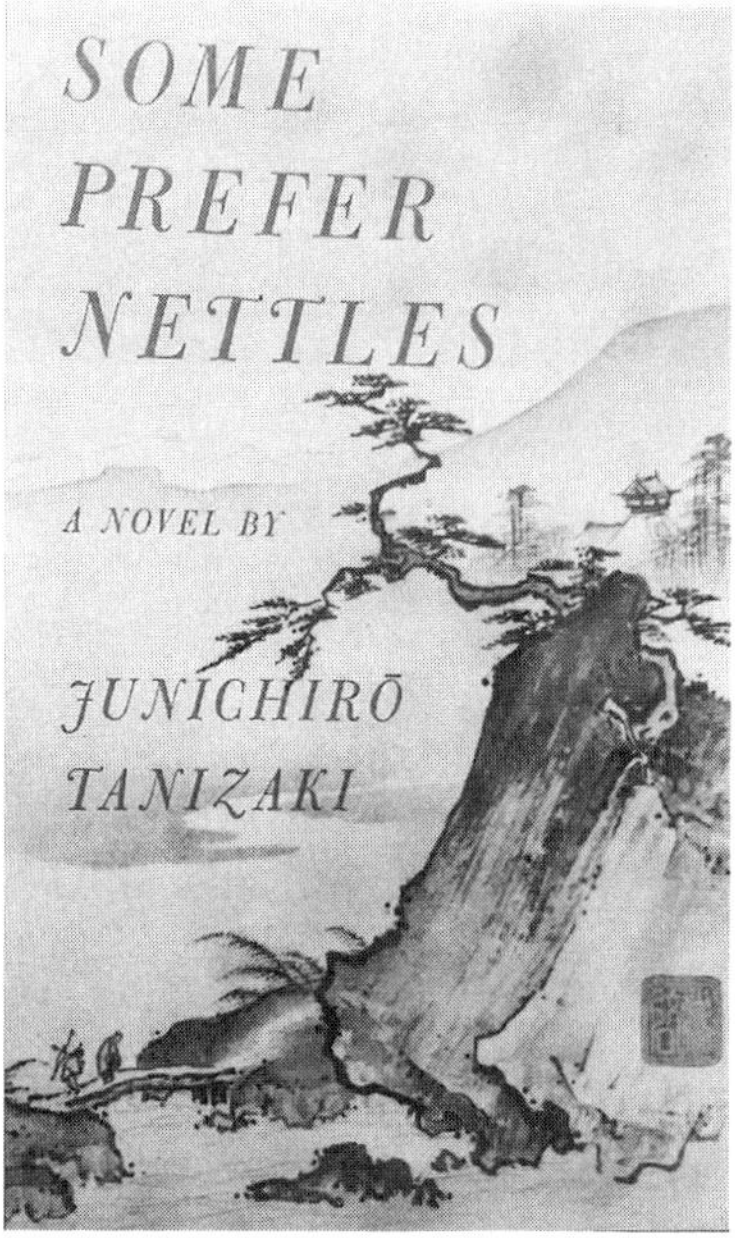

英訳版『蓼喰ふ虫』*Some Prefer Nettles*（Knopf, 1955）

「ぢや、高夏さんに会ひたくなつたら此の犬の喉を撫でたらいゝのね」

「小父さん、小父さん」

弘がわざとさう呼びながら、もう一度犬の傍にしやがんだ。

「あはゝゝ、『リンディー』を止めて『小父さん』にするか。なあ、弘」

「さうしませうよ、お父さん。——小父さん小父さん！」

——谷崎潤一郎『蓼喰ふ虫』第六章

"And so whenever I get lonesome for you I can come out and feel the dog's throat."
"Uncle Hideo! Uncle Hideo!" Hiroshi called into Lindy's ear.
"So you're changing his name from Lindy to Uncle Hideo? How about it, boy?" Kaname laughed.

—Junichirō Tanizaki, *Some Prefer Nettles*, tr. by Edward G. Seidensticker, Chapter 6

谷崎潤一郎著『蓼喰ふ虫』の英訳 *Some Prefer Nettles* は、日本文学翻訳プログラムの一作目である大佛次郎著『帰郷』（*Homecoming*）に続く二作目として、『帰郷』と同年の一九五五年四月に刊行されている。後にクノップフ社の翻訳者として活躍することとなるサイデンステッカーにとっては、クノップフ社との初仕事であり、翻訳者としての力量や日本文学翻訳プログラムの翻訳者としての適性が試される翻訳トライアルにもあたる作品であった。

サイデンステッカーは後に自伝『流れゆく日々』（*Tokyo Central: A Memoir*, 2002）において、『蓼喰ふ虫』の英訳に取り組んでいた頃のことを振り返るなかで「『蓼喰ふ虫』の場合は、意味を取るのに頭をひねったことなど、ほとんど一度もなかった。谷崎さんの文章は明快で、論理的、合理的なのである」と自身が英訳を手掛けた他の著作の場合と比べつつ、あたかも『蓼喰ふ虫』の英訳では悩みが少なかったかのような記述を残している。[1] しかし、実際にクノップフ社のアーカイヴズにあるシュトラウスとサイデンステッカーとのあいだで交わされた書簡に目を通すと、そこには日本の小説の英訳者としてまだ駆け出しの頃、サイデンステッカーが幾度も足を取られ苦悶した、ある翻訳問題が浮かび上がってくる。

当時『蓼喰ふ虫』の英訳現場でとりわけ問題となったのは、タイトルの翻訳でも、またサイデンステッカーがその後、谷崎文学の英訳における解決不可能な問題として繰り返し言及することとなる方言の翻訳でもなく、登場人物たちのあいだで交わされる会話部分の翻訳であった。なぜ、『蓼喰ふ虫』の英訳現場では、この翻訳問題が表面化したのだろうか。そして、サイデンステッカー自身が明かすことのなかった『蓼喰ふ虫』の会話部分をめぐる翻訳・編集現場、そしてその葛藤の内実とはどのようなものであったのだろうか。

1 会話部分の翻訳の「ぎこちなさ」

シュトラウスがサイデンステッカーのことを知ったのは、当時カリフォルニア大学ロサンゼルス校で教鞭をとっていたハワード・ヒベットを通してのことであったようだ。[2] サイデンステッカーは、それ以前に『蜻蛉日記』を訳すなど、日本の古典に強い興味を抱いていたが、フォード財団の支援を受けるのに申請を通しやすいとの見込みで、日本近代文学を研究分野として選択していた。その研究を行なうという名目で東京に滞在していた頃、シュトラウスは、サイデンステッカーに当時翻訳対象として検討していた『蓼喰ふ虫』の翻訳サンプルの作成を依頼している。この時サイデンステッカーが翻訳サンプルとして選んだのは、第十一章から第十三章にかけての三章（十四章から成る同小説の約四分の一に相当）であった。

『蓼喰ふ虫』では、主人公の要とその妻美佐子の冷え切った夫婦関係を軸に、その関係が破綻しているにもかかわらず、なかなか離婚に踏み切ることのできない要の姿が描かれる。サイデンステッカーが翻訳サンプルに選んだ第十一章では、要が誘いを受け、義父とその愛人であるお久の三人で、淡路人形浄瑠璃を観にゆく様子が語られ、淡路の人形浄瑠璃の成り立ちや大阪の文楽との違い、そして演目の内容などが細かに描き込まれている。第十一章では二人の関係を羨ましく思う要の姿が描かれるが、それに続く第十二章では、その帰りに要が贔屓にしている娼婦のルイズのもとを一人で訪れ、朝鮮人とロシア人の〝混血児〟であるにもかかわらず日本語を巧みに話す彼女と対話する場面が登場する。さらに次の第十三章は、要たちの離婚話を知った義父から届く、仰々しい「昔風の文体」を用いた手紙の引用に始まり、要の従兄弟である高夏が要たちの息子弘に両親の別れ話を伝えていたことが、夫婦間の対話を通して明かされる。そしてこの章は、その件を美佐子に伝えた高夏からの手紙の抜粋で結ばれている。

これらの三章には、他の章に比べ、何か取り立てて劇的な場面があるという訳ではない。なぜサイデンステッカーは、これらの章を翻訳サンプルに選んだのだろうか。その理由は、翻訳サンプルを送付する際に添えられた一九五三年六月四日付の書簡に目を通すと判明する。その書面には、「英語に言い換える際に何が最も易しく、何が最も困難なのかを示す良い見本」として、また「本の中で交互に立ち現れる芸術や伝統に対するやや陰鬱な執着の断面と、今現在に精力的に身を浸す様を示す実例」として、この三章を選定したとの理由が綴られている。[3]

サイデンステッカーがこの翻訳サンプルを送付してから約一ヵ月後、翻訳サンプルに目を通したシュトラウスがサイデンステッカーに宛てて書き送った書簡には、「申し分のない、素晴らしい翻訳だとお見受けしました」という感想が記されており、初めて『蓼喰ふ虫』の翻訳サンプルに目を通した際にシュトラウスがサイデンステッカーの訳文を高く評価していたことがわかる。[4] ところが、当初好印象を抱いていたにもかかわらず、シュトラウスがサイデンステッカーにこの小説全篇の英訳を依頼したのは、それから三ヵ月以上を経た一九五三年十月上旬のことであった。サイデンステッカーへの英訳の依頼を決定するまでに、シュトラウスはなぜこれほどの時間を要したのだろうか。

感想を書き送ってから数ヵ月経った九月二十三日に、シュトラウスはサイデンステッカー宛の書簡において、『蓼喰ふ虫』の英訳化になかなか踏み切れずにいる事情について、こう打ち明けている。

> あなたの翻訳の一部を、我々の中で最も有能な編集者に見せたのですが、彼の反応が〔以下の〕両方の点において、幾分か私のものと異なるということを知り、ひどく驚かされました。彼は『蓼喰ふ虫』にすっかり魅了されているのですが、あなたの翻訳のいくつかの点について、疑問を感じたようなのです。私はあまりに日本に関わるものにのめり込んでいるので、私の反応を、誰かこのようなことに特に関心のない人と照らし合わせて確かめることが非常に重要だと感じているのです。[5]

シュトラウスが、日本文学翻訳プログラムに携わるなかで、英訳候補となる作品を自ら日本語で読破するまでに日本語を身につけていたことは、序章で述べた通りである。だが、シュトラウスが徐々に日本語や日本の小説との距離を縮める一方で、その副作用として生じたのは、英語を母語とする編集者としての判断力に歪みが生じているのではないか、という自問であった。異なる言語・文化を習得・体得するにつれて生じる内なる歪みは、それらを習得・会得しようとする者たちにとって避け難い内的変化であろう。自身の英語の言語感覚や編集者としての判断に揺らぎが生まれているのではないかと懸念したシュトラウスは、この『蓼喰ふ虫』の英訳現場以降、同僚編集者に英語読者としての客観的な判断や助言を求め、この歪みに対処するようになっている。では、シュトラウスが意見を求めた編集者は、サイデンステッカーの訳文のいかなる部分に問題があると分析したのだろうか。

クノップフ社のアーカイヴズに所蔵されている、谷崎潤一郎関連のフォルダーにある史料を確認すると、シュトラウスが翻訳サンプルの閲読を依頼したもう一人の編集者による「『蓼喰ふ虫』の翻訳された三章に関する報告書」（“Report on 3 translated chapters of TADE KUU MUSHI”）という書類が見つかる。当時クノップフ社では、編集者が内部資料に自分の名を記す際、そのほとんどの場合に、自身のイニシャルを用いていた。残念ながら、この編集者がいったい誰なのか特定することは叶わなかったため、ここではこの編集者を「ＡＯ」と、そのイニシャルで指し示すことにする。

シュトラウスが当初サイデンステッカーの訳文を高く評価したのに対し、ＡＯは、全く異なる印象を抱いたようだ。「翻訳にはがっかりした」という辛辣《しんらつ》なひと言に始まるこの報告書には、「翻訳者は、状況に押し流された退屈・平凡なもの」にしており、「言葉遣いを注意深く検討せず、従属節を用いず、また節を十分な熟慮と技でもって整えて」おらず、その結果、「その全体的な効果は、ひどく凡庸なものだ」などの、厳しいコメントが書き連ねられている。[6] なかでもＡＯがとりわけ痛烈な批判を浴びせたのは、会話部分におけるサイデンステッカーの翻訳姿勢であった。

> 彼は、ありふれた会話を、時間に追われるアメリカ人が日常的に用いるような俗語的（slangy）で、熟慮されていない言い回しにするのが最善だと（おそらく誤って）思い込んでいる。次のような表現があまりに多く見受けられる。“I’m not the type” や “take you over” “changed her line” “It won’t do. I hate to leave things continually in the air” そして “Where is everybody?” さえ

も。この翻訳者はもっと努力すべきだったと思う。[7]

ここでAOの批判の矛先となったのは、第十二章において、要が娼館を訪れた際に、馴染みのルイズが多用する俗語的な話し言葉、要の言葉を借りると「アクセントと、言葉づかひだけを耳にしてゐると、ちやうど田舎の小料理屋で酌婦《しやくふ》を相手にしてゐる場面が浮かぶ」ような、[8]話し言葉の翻訳であった。AOのサイデンステッカーの翻訳に対する批判はこれで収まりがつくことはなく、第十三章で要に宛てて義父の綴った書簡の翻訳が、「伝統を重んじる人々が重要なコミュニケーションに用いる重々しく、高尚な書簡形式で書かれているはずが、時間がなく、頭の中がいい加減な言葉遣いでいっぱいの役人が用いるような、ありふれた言葉だらけだ」と、さらなる苦言が書き連ねられている。[9]そのうえでAOは、サイデンステッカーの訳文に対する感想を以下の言葉で締めくくっている。

些細なことと思われるかもしれないことに、不平を述べ立てるのに時間を費やしてしまいましたが、これら〔の問題〕は、〔訳文の〕硬さ、そして意識の希薄さの典型であり、私が見たところ、全体の至るところに蔓延しています。それにもかかわらず、私は谷崎に大いに惚れこんでいるのです。もし非常に注意深く目を通し、推測力を発揮したならば、とても巧みな作家を目の前にしていることは、誰の目にも明らかでしょう。けれども、この翻訳では最も思いやりのある経験を積んだ読者でない限り、そのことをはっきりと理解することはないだろう、と私は踏んでいます。[10]

同僚編集者から思いの外厳しい指摘を受けたシュトラウスは、中立的な判断を加えるべく、もう一人の人物に翻訳サンプルの閲読を依頼した。この人物が誰であるのかは、先に挙げたサイデンステッカー宛の書簡では伏せられているが、史料を確認してゆくと、この人物が日本文学翻訳プログラムの一作目『帰郷』の英訳を手掛けたブリュースター・ホロヴィッツであったことが判明する。ホロヴィッツはシュトラウス宛の書簡の中で、「サイデンステッカーはとても良い仕事をしたと私は思っている」と、その翻訳の手腕を裏付けつつも、訳文の問題の所在を、次のように分析する。

少しばかりぎこちなさがあります。そのほとんどが既に指摘されており、テクストに対してあまりに忠実すぎたことによるものと思われます。ダイアローグには、時折硬さが見られますが、これも同じ理由によるものです。とはいえ、全体的な効果は素晴らしい。彼は、谷崎の文体の豊かさ、繊細さ、そして洗練された性質をとらえています。古めかしい言葉遣いをどうかと思案する者もいるかもしれませんが、それが真の谷崎らしさでもある、と私は思います。そのようなわけで、谷崎の翻訳者、いやそれどころか日本の小説全般の翻訳者としてサイデンステッカーを選ぶより他に、より良い選択があるとは思えません。些細な欠点については、簡単に取り除くことができることでしょう。[11]

ホロヴィッツは、サイデンステッカーの対話（ダイアローグ）部分の「ぎこちなさ／硬さ」（gaucheries/ woodenness）が、「テクストに対してあまりに忠実すぎること」（exaggerated fidelity to the text）からくるものだとみている。このコメントを受けたシュトラウスは、自ら訳文を確かめるため原著を入手し、日本語の先生と一緒に読み始めたと、サイデンステッカー宛の書簡の中で打ち明けている。

私があなたの訳文を日本語に照らし合わせ確認するのは、出すぎた真似かもしれません。なぜなら私は、書き言葉に精通しているとはとても言えないからです。ですが、もう一人の編集者が指摘し、報告書の中で取り上げた月並みな表現や口語表現については、多少なりとも不安を感じています。私でも谷崎の作調と一致しているか否かについては、申し上げることができるかもしれません。そうこうするまでに、彼の言っていることに対するあなたのコメントをいただければ、と思っています。[12]

AOの指摘に対する自身の見解を求められたサイデンステッカーは、シュトラウスへの返信において、「最初の章が最も硬く、私は全く満足していません」と述べ、「やり直させていただきたいと思っています。あの時、あれ〔翻訳サンプル〕をあなたに送ってしまったことを後悔しています」と、訳し急いだことを悔やむ一方、指摘された箇所については、こう説明している。

最後の二章が俗語的すぎること、また月並みな表現がありすぎることについては、非難を免れ得ないかもしれません。しかしながら、「意識が希薄だ」という非難の仕方は、この小説を理解できていないことの顕れだと思います。〔中略〕ルイズは、俗語をよく使い、厚かましく、最も日本人らしからぬ非古典的な娘で、彼女がそうであることが、まさに要が彼女に惹かれている理由なのです。それに加え、父親のほうは、あなたの〔同僚〕編集者がそうであると思い込んでいるように、徹底的な敬意をもって扱われているわけではありません。[13]

このようにサイデンステッカーは、英訳文のぎこちなさを認めつつも、残りの二章（第十二章、第十三章）、とりわけルイズや、要の義父の書簡の場合には、指摘が全く当てはまらないと反駁している。

自身の訳文に一部非があることを認めたものの、サイデンステッカーは、シュトラウスがこの回答をどう受け止めるのか、不安を拭いきることができなかったようだ。そのわずか数日後、サイデンステッカーは再びシュトラウス宛に書簡を送り、「あなたの最近の手紙について、またあなたの〔同僚〕編集者のコメントについて考え続けていましたが、当初意識していた以上に、それらの件について動揺している」と綴っている。「あなたの〔同僚〕編集者が私の翻訳を気に入らないことに対して動揺するというよりも、むしろ彼が、良い翻訳がどうあるべきか、ということについて全くの思い違いをしているようだからです」と記された文面には、編集者を納得させることに対する一種の煩わしさが滲んでいる。[14]

ところが、シュトラウスがサイデンステッカーにあえてAOの報告内容を明かし、彼自身の見解を示すよう求めたのには、ある事情が絡んでいた。サイデンステッカーからの自己弁護を図る二通の書簡を受け取ったシュトラウスは、翻訳サンプルが提出されて以来、この翻訳をめぐってどのような進展があったのかを箇条書きに書き連ねた覚書を残している。AOからの指摘があったこと、そしてその後、ホロヴィッツから訳文に問題がないとのお墨付きをもらった経緯に続き、シュトラウスは、こう記録している。

AOは、些細なことにこだわりすぎていると感じた（彼が反感を示した口語表現の言い回しは、ユーラシア人の娼婦が用いた俗語的な日本語、あるいは二ページにわたる古臭く大袈裟で改まった手紙からとったもので、その手紙の書き方自体が本来奇妙なもののはずである）。ただ、翻訳者の反応を試しに見てみたかったため、彼にAOの報告書を送付した。彼の答えは添付の通り〔前掲したサイデンステッカーからの書簡のこと〕である――良い答えだと思う。[15]

シュトラウスがサイデンステッカーの反応を見たのは、サイデンステッカーの翻訳者としての立ち回り方や力量を試すため、シュトラウスが意図的に画策したものであったという事情が、この覚書を見ると明らかになる。

このような経緯を経てサイデンステッカーに正式な英訳を依頼する書簡が発送されたのは、この覚書が書かれた翌日のことであった。シュトラウスは、サイデンステッカーから送られてきた二通の書簡に対する返事の遅れについて詫びつつ、サイデンステッカーと谷崎とが最終的な合意に達した場合、英訳を進めてもらうことになったと知らせている。[16] その後、正式な翻訳依頼の後に送付した十月二十九日付の書簡で、シュトラウスは改めて、サイデンステッカーの翻訳の問題に対する自身の見解を、具体的に伝えている。

さて、九月三十日および十月二日の手紙について、そして残りの全体的な最大の課題、「硬さ」と「意識の希薄さ」の問題に立ち向かいましょう。不思議なことに、私は〔サンプルの〕最初の章が最も硬いとは感じず、むしろ最も繊細で巧み〔な訳文〕ですが、もしやり直したいのであれば、ぜひともそうしてください。実際問題となるのは、サンプルの二章目、そして三章目に関するものです。我々はもちろん、ルイズが俗語をよく使い、厚かましく、最も日本人らしからぬ非古典的な娘であるということは理解していますし、彼女の話し方がそれを反映していいます。〔中略〕しかしだからといって、全面的に逐語通りの翻訳に満足できるというわけではありません。私よりもはるかに日本語をよく読める別の方に確認をとりましたが、テクストにあまりに忠実であることから、彼はこのダイアローグ部分に、わずかな硬さがあると感じたそうです。彼も私も、全体的な効果は素晴らしいという点、またあなたが谷崎の表現方法の豊かさや繊細さ、洗練さを見事にとらえているという意見で一致しています。それこそまさに、あなたにこの小説を翻訳してもらうと我々が最終的に、熱意をもって決断した理由です。[17]

ここでいう「彼」とは、既述の通りホロヴィッツを指している。さらにシュトラウスは、自社の編集者の批評は厳しすぎるものであったと認めたうえで、それでもなお、「ダイアローグのところどころに、何かがおかしいと、我々が感じるということもまた事実だ」と述べ、改めて会話部分における翻訳の甘さを見直すよう、サイデンステッカーに言い含めている。[18]

2 "Who?" "You." "Me?" "Yes, you."

翻訳サンプルに関する手厳しいフィードバックを受けた後、『蓼喰ふ虫』の全篇の英訳を進めたサイデンステッカーは、その後もこのダイアローグ（対話）部分における英訳の問題に悩まされ続けたようだ。全篇の英訳作業を終え、原稿を発送する前日にしたためたシュトラウス宛の書簡の中で（一九五四年四月八日付）サイデンステッカーは、谷崎の小説における会話文の英訳の難しさを吐露している。

> この二ヵ月間、翻訳に近づき過ぎていたためか、それ〔翻訳〕がどの程度良いのか、今となってもう私にはわかりません。我々がとりわけ心配していた会話（conversation）部分ですが、少なくとも『エンカウンター』誌の短篇小説と同じくらい良いと思います。ですが、谷崎には、気の滅入るようなこのような類のダイアローグに陥りやすい傾向があります。「誰が？」「君が」「私が？」「そう、君が」「なぜ私が？」「なぜ君がかって？」（"Who?" "You." "Me?" "Yes, you." "Why me?" "Why you?"）これをいったいどうしたら良いものやら。対話文を書くとなると、谷崎はそれほど見事とはいえないということを、我々は認める必要があると思います。[19]

ここでサイデンステッカーが言及している「『エンカウンター』誌の短篇」とは、サイデンステッカーの翻訳サンプルに対する懸念が払拭され、『蓼喰ふ虫』の英訳化が決まった一九五三年十月頃、イギリスの文芸雑誌『エンカウンター』に掲載された太宰治（一九〇九〜四八）の短篇二篇の英訳（「雌について」「桜桃」）のうちの一方、「雌について」（"Of Women"）のことを指している。この太宰の短篇の英訳については、サイデンステッカーの会話英訳を語るにあたり不可欠な作品であるため、後で詳しく触れることにするが、この書簡では、不平を漏らすサイデンステッカーの言葉の端々に、クノップフ側から会話部分の英訳のぎこちなさを指摘されて以来、会話文の翻訳の厄介さを意識するようになっていた様を見てとることができる。

だが、そのような不安とは裏腹に、サイデンステッカーの会話部分の翻訳は、翻訳サンプルに取り組んだ時からすれば、飛躍的に改善されていたようだ。サイデンステッカーが英訳原稿を送った約二ヵ月後、訳稿にひと通り目を通したシュトラウスは、「素晴らしい仕事だと思う」と述べ、この最終稿に「私の忌まわしいつまらない編集の跡を実質的にほとんど残すこと」もなく、「改善すべき点に関して申し上げることは、文字通り、ほとんどありませんでした」と、その成長ぶりに賛辞を贈っている。[20]

ただ唯一シュトラウスの気がかりとなったのは、日本の小説の会話部分を英訳する際に繰り返し現れる、ある翻訳問題であった。

たった一つだけ、一般的な問題があります。あらゆる日本の小説の翻訳において生じる問題です。長々とした対話文では、誰が話しているのかを見分けるのが非常に難しい。原文では通常、特に男性と女性のあいだでなされるダイアローグの場合、表現方法に区別があり、それが日本の読者を助けていたのだと思いますが、この小説において私が把握する限り、あなたの翻訳の何ヵ所かで、どうしようもなく混乱させられることに気づきました。[21]
シュトラウスはこの翻訳問題の要因を、日本語と英語での話し言葉の根本的な違いに求めている。それにしても、なぜこの問題は、全篇を通して翻訳したときに初めて表面化したのだろうか。『蓼喰ふ虫』の会話文には、三、四名の登場人物が居合わせる場面がたびたび登場する。例えば第六章では、主人公夫婦の美佐子と要、そして息子の弘に加え、要の従弟の高夏の四人が、犬の喉の手触りについて言葉を交わす。離婚話が進みつつも息子の前では仲の良い夫婦を演じる美佐子と要夫婦の会話、そしてその事情を知りつつも冗談を交えながら話を盛り上げようとする高夏、さらに両親の関係を薄々感じ取り不安を覚えつつも明るく振舞おうとする弘の様子などが描かれている。しかし、サイデンステッカーが翻訳トライアルの際に選んだ三章には、実はこのような三名以上の登場人物が矢継ぎ早に言葉を交わし、そのやりとりを展開の軸にすえるような場面は、一切含まれていなかった。
もし仮にこのように会話が入り乱れる場面の原文をそのまま英語に移した場合、訳文ではどのような「混乱」が生じるのだろうか。クノップフ社から最終的に刊行された英訳文を元に、最終的な英訳で新たに追加された文言を削除し、シュトラウスが混乱させられた英訳文がどのような類のものであったかを再現してみると、表2−1(一〇二〜一〇三ページ)の左手のような状態となる。
表の右手に示した引用文は、第六章の四人のやりとりを原文から抜粋したものだが、前後の流れを知らずとも、読者は、会話文の口調から、誰がどの発言をしているのかを判断することができる。だが、左手の英訳文のみに目を通してみるとどうだろうか。原文の下線部にあるような、直前の発言が誰によるものなのかを示す表現をそのまま英語に転写したとしても、その箇所以外の発言が誰によるものなのか容易に区別がつかなくなることが判明する。例えば原文四行目の、「ふーん、不思議ね、全く。うそぢやないことね。――あなた触つて御覧にならない？」という文を見てみよう。原文では、「……ことね。」「あなた」「御覧にならない？」というような、愛嬌《あいきょう》ある女性ならではの口ぶりから、この発言が美佐子のものであることが一目でわかる。だが、この文が英語に移されると、"Hmm. Very strange indeed. You're quite right. Don't you want to feel it too?" と、判断材料となっていた表現がたちまち消失し、話し手の性別が不明になってしまう。その他にも、弘の子供らしい無邪気な口調、そして同じ男言葉でも語尾により区別のつく要と高夏の言葉遣い、そうした発話者の判断材料となる要素は、老若男女の言葉の別がそこまで明確に分かれない英語にひとたび翻訳されるとなると、たちどころにかき消されてしまうことになるのだ。

谷崎にしてみれば、登場人物間で生き生きと展開するこのやりとりは、日本語の特徴・長所を活かした、自身も得心のゆく会話描写であったに違いない。『蓼喰ふ虫』を執筆した約五年後に出版された『文章読本』（一九三四）の会話体に関する説明の中で、谷崎は日本語の話し言葉の特徴について分析しているが、話し言葉の文末にある音の変化には「皮肉や、愛嬌や、諷刺や、反語や、それとはつきり現はすことを欲しないところの微妙な心持を伝え」る働きがあり、これが「多少書いた人の声音とか眼つきとか云ふものを、想像させる役」を担っていると述べている。[22] この説明においてとりわけ興味深いのが、日本語における男女の話し言葉について触れている箇所である。谷崎は英文を引き合いに出しつつ、次のように解説する。

男の話す言葉と女の話す言葉と違ふと云ふことは、ひとり日本の口語のみが有する長所でありまして、多分日本以外の何処の国語にも類例がないでありませう。たとへば英語で、

He is going to school every day.

（彼は毎日学校へ通ふ。）

と云ふ言葉を肉声で聞けば、話してゐる人が男か女か分りますけれども、文字で読んでは男の書いたものか女の書いたものか分りません。然るに日本語で、会話体を以て書いたら、立派に

原文[2]

「まあ、まあ、一ぺん此の犬をためして御覧なさい。――どうです？　ほら？　不思議でせう？」

「ふーん、不思議ね、全く。うそぢやないことね。――あなた触つて御覧にならない？」

「どれ、どれ」

と云つて要も降りて来た。

「成る程、こりやあ妙だな、人間にそつくりで変な気がするな」

「ね、新発見だらう？」

「毛が短くつて繻子のやうだもんだから、殆ど毛の感じがしないんだね」

「それに頸の太さがちやうど人間ぐらゐなのね。あたしの頸と孰方《どっち》かしら？」

美佐子は両方の手で輪を作つて、犬の頸と自分の頸とを測りくらべた。

「でもあたしより太いんだわ。長くつてきやしやだもんだから、細いやうに見えるけれど」

「や、僕と同じだ」

と、高夏が云つた。

「カラーだつたら十四半だな」

「ぢや、高夏さんに会ひたくなつたら此の犬の喉を撫でたらいゝのね」

表2－1

英訳文（執筆者による復元版）[1]

"In a minute, in a minute. You come feel the dog's throat first. See? What did I tell you? Isn't it strange?"
"Hmm. Very strange indeed. You're quite right. Don't you want to feel it too?"
"Where, where?" Kaname came down from the veranda. "Well, so it is. Most remarkable. It gives you a strange feeling, doesn't it?"
"You credit me with a new discovery?"
"The hair is so short and silky it hardly feels like hair at all."
"And the neck is just the right size, too. I wonder which of us has a bigger neck." Misako cupped one hand against the dog's throat and the other against her own. "His is bigger. It's because he's so long and thin that it looks smaller."
"Exactly my size," said Takanatsu.
"Collar fourteen and a half."
"And so whenever I get lonesome for you I can come out and feel the dog's throat."

1 Junichirō Tanizaki, *Some Prefer Nettles* (New York: Knopf, 1955), pp. 70–71を元に執筆者が作成。
2 谷崎潤一郎『蓼喰ふ虫』『谷崎潤一郎全集』第14巻、中央公論新社、2016年、109–110ページ。

区別が附くやうに書けるのであります。[23]

谷崎は、『文章読本』の「西洋の文章と日本の文章」と題した節にも記しているように、ある言語が異なる言語圏に取り入れられる場合、その言語の長所が吸収された先の言語において必ずしも長所になり得ないという認識を強く持っていた。[24] しかし、これはその自著が英訳され始めるより二〇年も前のことである。『文章読本』を刊行した折の谷崎は、まさか自身が主張した日本語の長所が、後に自著が英訳される際に翻訳問題の元凶となろうなどとは、夢にも想像していなかったことだろう。『蓼喰ふ虫』、そして後にクノップフ社から刊行される谷崎の著作では、まさにこの男言葉・女言葉をちりばめた会話部分や会話体をめぐって英訳上の問題が常に頭をもたげることになる。シュトラウスが出版業界誌『パブリシャーズ・ウィークリー』に寄稿した「日本の小説の翻訳にまつわる特異な問題」に、日本の小説を英訳するにあたり避けて通ることのできない問題点が書き連ねられていることは何度か言及したが、その中の「話し手の正体が時折削除される」（"The Speaker's Identity is Sometimes Omitted"）という小見出しのついた一節には、次のような記述が登場する。

さらに苛立たせられる問題の中には、日本語の会話文では「彼が～と言った」（"he said"）や「彼女が～と言った」（"she said"）が、相当な頻度で省略されるということがある。彼ら〔日本人〕には、話し手の身元はかなりはっきりとしている。なぜなら、女性と男性、そして使用人と主人などでは話し方が異なるからである。彼らの口調は、〔ウッドハウスの小説に登場するジーヴスの執事らしい言葉遣いや、男性的な悪態語を並べたものではない。他の言語には翻訳することのできない、〔日本語の〕話し言葉にとって不可欠な違いなのである。[25]

このように『蓼喰ふ虫』の英訳現場を史料から復元してみると、シュトラウスがここで言及した難題が、シュトラウスとサイデンステッカーが英訳編集現場において実際に直面した問題を凝縮した形で書き記したものであったことが判明する。

3　編集者による自動編集——「会話に関する覚書」とその役割

では、こうした両言語間の会話体の相性の悪さは、どのように解消されていたのだろうか。サイデンステッカーに宛てた前掲書簡の中で、シュトラウスはその解決策を、次のように提案している。

“Kaname said”（〜と要は言った）や “Hiroshi asked”（〜と弘は聞いた）、“Takanatsu replied”（〜と高夏は答えた）などのいくつかの言い回しをただ単に付け加える他ないでしょう。その作業をするためだけに原稿をわざわざお返ししたくはないのですが、そうは言っても誰が話しているのかまったくわからない箇所が一、二ヵ所あるため、私のほうでその作業をするわけにもいきません。この追加のために短い一覧表を書き出していただければ、タイプ原稿の原本に私のほうで書き込んでおきます。[26]

この依頼を受け、サイデンステッカーがすぐさまシュトラウスに宛てて送ったのが、以下に紹介する未発表史料「会話に関する覚書」（“Notes on Conversation”）である。[27]

既述のように、クノップフ社のアーカイヴズには、日本文学翻訳プログラムの初期段階における谷崎著作の英訳にまつわるやりとりを保管したフォルダーがあるが、さらにフォルダー内の史料を一枚一枚めくっていくと、前掲したシュトラウスからサイデンステッカー宛の書簡の後に、この「会話に関する覚書」というタイトルのついたメモが見つかる。

そのメモに目を通すと、会話文の話し手を特定できるような形で、話し手の順序を示した一覧表をサイデンステッカーが作成していたことが判明する。例えば、第四章では、上海からの船で帰国した高夏を要と弘が出迎えに行った際、三人の間での会話が繰り広げられる場面がある。サイデンステッカーは、この章における話し手の順序を、「話は次の順序で始まります。弘、高夏、要、高夏、要〔後略〕」（"Speeches begin in this order: Hiroshi, Takanatsu, Kaname, Takanatsu, Kaname . . ."）と綴っており、またシュトラウスがその覚書と英訳原稿とを照らし合わせた際のものか、覚書の各登場人物の名前の上には、ペンで確認が済んだことを示すチェックマークが入っている。このようなリストに加え、サイデンステッカーは各章ごとに登場する会話文の中でも、特に話が混線しやすい場面を選び、発言者が誰なのか、詳しい説明書きをシュトラウス宛に送っている。

サイデンステッカーが覚書に書き記した会話部分には、前節でも触れた、第六章で繰り広げられる四人の会話の箇所も含まれていた。

　それ以降、美佐子が風呂に入り終えるところまでは全てはっきりとしていると思われます。もしかしたらそれに続く箇所は、中でも最も紛らわしいところかもしれません。これらの追加、変更をすれば、可能な限りはっきりとさせることができるかもしれません。[28]

サイデンステッカーはこのようなメモに加え、会話文の中でも特に発言者がわかりづらいと判断した文を、次のような形でリストに打ち込んでいる。

"'The hair is so short and silky,' mused Kaname ..."
"'And so whenever I get lonesome for you,' said Misako ..."
"So you're changing his name," で始まる発言については考えが変わりました。今では、要の発言だと考えています。変更していただけないでしょうか。[29]

では、最終的に刊行された英訳において、この三つの会話文は、この覚書を元にどのように書き換えられたのだろうか。

表2−2（一〇八〜一〇九ページ）は、原著と英訳文の同じ箇所を並べたものである。表を見るだけでも、日本文と英訳文とでは、会話文の表記方法・改行方法など、その質量・様相が大きく異なることは明らかであろう。日本語では、各人物の発言や動作の一つ一つが改行され、書き連ねられているのに対し、英訳文では、ある動作を挟んで同一人物の発言が前後する場合は、一括りのパラグラフとしてまとめられている。しかし、登場人物による口調の差異が薄まる英語では、英訳文を読みやすい形式へ書き換えただけでは、話の流れや発言内容のみで誰が話しているのか判断するのは難しい。そこで、波線部のような発言者を示した文言を付加する必要が出てくる。原文の会話文(A)は、英訳文の(a)に見るように、サイデンステッカーの綴ったメモ "'The hair is so short and silky,' mused Kaname ..." に基づき "Kaname mused" の一言が補われている。だが、これらの文言が付加されることにより、会話がところどころ途切れる印象はどうしても免れ得ない。

またサイデンステッカーは、(B)の会話文「ぢや、高夏さんに会ひたくなつたら此の犬の喉を撫でたらいゝのね」が美佐子の発言であることをシュトラウスに知らせるため "'And so whenever I get lonesome for you,' said Misako …"というメモを書き綴っている。だがこの英訳(b)には、メモにあるような発言者が美佐子であることを示す"said Misako"（「〜と美砂子が言った」）が補われていない。その代わり、その直前の発言が要のものであることを示す"added Kaname"（「〜と要が付け加えた」）が英訳文では追加されている。会話文(B)／(b)の内容が、美佐子の女性らしさを強く反映した

英訳文[2]

"Hmm. Very strange indeed. You're quite right. Don't you want to feel it too?" she called to Kaname.

"Where, where?" Kaname came down from the veranda. "Well, so it is. Most remarkable. It gives you a strange feeling, doesn't it?"

"You credit me with a new discovery?"

"The hair is so short and silky it hardly feels like hair at all," Kaname mused. (a)

"And the neck is just the right size, too. I wonder which of us has a bigger neck." Misako cupped one hand against the dog's throat and the other against her own. "His is bigger. It's because he's so long and thin that it looks smaller."

"Exactly my size," said Takanatsu.

"Collar fourteen and a half," added Kaname.

"And so whenever I get lonesome for you I can come out and feel the dog's throat." (b)

"Uncle Hideo! Uncle Hideo!" Hiroshi called into Lindy's ear.

"So you're changing his name from Lindy to Uncle Hideo? How about it, boy?" Kaname laughed. (c)

1 谷崎潤一郎『蓼喰ふ虫』『谷崎潤一郎全集』第14巻、中央公論新社、2016年、109–110ページ。

2 Junichirō Tanizaki, *Some Prefer Nettles* (New York: Knopf, 1955), pp.70–71.

表2－2

原文[1]

「ふーん、不思議ね、全く。うそぢやないことね。――あなた触つて御覧にならない？」

「どれ、どれ」

と云つて要も降りて来た。

「成る程、こりやあ妙だな、人間にそつくりで変な気がするな」

「ね、新発見だらう？」

「毛が短くつて繻子のやうだもんだから、殆ど毛の感じがしないんだね」(A)

「それに頸の太さがちやうど人間ぐらゐなのね。あたしの頸と孰方《どっち》かしら？」

美佐子は両方の手で輪を作つて、犬の頸と自分の頸とを測りくらべた。

「でもあたしより太いんだわ。長くつてきやしやだもんだから、細いやうに見えるけれど」

「や、僕と同じだ」

と、高夏が云つた。

「カラーだつたら十四半だな」

「ぢや、高夏さんに会ひたくなつたら此の犬の喉を撫でたらいゝのね」(B)

「小父さん、小父さん」

弘がわざとさう呼びながら、もう一度犬の傍にしやがんだ。

「あはゝゝゝ、『リンディー』を止めて『小父さん』にするか。なあ、弘」

「さうしませうよ、お父さん。――小父さん小父さん！」(C)

内容であるのに対し、その直前の要の発言は極めて短く、誰の発言なのか判断しづらいことによる改変であろう。

だが、これら二ヵ所の改変以上に興味深いのが、英訳文(c)における変更である。前に引用した覚書から判断して、サイデンステッカーは当初この発言が、要ではなく高夏のものと取り違えていたようだ。だが、ここは下線部(C)にある「なあ、弘」という言葉が物語る発話者と弘との距離感、そしてサイデンステッカー自身がその一言を"How about it, boy?"と、親しみを込めた呼びかけを含む一文に英訳していることからして、この発言が要のものであることは自明のことであろう。最終的にこの会話文は、サイデンステッカーのメモに沿って要の発言として(c)のように訳出され、原著では「あはゝゝゝ」と書き表されていた発言者の笑いは発言者の身元と笑いを示す動詞を組み合わせた"Kaname laughed"に統合されている。さらに、下線部(C)の直前にある犬(リンディー)への弘の冗談交じりの呼びかけ(「小父さん小父さん」)と重複する部分が省略されている。この重複箇所の省略には、日本語が反復表現(repetition)に比較的寛容であるのに対し、英語ではそれが悪文と捉えられかねないという、両言語の根本的な違いが表面化している。[30] 英訳文で"Uncle Hideo! Uncle Hideo!"という弘の呼びかけが二度も繰り返されると、会話文の流れが稚拙である印象を与えてしまうため、それを避けるための処置であろう。

だが、この省略には、サイデンステッカーとシュトラウスによる、致命的な見落としが露呈する。原文では、「犬」を「人(小父)」に見立てる滑稽な呼びかけを通して、その場に居合わせる両親たちの人間関係を繕おうとする弘の健気さが滲み出ていた。だが、英訳文では、その肝心の箇所が意味のない反復として省略され、その結果、弘の犬への呼びかけは、単なる子供の無邪気な行動を描写したものへと変貌している。登場人物たちの何気ないやりとりを通して、彼らの人間関係の綾が浮かび上がるはずの部分が、平板な日常会話へと化しているのだ。

従来の谷崎著作の英訳に関する翻訳研究には、女言葉や日本語の話し言葉に現れるジェンダーの差異が、英訳でどのように翻訳されているのかに着目した研究が散見される。[31]しかし、担当編集者が日本語の話し言葉をそもそも同じ姿かたちで英語へは移し得ないという認識のもと、両言語の話し言葉や会話文の形式の差異をいかにして乗り越えようとしていたのか、という視点から会話文の英訳現場を見てみると、そこには会話が混線する箇所を整理し、発言者の身元を示す言葉を補う編集作業に、思わぬほど膨大なエネルギーがつぎ込まれていたこと、そして反復表現を許容できない英文作法に沿った改変の結果、大きな犠牲が払われていたという、これまでの研究では見逃されてきた会話部分の翻訳の実相が浮かび上がってくる。

4　太宰治「雌について」に見るサイデンステッカー訳の原型

サイデンステッカーにとって、日本の同時代の小説を、しかも小説における会話部分を英訳するのは、これが初めてのことではなかった。編集者の手が入る前の、サイデンステッカーが訳した会話部分の翻訳とは、どのような様相であったのだろうか。

『蓼喰ふ虫』の英訳原稿は、管見の限り現存していない。だが、サイデンステッカーの会話部分の翻訳の原型を知るための手がかりとなる一篇の短篇小説がある。それが太宰治の「雌について」である。『太宰治全集』2（筑摩書房、一九九八年）で確認してみると、わずか一〇ページの長さで、序盤と結びの数段落以外は全て対話文で構成され、極限まで切り詰められた表現に特徴がある。サイデンステッカーがシュトラウスとの書簡でも言及した通り、この英訳はイギリスの文芸雑誌『エンカウンター』のために手掛けたものだった。
サイデンステッカーが『エンカウンター』誌から依頼を受けたのは、ちょうど『蓼喰ふ虫』の翻訳サンプルをシュトラウスに送り、好感触を得た頃のこと、つまり会話部分の翻訳における彼の英訳の「ぎこちなさ」が指摘される以前の一九五三年七月頃であった。サイデンステッカーの故郷にあるコロラド大学ボルダー校のエドワード・G・サイデンステッカー・ペーパーズには、当時、『エンカウンター』誌の編集を担当していた文芸批評家アーヴィング・クリストル（Irving Kristol, 1920–2009）が、サイデンステッカー宛に書き送った書簡が残されている。そこには、同誌の創刊号に未だアジア関連の内容が少ないため、すぐれた日本の短篇小説を選び、英訳するよう依頼する内容が綴られている。[32] サイデンステッカーは、すぐさま太宰の短篇二篇（「雌について」「桜桃」）を選んで訳し、送ったようだ。前掲の書簡が送られてからわずか二週間以内に発送されたクリストルからの書簡には、英訳原稿を受け取ったとの記述がある。[33]
ここできわめて興味深いのは、クノップフ社の編集者AOがあれだけ会話部分の翻訳に対して拒絶反応を示していたのに対し、『エンカウンター』誌の編集者たちには、対話文を主体とするこの短篇が、何の摩擦を起こすこともなく、易々と受け入れられていたという事実である。シュトラウスも、サイデンステッカーに『蓼喰ふ虫』の英訳を正式に依頼した頃、つまり会話文をめぐる改変がなされる以前に、この『エンカウンター』誌に目を通していたようで、スティーヴン・スペンダーやクリストルと同様、サイデンステッカーの翻訳の手腕を高く評価している。[34] ところが、実際に『エンカウンター』誌の創刊号（一九五三年十月）に掲載された英訳版「雌について」の会話部分の翻訳を見てみると、後に示す英訳版の抜粋にも明らかなように、話し手の身元を表す文言が、ここでは一切付加されていないことがわかる。それから約八ヵ月後の『蓼喰ふ虫』の英訳現場でなされたような、引用符直後への加筆は、ここではまだ不在なのである。なぜ、『蓼喰ふ虫』で表面化したような会話部分の翻訳問題は、この太宰の翻訳では問題とならなかったのだろうか。

「雌について」では、主人公である「私」が客人と長火鉢に向かい合い、「このやうな女がゐたなら、死なずにすむのだがといふやうな、お互ひの胸の奥底にひめたる、あこがれの人の影像」を、対話を通して探り出してゆく。「客人」が「私」に、女が身につける寝間着には何がいいか、旅を一緒にするとしたらなどと、次々と畳み掛けるように問いを積み重ね、「私」の思い描く女性像を、次のように浮かび上がらせていく。


問はれるがままに、私も語つた。

「ちりめんは御免だ。不潔でもあるし、それに、だらしがなくていけない。僕たちは、どうも意気ではないのでねえ。」

「パジヤマかね？」

「いつそう御免だ。着ても着なくても、おなじぢやないか。上衣だけなら漫画ものだ。」

「それでは、やはり、タオルの類かね？」

「いや、洗ひたての、男の浴衣だ。荒い棒縞で、帯は、おなじ布地の細紐。柔道着のやうに、前結びだ。あの、宿屋の浴衣だな。あんなのがいいのだ。すこし、少年を感じさせるやうな、そんな女がいいのかしら。」

「わかつたよ。君は、疲れてゐる疲れてゐると言ひながら、ひどく派手なんだね。いちばん華やかな祭礼はお葬ひだといふのと同じやうな意味で、君は、ずゐぶん好色なところをねらつてゐるのだよ。髪は？」

「日本髪は、いやだ。油くさくて、もてあます。かたちも、たいへんグロテスクだ。」

「それ見ろ。無雑作の洋髪なんかが、いいのだらう？　女優だね。むかしの帝劇専属の女優なんかがいいのだよ。」

「ちがふね。女優は、けちな名前を惜しがつてゐるから、いやだ。」

「茶化しちやいけない。まじめな話なんだよ。[35]」


しかし、いま一つ女の具体像をつかむことのできない客人は、「その女に、君の好みの、宿屋の浴衣を着せてみようぢやないか。」と、今度は旅をさせる設定で「私」に憧れの女性像を語らせようと試みる。二人の問答を通して、東京駅で落ち合った時の女の様子、そして東京から二、三時間ほど離れた温泉地に向かう道中で女にサイダーを勧めた時の「ありがたう」と言う素直な口調の説明などを通して、具体的な女の姿が次第に描き出されてゆく。しかし、宿に着いたあたりから、徐々に話の雲行きが怪しくなる。夕刊の運勢欄に、「一白水星、旅行見合せ」とあったことや、「私」が「女」の目の前で仕事を打ち込む風を装いつつ、いろは歌を「ちりぬるをわか」、「ゑひもせす」と書き付け、原稿用紙を破ったと「私」が語るにつれ、それまで饒舌であった客人は、言葉少なになる。そして、二人の対話は、床につく時分の話へと移り、女の蒼い顔で天井を見る様子や蒲団の中で体を硬くするといった様子の描写を通して、張り詰めた緊張感が漂うようになる。

自身の「たつた一冊の創作集」を取り出し読み始めたことが語られ、いよいよ話がクライマックスを迎えようとする時、「客人」は、「女に亭主があるかね？」と本来の話へと「私」を引き戻そうと試みる。だが、「私」はその問いかけを遮るようにして、「脊柱《せきちゅう》の焼けるやうな思ひ」をしたこと、そして女が寝返りを打った時「死なうと言つた」ことを淡々と語り続ける。そして、「女も、――」とその先を続けようとした「私」に対し、「客人」はその先を聞かずに、「よしたまへ。空想ぢやない」という一言で話を断ち切る。

二人の対話を通して以上の成り行きが語られた直後に据えられた最後の数行で、「客人の推察」は現実のものとなり、その翌日実際に「私」が客人との対話で浮かび上がらせた影像とは異なる「芸者でもない、画家でもない、私の家に奉公してゐたまづしき育ちの女」と情死を試みたこと、そして、女は寝返りを打ったばかりに死に、死に損なった「私」が七年後の今も生き残っていることが明かされる。「このやうな女がゐたなら、死なずにすむのだが」という、自身を生き永らえさせるような憧れの女性について話していたはずが、いつの間にか、その話は心中未遂の話へとすり替えられ、しかもそれまで語られた内容が、「私」の七年前の回想であったことが判明するという、読者の期待を巧みに裏切るどんでん返しが起きることになるのだ。36

太宰は、山岸外史《やまぎしがいし》宛の書簡の中で、この短篇を「一夜で書き飛ばした」、「井伏《いぶせ》〔鱒二《ますじ》〕さんの奥さまのおいでの夜で、お話相手しながら、それでも書きあげてしまひました」と、その執筆経緯を明かしているが、37一晩で書き上げただけのことはあって、その筆致は一糸乱れることなく、最後の数行における事の顚末に向けて、対話文が次々と繰り出されている。参考までに、前掲の抜粋箇所を、サイデンステッカーによる英訳と併せて表2－3に示すことにしたい。

この「雌について」では、複数の登場人物が居合わせ、会話が入り乱れるような場面がたびたび登場する『蓼喰ふ虫』の場合とは異なり、「客人」が「私」に質問を畳み掛ける問答形式となっている。そのため、話し手が極めて把握しやすく、『蓼喰ふ虫』のような誰が何を話しているのか不

英訳文[2]

And now, pushed on by his questions, I was describing mine.

"It won't be crêpe. Crêpe always looks dirty. For people like us it has to be something smart."

"How about pyjamas?"

"Even worse. There's nothing less exciting than pyjamas. And with only the tops on she'd look like something out of the funny papers."

"So maybe you'll have a terry-cloth kimono too?"

"No, a man's kimono, a cotton one, just back from the laundry. With heavy stripes. A narrow belt from the same material. She ties it in front like a judo jacket. I know – a night kimono like the ones you get at a hotel. That's it. She makes you think a little of a boy."

"Well, now. You talk about how worn out you are, but you still have a lively eye. But then there's nothing livelier than a funeral, I suppose. How does she do her hair?"

"Any style but Japanese. Japanese style is oily and it gets in the way. And it comes in such ridiculous shapes."

"A nice, unaffected foreign hairdo, how would that be? I know – she's an actress. Like someone from the old Imperial Repertory."

"I don't like actresses. They worry about their damned reputations."

"Now you're being funny. This is a serious conversation."

1 太宰治「雌について」『太宰治全集』2、筑摩書房、1998年、346–347ページ。

2 Osamu Dazai, 'Of Women', trans. by Edward G Seidensticker, *Encounter*, 1. 1 (October 1953), p. 24.

表2－3

原文[1]
問はれるがままに、私も語つた。 「ちりめんは御免だ。不潔でもあるし、それに、だらしがなくていけない。僕たちは、どうも意気ではないのでねえ。」 「パジヤマかね？」 「いつそう御免だ。着ても着なくても、おなじぢやないか。上衣だけなら漫画ものだ。」 「それでは、やはり、タオルの類かね？」 「いや、洗ひたての、男の浴衣だ。荒い棒縞で、帯は、おなじ布地の細紐。柔道着のやうに、前結びだ。あの、宿屋の浴衣だな。あんなのがいいのだ。すこし、少年を感じさせるやうな、そんな女がいいのかしら。」 「わかつたよ。君は、疲れてゐる疲れてゐると言ひながら、ひどく派手なんだね。いちばん華やかな祭礼はお葬ひだといふのと同じやうな意味で、君は、ずゐぶん好色なところをねらつてゐるのだよ。髪は？」 「日本髪は、いやだ。油くさくて、もてあます。かたちも、たいへんグロテスクだ。」 「それ見ろ。無雑作の洋髪なんかが、いいのだらう？　女優だね。むかしの帝劇専属の女優なんかがいいのだよ。」 「ちがふね。女優は、けちな名前を惜しがつてゐるから、いやだ。」 「茶化しちやいけない。まじめな話なんだよ。」

明となるといった事態は生じ得ない。さらに言えば「雌について」では、あくまでも二人の問答を積み重ねることにより、「私」の憧れの女性像をあぶり出すことに主眼が置かれている。このことから、誰が何を話しているかはさして重要な問題にはならず、また、年の頃が定かではない男二人が話しているため、『蓼喰ふ虫』の場合のように、その言葉遣いにおいて、老若男女の弁別をつけ

る必要もない。「雌について」は、その会話文の英訳のしやすさで言えば、『蓼喰ふ虫』とはまさに対極をなしていると言えよう。

このような両作品における対話部分の特徴・差異をざっと列挙しただけでも、「雌について」を英訳する際には、その作品の枠組みを踏まえ、文法・語彙の取り違えにさえ気をつけていれば、その翻訳過程において問題が生じにくいことが判明する。換言すれば、会話部分における混乱を避けるために翻訳者による加筆・改変が要請される性質を持ち合わせた箇所が、極めて少ない作品なのだ。この太宰の短篇の英訳からは、逆に『蓼喰ふ虫』がいかなる難題を翻訳者や編集者たちに突きつけていたのか、すなわち、男性同士の対話ならば英訳に耐え得たはずの日本語が、『蓼喰ふ虫』に見るような性差、年齢差、距離間をも含む複数の人物間での会話となると、英語の許容範囲を超えることが浮かび上がる。

5 「空疎」で「薄っぺらい」日本小説の会話部分

以上の観察を踏まえると、サイデンステッカーの会話部分の英訳に伴う煩わしさは、『蓼喰ふ虫』の英訳に際して、初めて芽生えたものだったと推測できる。そしてこの案件は、以降もサイデンステッカーの頭の片隅を占め続けていたようだ。『蓼喰ふ虫』の英訳を手掛けてから約二〇年後、サイデンステッカーは、自身の訳業の集大成でもある『源氏物語』の英訳に取り組んでいるが、第三十四帖「若菜上」を訳していた一九七三年五月四日に記した日記には、次のような記述が見つかる。

だが彼女〔紫式部〕は、フィクション作家たちにとって、ある意味物事がうまくいくような社会に生きていた。書くに値する人々は、二人一組でしか顔を合わせることがなかった。そのため、ダイアローグはそれ以上のもの、二人のあいだでの会話以上のものである必要はなかった。彼女には、コンプトン＝バーネットがあれ程までに意気揚々と成し遂げた難題、たとえ会話が五、六人のあいだで交わされたとしても、それぞれを切り離しておくといったことをやってのける必要がなかった。『源氏〔物語〕』で二名以上が居合わせる時には、大抵彼らは異なる位についており、そのため彼らのうちの一人が会話の主導権を握り、それ以外の人物たちは、反響板に過ぎないのである。[38]

ここでサイデンステッカーは、アイヴィ・コンプトン＝バーネット（Ivy Compton-Burnett, 1884–1969）に言及している。コンプトン＝バーネットは二十世紀に活躍したイギリスの作家で、ダイアローグを主体とした小説を次々に手掛けた作家であり、会話文の名手としても知られていた。彼女の小説は、延々と繰り広げられる登場人物たちの会話を通して、十九世紀後半から二十世紀前半にかけての上流中流階級の大家族における人間模様の複雑性や不具合をあぶり出すのを特色としているが、このような手法を用いるコンプトン＝バーネットの小説では、複数の人物たちが一堂に居合わせるような場面は決して珍しくない。

例えば、一九四一年に出版された『両親と子供たち』（*Parents and Children*）の第一章は、主人公であるエレノア・サリバンとその夫、フルバートとの夫婦間での会話に始まるが、その場に子供たち（グラハム、ダニエル、ルース）が、さらにはエレノアの義父母、サリバン夫人（レーガン）とサリバン卿（ジェシー）が次々と加わり、この一場面で、大家族の面々が一場に会することになる。そして、各々が次々と会話を繰り広げ、サリバン家における各登場人物の立ち位置や互いの関係性、性格や人物像が一気に描き出されていく。サイデンステッカーはその随筆や自伝において、日本の小説の会話部分について語る際に、しばしば会話の名手としてこのコンプトン＝バーネットを引き合いに出しているが、[39]前掲した日記の引用箇所では、複数の登場人物たちが会話を交わす場面において各人物を描き分けるといった、コンプトン＝バーネットの直面したような問題に、紫式部は煩わされることがなかっただろう、と空想しているのだ。『蓼喰ふ虫』の英訳現場で見たような、複数の登場人物の会話が交錯する入り組んだ場面に生じ得る翻訳問題が、このサイデンステッカーの発言には通奏低音として流れている。

サイデンステッカーの日記をさらに読み進めると、日本の小説における会話部分に対する印象が、次のように綴られている。

もしかすると、紫式部にとっては制約があったことが非常にうまく作用し、それが時として、日本の近代小説を薄っぺらいもののように思わせるのかもしれない。川端が一度に二人以上の登場人物を置くことは稀である（だからこそ、『山の音』の正月の朝食場面が、あれほどまでに印象的なのだ）。例えば、三島が我々に〔『天人五衰』で〕、透には学友がいると言いながらも彼らを紹介しないという事実が、〔主人公を〕孤立させることの重要性を強調しており、三島もまた登場人物たちをその状態にしておくことを好んでいた。〔中略〕（それに、『鏡子の家』で、対等な何人もの人物たちのあいだで繰り広げられる会話〔の描写〕を試みるなか、彼ら全員がいかに間抜けに見えるかを思い出してみると良い[40]）

サイデンステッカーは、日本文学の会話部分やその描き出し方の差異の要因を、身分差の存在していた紫式部の時代の場合と比べつつ、社会的背景の差に求めている。だが、ここで着目したいのは、日本近代小説における会話部分が時折「薄っぺらく」（"thin"）思えることや、三島の『鏡子の家』において複数の人物が会話をする場面が、「間抜け」（"fatuous"）だと形容している点である。サイデンステッカーにそのような印象を抱かせた当の三島は、日本の小説における会話部分の特徴について、「意味内容において、日本の小説の会話は概して空疎であるが、会話の内容を空疎にしておくことが、日本の小説家の芸術的潔癖なのであって、その極致が、アメリカで会話《カンヴァアセイション》・小説《ノヴェル》と称された「細雪」である」という興味深い洞察を残している[41]。三島は「芸術的潔癖」であるから、とその「空疎さ」を理由づけているが、これでは、日本の小説の会話の性質に関する十分な説明とは言えまい。なぜサイデンステッカーは、日本の小説の会話部分を「薄っぺらい」、「間抜け」と形容し、また三島はなぜ、わざわざ「会話の内容を空疎にしておく」必要がある、と説いたのだろうか。

6　ノヴェルの「ダイアローグ」と小説における「会話」

ここで、先だってサイデンステッカーが会話の名手として引き合いに出したコンプトン＝バーネットの小説におけるダイアローグと、「会話小説」と称された『細雪』の会話部分とを見比べ、その理由を探ることにしたい。

コンプトン＝バーネットの代表作の一つ、『執事とメイド』（*Manservant and Maidservant*）は、日本でちょうど『細雪』の中巻が刊行された一九四七年にイギリスで発表され、アメリカではクノップフ社が『ヴィーユバンとラム家の人たち』（*Bullivant and the Lambs*）というタイトルで一九四八年に出版している。その冒頭は、主人公であるホレス・ラムとその従兄弟のモーティマー・ラム、そしてそれに続く執事ヴィーユバンとの、次のようなやりとりで始まる（邦訳未刊行のため、以下は筆者が原文の形を可能な限り残したまま日本語に転写したものである）。


「暖炉の火から煙が流れてきていないか？」とホレス・ラムが聞いた。

「ああ、そのようだね、君」

「私は何がどんなだかを聞いているんじゃない。煙が流れてきているかどうかを聞いているんだ」

「見かけから真実を判断できるとは限らんよ」と彼の従兄弟は言う。「とはいえ、それ以外に判断できる様子も何もないのだがね」

ホレスは、周囲への興味を失ったかのように、部屋の中に入ってきた。

「おはよう」と、何かに気を取られたように言うと、今度は視線を元のところに戻しながら、ガラリと口調を変えて言った。「やはり暖炉から煙が流れてきているようだな」

「煙が出てくる段階だから、何ができるかを確認するのは難しいだろうよ」

「私の言っていることが、本当にわからないのか？」

「はいはい、君の言う通りだ。煙が少し流れてきている、そうだと言わねばならんね」

ホレスは手をポケットに入れ、気のない音を発した。彼は初老の中肉中背の男性で、頰は痩《こ》け、皺が刻まれており、その瞳は澄んで冷たく青い。よくあるような顔のパーツが顔に不均一に配置されており、明らかにぼんやりとした面持ちで顔を背ける癖があった。これは、彼の神経を苛立たせたことに対する罰、そのための償いが必要なのだ。

「ヴィーユバン、あの暖炉の火から煙が出ているのか？」

「そうとまでは言えますまい」と執事が、事態を目の前にして収拾させるように言う。「単に、雨風の激しい朝は、こう反応しているだけでございます。風により、定期的かつ突破的に起こるものです」

「部屋中が煤《すす》で汚れないのか？」

「ほんのごくわずかな量でございます。お話しするほどのことでもございません」とヴィーユバンは言い、自身の方針を示しながらホレスから視線を逸らした。[42]

この冒頭部分は、暖炉から部屋に煙が広がっているのではないか、というホレスの唐突な問いに始まり、三人の暖炉の煙にまつわる会話文で構成されている。意味内容からしてみれば、ごくありふれた日常の場面と言えなくもないが、唐突に問いを投げかけるホレスの様子からは彼の神経質さが、またホレスの質問に対するウィットに富んだモーティマーの返しに対して、「私は何がどんなだかを聞いているんじゃない。煙が流れてきているかどうかを聞いているんだ」と畳み掛けるホレスの口調からは苛立ちが滲み出し、両者の会話の噛み合わなさが明らかにされている。さらに続けて、暖炉から出る煙に苛立つ主人に、主人が求める客観的な情報を提供し、それ以上問題が大ごとにならないよう冷静に対処する、ヴィーユバンの立ち回り方が、その発言内容から浮かび上がる。さらに、ダイアローグの合間に挟み込まれた地の文を見てみると、そこに綴られたホレスの風貌の描写には、その前後のダイアローグでのホレスの口調や言葉遣いや、そこに投影される彼の人物像や性格描写をさらに印象づけるような情報が添えられていることがわかる。『執事とメイド』の冒頭では、主人公であるホレスの人物像や、彼を取り巻く人物たちの性格、そして彼との関係性やホレスに対するそれぞれの登場人物の身の処し方など、登場人物たちの人物像やノヴェルのその後の展開に深く関わりのある人間関係が、彼らのダイアローグを通して一気に浮き彫りにされているのだ。[43]

では、「会話小説」と称された『細雪』の冒頭の場合はどうだろうか。『執事とメイド』の冒頭部分と同じ長さの抜粋を見比べ、どのように印象が異なるのかを見てみることとしよう。

「こいさん、頼むわ。――」

鏡の中で、廊下からうしろへ這入《はい》つて来た妙子を見ると、自分で襟を塗りかけてゐた刷毛《はけ》を渡して、其方は見ずに、眼の前に映つてゐる長襦袢《ながじゆばん》姿の、抜き衣紋《えもん》の顔を他人の顔のやうに見据ゑながら、

「雪子ちやん下で何してる」

と、幸子はきいた。

「悦ちやんのピアノ見たげてるらしい」

――なるほど、階下で練習曲の音がしてゐるのは、雪子が先に身支度をしてしまつたところで悦子に摑まつて、稽古を見てやつてゐるのであらう。悦子は母が外出する時でも雪子さへ家にゐてくれゝば大人しく留守番をする児《こ》であるのに、今日は母と雪子と妙子と、三人が揃つて出かけると云ふので少し機嫌が悪いのであるが、二時に始まる演奏会が済みさへしたら雪子だけ一と足先に、夕飯までには帰つて来て上げると云ふことでどうやら納得はしてゐるのであつた。

「なあ、こいさん、雪子ちやんの話、又一つあるねんで」

「さう、――」

姉の襟頸《えりくび》から両肩へかけて、妙子は鮮かな刷毛目をつけてお白粉を引いてゐた。決して猫背ではないのであるが、肉づきがよいので堆《うずたか》く盛り上つてゐる幸子の肩から背の、濡れた肌の表面へ秋晴れの明りがさしてゐる色つやは、三十を過ぎた人のやうでもなく張りきつて見える。

「井谷さんが持つて来やはつた話やねんけどな、――」

「さう、――」

「サラリーマンやねん、MB化学工業会社の社員やて。――」

「なんぼぐらゐもろてるのん」

「月給が百七八十円、ボーナス入れて二百五十円ぐらゐになるねん」

「MB化学工業云うたら、仏蘭西《フランス》系の会社やねんなあ」

「さうやわ。――よう知つてるなあ、こいさん」

「知ってるわ、そんなこと」[44]

『細雪』でも家庭環境での日常の一コマのやりとりが冒頭に描かれているが、ここでの登場人物のやりとりは、『執事とメイド』の場合とは、その趣を大きく異にしている。同じ長さの抜粋でも、この『細雪』の導入部で登場する会話部分は、あくまでも雪子の見合い話に関するとりとめのないやりとりに割かれており、幸子と妙子の性格や関係性は、この時点ではまだはっきりとは浮かび上がらない。

『執事とメイド』のダイアローグでは、各登場人物の発言やそのやりとりを編み上げ、性格や役回りを描き分けることに意が注がれていたのに対し、『細雪』の会話部分では、日常の会話をあたかもそっくり写生したかのように、会話部分に現実味を持たせることに重きが置かれている。関西弁の語感に乗せた会話文、そして間投詞「さぅ」（「そぅ」）や、ダッシュなどを用いた間の保たせ方、そして、一口で言い切ることのできる文が「井谷さんが持って来やはった話やねんけどな、――」、「サラリーマンやねん、MB化学工業会社の社員やて。――」と、二度にわたり短く途切れ積み重ねられることにより、読者は、二人の掛け合いの息遣いが伝わってくるような、あたかも通りすがりに二人の会話をたまたま耳にしたかのような錯覚に陥る。また『執事とメイド』では、対話文に書き込まれた性格描写を印象づけるようなホレスの風貌の描写が地の文に挟み込まれているのに対し、『細雪』のこの導入部分の地の文は、あくまでも幸子と妙子を取り巻く環境・設定、いわば舞台のデコール（décor）の説明に費やされ、幸子の風貌の描写と彼女の会話内容・口調との緊密な結びつきというものは、一切見られない。

このように、コンプトン＝バーネットと谷崎の小説における会話文を照らし合わせると、英語の「ノヴェル」におけるダイアローグ（対話）部分と、日本の「小説」における会話部分の性質の差異というものが少なからずあぶり出されてくる。コンプトン＝バーネットのノヴェルでは、登場人物の会話文から各々の人物像や人間模様が浮き彫りにするようなダイアローグが精巧に作り込まれている。それに対し、『細雪』の会話文では、登場人物たちの用いる方言の精度やその息遣い、口調などを再現するような臨場感が徹底的に追求されている。

ピュリッツァー賞受賞作家であるスタッズ・ターケル（Studs Terkel, 1912–2008）は、コンプトン＝バーネットが生前「人生は平坦すぎる」ため、「賢い人間はより賢く、愚かな人間はさらに愚かに、また、愉快な人物はより愉快に書かねばならない」と語っていたと証言している。[45] このような意識を持ち、創作に打ち込んでいたコンプトン＝バーネットを、サイデンステッカーは会話文の名手と評し、対する日本の小説の会話文を見た際に「薄っぺらい」「空疎」だと感じた。また、『蓼喰ふ虫』の英訳現場でも、サイデンステッカーは、谷崎の書く「誰が？」「君が」「私が？」「そう、君が」「なぜ私が？」「なぜ君がかって？」という会話文の運びに対して、どう訳したらよいのかわからないと、不満を漏らしていた。とすれば、サイデンステッカーが谷崎の書いた会話部分に対して抱いた不満は、谷崎の会話文における手腕の問題というよりもむしろ、日本の小説の「会話部分」と英語のノヴェルの「ダイアローグ」との根本的な役割やその性質の差異から生じたものではなかったか、との推測に導かれる。日本の小説では、人物造作の重要要素として人物像を誇張・浮き彫りにした会話文を作り込むのではなく、むしろ逆にその「人生の平坦さ」を表面化することが目指されていたのではないだろうか。これは、「会話の内容を空疎にしておくことが、日本の小説家の芸術的潔癖」だと観察した三島の見解を裏付けるものと言えよう。

谷崎の描く会話部分の「平坦さ」に違和感を覚えたのは、サイデンステッカーだけにとどまらない。英訳版『細雪』が出版された後、『ヘラルド・トリビューン』紙（*Herald Tribune*）にその書評を寄せたブラッドフォード・スミスは、『細雪』の会話部分について、「重要性が明らかでない場面が全面的にダイアローグで書かれる一方で、重要な場面は、回想や間接話法（確実に劇的な〔出来事の〕可能性をたたき出してしまう手法）を用いて、足早に通り過ぎている」という印象を綴っている。[46]また、『ワシントン・ポスト』紙（*The Washington Post*）に書評を寄せたグレゴリー・ヘンダーソンに至っては、「知的活動の気配すらない幾千もの会話が書き連ねられている」との感想を残している。[47]

以上のような書評者たちの拒絶反応、そして本節で検討した谷崎による会話部分とコンプトン＝バーネットによるダイアローグとの性質の違いを踏まえると、そこには日本の「小説」と英語圏の「ノヴェル」において求められる「現実感」の位相の違いが照らし出されてくる。これはさらなる比較文化上の大きな問題に連なるが、その検討は、次章以降での考察に委ねることにしたい。[48]

7　サイデンステッカーと会話部分英訳のその後

本章を結ぶ前に、サイデンステッカーと『蓼喰ふ虫』の会話部分のその後についても少しだけ触れておきたい。英訳版『蓼喰ふ虫』の刊行から五年後の一九六二（昭和三十七）年に、サイデンステッカーは当時、毎日新聞社の論説委員を務めていた那須《なす》聖《きよし》とともに『日本語らしい表現から英語らしい表現へ』という著書を出版している。「日常の生きたことばを扱う」ことを主眼としたこの著書は、その序文の説明にもあるように、「サイデンステッカーの英訳した、日本の文学作品を数点えらび、その中から、さらに会話の部分を抜きだして、原文と英文を対照させた」英語教本だった。各会話部分の抜粋には、那須がサイデンステッカーから聴取して記した解説が注釈として添えられているが、『蓼喰ふ虫』から抜粋されたある注釈には、本章で『蓼喰ふ虫』の対話部分の英訳現場を検討してきた我々にはまごうことなく覚えのある、次のような記述が登場する。

> 英文では、こういうところへ会話者の名前を挿入するのが普通である。この会話は高夏という男の客と、この家の主人要と、妻美佐子と、子供弘の間にかわされるものである。日本語ではいちいちどれを美佐子がいい、どれを子供の弘が話したかを明記しなくても、その内容とことばづかいで、はっきりわかる。美佐子は女性のことばを使い、弘は子供のことばを使う。その上美佐子は夫と客と子供に対してそれぞれことばを使いわける。だから「美佐子はこういった」などと断わる必要はない。英語でも男女、子供それぞれのことばづかいに、多少の違いはあるけれども、その違いは日本語ほど明瞭ではないために、ときおり断わらなければ、だれが言っているのかはっきりしないことがある。ここに“Takanatsu answered.”と入れたのはこのためである。[49]

あくまでも自身の採用した翻訳手法として解説してみせるサイデンステッカーだが、その解説内容は、ここまで見てきたシュトラウスがサイデンステッカーに対して行なった助言内容や、英訳文の書き換えの経緯と驚くほどにぴったりと一致する。サイデンステッカーが後から付け足したこの模範解答は、クノップフ社の英訳現場での経験を二次加工したことにより生まれたものであった。サイデンステッカーの翻訳現場における編集者からの指南が血肉となった一例と見ることもできるだろう。

だが、このサイデンステッカーのいう「会話者の名前の挿入」は、果たしてそこまで断言できるほどに万能な翻訳技法なのだろうか。言語上の性質の差異を理由として一様に「話者の身元」を追加するだけでは、かえって意味内容を空疎にしておくことが重要とされる日本の小説の「会話」を、ノヴェルの「ダイアローグ」の領域に不容易に越境させることになりかねない。日本の小説の「会話」部分の異質性や、その空疎さから生じる現実感が削ぎ落とされるばかりか、ノヴェルの規準を満たさない異形のものとして移植先の読者の拒絶反応を引き起こしかねないことは、書評者たちが見せた反応にも明らかだろう。

さらに付け加えれば、日本の「小説」と英語圏の「ノヴェル」のあいだで、編集者と翻訳者がどのように振る舞うかは、原著の性質、またそれを受容する読者の許容限界や異質性に対する意識に応じて変動する。とすると、この歴史的文脈を切り離した「模範解答」などあろうはずがない。

第三章　結末はなぜ書き換えられたのか——大岡昇平『野火』

英訳版『野火』*Fires on the Plain*
（Knopf, 1957）

今平穏な日本の家にあってこの光景を思い出しながら、私は一種の嘔吐感を感じる。しかしその時私は少しもそれを感じた記憶がない。

——大岡昇平『野火』第十七章

Why was I not overcome with nausea? At the time I had no such reaction.

——Shohei Ooka, *Fires on the Plain*, tr. by Ivan Morris, Chapter 17

英文学者である吉田健一は、大岡昇平が『野火』を発表した三年後、新潮文庫版に収録された解説の中で、「大岡昇平の作品を読めば読む程、日本の現代文学に始めて小説と呼ぶに足るものが現れたという感じがする」と『野火』のことを評している。[1] さらに吉田はその言葉が意味するところを、以下のように詳解している。

現代文学というものは日本に前からあった。併しその中で小説は大岡氏の作品が始めてだとするのは奇怪なことに思われるだろうか。〔中略〕或る日本の現代作家の作品がアメリカに紹介されたら、名エッセイだという評判を取ったそうである。外国の読者が飜訳《ほんやく》を通して得た印象は必ずしも当てにならないし、エッセイというのが何を指すかも余りはっきりしないが、例えば島崎藤村《しまざきとうそん》が書いたようなものが小説で通るならば、余り理屈っぽいことを言いさえしなければ大概何でも小説であっていい訳で、理屈っぽい所が出て来れば、これは理知小説だとか、心理小説だとかということで珍重される。小説にはそういう便利な所がある。[2]

この吉田の解説は、戦後に日本文学がアメリカの雑誌・文芸誌などを通して紹介され始める一九五四年頃に書かれた。そこには、日本の「小説」とアメリカにおける「ノヴェル」の差異が浮き彫りにされるだけでなく、吉田が『野火』を日本の「小説」ではなく、英語でいう「ノヴェル」に近いものとして位置づけていたことがわかる。だが、吉田が国内で初めて「小説と呼ぶに足るもの」と評したこの『野火』でさえも、クノップフ社から一九五七年三月に英訳（*Fires on the Plain*）が刊行された際に、大幅に改変された箇所があった。それが、英訳版『野火』のエピローグ部分における改変、そしてサスペンス要素に関連した変更である。

本章では、これらの変更に焦点を絞り、当時『野火』の英訳化に携わった人物たちが、いかなる理由により改変に踏み切ったのか、その編集現場の内実を明らかにするとともに、クノップフ社から刊行された他の日本の小説の英訳現場とは異なる、『野火』の翻訳現場ならではの特徴にも目を向ける。

1　書き換えられた「エピローグ」――かき消された原著者の意図

『野火』は、第二次世界大戦において日本軍の敗北が明らかになった頃のフィリピンを舞台としている。この小説では、主人公の田村一等兵が、レイテ島で敗兵として逃走を続けるなかで体験した孤独や飢餓、殺人など、精神的に極限まで追い詰められながら再び神への関心を見いだしてゆく過程、そして仲間を「猿」として狩り食すようになった戦友の姿に直面し、次第に狂人と化してゆくその自己認識を通して、戦地での記憶が語られる。本章の考察を進めるにあたり、まずは必要な前提として、『野火』の構成を述べておくことにしよう。

『野火』の第一章から第三十六章にかけては、田村のレイテ島で敗走した時の回想が綴られている。その記憶は、かつての仲間の肉を狩るようになった戦友永松に田村が銃口を向けたところで一旦途切れるが、次の第三十七章「狂人日記」では、「私がこれを書いているのは、東京郊外の精神病院の一室である」という一文とともに、田村の記憶が途切れた六年後へと突然場面は移される。そして、田村が意識を取り戻した後、米軍の野戦病院で手術を受け俘虜《ふりょ》病院に収容されたこと、さらには帰国後、精神病院に入院するまでの経緯が語られる。そこで、それまで田村の語った戦地での記憶が実は手記であったことが初めて明かされるが、続く第三十八章「再び野火に」では、実はその手記が、自由連想診察の延長として、医師の薦めにより書き始められたものであったということが明らかとなる。田村は、その手記を読んだ医師とのやりとりを手がかりとし、失われた記憶を徐々に取り戻し始める。そして最終章「死者の書」では、その追想を通して、一旦はなくしたはずの空白期間の記憶を田村が鳥瞰する様が描かれることになる。野火を背景とし、銃を肩に丘と野のあいだを歩く田村一等兵の姿を捉えた田村(「私」)は、自身が結局殺した人間たちの肉を口にしていなかったこと、「不明の襲撃者」により後頭部を殴られたことにより、人間の肉を食べたいという欲望に駆られ、今にも罪に堕ちようとしていた自分が救済されていたことに気づく。そして、主人公の「神に栄えあれ」という神への一言とともに、『野火』は唐突に終わりを迎える。

ところが、英訳版『野火』では、この最後の三章が「エピローグ」として一つに括られ再構成されているのに加え、「再び野火に」(第三十八章)で交わされる田村と医師との会話の大部分が切り捨てられている。その省略された箇所には、いったい何が書かれていたのだろうか。

原文では、二人のやりとりは、以下のように繰り広げられる。

医師は私の手記を、記憶の途切れたところまでを読み、媚びるように笑いながらいった。

「大変よく書けています。まるで小説みたいですね」

〔中略〕

「想起に整理と合理化が伴うのは止むを得ません」

「なかなかよく意識しておられる。しかしあなたは作っておられますよ」

「回想に想像と似たところがあるのは、通俗解説書にも書いてるじゃありませんか。現在の僕の観念と感情で構成するほか、何が出来ますか？」

「私共に一番興味があるのは、あなたの神の映像ですね。普通私共はこれを罪悪感を補償するために現われるコンプレックス――メシヤ・コンプレックスと呼んでいるんですが、あなたは今でも自分が天使だと信じていられますか」

「いや、どうだかわかりません。そうですね。多分これを書きながら見附けて行ったのでしょう。ふむ、メシヤ・コンプレックスとしては、僕の神の観念は甚だ不完全なものですね」

「まあ、それだけあなたの症状が軽いということですから、御心配はありません。いや、人が発狂時に書くことには、案外深い人生の真実が潜んでいることがある。――ただ衝撃のため、最後の部分を忘れておられるのが残念ですね。私共にいわせれば、或いはそこにあなたの病気の、真の原因が潜んでいるかも知れないのです」

〔中略〕

「じゃ、あなたを信用しろとおっしゃるんですか」

「そう睨まないで……いや、今日はここまでにしておきましょう。まあその忘れた期間のことでも考えていらっしゃい。しかしどうしても思い出せなかったら、無理しなくてもいいですよ」[3]

田村と医師とのあいだで淀みなく交わされるペダンティックなやりとりには、実は極めて重要な役割がある。英訳の底本となった『野火』の訂正決定稿（一九五一年完成）では、冒頭から田村の戦地での記憶が語られる。だが、『野火』の導入部は当初、訂正決定稿とは大きく異なっていた。初出時の冒頭部分では、ジャーナリストの「私」の語りが展開され、その彼が出会った人物として、主人公となる「田村鶴吉」が登場し、そのジャーナリストの「私」が田村から聞き知った話として、『野火』の本篇が第二章以降に始まる。そして、その導入部には、「戦時中の我々三十代のインテリの共通の癖」である「衒学的な気取り」があったという、田村の性格や特徴が描かれていた。[4] この初出時にあった田村の性格についての描写は、訂正決定稿では削除されることとなった。『野火』が一貫して田村の「私」の視点から語られていることを考え合わせてみると、『野火』の訂正決定稿において、田村の癖や口調、雰囲気などが最も顕著に現れる唯一の場面が、田村と医師との約二ページにわたるやりとりであった、ということが少なからず浮かび上がってくる。

　ところが、最終的な訳文では、その箇所が大幅に削除されたうえ、大胆にも次のように要約されている。

The doctor has read my notes up to the point where my memory breaks off. Chuckling fulsomely, he says: "It's very well written. It reads just like a novel, you know. ... It's a shame that shock of yours blocked out the last part of your memories," he adds after a while. "We've got a good idea that this is just where we'd find the clue to your illness . . . ."[5]

（医師は、私の手記を、私の記憶が途切れる箇所まで読んだ。鼻につくような含み笑いをしつつ彼は言った。「非常によく書けていますね。まるで小説のようじゃないですか……。衝撃で記憶の最後の部分を思い出せないのが残念ですね。」そして、しばらくして付け加えた。「これがまさにあなたの病の原因を知る手がかりとなることが、よくわかってきました……。」）

原文とこの改変された訳文を見比べると、英訳版では、この直後のプロット展開、つまり、この医師との会話を手がかりに田村が記憶を取り戻すという筋の展開と密接な関わりのある箇所を除いて、医師と田村のやりとりが大幅に省略されていることが判明する。英訳文では田村（「私」）の意識の推移、そして語りが遮断されることなく解明部に導かれてゆくような筋書きへと組み替えられているのだ。

『野火』の英訳を担当したアイヴァン・モリスは、後にこのエピローグ部分について振り返り、原著の終わり方に対して抱いた違和感を、一九六九年八月号の『海』に掲載された「『野火』について」という小論に書き綴っている。[6] そこでの説明によれば、モリスが特に納得のいかない展開だと感じたのは、田村が精神病院に入院した後、「作品が徐々に緩かな展開を見せること」であったという。それまでの緊迫感に満ちた語りが、「締りのない、明々白々の解説に変化」し、「冗長な盛り上りのないエピローグ」となってしまったと、モリスは『野火』の終わり方に対する不満を漏らす。さらに彼は、こうした終わりの迎え方が、告白体文学好みの日本の現代小説の典型的な例だと分析し、「控え目な表現、あるいは巧妙さが本質となっている『野火』のごとき簡潔な小説の場合には確かに不必要である」と論じ、「私は本書をはじめて読んだときも、この物語の効果的な結末は、永松を殺した直後のフィリピンであると思ったが、その考えは今でも変っていない」と述べる。このことから、英訳を担当していたモリスが、英訳版ではエピローグとして括られた三章を、精密なプロットから逸脱した不必要なものとして捉えていたということがわかる。

ところが、モリスが批判したこのエピローグ部分には、原著者なりのある狙いが込められていた。大岡は、一九七二年五月に三田文学会からの依頼を受け「『野火』におけるフランス文学の影響」という講演を行なっている。その中で、大岡は、『野火』の最後の三章が必要ないとの批判を相次いで受けたことについて触れつつ、この場面に与えた役割について、次のように述べている。

「再び野火へ」「死者の書」の章で、前線で記憶を失ってからあとの時間を錯乱的に回想しながら、自分が堕天使であったかも知れない、という反省——殺意を持った〔ドストエフスキーの『白痴』の中の〕ムイシュキンがラゴージンの前で失神するように、主人公がゲリラの打撃の下に屈服するという結末まで、持って行くのは、「狂人日記」の章でひと休みする必要があるでしょう。[7]

大岡の説明からは、モリスが冗長だと違和感を覚えた箇所が、実はその後に迎えるクライマックスの前に、小休止としてあえて設けられたものであったということがわかる。ドストエフスキーの『白痴』の中では、ラゴージンがムイシュキンを待ち構え、刃物を振りかざした瞬間に、ムイシュキンがてんかんの発作を起こし、逆にそのために命が救われるという場面が登場する（第二部第五章）。この最も緊迫感にあふれた場面、大岡の言葉を借りるならば「不意に襲撃されるという段取り」こそが、大岡にとっての焦点であった。つまり、大岡が想定していた結末とは、モリスがクライマックスにふさわしいと感じた田村が永松に銃口を向ける場面ではなく、最終章に描かれた一場面、田村が人肉を自ら探し、食べるという罪に堕ちようとしたところ、ゲリラに後頭部を殴られ、俘虜となった結果救われたという一場面であったことが明らかになる。[8]

後にモリスは、この「冗長な盛り上りのない」と言い表したエピローグについて、「英訳に際しては著者の許可を得て、私は数ヵ所で省略した」と振り返っている。[9] だが、このモリスの記憶には、若干の食い違いがあるようだ。原著者である大岡は、モリスが前述したエピローグ部分の改変について「私の了解を得て縮めた、なんて書いている。――しかしこれはうそで、彼は私に校正刷を見せてくれなかったんで、ただアメリカでは精神分析医の勢力が強いということなので、嘲笑的な句を取ることを承知しただけ」と反駁している。[10] さらに自身が想定していた以上の改変がなされたことに対し大岡は、「作者として、最も承服し難いこと」だと糾弾している。[11]

では、原著者から不興を買ったこのエピローグ部分における改変は、実際のところ、どのような事情から変更されたのだろうか。

2　英米圏で期待される「効果的な結末」

モリスの証言は、一見、その改変が彼自身の手によってなされたという印象を与えかねない。だが、『野火』の英訳現場でエピローグ部分に対して違和感を抱いたのは、モリスだけではなかったようだ。一九五五年から六二年にかけて、クノップフ社の編集者を務め、後にジョン・アーヴィングの『ガープの世界』（*The World According to Garp*, 1978）を手掛けたことで知られるヘンリー・ロビンス（Henry Robbins, 1927–79）は、削除・改変がなされる以前の『野火』の英訳原稿に目を通している。彼は、その時に抱いた違和感を、次のように報告している。

エンディング部分には少々がっかりした。今や狂人となった書き手が、これらの回想録を精神病の治療の一環として綴るといった仕掛けは、使い古された作為的な手段に思える。それ以上に、本のそれ以降の完全な連続性（perfect continuity）を妨げている。それまでの心理分析は、行動と密接に結び付けられていた。エピローグでは、それが改めて想起され、述べられていることに不満が残った。だが、これについてはどうしようもない。それに、この本の刊行に強く賛成するのを思いとどまらせるほどのことでもない。[12]

このような違和感を抱いたのは、ロビンスにとどまらない。クノップフ社が手配したリーダー（閲読者）五名のうち四名がエピローグ部分に対して「極めて平坦に感じた」（"it felt quite flat"）と抵抗感を示したこと、そして、社内でもこの箇所についてどう対処すべきか議論が重ねられていた様子が、シュトラウスからモリスに宛てて書かれた当時の書簡に記録されている。[13]

しかし、この時点でのシュトラウスにはまだ、医師と田村の会話を削除するという選択肢はなかったようだ。第一章でも見た通り、シュトラウスは日本文学翻訳プログラムの一作目である『帰郷』の準備段階において、すでに日本の小説と英語のノヴェルに期待される結末の迎え方の差異を認識していた。だが、『野火』以前にクノップフ社から刊行された日本文学の英訳では、英訳版『野火』に見るようなエンディング部分に関わる調整は一切行なわれていない。そのかわり、シュトラウスが『帰郷』や『蓼喰ふ虫』の英訳の序文において、日本とアメリカの読者が結末部分に期待することに言及することにより、読者による拒絶反応を回避しようと試みていたことは、先立つ章で詳しく説明した通りである。

では、なぜ『野火』の場合に限って、このような大胆な改変に踏み切ることとなったのだろうか。そこには、クノップフ社から刊行された日本近代文学をイギリス市場向けに刊行していたセッカー&ウォーバーグ社の存在が絡んでいた。

シュトラウスがモリスに宛てた書簡によると、当時セッカー&ウォーバーグ社側では、編集長のフレデリック・ウォーバーグが、イギリスの小説家アンガス・ウィルソンに『野火』の英訳文の閲読を依頼していた。ウォーバーグがシュトラウスに宛てた書簡には、このウィルソンによる閲読報告書が同封されている。そこには、英訳版『野火』に目を通したウィルソンが、大岡の語りのコントロール力を高く評価する一方で、エピローグ部分を疑問視していた様が、次のように記録されている。

その「力強い」資質と並外れた視覚効果の他に、著者の見事な「危うさ」のある語りをコントロールする力に感銘を受けました。男が迷い彷徨《さまよ》う姿の説明もなかなかの手腕です。このような描写、そして百もの細かな説明のおかげだと思いますが、人食いの恐怖以上に脳裏に焼き付いて離れない効果があります。私が唯一批判するとするならば、それは後記（postscript）の部分です。これは本当に必要でしょうか。非常にアンチクライマックスだと思いました。[14]

ウォーバーグを通じてウィルソンからの指摘を受けたシュトラウスは、すぐさま訳文に目を通し、どの箇所を改変すべきかを検討したようだ。そして、その問題の元凶であると判断したのが、先に挙げた田村と医師とのあいだの会話部分であった。シュトラウスは、削除の許可を大岡から得るよう、モリスに打診している。

私たちも原文に手を加えるのは非常に気が進まないのですが、入念に分析し、綿密に調べることにより、問題の原因となっている箇所を突き止めることができました。主に二五一ページ末尾に始まり、二五三ページのほぼ終わりにかけて続く一節です。この一節で田村と医師は、精神医学に関わる難解な表現のやりとりをしています。我々にはこの一節こそが、精神医学的エンディングの〔精神疾患の治療の一環として回想録を綴るといった〕典型的な性質を、少なからず強調してしまうものに思われました。熟慮した結果、あなたに大岡氏とこれら二ページを省略する可能性について相談していただくようお願いしなければなりません。私たちは彼の同意なしには、この箇所を省略(drop)したくありません。[15]

このシュトラウスの説明にある、「精神医学的エンディングの典型的な性質」(“stereotyped nature of the psychiatric ending”)とは、おそらく先に挙げたロビンスの指摘した「回想録を精神病の治療の一環として綴るといった仕掛け」、彼が「使い古された作為的な手段」と形容した手法を指すものであろう。シュトラウス、あるいはロビンスが、この文言から具体的にどのノヴェルを思い描いていたかは定かではない。

だが、ここで強調したいことがある。つまり、この田村と医師との会話になされた大幅な削除、改変には、単に「典型的な精神医学的なエンディング」を強調してしまうというシュトラウスの理屈、そしてモリスが大岡に伝えたという「アメリカでは精神分析医の勢力が強いということなので、嘲笑的な句を取る」という説明では片付けることのできない、根深い要因が潜んでいるのではないか、との疑念である。とすると、クノップフ社の編集者たち、そしてイギリス側の出版関係者たちを改変へと駆り立てた真の要因とは、いったい何であったのか。

クノップフ社の閲読者たちは、『野火』のエピローグ部分に対して、「極めて平坦に感じた」という感想を抱いた。さらにウィルソンに至っては、後記部分が「アンチクライマックス」だと、そのエピローグ部分の必要性そのものを疑問視している。『野火』の結末部分に不満を抱いたモリスがそれに代わる「効果的な結末」だと指摘したのも、ウィルソンと同様、田村の記憶が途切れるエピローグ部分の直前の箇所であった。その箇所を結末とするならば、ロビンスが「それ以降の完全な連続性を妨げている」とした田村と医師のやりとりまで、話を持ち越さずに済むことになろう。

こうした翻訳者や編集者たちの考え、そして最終的に刊行された英訳文では、田村の語りが遮断されることなく解明部に導かれてゆくような流れへと筋書きが書き換えられていたことを踏まえると、英語圏の読者が期待する結末までの流れと、『野火』原作の終わりの迎え方とのあいだには大きな隔たりがあったことが写し出されてくる。

3 「完全な連続性」への書き換えとその代償

文芸評論家のM・H・エイブラムス（M. H. Abrams, 1912–2015）は、その『文学用語集』（*A Glossary of Literary Terms*）にある「プロット」の用語解説において、アリストテレスの『詩学』第八章「筋の統一」にある「筋もまた、行為の再現であるかぎり、統一ある行為、しかも一つの全体としての行為を再現するものでなければならない。さらに、出来事の部分部分は、その一つの部分でも置きかえられたり引き抜かれたりすると全体が支離滅裂になるように、組みたてられなければならない」[16]という一節を引用し、先にあげた「完全な連続性」に通ずる、次のような説明を展開している。

プロットは、読者や観客から、ある意図した効果に向けた完全かつ秩序ある行動構造として捉えられ、際立つ構成部分や出来事の全てが機能する場合、一般に統一のある行為がある（あるいは、「一つの技巧的な全体」になる）とされている。[17]

アリストテレスの語る統一性は、その後、フランスで十六世紀半ばに「時の単一」「場の単一」「筋の単一」の三原則を満たす三一致の法則（trois unités）へと姿かたちを変えながら、欧米の文学規範として定着した。しかしながら、狂人の手記を通して徐々に錯乱する戦地での心理や記憶が語られる『野火』は、これらの概念に見る統一性とは、ほど遠い展開を見せる。第一章から第三十六章にかけては、レイテ島で敗走した際の戦地での田村の記憶が語られ、その合間には、田村の見る夢が折り込まれる。そして永松に銃口を向けたこと、その人肉を口にしていないだろうという不確かな田村の推察、さらに林の遠見の映像などの記憶が途切れ途切れに語られた後、手元の銃の菊花の紋が刻んで消してあったという記憶を最後に、この場面は「ここで私の記憶は途切れる……」という一言で終わりを迎える。

続く第三十七章「狂人日記」と第三十八章「再び野火に」では、先述の通り、フィリピンから田村が無事生還した日本へと舞台は移され、精神病院に収容された田村の現在が描かれる。そして第三十八章の終盤にかけて、田村は「耳の底、或いは心の底」に「太鼓の連打音に似た低音」を耳にするようになる。この音に導かれるようにして、最終章である「死者の書」へと場面は急展開するが、記憶喪失の全期間を思い出したという田村の追想、あるいは幻想が語られるなか（どちらなのかは明示されない）、「再び銃を肩に、丘と野の間を歩く私の姿」を「私」が鳥瞰する様を通して、田村の魂が離脱したことが示唆される。また、田村が殺したフィリピン人の女性と安田、永松が現れ、その死者たちの笑いを見つつ、「今や、私と同じ世界の住人になった」という言葉が発せられることから、田村がもはや死んでいることが明らかになる。そして、主人公の「神に栄えあれ」という神への賛美で『野火』は唐突に終わりを迎える。

このように『野火』は、主人公の視点が現実や夢、過去や現在、そして狂気と正気のあわいを転々とし、最終的には「私」の霊的存在としての姿が露わになるという、喩えてみるならば夢幻能的展開を見せる。およそこれは、時や場所、そして主人公の行動の統一性や秩序の維持が図られ、全てがクライマックスにおいて結実する——という西欧の文学規範からは大きくかけ離れているのだ。

こうして見てみると、英訳版『野火』においてなされた田村と医師の会話部分の改変は、前掲したロビンスの言葉を借りれば「完全な連続性」を求める西洋の小説規範から逸脱したものとして、英語圏の読者が『野火』の結末に対して抱き得る拒絶反応を回避するための措置であったことが照らし出されてくる。だが、その改変の根拠としてシュトラウスが掲げたのは、アメリカにおいて使い古された「回想録を精神病の治療の一環として綴るといった仕掛け」が、読者の拒否反応の引き金となる可能性であった。さらに言えば、この改変の理屈は、「アメリカでは精神分析医の勢力が強いということなので、嘲笑的な句を取る」と、誤った形で大岡に伝わっている。それが、シュトラウスの考えをモリスが誤って伝達した結果であったのか、あるいは大岡の記憶違いであったのかは定かでない。だが、こうした経緯を経た結果、モリスはその後、原著者からの糾弾を被ることとなった。その行き違いの顚末が、この『野火』の英訳現場の考察から明らかとなる。

4 「種明かし」か「伏線」か

アメリカのクノップフ社とイギリスのセッカー&ウォーバーグ社との対話を通じて大幅な改変がなされたのは、田村と医師との会話部分にとどまらない。英訳文の編集現場では、『野火』のプロットそのものに関わるような、もう一つの大きな改変がなされていた。

その改変の発端となったのは、クノップフ社創業者夫妻の息子であるアルフレッド・A・クノップフ・ジュニア（Alfred A. Knopf Jr., 1918–2009; 通称パット）による提案であった。シュトラウスは、一九五六年七月十二日付のブランチ・クノップフに宛てたメモの中で、パットから出た提案内容を、次のように伝えている。

田村の生存に関するいくつかの言及を削除すればサスペンスが高まるだろうというパットの提案に、私も賛成しています。この件については、すでにフレッド〔フレデリック・ウォーバーグ〕にも伝えてあります。[18]

ここでいう「田村の生存に関するいくつかの言及」とは、『野火』の中間部に登場する今現在の田村の所在を示す、複数の文のことを指している。

『野火』の中間部にあたる第十七章「物体」では、フィリピンの原野を彷徨う田村が、教会にたどり着き、その会堂で「人間であることを止めた物体、つまり屍体」を目にし、それを屍体であると認知するに至るまでの心理描写が細かく描き込まれている。この場面には、屍体の頭髪が滲み出た屍液で皮膚にへばりつき、額部分に移行している様を目にした時のトラウマから、「以来私はこの光景を思い出すことなく、都会の洋裁店等に飾られた蠟人形の、漠然たる生え際を見ることが出来ない」[19]と、その後都会の洋裁店の蠟人形をみる機会が田村にあったことを明かす一文、そして「今平穏な日本の家にあってこの光景を思い出しながら、私は一種の嘔吐感を感じる」[20]と、田村の現在の居所を示す文が連続して登場する。

さらに、この章に続く第十八章「デ・プロフンディス」では、少年の頃から主人公の憧憬の対象であった蠟細工の十字架像にもはや「血と屍体しか見得ない」ことを嘆く田村が、罪の許しを請う言葉がどこからか唱えられるのを耳にする。そして、その時点ではこの幻聴の声の主が誰なのかわからなかったものの、「今では知っている。それは昂奮した時の私自身の声だったのである。もし現在私が狂っているとすれば、それはこの時からである」[21]と、田村が回想するくだりがある。ここでは、「現在」の田村が狂気に陥っていることを明確に読み取ることができる。

このように、『野火』の原著では、その終局部で主人公が生還し、精神病院に収容され、手記を記していることが明かされる以前に、傍線部にあるように田村が生還し、日本で暮らしていることや、狂気に陥っていることを示す文言、すなわち主人公の現在を示唆するような表現が数ヵ所に織り込まれていた。だが、パットとシュトラウスは、試訳に目を通した際、これでは、サスペンスはおろか、主人公のたどる運命に対する読者の関心をかえって削ぎかねない「種明かし」になってしまう、と考えたようだ。

ブランチにパットからの提案を書き綴ったメモを送った約二週間後、シュトラウスは、モリスに宛てて一通の書簡を書き送っている。田村と医師の会話部分を削除する許可を大岡から得るようシュトラウスがモリスに打診した、あの書簡である。その改変の指示に続けてシュトラウスが提案したのは、次のような変更であった。

> 同じく、語りの中間部分には、田村の生存に言及する箇所が二、三ヵ所出てきます。じっくりと考える読者は誰でも、本〔手記〕を書くためには、田村が生還していなければならないと知ることでしょう。しかし、第一級の小説に夢中になっている読者であれば、読むのを中断してこのように考えることはまずありません。我々全員が、この田村の敗戦後の生活や彼の妻に

ついてわずかに言及する箇所を語りから外してしまえば、これ以上なくサスペンスが高まると考えています。[22]

この書簡からは、本編の大部分が田村の手記であったということ、そして田村が結局生き残ったというエピローグ部分での種明かしの効果が最大限に発揮されるよう、田村の生還や敗戦後の生活を示唆する文を削除してはどうかという提案がなされていたことがわかる。

ところが、この提案に異を唱えた人物がいた。それが、イギリスのセッカー&ウォーバーグ社の編集者であるジョン・G・パティソン（John G. Pattison）である。クノップフ社のアーカイヴズには、英訳版『野火』にまつわるフォルダーも保管されているが、そのフォルダーの中からは、一九五六年八月九日付の一通のモリス宛の書簡が見つかった。この書簡は、クノップフ社に共有された書簡の複写であるため、差出人の署名は記されていない。だが、末尾にJGPというイニシャルをタイプした跡が残っていること、そして書簡用紙がセッカー&ウォーバーグ社のものであることから、この書簡を出した人物が、当時同社の編集者を務めていたパティソンであったことが判明する。この書簡は、「ウォーバーグ氏から、七月二十四日付のあなた宛の書簡に目を通し、シュトラウスの提案に関する私のコメントを知らせるよう頼まれました」という一文に始まる。[23] 英訳版『野火』をイギリスで出し直すにあたり、ウォーバーグからの指示を受け、前掲のシュトラウスがモリス宛に綴った書簡に目を通し、セッカー&ウォーバーグ社側の見解をパティソンが綴った手紙であった。

その書簡の中で、パティソンはまず、本章の第一節でも取り上げたエピローグ部分にある田村と医師の会話部分の削除について、モリスに次のように伝えている。

私は概ねシュトラウスのコメントと意見が一致しており、二五一ページ末に始まり二五三ページ末近くで終わる一節を取り除いたほうが良いという考えにも完全に同感です。あなたの八月三日付の手紙から、大岡氏がこれに同意したことについても知っています。[24]

エピローグ部分にある田村と医師の会話部分の削除には同意したパティソンであったが、中間部に登場するいくつかの文の削除については、少々慎重な姿勢を見せている。

我々もまた、田村が生きていることに言及する文を削除することに賛成していますが、この作業では、ただ単純にカットする以上のことが求められる可能性があります。なぜなら、〔田村の〕行く末に言及したこのような文のいくつかは、彼〔田村〕が説明している自らの体験について何かしら重要なことを述べるために導入されているため、可能であれば別の何らかの形でそれを導入することが必要である、あるいはそうすることが望ましいかもしれません。[25]

このパティソンの見解には、シュトラウスの編集の基本線とは明らかに異なる価値観が認められる。パティソンは、田村の生死に対する読者のサスペンスを高めるため、前掲の数ヵ所の調整が必要であることは認めながらも、これらの文がテクスト内で担う役割にある程度配慮した削除方法をとるよう、モリスに勧めている。

こうしたやりとりの結果、最終的に刊行された英訳版『野火』では、問題の箇所は削除されるのではなく、表3－1のⒶⒷⒸの英訳文のように書き換えられることとなった。

まず、英訳文Ⓐとその原文を見比べて気づくのは、英訳文では、「都会の」という具体的な場所を示す言葉が削除されていることだろう。加えて、英訳では文の構成自体が、"I knew then that"（「私はその時すでに分かっていた」）という文へと組み替えられている。原文では、「都会の洋裁店等に飾られた蠟人形の、漠然たる生え際を見ることが出来ない」という、田村の現在を明かすような記述がなされていた。本来、この箇所を英語にそのまま移そうとすれば、"Since then, I haven't been able to look at the vague hairlines of wax dolls in shopwindows in the city without a sense of horror." となる。だが、英訳文からは、田村がその時の体験がトラウマになることをその時点で予測していたことは読み取れたとしても、彼の現在の居所や置かれている状況を悟らせないような記述へと変化している。

続くⒷの原文には、「今平穏な日本の家にあってこの光景を思い出しながら、私は一種の嘔吐感を感じる。しかしその時私は少しもそれを感じた記憶がない」と、田村が最終的に生還し、今現在日本の家にいることを明示する記述があった。だがそれでは、田村の現在の居場所を明かすことになってしまう。そこで、最終的に刊行された英訳では、主人公が復員し日本でこの記憶を語っているということが明確に表された「今平穏な日本の家にあってこの光景を思い出しながら」という一節が削除され、"Why was I not overcome with nausea? At the time I had no such reaction."（「なぜ、私は嘔吐感に襲われることはなかったのだろうか？　あの時、私にはそのような反応は見られなかった」）という記述へと書き換えられている。

さらにⒸの英訳文では、「今では知っている」という主人公の現在の状態を示す一文が、省かれ

表3－1

(A) I knew then that I could never again look at the vague hairlines of wax dolls in shopwindows without a sense of horror.[1]

（恐怖感を抱かずしてショーウィンドウの蠟人形の、漠然とした生え際を二度と見ることはできなくなるだろうと、私はその時すでに分かっていた。）

［原文］以来私はこの光景を思い出すことなく、都会の洋裁店等に飾られた蠟人形の、漠然たる生え際を見ることが出来ない。[a]

(B) Why was I not overcome with nausea? At the time I had no such reaction.[2]

（なぜ、私は嘔吐感に襲われることはなかったのだろうか？　あの時、私にはそのような反応は見られなかった。）

［原文］今平穏な日本の家にあってこの光景を思い出しながら、私は一種の嘔吐感を感じる。しかしその時私は少しもそれを感じた記憶がない。[b]

(C) It was my own voice, raised unconsciously in my agitation. If I have in fact become insane, it was then that my insanity started.[3]

（それは、昂奮の中で無意識に呼び起こされた私自身の声だった。もし私が事実上正気でなくなったのならば、私の狂気が始まったのはその時からである。）

［原文］今では知っている。それは昂奮した時の私自身の声だったのである。もし現在私が狂っているとすれば、それはこの時からである。[c]

---

1 Ooka, *Fires on the Plain*, trans. by Ivan Morris (New York: Knopf, 1959), p. 106.
2 *Ibid.*
3 *Ibid.*, p. 109.
a 大岡昇平『野火』『大岡昇平全集』3、筑摩書房、1994年、58ページ。
b 同上。
c 同上、60ページ。

ることとなった。さらに、それに続く一文「もし現在私が狂っているとすれば、それはこの時からである」の英訳文では、現在の主人公の状態を表す「現在私が狂っている」という説明が省略され、"If I have in fact become insane, it was then that my insanity started."と、完了形を用いた形で訳出されている。

5 原著者の意図を読み取った書き換え

パティソンは、シュトラウスの提案した削除に全面的に同意するのではなく、なぜこのような改変手法を勧めたのだろうか。ここでパティソンの言う「彼〔田村〕が自らの経験を説明する意味」、つまり田村が戦地での記憶を語る意味がいったいどのようなものだったのかを、確認しておくことが必要となる。

『野火』の終局部にあたる第三十七章「狂人日記」では、主人公の田村が「東京郊外の精神病院の一室」で戦地での記憶を手記として綴っていることが明かされる。そこで読者は、それまで読んでいた田村の経験が、実はこの田村の手記に綴られた内容であったことを初めて知ることになる。また、それに続く第三十八章「再び野火に」の冒頭では、この手記が「自由連想診察の延長として」医師の勧めにより書き始められたということが強調されている。治療の一環としてこの手記が綴られているということを意識して、改めて改変された三ヵ所の原文を見直してみると、いずれも戦地での経験から生還した田村が抱えているトラウマ、あるいは現在精神病院に収容された田村の狂気の始まった時点やその兆候を示す文であったことがわかる。パティソンがこの三ヵ所を単純に削除するという編集案に同意しなかったのには、この三ヵ所が、治療の一環として田村が自身の経験を手記として綴る必然性を示す「伏線」、言い換えれば、『野火』における語り口(narrative style)を支える文であったことをきちんと見抜いていたからであった、ということも見えてくる。

この手記を枠組みに用いた語りは、大岡が『野火』を構想した当初から引き継がれたものであった。大岡の着想当時の『野火』の創作ノートの冒頭(一九四六年七月九日付)には、「狂人日記。ゴーゴリ風のアレゴリーと現実の交錯。架空の狂気」という記述が見つかる。そのことを大岡も後に回顧しており、『俘虜記』では書くことのできなかった「敗兵に現われる思考」「感情の混乱」を表すため、そして「混乱を混乱のまま表わす便宜」として「主人公を狂人」に設定したと述べている[26]。

『野火』は、発表当初『文体』第三号(一九四八年十二月)・第四号(一九四九年七月)に掲載されたが、同誌が廃刊したことにより、二年後の一九五一年に今度は、『展望』で新たに連載が開始されることになった。現在版を重ねている『野火』は、一九五一年に『展望』に連載されたものを単行本としてまとめ、一九五二年に創元社から刊行したものである。この『野火』は、「私は頬を打たれた。分隊長は早口に、ほぼ次のようにいった」という一文、主人公田村が入院から三日後に肺病を治癒したと言い渡され、病院から所属する中隊に送り返されたところで、分隊長から頬を打たれる場面に始まる。だが、先にも述べた通り、「野火」が『文体』に発表された当初(一九四八年)、この冒頭部は、元ジャーナリストである「私」が、レイテ島の俘虜病院で「一人の変な患者」である田村鶴吉に出会い、戦地での記憶を記録するよう勧めたというエピソードに始まっていた。初出導入部の最後の部分に当たる箇所には、次のような内容が綴られている。

この原稿を書いてまもなく彼の偏執は狂燥的症状を呈し、千葉の方の或る精神病院に入れられた。〔中略〕私は彼にこの記録を書かせたことが、彼の狂気を進めたのではなかったかと気が咎めてならない。注意深い読者は必ずや記録の進行と共に次第に著しくなって行く狂気の徴候を認められるであろう。

では以下「私」というのは田村鶴吉である。[27]

後に『展望』に連載された際にこの初出導入部は削除され、田村の記憶が手記を通して語られていたことが終局部（第三十七章「狂人日記」）で初めて明かされるという流れに書き換えられることになる。だが、原著者である大岡は、単行本にまとめた『野火』を刊行した翌年にあたる一九五三年十月号の『文学界』に掲載した「創作の秘密――『野火』の意図」（のちに「『野火』の意図」に改題）において、この書き換えについて、「要するに主人公が狂人であることを、予め知らせることは、〔読者がかえって〕興味を失う危険があると思い直し、『展望』では除いた」と説明している。ところが大岡は、この書き換えによりある代償を払わねばならなかったことについても、次のように説明している。

こうして僕は真直に事件に入る強味を得ましたが、一方狂人という仮定に立っていた第一稿の記述は、殆んどそのまま残ったので、方々にばら撒いておいた狂気の徴候が、見逃されることになったようです。

或いは最後に主人公が狂人であることが、明らかになった時、読者を失望さす結果になったのが遺憾です。[28]

クノップフ側による中間部での削除の提案は、まさにこうした「方々にばら撒いておいた狂気の徴候」を見逃した良例であろう。その一方で、セッカー&ウォーバーグ側の編集者がモリスの訳文越しに、その書き換えの歴史までをも乗り越えて、原著者の意図をすかさず汲み取っていたということは特筆に値する。こうしたパティソンによる指摘の結果、英語訳・米語訳版『野火』の中間部には、田村の現在の所在はわからずとも、田村が何らかの形で戦地から生還することを読者におぼろげに「予見」させ、また後の田村が手記を綴るという展開の「伏線」となるような文が温存される形で書き換えられることとなった。

＊

『野火』の英訳現場史料からアメリカの編集側とイギリスの編集側のあいだで起きていたことに目を向けると、そこには同じ英語圏でも、そのテクストの読みに差異が観察されるのみならず、さらにそこには編集手法の相違が絡んでいることが明らかとなる。[29]

『野火』の中盤に登場する田村の生死を示唆する文言を、クノップフ社のパットとシュトラウスは、サスペンスを削ぐものという判断から全面的に削除しようとした。アメリカの読者の関心を小説の結末まで維持しようとするシュトラウスからしてみれば、その削除は必然的な行為であったに違いない。だが、その改変にまつわる史料からは、セッカー&ウォーバーグ社の編集者パティソンが、シュトラウスの提案に全面的には同意しなかったこと、そしてシュトラウスとパティソンの基本的な編集態度に、厳然たる差異があったことが明確となる。すでに見たように、シュトラウスが中間部における「種明かし」となるような箇所の削除を提案したのに対し、パティソンはそれらの箇所に、原著者が主人公の「狂気の兆候」を仕込んでいることを読み取り、その話法の構造に配慮した編集手法をとるよう提案している。加えてシュトラウスが、主人公の経験する現実描写のサスペンスを重視したのに対し、パティソンは、それらの箇所が、主人公田村が手記を用いる根拠となる「伏線」であることに目を向け、それを読者が読み取る余地を残すことに注意を払っている。これらの差異には、テクストの翻訳とはまた別次元の文化翻訳の問題までもが照らし出されてくるのだ。

第四章　入り乱れる時間軸——谷崎潤一郎『細雪』

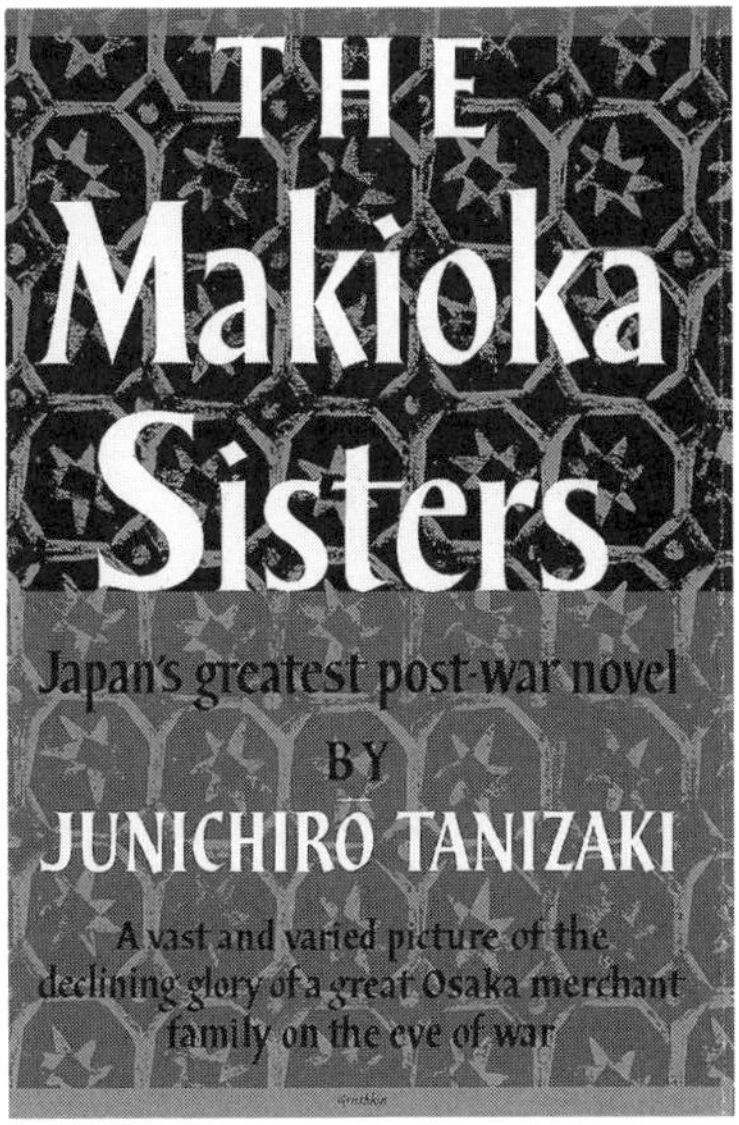

英訳版『細雪』*The Makioka Sisters*
（Knopf, 1957）

彼女は、自分がかうして寝床の中で眼をつぶつてゐる此の真夜中にも、あの小川のほとりではあれらの蛍が一と晩ぢゆう音もなく明滅し、数限りもなく飛び交うてゐるのだと思ふと、云ひやうもない浪漫的な心地に誘ひ込まれるのであつた。

——谷崎潤一郎『細雪』下巻、第四章

And while she lay with her eyes closed, the fireflies, out there along the river, all through the night, were flashing on and off, silent, numberless. Sachiko felt a surging inside her, as though she were joining them, soaring and dipping along the surface of the water, cutting her own uncertain track of light.

——Junichirō Tanizaki, *The Makioka Sisters*, tr. by Edward G. Seidensticker, Book III, Chapter 4

英訳版『細雪』は、一九五七年十月に、『蓼喰ふ虫』に継ぐ谷崎著作の英訳第二弾として、*The Makioka Sisters*（『蒔岡姉妹』）というタイトルで刊行された。『蓼喰ふ虫』と同じく、エドワード・G・サイデンステッカーが翻訳を手掛けている。

この『細雪』の英訳には、ある一場面に限り、クノップフ版とは異なるもう一つの英訳が存在する。それは、『細雪』下巻の第四章に登場する「蛍狩り」の場面である。"The Firefly Hunt"（「蛍狩り」）というタイトルがつけられたサイデンステッカーによるその抜粋翻訳は、英訳版『細雪』が刊行される一年ほど前に出版された、ドナルド・キーンの編纂した『日本近代文学選集』（1956）に収録された。ところが、この抜粋部分を後のクノップフ版のものと照らし合わせてみると、訳文の細かな文言の変更に加え、ある重要な箇所に大幅な変更が加えられていたことが判明する。

「蛍狩り」の場面では、複数の時空間を自由に行き来する視点や、語り手と登場人物との視点の融和を通して、夢とうつつの狭間を彷徨う蒔岡《まきおか》家の次女幸子の意識が描き出されているが、訳文の再翻訳の背景には、こうした場面に顕著に現れる日本語・日本文学の性質が深く絡んでいた。サイデンステッカーは、この場面を英語に移す際に、どのような翻訳問題に直面し、またそれとどう対峙していたのだろうか。この章では、その内実を明らかにするとともに、クノップフ社の編集者が、その問題を乗り越えるにあたり、どう関与していたのかについても、解き明かしていきたい。

1　浮遊する視点から見る日本語と英語の狭間

『細雪』には、大阪船場《せんば》の旧家蒔岡家の三女、雪子の度重なる縁談が話の軸に据えられ、蒔岡家の姉妹たちを取り巻く日常や、四季折々の行事が絵巻物語のように綴られている。『細雪』下巻の第四章では、蒔岡家の長女鶴子の夫、辰雄の姉が嫁いだ菅野家から持ちかけられた雪子と沢崎家の当主との縁談話を中心に話が展開する。その話の中で、姉妹一行が菅野家を訪れた際に登場するのが、この章の焦点となる「蛍狩り」の場面である。その場面では、蛍狩りに出かけた晩、床についた次女幸子の記憶の中で、その宵の出来事が蛍火のように入り乱れる様が、次のように描かれている。

彼女〔幸子〕は、自分がかうして寝床の中で眼をつぶつてゐる此の真夜中にも、あの小川のほとりではあれらの蛍が一と晩ぢゆう音もなく明滅し、数限りもなく飛び交うてゐるのだと思ふと、云ひやうもない浪漫的な心地に誘ひ込まれるのであつた。何か、自分の魂があくがれ出して、あの蛍の群に交つて、水の面を高く低く、揺られて行くやうな、……さう云へばあの小川は、蛍を追つて行くと、随分長く、一直線に、何処迄もつゞいてゐる川であつた。〔中略〕その時分になると蛍があまり沢山ゐるので、誰も遠慮なく声を出したが、お互に、蛍に釣られてつい離れ〳〵になるので、始終呼び合つてゐないと、闇に取り残されてしまふ心配があつた。幸子はいつか雪子と二人だけになつてゐたが、向う岸でこいちゃん〳〵と云つてゐる悦子の声と、それに答へる妙子の声がとぎれ〳〵に、……少し風が出て来たので、……聞えたり消えたりした。何と云つても子供つぽい遊びになると、三人のうちでは妙子が一番気も若いし、体も利くので、かう云ふ時にはいつも彼女が悦子の相手をさせられる。………その、川の向うから風に伝はつて来る声が、今も幸子の耳に聞える。………お母ちやん、………お母ちやん何処、………此処《ここ》やわ、………姉ちやんは?………姉ちやんも此処やわ、………悦子蛍を二十匹獲つたよ、………川へ嵌《はま》らんやうにしなさいや。[1]

この箇所では、まず「彼女〔幸子〕は」という客観的な三人称の視点が、「自分がかうして寝床の中で眼をつぶつてゐる此の真夜中にも〔中略〕飛び交うてゐるのだ」という幸子の心の内に入り込み、それに続いて、蛍の飛び交う光に思いを馳せた「浪漫的な心地」になる幸子の状態を説明する語り手の視点へ切り替わるなど、最初の一文だけでも視点の位置が刻々と変化する。また、夢心地の幸子のいる今現在の時点と、彼女の思い出す過去の出来事とが現在形と過去形で折り重なるように一続きの文で書かれ、読者は、過去と現在、夢と現実と、複数の層が交錯・融解した空間に身を置くような錯覚を味わうことになる。この過去と現在、夢と現実が錯綜する「浪漫的な心地」は、視点が絶え間なく浮遊しても差し支えない日本語だからこそ、描きだすことのできる場面であろう。では、この場面を英語にそのまま移そうとすると、どのような事態が発生するのだろうか。

表4-1（次ページ）に挙げているのは、前掲箇所の最初の部分の原文と、その内容を筆者が英語に転写し、並べたものである。

まずは、幸子が徐々に「浪漫的な心地」へと引き込まれてゆく部分の、最初の一文（二重傍線部）を見てみることにしよう。日本語ではなんら違和感のない一文だが、この箇所を英語にそのま

表4−1

原文[1]	英語転写文
彼女〔幸子〕は、自分がかうして寝床の中で眼をつぶつてゐる此の真夜中にも、あの小川のほとりではあれらの蛍が一と晩ぢゆう音もなく明滅し、数限りもなく飛び交うてゐるのだと思ふと、云ひやうもない浪漫的な心地に誘ひ込まれるのであつた。何か、自分の魂があくがれ出して、あの蛍の群に交つて、水の面を高く低く、揺られて行くやうな、……さう云へばあの小川は、蛍を追つて行くと、随分長く、一直線に、何処迄もつゞいてゐる川であつた。	As for **Sachiko**, even during this midnight, while **I** lay with my eyes closed in bed, those fireflies flickered silently throughout the night on the banks of that creek, and **they** were flying endlessly, thus as [I] wonder, and was invited to an indescribably romantic feeling. Somehow my soul drifts apart, joining with the flight of fireflies, flying high and low over the water, swaying … Speaking of that river, following after the fireflies, it was rather a long, straight, endless river.

1 谷崎潤一郎『細雪』下巻『谷崎潤一郎全集』第20巻、中央公論新社、2015年、30ページ。

ま移してみると、たちまち、いくつかの不具合が生じることが判明する。表の右手の転写文に目を向けてみたい。英語にそのまま移した文では、最初"Sachiko"（幸子）に設定されていた主語が、同じ文中ですぐさま"I"(自分)へと切り替わっている。"Sachiko"に関する説明が語り手の視点から展開されようとしていたところに、唐突に幸子の「私」の視点から観察した状況説明が割り込むような、英語では違和感を禁じ得ない印象が生じてしまう。主語の統一が求められる英文の文法構造の都合から、辻褄《つじつま》が合わなくなるのだ。主語の統一のみならず、英語では時制の統一も求められる。英語の場合、転写文のように過去形と現在形が入れ替わり立ち替わり現れるという事態が生じると、いったいどの時点からこの状況が語られているのか、混乱が生じることが読み取れる。原文をそのまま英語に移しただけでは、同一文で時制が絶え間なく変化するために、観察地点と観察対象との距離感が一層摑みづらくなるのだ。

さらに前掲箇所を読み進めると、場面は、その晩にあった出来事の描写へと進んでゆく(表4−2)。

原文では、四女妙子と幸子の娘の悦子とのやりとりが、川の向こう岸から幸子と雪子のいる岸の方へと途切れ途切れに聞こえるのに続き(破線部)、「何と云つても子供つぽい遊びになると、〔中略〕彼女〔妙子〕が悦子の相手をさせられる」という、姉妹の常日頃からの役回りに関する補足説明が付け足され(傍線部)、さらに夢を見ている(あるいはその宵の出来事を回想している)今現在の幸子へと(太線部)、視点が移動する。そこで再び場面は蛍狩りの記憶へと移り替わり、今度は川を隔てた悦子、雪子、幸子のあいだでのやりとりが描写される。原文では、たとえこのように視点が過去や現在を行き来し、場面がめまぐるしく転換したとしても、読者はその浮遊する視点にぴったりと密着しているため混乱することはない。それどころか、幸子の心のうちに反芻される「川の向うから風に伝はつて来る声」を、あたかも自分で耳にするかのような錯覚を覚えることになる。

表4－2

原文[1]	英語転写文
幸子はいつか雪子と二人だけになつてゐたが、向う岸でこいちゃん〳〵と云つてゐる悦子の声と、それに答へる妙子の声がとぎれ〳〵に、……少し風が出て来たので、……聞えたり消えたりした。何と云つても子供つぽい遊びになると、三人のうちでは妙子が一番気も若いし、体も利くので、かう云ふ時にはいつも彼女が悦子の相手をさせられる。……その、川の向うから風に伝はつて来る声が、今も幸子の耳に聞える。……お母ちやん、……お母ちやん何処、……此処やわ、……姉ちやんは？……姉ちやんも此処やわ、……悦子蛍を二十匹獲つたよ、……川へ嵌まらんやうにしなさいや。……	Before she knew it, Sachiko was left alone with Yukiko, but from the other side of the river, and [they could hear] now and then, the voice of Estuko calling Koi-chan, Koi-chan, and the voice of Taeko responding to it … because it got a little windy … [it] could be heard or disappeared. After all, when it comes to a childish play, Taeko is the youngest and the agilest of the three, so at times like these, she always has to play with Etsuko. … Even now, Sachiko can hear the voices, blown across the river … Mother, … Mother, where are you, … Over here, … Where is Yukiko? … Yukiko is here too, … I caught twenty fireflies, … Be sure not to fall in the river ….

1 谷崎潤一郎『細雪』下巻『谷崎潤一郎全集』第20巻、中央公論新社、2015年、30–31ページ。

ところが、その箇所を英語に転写した文に目を向けてみるとどうだろうか。そこには、ト書きとセリフが、区別なく一続きに並べられているもの、あるいは時制や視点など関係なく、場面描写のアイディアをとりあえず書き散らしたメモといった、未完成の文の羅列にしか見えない。これらの例からも明らかなように、主語や時制の統一を原則とする英語では、その文法構造上、日本語では可能な主語や時制の切り替えによる視点の浮遊を許容することができない。ここに、英語のパースペクティヴィズムと、日本語における視点の浮遊との相性の悪さが浮かび上がる。

サイデンステッカーは、両言語の文法構造上の嚙み合わせの悪さが顕著に現れるこのような局面を、どのように乗り切ろうとしたのだろうか。まず、グローヴ・プレス社から刊行されたドナルド・キーン編『日本近代文学選集』(1956)に収録された『細雪』の抜粋翻訳、"The Firefly Hunt"(「蛍狩り」)を確認してみよう。すると、前掲の箇所でサイデンステッカーが、大幅な改変を行なっていたことが判明する(表4―3)。

最初の一文の英訳では、主語が"Sachiko"に、また時制が過去形に統一され、原文では動的であった視点が一ヵ所に固定されている。さらに、原文ではひと続きの文で夢と現実、現在と過去を行き来する幸子の状態を追体験することができるのに対し、英訳版では、㈠寝入りつつもその宵の出来事を思い出そうとする幸子の描写、㈡幸子の記憶(蛍狩りの場面)の描写と、二つのパラグラフとに区切られ、場面転換が明確化されている。それらの変更に加え、この引用箇所でとりわけ注目したいのが、太字部分の箇所でなされた変更である。ここでは、原文の二重傍線部に当たる部分が削除され、さらに「幸子はいつか雪子と二人だけになつてゐたが」以降の文が、次のように書き換えられている。

Once Sachiko and Yukiko were left alone on one bank, and from the other, now brought in clear and now blotted out by the wind, came voices calling, "Mother." "Where is Mother?" "Over here." "And Yukiko?" "She is over here too." "I've caught twenty-four already." "Don't fall in the river."[2]

（幸子と雪子が岸辺に取り残されると、向こう岸から今度ははっきりと、そして次には風にかき消された声が、聞こえて来る。「お母さん。」「お母さんはどこ？」「ここですよ。」「雪子は？」

英訳（1956年）[2]

And while she [Sachiko] lay with her eyes closed, the fireflies, out there along the river, all through the night, were flashing on and off, silent, numberless. Sachiko felt a wild, romantic surge, as though she were joining them there, soaring and dipping along the surface of the water, cutting her own uncertain line of light ....

It was rather a long little river, as she thought about it, that they followed after those fireflies. [...] No one worried any longer about frightening the fireflies, there were so many; indeed without this calling out to one another they were in danger of becoming separated, of being drawn apart in the darkness, each after his own fireflies. **Once Sachiko and Yukiko were left alone on one bank, and from the other, now brought in clear and now blotted out by the wind, came voices calling, "Mother." "Where is Mother?" "Over here." "And Yukiko?" "She is over here too." "I've caught twenty-four already." "Don't fall in the river."**

1 谷崎潤一郎『細雪』下巻『谷崎潤一郎全集』第20巻、中央公論新社、2015年、30–31ページ。

2 Junichirō Tanizaki, 'The Firefly Hunt', trans. by Edward G. Seidensticker, in *Modern Japanese Literature: An Anthology* (New York: Grove Press, 1956), pp. 384–385.

表4－3

原文[1]
彼女〔幸子〕は、自分がかうして寝床の中で眼をつぶつてゐる此の真夜中にも、あの小川のほとりではあれらの蛍が一と晩ぢゆう音もなく明滅し、数限りもなく飛び交うてゐるのだと思ふと、云ひやうもない浪漫的な心地に誘ひ込まれるのであつた。何か、自分の魂があくがれ出して、あの蛍の群に交つて、水の面を高く低く、揺られて行くやうな、………さう云へばあの小川は、蛍を追つて行くと、随分長く、一直線に、何処迄もつゞいてゐる川であつた。〔中略〕その時分になると蛍があまり沢山ゐるので、誰も遠慮なく声を出したが、お互に、蛍に釣られてつい離れ〳〵になるので、始終呼び合つてゐないと、闇に取り残されてしまふ心配があつた。**幸子はいつか雪子と二人だけになつてゐたが、向う岸でこいちやん〳〵と云つてゐる悦子の声と、それに答へる妙子の声がとぎれ〳〵に、………少し風が出て来たので、………聞えたり消えたりした。何と云つても子供つぽい遊びになると、三人のうちでは妙子が一番気も若いし、体も利くので、かう云ふ時にはいつも彼女が悦子の相手をさせられる。………その、川の向うから風に伝はつて来る声が、今も幸子の耳に聞える。……お母ちやん、……お母ちやん何処、………此処やわ、………姉ちやんは？………姉ちやんも此処やわ、………悦子蛍を二十匹獲つたよ、………川へ嵌まらんやうにしなさいや。………**

「雪子もここにいるよ。」「もう二十四匹〔英訳ママ〕捕まえたよ。」「川に落ちないようにね。」）

この改変された箇所では、夢の中でその宵の出来事を振り返る幸子の視点からの語りが取り払われ、その晩の出来事が時系列に書き連ねられた叙述へと変化している。蛍火を彷彿とさせる「聞えたり消えたり」する姉妹たちの途切れ途切れのやりとり、そして、妙子の普段の役回りといった、筋とは直接関連性のない背景情報が取り除かれ、蛍狩りでの姉妹たちの行動に焦点が絞られている。そうすることにより、原文にあるような視点の行き来が最小限に抑えられているのだ。英語にはそのまま移すことができない箇所を、サイデンステッカーは、削除することにより回避している。

クノップフ版完訳（1957年）[2]

And while she [Sachiko] lay with her eyes closed, the fireflies, out there along the river, all through the night, were flashing on and off, silent, numberless. Sachiko felt a surging inside her, as though she were joining them, soaring and dipping along the surface of the water, cutting her own uncertain track of light.

It was rather a long little river, as she thought about it, that they had followed after those fireflies. [...] No one worried about frightening the fireflies, there were so many, and unless they called out to one another, they were in danger of being separated, drawn apart in the darkness by fireflies. **Sachiko and Yukiko were left alone on one bank. From the other, now brought in clear and now blotted out by the wind, came Etsuko's call, "Koi-san, Koi-san," and Taeko's answer. There was something child-like in the sport, and when it came to child-like things Taeko was the most enthusiastic of the sisters. Etsuko always joined forces with her.**

Even now, here inside, Sachiko could hear the voices, blown across the river. "Mother — where are you, Mother?" "Over here," "And Yukiko?" "She is here too." "I have twenty-four already." "Well, be sure not to fall in the river."

表4－4

抜粋翻訳（1956年）[1]
And while she [Sachiko] lay with her eyes closed, the fireflies, out there along the river, all through the night, were flashing on and off, silent, numberless. Sachiko felt a wild, romantic surge, as though she were joining them there, soaring and dipping along the surface of the water, cutting her own uncertain line of light ....
It was rather a long little river, as she thought about it, that they followed after those fireflies. [...] No one worried any longer about frightening the fireflies, there were so many; indeed without this calling out to one another they were in danger of becoming separated, of being drawn apart in the darkness, each after his own fireflies. **Once Sachiko and Yukiko were left alone on one bank, and from the other, now brought in clear and now blotted out by the wind, came voices calling, "Mother." "Where is Mother?" "Over here." "And Yukiko?" "She is over here too." "I've caught twenty-four already." "Don't fall in the river."**

1 Junichirō Tanizaki, 'The Firefly Hunt', trans. by Edward G. Seidensticker, in *Modern Japanese Literature: An Anthology* (New York: Grove Press, 1956), pp. 384–385.
2 Junichirō Tanizaki, *The Makioka Sisters*, trans. by Edward G. Seidensticker (New York: Knopf, 1957), pp. 342–343.

とはいえ、抜粋翻訳という口実があればこそ、このような翻訳手法をとることができたものの、完訳版ではそうはゆかなくなる。その一年後にクノップフ社から刊行された英訳版『細雪』完訳では、前掲の箇所はどう訳し直されたのだろうか。

表4－4は、抜粋翻訳（1956）とクノップフ社の完訳版（1957）を示したものである。まずは、太字箇所に注目されたい。両者を比べれば、抜粋翻訳では省略、改変されていた箇所が、クノップ

フ版では律儀に訳出されていることがわかる。抜粋翻訳においてひとつづきの文が、㈠寝入りつつもその宵の出来事を思い出そうとする幸子の描写と、㈡幸子の記憶（蛍狩りの場面）との、二つのパラグラフに区切られていたことは既述の通りだが、クノップフ版では、さらに夢を見ている幸子を描写する㈢"Even now"から始まる三つ目のパラグラフへと切り離され、場面転換がさらに明瞭化されている。原文では、幸子が蛍狩りのことを思い出す文の延長線上に、「その、川の向うから風に伝わって来る声が、今も幸子の耳に聞える」という一文が置かれ、現在と過去の出来事がこの文と文のあいだで融け合う。日本語ではこのような描写が可能であるのに対し、英語では、過去に起きた蛍狩りの時空間と夢を見る幸子が置かれている現在の時空間とのあいだにはっきりと境界線（過去完了）を引かなければ、視点の位置が極めて曖昧になり、場面描写として成立しなくなってしまう。"Even now"に始まる一文での改行は、こうした理由からなされた、英語作文の規範上、避けることのできない変更であろう。

そのためか、クノップフ版の英訳では、語りの基本的な時間軸は過去形に設定され、それより以前に起きた出来事は過去完了形で処理されている。例えば前の引用箇所の「蛍を追って行くと」という一節は、どのように訳されているだろうか。表４－４中の二重下線の箇所に目を向けると一九五六年の抜粋翻訳では"they followed after those fireflies"と訳されていた箇所が、クノップフ版の英訳では"had"が追加され、過去完了形で"they had followed after those fireflies"と訳出されていることがわかる。より厳密な時間軸に沿って、出来事の位置関係が整理されているのだ。

ここまで見てきたように、さまざまな時点や視点が入り混じる日本語の原文をそのまま英語に移すことはできない。そのため、英訳するにあたり、主語の統一、時制の統一、さらに厳密な時制感覚により、出来事の前後関係を整理するなどの、文法構造上不可避な変更が要求されることになる。浮遊する視点は、客観的な話し手の一点に固定される。そして、自在に入れ替わる時間軸は、過去形を主軸とし、出来事の前後関係を示すために過去完了形が適宜織り込まれることにより、時の距離感が明確化された遠近感のある叙述へと書き直される。その結果、読者をも夢とうつつの狭間に誘う蛍狩りの場面は、英語に移し替えられた途端、幸子が床についた後、その宵の出来事を回想している様を客観的に観察するといった場面描写へと変化することになる。

ここでさらなる一つの疑問が浮上する。一九五六年の抜粋翻訳においては、蛍狩りの場面は、完訳版ほどにまで厳密な時制感覚に沿った出来事の整理がなされていなかった。それなのになぜ、クノップフ版では、過去完了形を織り込むといった時制感覚の調整が新たになされ、またその変更は、いかなる理由から、どのようにして行なわれるに至ったのだろうか。

2 指摘されたサイデンステッカーの時制感覚

この問いを解く手がかりとなるのが、英訳版『細雪』の翻訳・編集現場と深い関わりを持つ、一枚の書類である。"Report on A DUST OF SNOW, by Junichirō Tanizaki"（「谷崎潤一郎著『細雪』に関する報告書」）というタイトルのついたその書類には、英訳版『細雪』の刊行される約半年前の一九五七年四月八日の日付とともに、報告者を示すイニシャル「HW」が打ち込まれている。[3] 英訳版『帰郷』の英訳・出版現場において「『帰郷』に関する報告書」を提出し、シュトラウスに序文を付け加えるよう助言した編集者、あのハーバート・ウェーンストックのイニシャルである。

サイデンステッカーの英訳原稿に目を通したウェーンストックは、報告書の冒頭で「これ（この本）は、私が読んだ中でわけもなく最高の日本の小説となった。（私の意見では）（トーマス・マンの）『ブッデンブローク家の人々』ほどの偉業とまではいかない小説だとしても、少なくとも、その深遠さや説得力においては（そうである）」と、『細雪』を高く評価している。[4] さらに「未だかつて、この本ほどに、日本人や彼らの考え方について大切なことを、ようやく何かしら理解できるという自信（それが正しいか間違いかは別として）を私に与えてくれたものはなかった」とも述べており[5]、それまでクノップフ社から刊行されたどの日本の小説よりも、『細雪』の英訳刊行に強い期待を寄せていた様を窺うことができる。

　ところが、ウェーンストックがこの報告書の残りのページに書き綴ったのは、サイデンステッカーの翻訳に関する、次のような指摘であった。

> この翻訳がどんなに良い翻訳といえども（私には概ね良いように思えますが）、コピーエディターによるいくらかの手直しが必要です。[6] 一つには、この翻訳者は、これ以上ないほど時制に対する意識が低いようで、よく過去形、あるいは過去完了にすることにより、時制感覚をめちゃくちゃにしています。私自身、おそらく二〇〇度ほど助動詞として“had”を追加しましたが、コピーエディターのほうでさらに多く追加してもよいでしょう。また、“it”を繰り返し使いすぎたことにより、英語全体の滑らかさが弱まっています（例として、第一巻三三ページを参照のこと）。私には、これが翻訳者によるごまかしのように見えます。強引に英文にするための、安易な方法です。スタイリストは、必ずこの欠点を修正する必要があります。[7]

ウェーンストックは、「この翻訳者は、これ以上ないほど時制に対する意識が低い」(“the translator has the weakest possible sense of tense-sequence”)と、辛辣な言い回しで、時制の問題を「翻訳者の癖」として片づけている。さらに、時制を過去完了、あるいは大過去へと変換する助動詞“had”を追加したとあり、二〇〇度ほど書き足してもまだ足りないと、さらに追加するよう求めている。ウェーンストックの執拗な“had”の追加には、サイデンステッカーの訳文に対して覚えた違和感が、浮き彫りにされている。だが、この時制感覚の問題は、果たしてただ単に一翻訳者の癖として片付けることのできるような問題なのだろうか。

英語のパースペクティヴィズムが、日本語のような視点の浮遊を許容できないことは、サイデンステッカーによる「蛍狩り」の場面の英訳の例から明らかにした通りである。翻訳経験があるとはいえ、ウェーンストックが編集業の傍ら手掛けたのは、フランチェスコ・カルレッティの『世界周遊記』(*My Voyage Around the World*, 1964)や、マリアーノ・ピコン＝サラスの著作など、英語よりはるかに厳密な時制感覚が敷かれるイタリア語やスペイン語からの英訳であった。管見の限りでは、ウェーンストックが日本語を読み書きした形跡は見当たらない。ウェーンストックにしてみれば、過去完了や大過去自体が現代の日本語に存在しないことはもちろんのこと、サイデンステッカーの訳文の向こう側に、視点の位置が固定されることなく自由に浮遊する世界が広がっていようとは、想像もつかなかったに違いない。

この時制感覚の指摘から約一ヵ月後、シュトラウスは、サイデンステッカーに宛てて、ある一通の書簡を書き送っている。

実は、深刻な問題に直面しています。優秀で鋭い洞察力を持つコピーエディターが、数え切れないほど多くの欠陥を見つけたのです。欠陥でなくとも、『蒔岡姉妹』をより良くする方法を。二〇〇〇、あるいは三〇〇〇ヵ所もの細かな変更があるはずですが、そのうちの三分の二は、スペリングや句読点に関するものなので、ここではこれ以上何も申し上げません。あなたが非常に几帳面であることは知っていますし、元原稿を見ずに校正刷を読んだ上で、全ての修正を行なうことを希望しているのもわかっているつもりです。いつもなら、ここまで多くの変更がある場合、原稿を翻訳者のあなたにお返しし、了承を得る必要があるのですが、費用のことはさておき、その作業にかける時間がとにかくないのです。そのうえ、私が全ての変更事項のリストを打ち出すだけでも何日かかかるでしょう。非常に些細な変更については私を信頼していただく必要があります。[8]

このような前置きに続けて、この書簡には、クノップフ社側で行なった訳文の変更内容が、実に二〇枚にわたって書き連ねられている。書簡の最初の七枚にタイプライターで打ち込まれた五月十日という日付は、後にペンで十三日に改められている（図4－1）。シュトラウスが当初に予想した通り、その変更内容を打ち出すだけでも数日間を要したようだ。

当時、シュトラウスが右のような編集方法を提案したのは、ある事情が絡んでいた。この書簡が発送される一ヵ月前に発行された日本文学翻訳プログラムの宣伝パンフレット『日本の小説の愉しみについて』（*On the Delights of Japanese Novels*）には、『細雪』が九月に発売されるという告知がな

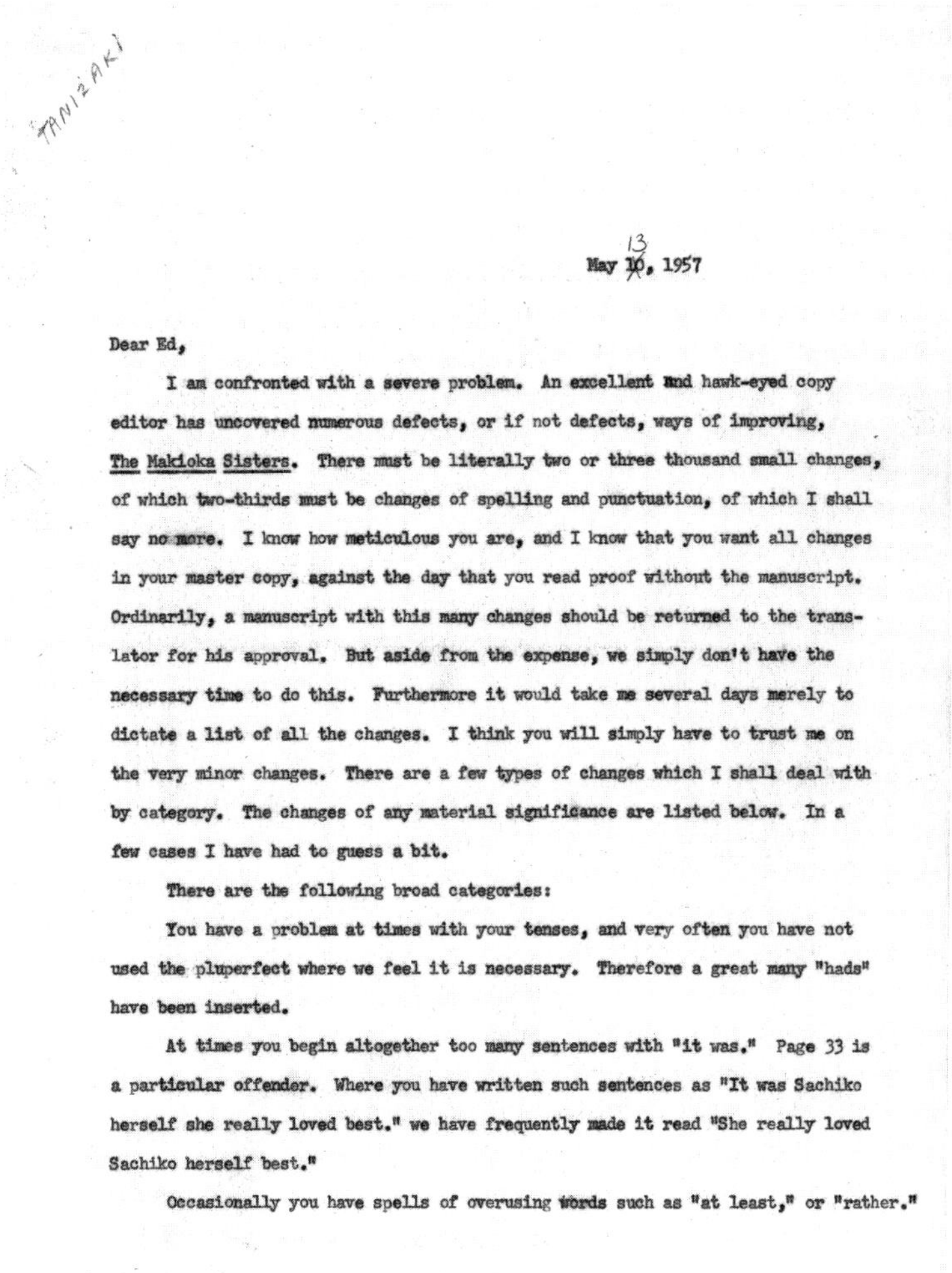

TANIZAKI

May 13, 1957

Dear Ed,

I am confronted with a severe problem. An excellent and hawk-eyed copy editor has uncovered numerous defects, or if not defects, ways of improving, The Makioka Sisters. There must be literally two or three thousand small changes, of which two-thirds must be changes of spelling and punctuation, of which I shall say no more. I know how meticulous you are, and I know that you want all changes in your master copy, against the day that you read proof without the manuscript. Ordinarily, a manuscript with this many changes should be returned to the translator for his approval. But aside from the expense, we simply don't have the necessary time to do this. Furthermore it would take me several days merely to dictate a list of all the changes. I think you will simply have to trust me on the very minor changes. There are a few types of changes which I shall deal with by category. The changes of any material significance are listed below. In a few cases I have had to guess a bit.

There are the following broad categories:

You have a problem at times with your tenses, and very often you have not used the pluperfect where we feel it is necessary. Therefore a great many "hads" have been inserted.

At times you begin altogether too many sentences with "it was." Page 33 is a particular offender. Where you have written such sentences as "It was Sachiko herself she really loved best." we have frequently made it read "She really loved Sachiko herself best."

Occasionally you have spells of overusing words such as "at least," or "rather."

図4－1　サイデンステッカー宛シュトラウスの書簡（A letter from Harold Strauss to Edward G. Seidensticker, May 13, 1957）冒頭の１ページ（Harry Ransom Center, The University of Texas at Austin 所蔵）

されている。[9] 発売まで残り四ヵ月を切るなか、シュトラウスたちは、訳稿を早急に完成させる必要に迫られていた。通常、クノップフ社の翻訳出版現場では、翻訳原稿に多くの修正が加えられる場合、翻訳者による原稿の確認が必要とされる。しかし、最終的な総ページ数が五三〇ページに及ぶ大長篇となった英訳版『細雪』では、校正稿が出来上がるのを待ち、それを翻訳者に送付したうえで細かな修正指示を受け、原稿に反映させるための十分な時間を確保することができなかった。そのため、この英訳版『細雪』の翻訳現場では、原稿の修正の大部分を出版社側で行ない、どうしても確認が必要な箇所のみ、翻訳者の確認を取るという推敲・修正手段が採られたのだ。

シュトラウスがサイデンステッカーに宛てて書き送った細かな変更事項のリストは、書簡の二枚目以降に始まる。だが、シュトラウスはそのリストを書き連ねる前に、「何種類かの変更があるので、これらをカテゴリー別に対処することにします」という前置きとともに訳文の主な変更内容を三つのカテゴリーに大別し、[10] サイデンステッカーに次のような問題点があると伝えている。

(1)「時折、時制に問題があるようで、我々が必要だと思う箇所に、過去完了形が使われていないことがよくあります。そのため、かなり多くの“had”を追加しました[11]」

(2)「また、あなたはあまりに多くの文を“it was”で始めているようです。あなたが“It was Sachiko herself she really loved best.”というような文を書いた三三ページは、特にその問題の元凶となっていて、そのような文がある場合には、“She really loved Sachiko herself best.”と読ませるよう我々のほうでたびたび変更しています[12]」

(3)「たまに“at least”や“rather”などの言葉を多く使い過ぎていることがあります[13]」

項目(1)(2)がウェーンストックの報告書に依拠したものであることは、もはや明らかだろう。このシュトラウスの書簡の文面からは、時制の問題(具体的には「過去完了形」の追加)、そして翻訳者が陥ったマンネリズムの修正などが、クノップフ社側で行なわれていたことが判明する。

それにしても、上記の"had"の多量追加も含め、最終的に刊行された総ページ数が五三〇ページにも及ぶ英訳版『細雪』の訳文を校正するにあたり、クノップフ社ではどのような手法が用いられていたのだろうか。

3　スタイリング・メモという自動変換装置

クノップフ社の編集現場には、訳文中に繰り返し出てくる問題を修正するにあたり、重要な役割を果たした一片の紙切れが存在する。それが、クノップフ社のアーカイヴズから見つかった「スタイリング・メモ」である(図4-2)。このメモにどのような内容が記されているのか、英訳版『細雪』のスタイリング・メモを、以下に書き起こしておきたい。


ウェブスター。

この原稿はよく整っていますが、不明瞭な日本関連の言及にはくれぐれも注意を払い、質問事項を準備してください。また、タイプミスにも注意すること。私もかなり多く見つけましたが、それはつまり、まだ沢山あるということでしょう。第三巻二十四章一六五ページの最初の

Styling Memo

The Makioka Sisters

(Sasame Yuki)

by

Junichiro Tanizaki

Webster.

This manuscript is in good shape, but please watch for Japanese references that may be obscure and prepare queries. Watch also for typing errors, of which I have caught a great many, indicating that there must be more. In Book III, Ch. 24, page 165, delete the first 6 words. In Book III, page 251, and wherever else it occurs (twice, I think), delete the word "malignant," and substitute the word "virulent."

The translator has the weakest possible sense of tense-sequence, often destroying all sense of time as preterit or pluperfect. I myself have added perhaps 200 times the word "had" as an auxiliary, and I think that the copy-editor could well add as many more. Also, the entire texture of the English is weakened by the constant overuse of it (see changes I have made, for example, p. 33 of Book I); this seems to me a translator's dodge, an easy way out of creating forceful English sentences. The stylist should certainly remedy this defect.

図4−2　スタイリング・メモ　The Makioka Sisters（Sasame Yuki）（Harry Ransom Center, The University of Texas at Austin 所蔵）

六語を削除すること。第三巻二五一ページ、そしてその他にも出てくる場合には（確か二度ほどであったと記憶していますが）、"malignant（悪性の）"を消し、"virulent（（伝染力の強い）悪性の）"に置き換えること。

この翻訳者は、これ以上ないほど時制に対する意識が低いようで、よく過去形、あるいは過去完了にすることにより、時制感覚をめちゃくちゃにしています。私自身、おそらく二〇〇度ほど助動詞として"had"を追加しましたが、コピーエディターのほうでさらに多く追加してもよいでしょう。また、"it"を繰り返し使いすぎたことにより、英語全体の滑らかさが弱まっています（私の行なった変更を参照すること。例えば、第一巻三三ページなど）。私には、これが翻訳者によるごまかしのように見えます。強引に英文にするための、安易な方法です。スタイリストは、必ずこの欠点を改善する必要があります。[14]

メモ冒頭にある「ウェブスター」の一言は、訳文を整える際にウェブスター社の刊行した辞書を参照するよう指示しているものである。その他、訳文に目を通す途中で不明瞭な日本語の語彙があれば、翻訳者への質問としてまとめておくことやタイプミスの修正、そして、特定の言葉を別の言葉へと置き換える（この場合は"malignant"から"virulent"への変更）指示などが、書き連ねてある。

さらにこのメモの最後のパラグラフに目を向けると、前掲のウェーンストックの報告書での指摘内容が、丸ごと書き写されていることが判明する。その末尾には、「スタイリストは、必ずこの欠点を改善する必要がある」という言葉が添えられているが、「コピーエディター」という言葉が、その直後に前者を指して"the stylist"と言い換えられていることから、現場では、コピーエディターのことを「スタイリスト」とも呼んでいたことがわかる。

以上の史料から、『細雪』の英訳現場において、訳文のマンネリズムや繰り返し現れる訳文の問題が「スタイリング・メモ」という形にまとめられ、それを元に訳文が自動的に修正されていたこと、そして“had”の多量追加による時制の調整がスタイリストによるものであった、という事実が浮かび上がってくる。

4　削除された「谷崎特有の言い回し」

クノップフ社の『細雪』の編集現場では、“had”の多量追加に加え、時制や視点の浮遊に関わるもう一つ興味深い変更がなされている。前掲したシュトラウスのサイデンステッカー宛の書簡には、先に挙げた三つの主な修正項目に続けて、その変更内容が、このように記されている。

ただ、ある一種の修正について、ひと言お伝えしておかなければなりません。谷崎には、“the week before”、あるいはそのような、特定の人物の視点が置かれたある仮想時点から見た時点を定めるような言い回しをする癖があります。しかし、このような効果を英語にすると非常に紛らわしく、いったい何の前に？　という疑問が生じかねません。客観的な視点の置かれた特に定められていない時点よりも前のことを言っているのか、それともそれ以外の、観察者の考えているすでに言及された出来事より前のことを指しているのか、はっきりしません。[15]

シュトラウスがここで谷崎によくある言い回しとして挙げている“the week before”やその類似表現とは、具体的に『細雪』のどの箇所を指しているのだろうか。

シュトラウスが書簡で言及した“the week before”という表現は、その英訳文の字面や、サイデンステッカー宛の書簡で伝えた変更内容のリストから、『細雪』上巻の序盤に用いられている「今から一週間程前」「約束の一週間が切れた昨日」等の表現を指しているものと推察される。このような表現は、決して谷崎に限定されるものではない。例えば、川端康成『掌の小説』に収録された「五拾銭銀貨」には、主人公芳子と母との思い出が語り手の視点から語られた後、「今から七年前、昭和十四年のことだった」という一文をもって、その節が結ばれている。[16] だが、『細雪』の上巻の序盤では、この類の言い回しが頻繁に登場する箇所があるため、シュトラウスはこれを、谷崎の「癖」と思い込んだようだ。前述の二つの言い回しが用いられている場面では、姉妹たちの行きつけの美容院の女主人である井谷から、幸子が雪子の見合い話を持ちかけられてしばらく経ったある日のこと、幸子の住む蘆屋《あしや》の家に井谷が何の前触れもなく押しかけ、早々に雪子と瀬越の見合い話を進めようとする様子が描かれている。

幸子は内々MB化学工業会社に手蔓を求めて、その、姓は瀬越と云ふ人の評判などを問ひ合せて見、外へも手を廻して調べて見たが、どの方面で聞いても人格について悪く云ふ人は一人もないので、まあ此の辺が良い縁かも知れない、いづれ本家とも相談をして、と思つてゐると、今から一週間程前、突然井谷が蘆屋の家へタキシーを乗りつけて、先日の話はお考へ下すつたでせうか、と云ふ催促と共に先方の写真を持つて来た。例の井谷の畳みかけるやうな話ぶりなので、此方はこれから本家と相談をするところで、とは、いかにも悠長らしくて云ひ出せず、大変結構な御縁だと思つて只今先方様のことを本家の方で調べてゐるところですから、後一週間もたちましたら御挨拶に出られる積りです、と、ついさう云つてしまふと、から云ふ話は早いに限りますから、その気がおありになるのでしたら、出来るだけお急ぎになつた方がよくはないでせうか、瀬越さんの方は毎日電話で「まだか〳〵」と矢の催促で、兎に角僕の写真もお目に懸けて、ついでに様子を伺つて来て下さいと云はれましたので、ちよつとお立寄りしたのです、では一週間後にきつと御返事を、と、五分ばかりの間にこれだけのことを手短かにしやべつて、待たして置いたタキシーに飛び乗つて、直ぐ又帰つて行つてしまつた。[17]

この一場面では、まず過去の出来事、つまり幸子が見合い候補の瀬越という人物の評判について調べていたことが語り手の視点から記述され（二重傍線部）、続いて「まあ此の辺が良い縁かも知れない、いづれ本家とも相談をして」という幸子の心の内が（傍線部）語られた直後に、「今から一週間程前」（波線部）という一節が加わる。語り手の視点から、登場人物の幸子の視点で語られているモノローグ（過去の時点）の視点へ、さらにはこの見合い話の現場に身を置く幸子の「今」の時点へと自由に行き来・浮遊する視点が、次々と息をつく間もなく畳み掛けるようにひと続きの文に並べられ、異なる時間軸が重ねられることで臨場感が高められている。さらにその文に、「今から一週間程前」という一節が加わることにより、登場人物（幸子）と同じ空間や時間軸を共有しているという一体感が高まり、読者は、井谷の「急き込むやうな早口」の喋り方[18]、そして「理路整然と、打ち込む隙もなく話しかけて来られるので、ぐつと俯伏《うつぶ》せに取つて抑へられてしまつた感じ[19]」

を追体験することになる。

だが、言語学者の牧野《まきの》成一《せいいち》がその著書『ことばと空間』（一九七八）において、大佛次郎の『帰郷』の原文と英訳文を比較しつつ指摘するように、「英語の文章では、日本語の文章のように主観的な視点（登場人物の視点）と客観的な視点（著者の視点）とを入りまぜることは、パースペクティヴの喪失を意味する」[20]。そのため、このような刻々と移り変わる視点の変化を、英語にはそのまま反映することはできない。では、この異なる視点や時間軸が入り乱れる場面が、谷崎の英訳版では実際にどのように訳出されたのか。今度は井谷が押しかける場面の冒頭部分を中心に見てみたい。

> Sachiko had a friend inquire whether Segoshi — that was his name — was well thought of at M. B. Chemical Industries, and could find no one who spoke ill of him. She had very nearly concluded that this was the opportunity they were waiting for. She should consult the main house. Then suddenly Itani appeared at the gate in a taxi. What of the matter they had discussed the other day? She was, as always, aggressive, and this time she had the man's photograph. Sachiko could hardly admit that she had only begun to consider asking her sister in Osaka — that would make her seem much too unconcerned.[21] (Book I. 4)

この英訳文では、原文にあるような自在に切り替わる視点から一転し、固定された客観的な視点から事の始終が語られている。さらに、幸子がそれまでの出来事を回想する「今」の視点に読者を引き込む「今から一週間程前」という表現が、英訳文では削除されている。代わりにこの一文は二重下線部の“Then suddenly”（「そして、突然」）に始まり、井谷による訪問の唐突さが原文よりもさらに際立つ形で訳出されている。前掲のシュトラウスがサイデンステッカーに宛てた書簡の二枚目以降を確認したところ、そこに綴られた細かな修正事項のリストの中には、“23-5: delete ‘perhaps a week before, it had been’”との記述が見つかった。[22] ここから、当初サイデンステッカーが「今から一週間程前」を、その直訳に近い形で“perhaps a week before, it had been”（「一週間ほど前のことだろうか」）と訳出していたこと、そしてその箇所が、出版社側の手により削除されていた経緯を読み取ることができる。

視点が自由に移動することが大前提である日本語で読むと、読者はこの箇所に対して何ら違和感を抱くことはない。この箇所を読んでいる時には、登場人物の幸子の視点から、彼女のいる「今」という時点を共有しているため、その時点から「一週間前」のことが語られようとしていることを難なく感知し、受け入れることができる。だが、このような表現は、英語に書き写された途端に支障を来すことになり、視点や時制の混乱を招く元凶となる。英語では、一つの固定された客観的な視点から見える各出来事の前後関係が整理されるため、「今から一週間程前」といった、登場人物の「今」の視点に引き込む類の表現を英語にそのまま移すと、時制の統一や視点の固定などを通して構築された客観的な視点の遠近感が、途端に崩れてしまうという理屈だろう。

もう一つの事例を確認してみることにしよう。前掲の場面の後、約束の一週間後に井谷が再び蒔岡家を訪問した際の場面では、「ちやうど約束の一週間が切れた昨日」という、先に挙げた例と類似した表現が登場する。この箇所は、英訳文では“Then, precisely a week after Itani’s first visit, a taxi pulled up at the gate again.”と訳出されている。原文にあった「昨日」という言葉は削除され、その代わりに、どの出来事から数えて「一週間」なのかを説明する"Itami's first visit"(「井谷の最初の訪問」)という具体的な情報が付加されている。視点をある「客観的」な一時点に固定し、全体を見渡したうえで出来事の位置関係を整理することが求められる英語では、「一週間が切れた昨日」といった表現は、その視点で見た出来事の位置情報を混乱させる要素にしかならない。だが、この場合、シュトラウスはその元凶となる表現を完全に削除するのではなく、客観的な視点で見た時の出来事の位置関係を把握したうえでの整理、変更を行なっている。

このように、"the week before"的な表現を削除、調整したシュトラウスの編集を通して原文と英訳文を比較すると、異なる時間軸を自在に切り替え、その都度憑依《ひょうい》した視点から出来事を追うことのできる日本語と、一点の固定された視点から位置関係や時間軸を「客観的」に計り、観察することが求められる英語との根本的な隔たりが浮かび上がってくる。

以上の経緯から、翻訳者であるサイデンステッカーが、この英語と日本語との差異に気づかず、英語では許容できない日本語的な表現を移そうと試みていたこと、さらにそれをシュトラウスが谷崎の「癖」と捉える一方で、無意識のうちに、削除や変更を通して英語の原則に則った表現へ組み替えていたという事実が明らかとなる。

5 "had"を通して見る時制感覚の齟齬

しかし、『細雪』の英訳現場で行なわれたこうした時制の調整や視点の固定は、必ずしも翻訳者にとって、納得のいく変更ばかりではなかったようだ。その後、シュトラウスやコピーエディターらによる訳文の修正を経た校正刷に目を通したサイデンステッカーは、一九五七年六月二十九日付のシュトラウス宛の書簡の中で、ある不満を訴えている。

あなたとも、またあなたのコピーエディターとも、どうしても意見が一致しない点があり、そちら側での変更箇所を、私の〔元の訳〕に戻したところがあります。主動詞が過去完了である文が、temporal clause〔時を表す節〕を用いて修正されている文のことです。あなた方は、例えば校正刷 145 にあるこの文、"Long before, when the sisters had been girls ... he had frequented the Osaka house ..."のように、しばしば従属動詞を過去完了にしているようです。このような変更は許容できるものではないと考えます。文を(He had frequented the house when the sisters were girls)というふうに、自然な並びで読んだならば、わざわざ二つ目の過去完了を使おうとは思わないでしょう。そのため、私はそのような文を見かけるたび、従属動詞をただの過去形に戻しています。[23]

ここでサイデンステッカーが「許容できるものではない」と変更を要求している箇所とは、下巻第二十章で妙子が赤痢にかかる場面での、蒔岡家のかかりつけの医者に関する記述を指している(以下、引用文の傍線部)。ところが、翻訳者の強い反発にもかかわらず、サイデンステッカーの希望はとうとう通ることはなかった。最終的にクノップフ社から刊行された英訳版『細雪』には、コピーエディターたちによる修正がなされた訳文がそのまま使われている。以下に原文を引用するとともに、その下線部にあたる箇所のクノップフ版での英訳を示すことにしたい。

蒲原病院と云ふのは、阪神の御影町にある外科の病院なのであつたが、そこの院長の蒲原博士は、阪大の学生時代から船場の店や上本町の宅に出入りして、蒔岡家の姉妹たちとは娘の頃からの馴染みなのであつた。[24]

Long before, when the sisters had been girls and Dr. Kambara himself a student in Osaka University, he had frequented the Osaka house and the Semba shop.[25] (Book III. 20)

（〔今よりも〕ずっと昔のこと、〔蒔岡家の〕姉妹たちがまだ少女で蒲原医師自身も大阪大学の学生であった頃、彼はたびたび大阪の家と船場の店を訪れていた。）

原文では、蒲原院長と蒔岡家の姉妹たちが幼い頃から昔馴染みであるという事実が、淡々と述べられている。ところが、従属節を用いたコピーエディターたちによる変更を経た英訳文は、原文とは全く異なる性質を帯びたものとなっている。文頭に"Long before,"という従属節を冠し、"had"が追加されたことにより、英訳では、あたかも遠い昔を振り返るような物語口調の一文へと変貌している。原文があくまでも背景叙述程度であり、因果を示すものでないことを知るサイデンステッカーからしてみれば、この英訳文は理屈がましく映ったのではあるまいか。だからこそサイデンステッカーは、「He had frequented the house when the sisters were girls」（「彼はたびたび家を訪れていた、姉妹が少女だった時」）とその一文をシュトラウスに訳し直してみせ、これが「自然な並び」だと主張したのではないだろうか。このサイデンステッカーの訴えからは、日本語と英語のあいだに立たされたサイデンステッカーの感じていた時間軸と、日本語を知らないコピーエディターたちが英語圏で感じとる時間軸とのあいだに齟齬が生じていたという内実が明らかになる。

＊

ここまでたどってきた時制や視点の浮遊をめぐる翻訳問題は、第二次世界大戦後に日本の小説の翻訳が盛んに英訳・刊行されるようになって以来、国内外における日本近代文学の研究や翻訳研究分野において、たびたび取り上げられてきた問題でもある。だが、それらの論議が重ねられる際に繰り返し用いられたのは、ここで取り上げた『細雪』の英訳ではなく、サイデンステッカーの手により訳され、一九七〇年にクノップフ社から刊行された川端康成著『山の音』の英訳、*The Sound of the Mountain* であった。『山の音』の冒頭では、主人公の信吾が初めて「山の音」を聞く場面において、原文では「恣意的とも思える」ほどに視点が現在と過去のあいだを自在に行き来するのに対し[26]、英訳では時制が過去形に統一され、視点が固定されている。これは日本語と英語の性質の違いが顕著に現れることによるものだろう[27]。だが、この『山の音』の英訳は、サイデンステッカーが約二〇年にわたる翻訳経験を積んだ末に確立された、いわば定石を踏んだ翻訳であると言えよう。その英訳版『山の音』が刊行される約一二、三年前に遡り、『細雪』を英訳した頃のサイデンステッカーが当初こうした翻訳問題にどのように対峙したのかに目を向けてみると、そこにはこれまでの研究では見逃されてきた、日本語の時制感覚や視点の移動に揺さぶられるサイデンステッカーの姿が浮かび上がる。

サイデンステッカーは、『細雪』の英訳を手掛けてから約二〇年後、英文学者・安西徹雄との共著『スタンダード英語講座　第2巻　日本文の翻訳』（一九八三）において、日英翻訳における時制の扱いの難しさについて、こう詳説している。

> 日本語では、現在時制から過去時制へ、あるいは過去から現在へ、自由に切り変える傾向が強いけれども、英語で同じやり方を踏襲すると、どうしても異和感が生じてしまう。そもそも「時制」という言葉自体、日本語の動詞の活用を示す言葉としては不適当であるのかもしれない。英語をはじめ、ヨーロッパの各国語の場合ほど、明確に「時」を示す形式ではないような気がする。何かが過去のことだったのか、現在のことなのか、あるいは未来のことであるのか、それほど明確に示すものではない。だから、日本語の動詞の「時制」を、そのままバカ正直に逐一英語に置き変えると、英語の動詞は時間の観念をはるかに厳密に表わすから、かえって読者に誤解を与えかねないのである。〔中略〕ともかく一つのポイントとして、日本語の「時制」を英語ではどう訳すか、頭を悩ますことが多いということだけは言えるだろう。あまり原文の表面的な形に引きずり回されないよう、いつも警戒していなければならない。[28]

この発言は、「蛍狩り」（“The Firefly Hunt”）と同時期に手掛けた志《し》賀《が》直《なお》哉《や》の「城の崎にて」（“At Kinosaki”, 1956）を英訳した時のことを振り返り、記された一文である。だが、本章で見てきたような編集者やコピーエディターによる時制の調整が英訳版『細雪』の編集現場でここまで徹底的に行なわれていたことを踏まえると、この「あまり原文の表面的な形に引きずり回されないよう、いつも警戒していなければならない」という言葉は、『細雪』の英訳現場を含む、現場での経験に裏打ちされた自省であったことが明らかとなるだろう。また、「日本語では、現在時制から過去時制へ、あるいは過去から現在へ、自由に切り変える傾向が強いけれども、英語で同じやり方を踏襲すると、どうしても異和感が生じてしまう」という理屈は、これらの経験を経たからこそ導き出された悟りであったと言える。

だが、日本語に飲まれないようにという教訓を得た一方で、サイデンステッカーが、原文の表現を重視し、コピーエディターによる変更を「許しがたい変更」として反発していたという一面があったことも心に留めておかねばなるまい。

日本語に引きずられるサイデンステッカーの英訳文を英語の文法構造に合わせて矯正《きょうせい》するにあたり、"had"の追加に伴うコピーエディターの訳文の変更により、英訳文は、原文の伝える印象とは全く異質なものへと変貌した。このような"had"の多量追加に直面していたにもかかわらず、その後のサイデンステッカーは、上記の引用文も含め、その翻訳に関連する論考や講演録等において、もはや二度と過去完了形について言及することはなかった。そのこと自体が、クノップフ側でなされた措置、すなわち"had"の多量追加や、それに伴うコピーエディターによる訳文の自動修正が、決して万能ではなかったことを、それらの欠如の内に物語っているのではないだろうか。

第五章　比喩という落とし穴——三島由紀夫『金閣寺』

英訳版『金閣寺』*The Temple of the Golden Pavilion*（Knopf, 1959）

かつて木洩れ陽を浴びて波打つてゐた彼の白いシャツの腹は今燃えてゐる。あのやうに光りのためにだけ作られ、光りにだけふさはしかつた肉体や精神が、墓土に埋もれて休らふことができると誰が想像しよう。

——三島由紀夫『金閣寺』第五章

That white-shirted stomach of his that I had once seen shimmering in the rays of the sun as they poured through the trees had been turned to ashes. Who could imagine this boy's flesh and spirit, which had been made only for brightness and which was only suitable to brightness, lying buried in a grave?

——Yukio Mishima, *The Temple of the Golden Pavilion*, tr. by Ivan Morris, Chapter 5

『細雪』の英訳を担当したエドワード・G・サイデンステッカーは『源氏物語』の英訳を手掛けたことでも広く知られているが、その翻訳を終えた一九七四年に記した一文の中で、次のような言葉を残している。

どうしても避けることのできぬズレというものがある〔中略〕、と同時に、原作に忠実であろうとするかぎり避けねばならぬ変化もある。だが実は、いちばんむつかしいのはこの中間の領域です。『源氏物語』を翻訳する者が、ほとんど一ページごとに決断を迫られるのもこの領域のことですし、その決断にいちいちケリをつけてから、さて振り返ってみると決断の仕方が首尾一貫しないことが気になりはじめ、けれども結局これ以外にはあるまいと諦めてそのほとんどはそのまま残し、後から多少の屁理屈をつけて自己弁護を試みる——そんな羽目に落ちこむのもやはりこの中間地帯でのことなのです。[1]

サイデンステッカーが、自ら「中間地帯」(In between)と呼ぶこのようなジレンマの領域を客観的に認識し、言い表すようになるには、川端康成や谷崎潤一郎の著作の英訳など数多くの翻訳に携わり、さらにその後、大学で教鞭《きょうべん》をとる傍ら『源氏物語』の英訳を完遂するという、二〇年余りの翻訳・研究経験の積み重ねが必要であった。

これとは対照的に、一九五八年頃、クノップフ社のために日本文学の英訳を手掛けていた未だ翻訳経験の浅いアイヴァン・モリス（当時三十三歳）は、『金閣寺』の英訳文の編集段階において、訳もわからずこの渦中に置かれることになる。

これまでの章でも見てきたように、校正段階において翻訳者と編集者のあいだに密なやりとりがあることは、決して珍しいことではない。だが、『金閣寺』の英訳校正段階において、モリスとシュトラウスとのあいだで交わされたある三通の書簡には、シュトラウスがモリスの英訳初稿に目を通した際に覚えた違和感が書き連ねられるという、他の英訳現場には見られない、極めて興味深い特徴がある。訳文に対する違和感の指摘がここまで列挙されているのは、数ある日本文学翻訳プログラムの英訳現場の中でも、この『金閣寺』の英訳現場の場合に限られている。なぜ『金閣寺』の英訳現場に限り、訳文の違和感がここまで表面化したのだろうか。

1　シュトラウスは訳文のどこに違和感を覚えたか

一九五八年の晩夏、モリスとシュトラウスは、翌年の英訳版『金閣寺』の刊行に向け、英訳文の編集を進めている只中にあった。モリスの手掛けた『金閣寺』の英訳文に目を通したシュトラウスは、九月二十二日にモリスに宛てて次のような内容を書き送っている。

翻訳は全体的に問題ありませんが、いくつか些細な点で間違っているのではないかと思われる箇所があります。私自身が日本語〔の原文〕を確認するのではなく、あなたに〔どの箇所が問題なのか」お伝えすることにします。この手紙のコピーに「イキ」（stet）と書くか、あなたの希望する新しい言い回しを提案していただくなど修正指示を出して質問に答えていただくだけです。それが関係者全員にとって最も簡単〔な校正方法〕になります。[2]

上記の引用箇所の後に六八項目にわたり書き連ねられたシュトラウスの指摘事項には、書簡の前置きにあるシュトラウスの「いくつか些細な点で間違っているのではないかと思われる箇所がある」という控えめな表現とは裏腹に、『金閣寺』の英訳文に対してシュトラウスが強い違和感を覚えた箇所が列挙されている。中には、「"pampus"ではなく"pampas"なのでは」という誤植の指摘や「"comes"を"came"に」といった時制の変更、そして「"malignant"を"virulent"に」などを含む、訳語の変更などの修正事項ももちろんある。しかし、その約三分の一にも及ぶ項目には、"seems wrong/surely wrong/all wrong/ sounds wrong/ doesn't sound right", "seems awkward", "seems pretty bad", "seems awfully strange"など訳文の違和感を訴えた文、そして"too obscure for American readers", "obscure and confused"などの訳語・訳文の不明瞭さを指摘する文、さらには"seems altogether too turgid", "seems garbled", "simply does not come across"という英訳文のぎこちなさを表す言葉など、シュトラウスが訳文に対して抱いた違和感を表す表現が至るところに組み込まれている。

このような指摘を受けたモリスは、すぐさま訳文・原文を照らし合わせ、訳文の修正を試みたようだ。ところが、シュトラウスの指摘した箇所は、ただ単に書簡の複写に「イキ」（stet）という校正指示や、代わりの表現を提案するだけでは片付かない翻訳問題を孕んでいた。モリスは、六八項目一つ一つに対して回答することにしたと伝えるとともに、シュトラウスの覚えた違和感の内実を、次のように説明している。

私が調べた全ての場合において、独特さ、曖昧さ、そして矛盾や全くナンセンスな表現は、その日本語の原文にあるものでした。私はたびたび英語版を日本語版よりもわかりやすいものにしようと試みましたが、無論この種の解釈的な翻訳には限界があります。三島の文体は、あなたももちろんご存じの通り、独特な表現に満ちています。『金閣寺』は、言葉や文、そしてパラグラフ全体までもがこの種の非常に驚かされるような表現で占められており、時には原文の日本語でもほとんどわからないような表現があります。三島の作品が好きな人々にとってみればそれが魅力の一つなのですが、そうでない人々には、この奇妙さが苛立たしいほどマンネリ化した手法に思えるのです。翻訳者には、絶えず困難を引き起こすことにもなります。『金閣寺』を明快かつ論理的な英語に訳すことは、それを誤訳することになるだろうと、私は考えています。[3]

原文を英語に移す段階になり三島の作品の訳しづらさが露呈するのは、何もモリスの場合に限らない。モリスと同じく、クノップフ社における三島由紀夫著作の英訳に携わったドナルド・キーンも、『宴のあと』（*After the Banquet*, 1963）の英訳を手掛けた際に、「この本は、悪夢の連続でした」と、原文に目を通した当初は気づかなかった問題に、翻訳段階になって次々と直面したことをシュトラウスに打ち明けている。

翻訳のため最初にお薦めした時と変わらず私は高く評価していますが（今日に至るまで、彼の最良の著作だと思っています）、最初にざっと読んだ時には、毎ページに落とし穴がどれだけあるか考えてもみませんでした。〔中略〕この著作には膨大な語彙が使われており、その一部は倒錯的なほどに複雑です。文の構造は時折あまりにも複雑で、どうしようもなくなった私は教養のある日本人に助けを求めたのですが、相反する意見が衝突するだけでした。[4]

三島の文体の翻訳の難しさを吐露するキーンの言葉には、前掲したモリスの言葉に出てくる「独特な表現に満ちた三島の文体」の翻訳の難しさを説明する様と重なる部分がある。英訳版『金閣寺』においてモリスが葛藤を覚えた具体的な箇所については後ほど詳しく見てゆくが、三島作品の翻訳のしづらさの中でモリスがシュトラウスに対して表明した「ジレンマ」とは、どこまで解釈的な翻訳（interpretative translation）が許されるのか、つまり不明瞭な三島特有の語彙表現を、英訳においてどこまで明確化すべきかという問題であった。モリスの口からは、遂には「『金閣寺』を明晰かつ論理的な英語に訳すことは、誤訳することになる」という極論までもが飛び出しており、その言葉には、原文と見比べることのできる読者から訳文への不満が出ることに対する恐れまでもが見え隠れしている。

モリスは、これ以上自身の判断で次の一歩を踏み出すことができないと考えたのか、シュトラウスに次のように助け舟を求めている。

あなたがそう望むのならば、これらのすべての場合において、喜んで英訳を変更します。翻訳も原文よりはるかにはっきりと、より論理的なものになることでしょう。あるいは、論理的なものにする術が全くないような場合には、言い回しや文を完全に省略する覚悟もできています。〔中略〕下記の私のコメントから、あなたが私に注意を促した独特な表現すべてが原文の日本語にあったこと、そして翻訳を読んだ読者が驚かされるのと同じ程度に、日本の読者も驚かされるに違いないことがおわかりいただけるかと思います。ほとんどの場合、問題の元凶となる言い回しを完全に省略すれば、失われるものはほとんどない（また多くのものが得られる）と思っており、あなたがそのような決断を下すならば、私はそうする覚悟はできています。[5]

モリスに判断を委ねられたシュトラウスが出した答えは、次のようなものだった。一九五八年十月十七日にモリス宛に書かれた書簡において、シュトラウスはまず、その前置きとして、翻訳の理想型について次のように述べている。

私は、文体上のさまざまなマンネリズムの問題自体を三島だけでなく、我々の日本人作家の場合でも見てきましたが、あまりに幾度も見てきたため、〔このような場合に〕何をすべきかに関しては、かなり自信を持って言うことができます。著者がうまく言い表せず本当のところ何を言おうとしていたのかを想像を交えて解釈することは、確かに許容されることではないと私は考えています。著者が言いもしないことを言ったことにはしたくはありません。その一方で、英語表現の性質が日本語の表現方法と大きく違うということを、我々全員が認める必要があると私は考えています。[6]

どっちつかずの発言をしつつも、続けてシュトラウスがモリスに示した日本語から英語への移しの論理は、極めて単純かつ明確なものであった。

日本語が容易に受け入れるイメージの自由連想や言語効果を、特に英語（そして、良い英語）では、どうしても許容することができないのです。三島の日本語が不明瞭である場合には英語でも必ず不明瞭にする必要があるとするあなたの言い分には、どうしても同意することはできません。原文の日本語では、文法が非常にわかりにくい、あるいは完全に間違いかもしれませんが、その意味するところは、登場人物たちのやりとりの性質から概ねはっきりとしています。三島の難解な一節は、原文を曲解することなく、文法的にもそれなりに正しい英語に勿論移すことができると思います。あなたのコメントを丁寧に読み込み、ほとんどの場合に対して解決策を提案しました。ごく一部では、三島の小説に書かれていないことを言わせるわけではないので許される行為だと考え、文、あるいはパラグラフを削除しています。[7]

英訳版『金閣寺』の編集に取り掛かる以前に大佛次郎や谷崎潤一郎、川端康成の著作を手掛けているシュトラウスには、原文をそのままの姿かたち・質量では英訳文に移し得ないという強い認識があった。この自覚は、「三島の日本語が不明瞭である場合には英語でも必ず不明瞭にする必要があるとするあなたの言い分には、どうしても同意することはできない」とのシュトラウスの主張、そしてたとえ原文が「不明瞭」（obscure）、あるいは「完全に間違っている」（totally wrong）ような印象を与えるものだったとしても、読者にはそれが何を指しているのかは明白であるという彼の見解に、色濃く反映されている。

2　薄弱化する比喩──「妄念」の比喩の翻訳をめぐって

シュトラウスが違和感を指摘し、またモリスがどこまで解釈的な訳が許されるのか悩んだ箇所の多くには、三島の文体の、ある特徴が認められる。それは、文体に厚みをもたらしている比喩（特に隠喩）を多用した表現である。原著者の三島にとって比喩表現とは、「小説の文章をあまりにも抽象的な乾燥したものから救つて、読者のイメージをいきいきとさせて、ものごとの本質を一瞬のうちにつかませてくれ」るためにも不可欠なものであった。[8] なぜこの比喩表現が翻訳問題の引き金となったのだろうか。そして、シュトラウスはいかなる編集手法を用いて、この問題を乗り越えようとしたのだろうか。

モリスの『金閣寺』の英訳文に対してシュトラウスが不満を抱いた箇所の中には、朝課の経を唱える男たちの声に主人公の溝口が生々しさを感じたという、第四章に登場する次のような記述がある。

朝課の経のとき、私はいつもその合唱する男の声に、生々しさを感じるのが常であつた。一日のうちでも朝課の経の声は力強いが、その声の強さが、夜ぢゅうの妄念をあたりに吹き散らし(A)、声帯から黒い繁吹がほとばしつてゐるやう(B)である。私のことはわからない。わからないが私の声も、同じ男の汚れを撒き散らしてゐる(C)と思ふことは、私を奇妙な具合に勇気づけた。[9]

直喩・隠喩が折り重なるこの箇所は、まさに三島著作の翻訳者たちを悩ませた比喩表現の典型であると言えるかもしれない。傍線部(A)にある、一晩で男たちの内に蓄えられた「妄念」が朝課の経の声とともに「吹き散らされてゐる」様は、その直後の傍線部(B)で「声帯から黒い繁吹《しぶき》がほとばしつてゐるやう」だとする直喩表現に言い換えられている。視覚に訴えるこの直喩表現は、それに続く傍線部(C)において、「同じ男の汚れを撒き散らしてゐる」という隠喩表現へとさらに置き換えられている。このように一つのイメージを異なる切り口で言い表し、読者の想起するイメージに広がりや重層性をもたらすような比喩の重ね使いを、三島は『金閣寺』の随所において用いている。

シュトラウスがモリスの訳文に対して違和感を覚えた箇所の中には、上記の引用箇所にある最後の一文も含まれていた。英訳文を読んだ直後の書簡（一九五八年九月二十二日付）において、シュトラウスはモリスに宛てて「一二四ページ、最初の未完成のパラグラフの最後の一文が〈何を言おうとしているのか〉理解できません」[10]というコメントを書き送っている。

モリスの英訳原稿は管見の限り現存していないが、ここではシュトラウスのコメントした箇所にまつわる二人の書簡のやりとりを手がかりに、問題の箇所が当初どのように訳され、その後変更されたのか、訳文の編集過程を復元してみることにしよう。

シュトラウスから指摘を受けたモリスは、問題の箇所の字義通りの翻訳を参考までに提供し、シュトラウスに次のような悩みを打ち明けている。

こちらがその文の字義通りの翻訳になります。"I do not know, but it filled me in a strange way with fortitude to think that my voice was also scattering away the same male impurity." 三島の考えていることを彼のために解釈し直さない限り、ここからどうしたら何かしらはっきりしたことを言えるのか、私には想像もつきません。[11]

この書簡で着目すべきは、下線部(C)にある「同じ男の汚れ」という言い回しを、モリスが参考までに訳した字義通りの翻訳において"the same male impurity"と訳出したところ、その"male impurity"という箇所に取り消し線が引かれ、右下に"masculine evil thought"というメモがシュトラウスの字で書き込まれているという点である。続くモリスへの返事において、シュトラウスは最終的に次のような修正を行なったとモリスに伝えている。

"masculine filth"を"masculine evil thoughts"に置き換えました。あまり上品とは言えませんが、その前にある邪念（evil thought）への言及に結びつけることにより、この一節が極めて明瞭なものになります。実は、初めて目を通した時に、私は〔このことを〕見過ごしていました。[12]

このシュトラウスのコメントからは、当初モリスが英訳の初稿において、下線部(C)にあたる三番目の比喩表現「男の汚れ」を"masculine filth"と字義通りに訳していたこと、そして最終的な訳文では同じ箇所がシュトラウスの手により"masculine evil thoughts"という訳語に置き換えられていたということが判明する。

ここまでのやりとりを踏まえモリスの英訳の初稿を復元してみると、前掲した引用箇所が当初は表5－1（次ページ）の上段のように訳されていたことがわかる。下線部Ⓐと下線部Ⓑの直喩表現は、直後に続く表現が直喩表現であることを読者に明示する「～のようだ」の訳語、“as though”という比較表現により緊密に結ばれているため、この二ヵ所が同一の事柄を異なる表現で言い表していることは、移植先の読者が一読しても明らかである。ところが、これが読者の連想力や推察力に頼る度合いの強い隠喩表現の英訳となると、モリスの採った一対一の語彙の機械的な置き換えでは隠喩表現が何を指しているのかは必ずしも伝わらない。このことは、シュトラウスが訳文を最初に読んだ際にこのⒶⒷとⒸの比喩表現の結びつきを見逃していたという事実にも顕著に表れている。「～のような」が、“as though”/“like”などの明示的な比較表現への置き換えが可能な直喩表現であるのに対し、隠喩表現は翻訳されると、何を言おうとしているのかが不明瞭な、違和感のある表現に受け取られかねない可能性を孕んでいるのだ。

では、シュトラウスによる修正を経た訳文では、この見逃されていた結びつきはどう蘇るのだろうか。前掲したモリスの初稿（表5－1上段）と、シュトラウスにより変更された英訳文（表5－1中段）の下線部・太字に注目しつつ、訳文の印象を見比べてみることにしよう。

モリスによる語彙の機械的な置き換えが比喩表現の結び目を緩めていたのに対し、このシュトラウスが手を入れた訳文では、下線部ⒶとⒸの“evil thought”という共通の語彙が組み込まれ、ⒶとⒸの結びつきが明確にされている。この語彙の重複に加え、モリスの初稿の時点で、Ⓐの「吹き散らす」、そしてⒸの「撒き散らす」の訳語として、いずれの場合にも“scatter”という動詞が用いら

表5－1

英訳版初稿（復元版）	I was always aware of a freshness in the male voices as they recited the sutras in unison during the morning task. The sound of those morning sutras was the strongest of the whole day. The strong voices seemed to scatter all the **evil thoughts** that had gathered during the night (A), and it was as though a black spray were gushing (B) from the vocal chords of all the singers and being splashed about (B). I do not know about myself. I do not know, but it heartened me strangely to think that my voice was scattering away the same masculine **filth** (C) as the others.
クノップフ版	I was always aware of a freshness in the male voices as they recited the sutras in unison during the morning task. The sound of those morning sutras was the strongest of the whole day. The strong voices seemed to scatter all the **evil thoughts** that had gathered during the night (A), and it was as though a black spray were gushing (B) from the vocal chords of all the singers and being splashed about (B). I do not know about myself. I do not know, but it heartened me strangely to think that my voice was scattering away the same masculine **evil thoughts** (C) as the others.[1]
クノップフ版の日本語転写文	私はいつも朝課の間、彼らが経を朗唱している時、その男の声に生々しさがあるのに気づいていた。この朝課の経の響きは、一日のうちで最も力強い。その強い声は、夜のうちに蓄積されたあらゆる邪念を撒き散らすかのようで(A)、唱手たちの全声帯から黒いしぶきがほとばしり(B)、あたりに飛び散らかされているかのようであった(B)。私のことはわからない。わからないが、私の声が他の者と同じように、同じ男の邪念を撒き散らしている(C)と思うと、不思議と勇気づけられた。

1 Yukio Mishima, *The Temple of the Golden Pavilion*, trans. by Ivan Morris (New York: Knopf, 1959), p. 87.

れていたため、シュトラウスによる訳語の変更を経てⒶとⒸの結びつきはさらに強化され、下線部Ⓒはあたかも下線部Ⓐの書き換え、あるいは反復表現であるかのような印象を残すような訳文へと形作られている。

モリスは、「三島の考えていることを彼のために解釈し直さない限り」違和感を解消できないと困惑する様子を見せていた。これに対し、シュトラウスは自身が最初は比喩の結びつきを見落としたその経験を受け、英訳版の読者に配慮し、迷うことなくⒸ「男の汚れ」の訳語であった"masculine filth"を"masculine evil thoughts"(「男の邪念」)へと置き換えている。そうすることにより、隠喩表現の指す事柄を表面化し、脈絡の取れなさの解消を試みているのだ。シュトラウスは、隠喩表現を翻訳する場合、翻訳過程において比喩の連結方法を変えないことには、原文にあるような連想を再構築し得ないという経験的教訓をよく心得ていたのではないだろうか。だからこそ、彼はモリスに宛てた前掲の書簡の中で、「日本語が容易に受け入れるイメージの自由連想や言語効果を、特に英語(そして、良い英語)では、どうしても許容することができないのです」と主張していたのだろう。

たしかに、この比喩表現の連なりは、シュトラウスによる修正を経て、モリスの初稿よりもはるかに読みやすくなっている。ところが皮肉なことに、Ⓐにある「妄念」の訳語"evil thoughts"を再利用した結果、英訳文における「妄念」の比喩表現の箇所は、英語圏の作文法で忌み嫌われる反復表現を進んで取り入れるというジレンマに陥ることとなった。

さらに付け加えるならば、原文では、「妄念→黒い繁吹→同じ男の汚れ」という異なる切り口の比喩表現が書き連ねられることにより、原文の読者の想起するイメージには、広がり、厚み、そして立体感がもたらされていた。しかし、シュトラウスの編集による比喩の再構築の結果、そのイメージの連なりは、「邪念（evil thoughts）→黒いしぶき（a black spray）→同じ男の邪念（the same masculine evil thoughts）」という、極めて平坦かつ薄弱な喩えへと変化している。このように、一旦英語にすると、原文にあったような比喩表現のイメージの広がりや厚みは、二度と戻ることはない。自身の採った編集方法を「あまり上品とは言えない」（"which is not too graceful"）と話すシュトラウスの言葉にも、その葛藤は滲み出ている。

3　モリスの誤訳か、三島著作の「誤り」か

シュトラウスが見たモリスの訳文には、「完全な誤りのようだ」（"it seems all wrong"）という、辛辣な指摘をせずにはいられない箇所も含まれていた。英訳の初稿に目を通したシュトラウスがモリスに宛てて書いた指摘箇所のリストの中には、次のような記述が見つかる。

一八三ページ一三行目："That white-shirted stomach of his that I had once seen rippling in the rays of the sun ..."は、完全な誤りのように思われます。[13]

シュトラウスが誤りだと感じたこの箇所は、『金閣寺』の第五章において、溝口が友人の鶴川の死を聞き知った際に、それまでの彼との交流を振り返り、かつての鶴川の姿を思い浮かべて語る「かつて木洩れ陽を浴びて波打つてゐた彼の白いシャツの腹は今燃えてゐる」[14]という一文であった。

「誤訳」だとのシュトラウスの直感はいったいどこから生じたものだったのだろうか。シュトラウスにこの箇所の訳文の問題を指摘されたモリスは、その返信において、次のように主張している。

完全な見当違いのように見えるかもしれませんが、それがまさに著者が言おうとしていることなのです。katsute kimoreyō〔原文ママ〕wo abite namiutte ita kare no shiroi shiyatsu no hara wa ... Namiutsu ＝波のようにうねること。[15]

モリスはここで、シュトラウスが訴えた不適切さは、翻訳の結果によるものでなく、実はその原文そのものに潜んでいるのだ、と主張し、この問題の元凶がその原文にある「かつて木洩れ陽を浴びて波打つてゐた彼の白いシャツの腹は今燃えてゐる」の「波打つ」という言葉にあると見ていた。原著を日本語で読んだだけでは気づきにくい点ではあるが、英訳するとどうなるかという問題意識のもとでこの箇所を改めて読み直すと、この「木洩れ陽を浴びて波打つてゐた彼の白いシャツの腹」という表現がそもそもいったいどのような状況を指しているのか、非常にわかりづらいという事実が浮かび上がってくる。この一文はいかなる状況を言い表していたのか。それを探るためには、鶴川の死に直面した溝口の回想の元となった場面まで遡ってみる必要がある。

主人公の溝口にとって鶴川という人物は、溝口の吃音をからかわず、「私〔溝口〕といふ存在から吃りを差引いて、なほ私でありうるといふ発見」をさせてくれた友人であり、[16] 溝口の邪心を幾度も「透明な、光りを放つ感情」に翻訳し直す「必要な人間」[17]、そして溝口が徐々に暗黒の思想へと引き寄せられていくなか、唯一その抑止力となる「私〔溝口〕」と明るい昼の世界とをつなぐ一縷《いちる》の

二人が初めて言葉を交わした一場面が登場する。シュトラウスが違和感を抱いた回想文の元となった二人が初めて言葉を交わした場面が登場する。

ある朝、金閣周辺の掃除を済ませた溝口が、暑さを増す晩夏の朝日を避け金閣寺の裏山に向かうと、その沼近くの繁みに寝転がり掃除をさぼる鶴川に出くわす。溝口は、父の死に一切の悲しみを見せない理由を問われるが、その理由をうまく説明できずに困惑した様子を見せると、鶴川は「へえ、変つてるんだなあ」と笑う。その姿を見た溝口は、「彼のシャツの白い腹が波立つた。そこに動いてゐる木洩れ陽が私を幸福にした」と語る。[19] この夏の鶴川との交流は、溝口に「感情の諸和と幸福[20]」をもたらした記憶として後々まで引き継がれ、鶴川の死を契機にこの記憶は蘇り、父の死には涙を流さなかった溝口がこの「喪はれた昼、喪はれた光り、喪はれた夏」を振り返り、初めて涙を流すことになる。[21]

この場面を踏まえると、かつて質問にうまく答えられずにいた溝口を鶴川が笑った際に、彼の白いシャツがさざ波のように起伏したこと、その白シャツが木洩れ陽を浴び、またその木洩れ陽が波立つ白シャツの上で揺れ動いていたという状況、さらにそのシャツの下にあった透き通るような白い肌や肉体（腹）が、鶴川が死したことにより今は燃えている（火葬されている）ということ、この全ての状況や複数のイメージが集約され、乱反射するようなエニグマティックな一文が作り上げられていることがわかる。

回想場面の元となった第二章の一文、そして翻訳の際に問題となった第五章の一文を並べてみると、同じ場面の描写がどのように書き換えられているのか、またその何が翻訳過程において問題を引き起こしているのかが見えてくる。

彼のシャツの白い腹が波立つた。そこに動いてゐる木洩れ陽が私を幸福にした。（第二章）

↓

かつて木洩れ陽を浴びて波打つてゐた彼の白いシャツの腹は今燃えてゐる。（第五章）

第二章の一文にある「そこに動いてゐる」という言い回しは、第五章の問題の一文では省略され、「波立つ」は、「波打つ」へと言い換えられている。その結果、この「波打つ」が文のどの箇所に掛かってくるのかが極めて判断しづらくなり、「笑いに白シャツの生地がさざ波のように揺れる状態」と「木洩れ陽がそのシャツの上で揺れ動く状態」の両方の様子が喚起される一文が練り上げられている。では、こうした連関のうえに立つ比喩表現をシュトラウスはどのように処理したのだろうか。

モリスがシュトラウスに宛てて訳文の違和感の要因に関する説明を書き送った書簡には、シュトラウスがモリスにこの箇所の違和感をどう乗り越えさせようとしたのかを示すある手がかりが残されている。前掲したモリスのコメントにある「Namiutsu = 波のようにうねること」（"Namiutsu = to roll, undulate."）との説明のすぐ隣に、シュトラウスの字で"shimmering"という単語が書き込まれているのだ。

最終的に刊行された英訳版でこの箇所がどう訳されているか、モリスによる英訳文の初稿の一部と併せて確認してみることにしよう。

モリスの翻訳

That white-shirted stomach of his that I had once seen rippling in the rays of the sun[22] . . .

最終的な訳文

That white-shirted stomach of his that I had once seen shimmering in the rays of the sun as they poured through the trees had been turned to ashes. Who could imagine this boy's flesh and spirit, which had been made only for brightness and which was only suitable to brightness, lying buried in a grave?[23]

原文

かつて木洩れ陽を浴びて波打つてゐた彼の白いシャツの腹は今燃えてゐる。あのやうに光りのためにだけ作られ、光りにだけふさはしかつた肉体や精神が、墓土に埋もれて休らふことができると誰が想像しよう。[24]

囲み線内を比較すると明らかなように、当初モリスが「波打つてゐた」を“rippling”と訳していた箇所は、最終的に刊行された訳文においてシュトラウスのメモ書きにあった“shimmering”へと置き換えられている。この変更により、果たして英訳文の印象はどのように変わるだろうか。

この“rippling”という言葉が本来ならばどのような描写に用いられるのか、英訳版『金閣寺』の他の場面を例にとって確認してみよう。『金閣寺』の第三章にある溝口が中学生時代に帰省した時の回想には、溝口と結核で病床にある父、そして母と、母の縁者である倉井という男が、蚊帳《かや》の数が足りず、一つの蚊帳の中に眠る場面が登場する。海風に煽られて揺れるその蚊帳の描写には、母がその傍らで男と不貞を犯していることを蚊帳の描写を通して間接的に表現する、次のような一文が書き込まれている。

しかし風が立てるのではない動きが蚊帳に伝はつた。風よりも微細な動き、蚊帳全体に漣のやうにひろがる動き、それが粗い布地をひきつらせ、内側から見た大きな蚊帳の一面を、不安の漲《みなぎ》つた湖のおもてのやうにしてゐた。[25]

英訳では、上記の一文は次のように訳出されている。

A movement that was more subtle than the wind's; a movement that spread like rippling waves along the whole length of the mosquito net, making the rough material contract spasmodically and causing the huge expanse of the net to look from the inside like the surface of a lake that is swollen with uneasiness.[26]

蚊帳に細かな動きが「漣《さざなみ》のように」広がる動きを英訳する際に"rippling"という言葉が用いられていることからもわかるように、モリスが前掲の「波打つ」様を訳出した際に用いたこの"rippling"という言葉は、水などが小さく波打つこと、つまりさざ波が立つ様を表す。一方の"shimpling" mering”は、光が反射して微かに光る様子や光の揺らめきなどを表す。モリスが、シャツが波打つイメージや、木々が揺れ動く様子など、触覚を研ぎ澄ました描写を写すような訳語を選択したのに対し、訳文がよく理解できなかったシュトラウスが最終的に選んだのは、こうした触覚よりも、木洩れ陽の光自体が揺れ動き、その光が鶴川のシャツの上に投射された様子を描く、視覚的な印象を重視した訳語であった。この訳語の選択により、この一文とその直後に続く光としての鶴川の描写（「あのやうに光りのためにだけ作られ、光りにだけふさはしかつた肉体や精神」）との結びつきは、原文よりも一層強いものとなっている。

かつてケンブリッジ大学やハーヴァード大学で日本文学を講じた日本文学者の板坂元《いたさかげん》は『日本人の論理構造』（一九七一）において、房事と暗がりとの結びつきに見いだされる文化的特質を説くなかでこう述べていた。日本の婦人雑誌はえてして西洋では明かりをつけることを強調する傾向があるが、それはこの行為が日本では珍しかったことの裏返しであるのだ、と。板坂はさらに、谷崎が『陰翳礼讃』において、暗がりの白い肌を好んでいたことを例に挙げつつ、このことが日本では視覚型よりも触覚型の傾向が強いとの表れであるとも指摘している[27]。板坂のこの主張は、長年、外国で日本語を学び日本文学を研究する学生や学者たちとともに時を過ごすなかで得た実感の積み重ねからもたらされた洞察であった。

だが、ここで見てきたように、実際の翻訳現場を実地検証してみるとどうだろうか。隠喩表現を英訳する場合、その翻訳過程において、その配線を繋ぎ換えないことには、比喩の連なりはかえって見逃されかねない。さらにまたシュトラウスが、共通の語彙を当てはめることにより、比喩の連なりを表面化させていたことについては前節でも考察した。ところが、この節で検討した事例でシュトラウスは、前の例とは異なる対処の仕方を見せている。モリスの訳文では原文で何が起きているのかわからなかったシュトラウスは、モリスの「触覚」に重きを置いた訳語を「視覚」に重きを置いた“shimmering”へと入れ替えることにより、「波打つ」という言葉と「木洩れ陽」との結びつきを蘇らせ、なおかつ「光」に喩えられていた鶴川のイメージとの結びつきを強めている。これは裏返せば、モリスがそうしたように、日本語の語彙を自動的に英語に置き換えるだけでは、この木洩れ陽の隠喩や、そこから喚起されるイメージのつながりを文脈上温存できないことを意味している。日本語圏、英語圏における感覚の差異に沿った訳語の選択をしないことには、鶴川の描写に纏綿する「光」のイメージの連関を成り立たせることができなかったのである。両言語の根本的な感覚の差異が、確かな証拠をもってここに実証される。

4　喪われた木洩れ陽の比喩の連関

ここまで訳語の選択について見てきたが、この一連の木洩れ陽の比喩表現の英訳には、いま一つモリスの見落とした重要な箇所があった。

三島は、その創作ノートにも綴っているように、当初から「金閣寺の放火の原因」を「あらゆる方面から追究する小説」として『金閣寺』を構想している。[28]溝口の放火の動機は、第二次世界大戦での日本の敗戦や悪友柏木との交流のなかで深まった暗黒の思想、母により点火された金閣寺の住職になるという野心、老師との関係のこじれなど、さまざまな要因が挙げられるが、放火への動機がより一層高まるのは、それまで抑止力となっていた鶴川が死んだことを知ってからのことである。

前節で見た第五章の木洩れ陽の比喩から、かつて鶴川が笑った時に、彼の白いシャツが波打ち、溝口が幸福な気持ちにさせられたことの記憶、そしてその白シャツが木洩れ陽を浴び、それが波立つ白シャツの上で揺れ動いていたという状況、さらにそのシャツの下にあった鶴川の肉体が、鶴川が死したことにより今は燃えている（火葬されている）様が喚起されることは、既述の通りである。

だが、この比喩には、もう一つ極めて重要な役割がある。なぜ溝口が火をつけなければならなかったのか、『金閣寺』の軸となる溝口の放火の動機やその美学が、鶴川の白いシャツに揺らぐ木洩れ陽の模様に仮託され、放火のメタファーとしての働きを担っているのだ。この一文に至るまでにも、『金閣寺』では、鶴川と木洩れ陽を絡めた描写がたびたび登場する。読者はその木洩れ陽の描写の積み重ねを通して、徐々に移り変わる溝口の心の動きを知ることができる。

『金閣寺』では、鶴川に木洩れ陽が写しだされる描写が、三度現れる。ここで、前節で検討した第二章、第五章の二文も交えつつ、木洩れ陽の比喩に溝口の深層心理の変化がどのように投影されているのか、そして第五章の一文がそのイメージのいかなる積み重ねの上にあるのか、原文と最終的に刊行された英訳文とを並べて確認することにしたい。鶴川と木洩れ陽が重ねて描き出される箇所を抽出・図式化すると、以下の通りになる。

(ア)また寝ころんだ鶴川の頭へまはした腕は、外側が可成日に焦けてゐるのに、内側は静脈が透けて見えるほどに白かつた。そこに朝日の木洩れ陽が、草の薄青い影を散らしてゐた。

（第二章[29]）

His arm was bent round his head and I noticed that though the outside was fairly sunburned, the inner part was so white that one could see the veins through the skin. The rays of the morning sun streamed through the trees and scattered light-green shadows on the grass.[30]

（彼の腕は、頭に回してあり、外側はかなり日焼けしているにもかかわらず、その内側は、あまりにも白く、肌を通して血管が見えるほどであることに私は気づいた。朝日の光線が木々の間から降り注ぎ、薄緑色の影を草の上に散らしていた。）

←

(イ)彼のシャツの白い腹が波立つた。そこに動いてゐる木洩れ陽が私を幸福にした。

（第二章[31]）

His white-shirted stomach rippled with laughter. The rays of the sun that poured through the swaying branches of the trees made me feel happy.[32]

（彼の白いシャツの腹が、笑いのために波立った。揺れ動く木々の枝の間を通して降り注ぐ日の光が、私を幸福にした。）

←

(ウ)かつて木洩れ陽を浴びて波打つてゐた彼の白いシャツの腹は今燃えてゐる。[33]

That white-shirted stomach of his that I had once seen shimmering in the rays of the sun as they poured through the trees had been turned to ashes.[34]

最初の一文(ア)では、鶴川の透明感のある肌の白さ、そしてその白い肌の上に、朝日の木洩れ陽に照らされ細かな影を散らす夏草の繁みが描写されている。前日の晩に鶴川に紹介されたばかりの溝口は、まだこの時点では鶴川と言葉をほとんど交わしておらず、この鶴川と木洩れ陽に言及した一文では、鶴川の肌の白さ、そしてその薄青い影の涼やかさのみが描写されるにとどめられている。対して(イ)の鶴川の白い肌／白いシャツに揺らぐ木洩れ陽の描写には、鶴川と言葉を交わした後に溝口にもたらされる幸福感や温もりなど、溝口の心、そして鶴川を見る眼差しの変貌が投影されている。ところがモリスは、この二文を英訳するにあたり、鶴川と木洩れ陽とを結びつける重要な指示詞の翻訳において、致命的な取りこぼしを犯している。

(ア)の傍線部、そしてグレーの部分を見比べると明らかなように、本来ならば朝日の木洩れ陽を浴び夏草の繁みの影が写しだされる先は、鶴川の静脈の透けて見えるような腕の内側の白い肌となるはずである。ところが英訳では、朝日の光線が木々のあいだから降り注ぎ、夏草の上に木々の薄緑色の影が落ちている描写へと書き換えられており、鶴川と木洩れ陽との結びつきは完全に失われている。さらに(イ)の一文ともなると、今度は指示詞「そこに」という一語自体が消失してしまっている。その結果、本来ならば鶴川のシャツの白い腹が彼の笑いで波立った上に揺れる木洩れ陽が溝口を幸福にするはずが、英訳文では、あたりに降り注ぐ木洩れ陽の風景そのものが、溝口を幸福にしたことになっている。

シュトラウスはモリスの選択した訳語を“rippling”から“shimmering”へと置き換えた。これにより(ウ)の一文において木洩れ陽の比喩から垣間見える溝口の放火の心理はかろうじてつなぎとめられた。だが、それ以前の(ア)(イ)の英訳では、モリスが勘どころとなる一語「そこに」を見落としたことにより、(ア)(イ)(ウ)の木洩れ陽の描写を通して描かれる溝口の心の機微は、もはやどのようにしても読み取れなくなってしまっている。この一連の木洩れ陽の比喩・描写をめぐる英訳からは、はしなくも、モリスが原文にあったこの連想の結びつきなどを必ずしもきちんと把握していなかったことが露呈している。一方のシュトラウスは、溝口が放火に至るまでの深層心理に深く関わる比喩が消失するのを、一度は回避していた。だがそのシュトラウスも、さすがにモリスが(ア)(イ)の連関を取りこぼしてしまったことまでは気づかず、その欠落を見逃してしまったようだ。

5 刈り取られた違和感

ここまで、木洩れ陽の比喩をめぐる違和感を和らげるための訳語の置換、そして翻訳過程において生じた屈曲について考察してきたが、シュトラウスがモリスに訴えた違和感がきっかけとなって、最終的に削除されることとなった箇所があったことについても、触れておきたい。内容の重要性に鑑みて、その一例として取り上げたいのが、『金閣寺』の第一章において、主人公の溝口が父とともに初めて金閣寺を訪れた旅を振り返りつつ、自身の少年期を回顧する以下の一節である。

私は窓外のどんよりした春の曇り空を見た。父の国民服の胸にかけられた袈裟を見、血色のよい若い下士官たちの金釦《きんボタン》をはね上げてゐるやうな胸を見た。私はその中間にゐるやうな気がした。やがて丁年に達すれば、私も兵隊にとられる。しかし、私はたとへ兵隊になつても、目の前の下士官のやうに、役割に忠実に生きることができるかどうか。ともかく、私は二つの世界に股をかけてゐる。私はまだこんなに若いのに、醜い頑固なおでこの下で、父の司つてゐる死の世界と、若者たちの生の世界とが、戦争を媒介として、結ばれつつあるのを感じてゐた。

私はその結び目になるだらう。私が戦死すれば、目の前のこの岐《わか》れ道のどつちを行つても、結局同じだつたことが判明するだらう。

私の少年期は薄明の色に混濁してゐた。真暗な影の世界はおそろしかつたが、白昼のやうなくつきりした生も、私のものではなかつた。[35]

この回想場面において、溝口は車窓から見た「どんよりした春の曇り空」の描写を交えつつ、舞鶴から京都に向かう列車の中で出会った軍服に身を包む若者たちと、国民服の上に袈裟をかけた父の姿を対比させ、自身がこの「二つの世界に股をかけてゐる」、両者の中間にいる存在であると語る。そして、この寺の住職である「父の司つてゐる死の世界」と「若者たちの生の世界」が、戦争により結ばれつつあること、そして自身がその結び目になるだろうという予感を覚えたとその少年期を振り返り、それまで語った内容を、最後の二文で改めて凝縮した形で言い表している。

この箇所は、モリスの初稿では "My youth was turbid in the glimmer of twilight." となっていた。[36] 英訳の初稿に目を通したシュトラウスは、"Page 31, line 9: The sentence 'My youth was turbid in the glimmer of twilight.' seems pretty bad."[37] と、モリスにその違和感を率直に伝えている。このコメントからは、モリスが当初、前掲の最初の一文の「薄明の色」の「色」を「煌めき」(glimmer) と解釈したうえで、"My boyhood was turbid in the glimmer of twilight" (「私の少年期は、薄明の煌めきの中に混濁していた」) と訳していたことがわかる。

シュトラウスからの「随分といただけない」(pretty bad)、悪文だ、という指摘に対してモリスは、次のように釈明している。

随分といただけないということは私も承知していますが、これがまさに三島が述べている通りのことなのです。彼の文は、このような書き方に満ちており、私が最も悩まされている点でもあります。Watakushi no shōnenki wa usuakari no iro ni kondaku shite ita. 私はパラグラフ全体を削除してしまいたいという思いに傾いているのですが。[38]

このようなモリスの提案を受け、シュトラウスはその返信の中で、「パラグラフ全体を削除しました」と、最終的に選択した編集方法を報告している。[39] このようなやりとりの末、クノップフ社から刊行された英訳版『金閣寺』からは、「私の少年期は薄明の色に混濁してゐた。真暗な影の世界はおそろしかつたが、白昼のやうなくつきりした生も、私のものではなかつた」の二文にあたる英文が消し去られることになった。

なぜこの二文は削除されなければならなかったのだろうか。この文を英語に移そうとすると、いかなる事態が発生し、シュトラウスはどのような箇所に「随分といただけない」という印象を抱いたのだろうか。表5－2（二二二～二二三ページ）では、左手に原文を示し、また右手には、削除された箇所を英語にするとどのような違和感が生じるのかを再現するため、最終的にクノップフ版から刊行された英訳に、削除された二文の字義通りの英訳を組み込んだものを示してみることにする。

日本語で読むと、「私の少年期は薄明の色に混濁してゐた」という一文は、その前に書き連ねられた「どんよりとした春の曇り空」や、死と生の世界が交錯する溝口の置かれた中間地点を彷彿と

英訳文（クノップフ版、二段目のみ字義通りの翻訳）[2]

I looked out of the window at the cloudy, leaden spring sky. I looked at the robe that Father wore over his civilian uniform, and at the breast of a ruddy young petty officer, which seemed to leap up along his row of gilt buttons. I felt as if I were situated between the two men. Soon, when I reached the proper age, I would be called into the forces. Yet I was not sure that even when I was called up, I would be able to live faithfully by my duty, like that petty officer in front of me. In any case, for the present I was situated squarely between two worlds. Although I was still so young, I was conscious, under my ugly, stubborn forehead, that the world of death which my father ruled and the world of life occupied by young people were being brought together by the mediation of war. I myself would probably become an intermediary. When I was killed in the war, it would be clear that it had not made the slightest difference which path I had chosen of the two that now lay before my eyes.

My boyhood was turbid in the color of twilight. The world of a dark shadow was frightening, but the life as clear as the daytime was not mine either.

I tried to look after my father when he coughed. Now and then I caught sight of the Hozu River outside the window. It was a dark-blue, almost heavy color, like the copper sulfate used in chemistry experiments. Each time that the train emerged from a tunnel, the Hozu Ravine would appear either some considerable distance from the tracks or unexpectedly close at hand. Surrounded by the smooth rocks, it turned its dark-blue lathe round and round.

1 三島由紀夫『金閣寺』『決定版 三島由紀夫全集』6、新潮社、2001年、29ページ。

2 Yukio Mishima, *The Temple of the Golden Pavilion*, trans. by Ivan Morris (New York: Knopf, 1959), pp. 22–23.

表5－2

原文[1]

私は窓外のどんよりした春の曇り空を見た。父の国民服の胸にかけられた袈裟を見、血色のよい若い下士官たちの金釦をはね上げてゐるやうな胸を見た。私はその中間にゐるやうな気がした。やがて丁年に達すれば、私も兵隊にとられる。しかし、私はたとへ兵隊になつても、目の前の下士官のやうに、役割に忠実に生きることができるかどうか。ともかく、私は二つの世界に股をかけてゐる。私はまだこんなに若いのに、醜い頑固なおでこの下で、父の司つてゐる死の世界と、若者たちの生の世界とが、戦争を媒介として、結ばれつつあるのを感じてゐた。私はその結び目になるだらう。私が戦死すれば、目の前のこの岐れ道のどつちを行つても、結局同じだつたことが判明するだらう。

私の少年期は薄明の色に混濁してゐた。真暗な影の世界はおそろしかつたが、白昼のやうなくつきりした生も、私のものではなかつた。

父が咳き入るのを看取りながら、私はたびたび保津川を窓外に見た。それは化学の実験で使ふ硫酸銅のやうな、くどいほどの群青いろをしてゐた。トンネルを出る毎に、保津峡は、線路から遠くにあつたり、また意外に目近《まぢか》に寄り添うて来てゐて、滑らかな岩に囲まれて、その群青の轆轤《ろくろ》をとどろに廻してゐたりした。

させる数々の描写の延長線上に自然発生的に生まれた一文として映り、何ら不自然な印象は残らない。ここに、モリスがシュトラウスに宛てた書簡の中で述べていた主張の根拠のなさが露呈する。先にも引いたように曰く、「下記の私のコメントから、あなたが私に注意を促した独特な表現すべてが原文の日本語に存在していたこと、そして翻訳を読んだ読者が驚かされるのと同じ程度に、日本の読者も驚かされるに違いないことがおわかりいただけると思います」というモリスの弁明である。だが、原文の一段目では、溝口の置かれた中間地点に関する説明が次々となされ、二段目に登場する隠喩表現は、第一段目でのイメージの積み重ねが色彩として可視化されており、それまでに語られた内容が凝縮、仮託された象徴的な喩えに映る。

ところが、いざこの箇所を英語に移してみようとすると、この連想のつながりは、空中分解することになる。隠喩表現の場合、表現面に喩えであることが明示されないため、原文をそのまま英語に移しただけでは、連想のつながりが機能しなくなる。このことは、この章で取り扱った妄念の比喩や、木洩れ陽の比喩の例にも見た通りである。だが、それに加え、この箇所の隠喩表現には、英語に移した際に連想のつながりを破綻させる、もう一つの理由があった。

表5－2の右手を見ると明らかなように、第一パラグラフでは溝口の窓から外を眺め、彼の想念が発展せられてゆく様が、そして第三パラグラフでは、咳《せ》き込む父の様子を確認した後、また窓の外に目を向けるといった、溝口の行動や出来事がその文の主体となっている。だが、第二パラグラフは、そのどちらの出来事ともつながりのない溝口の少年期についての回想的叙述である。登場人物の出来事の因果関係や行動の展開に重きを置く英文では、第二パラグラフが、その前のパラグラフの内容を昇華させた詩的表現としてではなく、脈絡から外れた悪文として目立ってしまう。つまり、前後の脈絡と何ら関係のないパラグラフが唐突に割り込んだ印象が、英訳では残ってしまうのだ。

シュトラウスは、なぜ前掲の二文を削除するに至ったのか、その理由を述べていない。だが、以上の事態、つまり隠喩表現を英語に移すことの難しさに加え、この隠喩表現と英文作法との噛み合わせの悪さという二重の問題を抱えることから、下線部を含む二文は、削除されたものと推察される。

ここまで見てきた先の二つの比喩の翻訳事例では、シュトラウスは違和感を抱いた箇所を削除することなく、語彙を入れ替え、イメージとイメージとの連結方法を変更することにより、可能な限り原文にある比喩表現を英語へ移すという編集方法を選択していた。その編集手法を支えていたのは、「原文を侵すことなく、文法的にもそれなりに正しい英語に勿論移すことができる」という論理であった。だが、この節で検討してきたこの隠喩表現の翻訳事例では、シュトラウスの言っていた「日本語が容易に受け入れるイメージの自由連想や言語効果を、特に英語（そして、良い英語）では、どうしても許容することができない」という、英語の許容限界のほうが立ち現れている。

シュトラウスは、モリスによる英訳を読んだ当初、少年期の隠喩表現に対して「随分といただけない」という印象を抱き、さらに先の二つの比喩翻訳の場合とは異なり、モリスの「パラグラフ全体を削除してしまいたい」という提案に沿った編集手法を採るに至った。もし仮にこの二文を英語に移そうとした場合、原文自体の瑕疵《かし》が疑われかねなかったことは、シュトラウスが当初訳文に対して示した拒否反応にも、またこの節での英訳文の検討からも明らかだろう。

これらの事例からは、シュトラウスが、原著者自身の創作力の評価に響くことが懸念されると判断した場合、隠喩表現を移植先にまで持ち込むことを断念するという編集方針を採っていたことが判明する。

6　落とし穴にはまるモリスの自己弁護

シュトラウスによるモリスの訳文に生じた違和感の指摘、モリスが比喩を翻訳するにあたって抱えたジレンマ、そしてシュトラウスの差し伸べた編集段階での一手一手を読み解いてきた。これまでの事例を振り返ることによって、なぜこの『金閣寺』の英訳現場に限ってシュトラウスによる違和感の指摘が頻出したのか、その要因が自ずと浮かび上がってきた。だが、モリスが比喩を翻訳するにあたって身動きが取れなくなった直接の要因とは何だったのだろうか。

シュトラウスの批判にモリスは、ある主張を執拗なまでに繰り返している。シュトラウスの覚えた違和感の元凶は、原文そのものに潜んでいた、という言い分である。しかし、そこには、実はモリスが三島の原文を十分に読みこなせていなかったという事情に加え、モリスが、一対一の機械的な置き換えが正しいと信じ込んでいたという事情も絡んでいる。

モリスは『金閣寺』の英訳に関わっていたのと同時期に、井原西鶴《いはらさいかく》の著作選集『好色一代女』(*The Life of an Amorous Woman*, 1963)の翻訳に取り組んでいる。一九五九年の夏に『オリエント／ウェスト』誌(*Orient/West*)に掲載された論考で、モリスはその西鶴翻訳で採った翻訳手法を詳述しているが、そこにはモリスの翻訳観が、次のように明かされている。

私の作業方法は、まず完全な逐語版(あまりにも字義通りであるため、西鶴の日本語〔の用い方〕をよく知らない人には、理解できないものになる)を作り、そしてその逐語版を文学的な英語のようなものに書き直す。その後、その第二版を二ヵ月ほど脇に置いておき、再び取り掛かると、即座に非英語的な「翻訳調」の多数の文に気づく。このような文を全て書き換え、そして全ての訳文をやり直し、第三版、最終版を作ったところで、ようやく日本語の原文へと戻り、一文一文を最終版と比較する。読みやすい英語で訳出しようという私の試みが、西鶴の真意を無意識のうちに歪めることがないようにするために[40]。

ここでモリスが言及しているのは、あくまでも西鶴の翻訳の場合だが、モリスが編纂したこの著作集は、大学出版で刊行するような学術翻訳ではなく、一般読者と教養のある読者を想定読者とし[41]、ニュー・ディレクションズ社から刊行されたものであった。『金閣寺』の英訳を手掛けたのとほぼ同時期に、一般向けを想定したこの翻訳において、可能な限り字義通りの翻訳をその第一段階において試みるような翻訳手法が用いられていたことが判明する。

モリスは『金閣寺』の訳後、大佛次郎著『旅路』（*The Journey*, 1960）の英訳を手掛けたのを最後に、大学での忙しさを理由としてクノップフ社との仕事から離れている。だが、その直訳好みの翻訳観は、英訳版『旅路』の刊行された四年後にワシントンで開催されたＡＡＳでの発表「日本語から英語への文学翻訳にまつわる覚書」（"Notes on Literary Translation From Japanese into English"）にも顕著に表れている。モリスは発表の中で主に翻訳における注釈（annotation）の有用性について論じているが、その翻訳における注釈の活用方法についての説明には、次のような発言も見受けられる。

もし原文の言葉遣いが曖昧であり、翻訳者にとって、それを良質な文学的英語で伝えるのが不可能な場合には、このことも〔注釈において〕説明がなされなければならない。[42]

このような直訳好みの翻訳観を持つモリスは、一語一語の字義通りの置き換えにとらわれるあまり、『金閣寺』の英訳現場で自身が直面していたジレンマの実態が見えていなかったようだ。モリスは『金閣寺』を英訳した当初、一対一の機械的な置き換えで、比喩表現を英語に移そうとしていた。隠喩表現の背後にある連想のつながりを把握せず、モリスから見れば「曖昧、ナンセンスな表現」をそのまま英語に移そうとしていた。だが、直訳は正しさを意味するとは限らない。モリスが立ち往生していたのも、自縄自縛だったことになる。

『金閣寺』の最終章に登場するある一文の翻訳にまつわるやりとりには、こうしたシュトラウスとモリスの認識の違いを顕著に示す一場面を垣間見ることができる。『金閣寺』には、主人公の溝口が金閣に火をつけた後、迫り来る煙を表した次のような一節がある。

煙は私の背に迫つてゐた。咳《しわぶ》きながら、恵心《えしん》の作と謂《い》はれる観音像や、天人奏楽の天井画を見た。潮音洞にただよふ煙は次第に充ちた。[43]

モリスは英訳の初稿において、当初この一節の最初の一文「煙は私の背に迫つてゐた」を"The smoke approached my back."(「煙が私の背に近づいて来た」)と、一語一語を字義通りに置き換え、直訳的に訳していたようだ。[44] 原文では、溝口の置かれた状況を平板に叙述した文であるが、このような自動的な置き換えを介すると、英語では、あたかも擬人化された煙が、溝口の背中に向かって接近してきているような、奇妙な描写として受け取られてしまう。シュトラウスはこの一文を読み、「この文には何か馬鹿げた（ludicrous）ところがある」[45]と違和感を指摘する。それに対し、モリスは、「日本語でも馬鹿げたところがある通りに」翻訳したと説明し、「前と同じように問題となるのは、その特異性や欠陥部分全てとともに、そのスタイルを翻訳で伝えるかどうかということです」[46]と、ここでも自己弁護の常套句《じょうとうく》を繰り返している。

実はこのやりとりが交わされた項目は、シュトラウスが書簡に書き連ねた違和感を指摘した項目の最後の一項にあたる箇所であった。この章でもたびたび見てきたように、シュトラウスは、モリスが違和感の元凶を原文の欠陥とする主張が根拠のないものであることを見抜き、その都度別の訳出方法を提案していた。だからこそ、反復されるモリスの自己弁護にとうとうしびれを切らしたのだろう。「煙は私の背に迫つてゐた」の違和感が原文の「特異性や欠陥部分」から来るものだと片付けようとするモリスに宛てた返信において、シュトラウスは、「ここではあなたが少し屁理屈を言っているように思われます。この文は、“the smoke swirled toward my back.”と読ませるようにしました」[47]と、そのコメントに若干の苛立ちを滲ませている。

この最後の一項目をめぐる二人のやりとりからは、一つの事実が浮かび上がる。すなわち、この『金閣寺』の英訳に着手するまでに幾度も修羅場を切り抜けてきた経験豊かなシュトラウスのほうが、結局のところ、どのようにすればこのジレンマの領域を渡りきることができるのかを、まだ翻訳経験の浅いモリスよりも、よく心得ていたのである。

シュトラウスによるこうした違和感を和らげる編集手法は結果的に、文体の厚みや広がりをもたらす比喩表現を多用する三島の文体の特徴は勿論のこと、溝口の連想の大切さや、鶴川をめぐる一種の妄想の重要性が「幾分か」は伝わるような英訳文の形成に寄与している。シュトラウスは、これらの表現が三島の文体にとって、また『金閣寺』における重要要素であることを認識していたのであろう。だからこそ、その大部分において「違和感」を和らげる何らかの解決策を提案し、英語に移そうとしたのではないだろうか。[48]

シュトラウスの「跨ぎ」の手段の伝授なくして、モリスは、このジレンマの領域を渡りきることはできなかった。だが、そのシュトラウスにとってのジレンマとは、いかなるものだったのか。『金閣寺』の翻訳現場での翻訳者・編集者間のやりとりに目を通すと、そこに見えてくるのは、モリスが自身の採った翻訳手法により落とし穴の所在が見えなくなり足を取られる地帯、そしてシュトラウスが手を差し伸べ、たとえその落とし穴を切り抜けたとしても、さらなる別の落とし穴にはまるという地帯である。これこそが、シュトラウスが『金閣寺』の英訳現場で目にした、ジレンマの領域の実相であった。

＊

第六章　三つのメタモルフォーゼ——『細雪』、「千羽鶴」、川端康成

英訳版『千羽鶴』*Thousand Cranes*（Knopf, 1958）

今日 Knopf 社の Strauss 氏から航空便で Snow Country が一部とどきました。$1.25 といふ廉価本（高いのに驚きますが）で、表紙の芸者の絵にはおどろきました。

――一九五六年十月二十三日付、川端康成発三島由紀夫宛書簡

We do indeed want to please Kawabata if we can — we always try to please our authors — but we cannot make a Japanese looking book for the American market.

——A letter from Harold Strauss to Edward Seidensticker, August 26, 1958

ある小説の翻訳が移入先で受け入れられるには、これまでに見てきたテクストレベルにおける翻訳・改変に加え、小説や書籍そのものを構成するその他の要素の翻訳、そして時にはその大幅な改変、変更が必要とされる。本章では、文学の越境を検討するにあたり必要な前提として、原典と英訳版とでは大きく異なる表情を見せる諸要素が変更された事情について、触れておくことにしたい。

本書をここまで読み進めるなかで、前の章で見た『細雪』の、英訳版タイトルにおける変貌ぶりに、意表を突かれた読者も多くいることだろう。『細雪』は、なぜ *The Makioka Sisters*（『蒔岡姉妹』）という英訳版タイトルで刊行されることになったのだろうか。

本章では、この問いを起点とし、英訳版における新たなタイトルの付与、カヴァーの作製、そして、カヴァーとも関わりの深い移植先における著者像の構築の変容について見ていくことにしたい。なぜならば、この三要素は、日本文学翻訳群が国際的に認知されてゆく流れの中で、極めて重要な役割を果たした要素でもあるからである。クノップフ社の日本文学翻訳プログラムでは、英訳版のタイトルやカヴァーが、原著とかけ離れている例は少なくない。ここでは、その中でも、日本文学の伝播を検討してゆくにあたり特に着目すべき事例に焦点を絞り、その変貌の理由を詳らかにしていきたい。

1 タイトルの変貌――『細雪』から *The Makioka Sisters* へ

谷崎潤一郎は、『細雪』執筆にまつわる逸話を記した「「細雪」瑣談」の中で、その題名を思いついた経緯を、次のように明かしている。

自分の考へてゐる主人公の「雪子」といふ名前から、自然に「細雪」といふ題名が頭に浮かんで来た。これは「雪子」の「雪」も現してゐるし、字面からいつても、読んだ時の音からいつても、たいへん美しいと思つたから、つひにさう決めてしまつた。[1]

原著者が、雪子の名から自然と題名を思いついたように、『細雪』という題名から真っ先に喚起されるのは、話の軸となる蒔岡家の三女雪子の名であろう。だが、その題名から連想されるのは、何も主人公である雪子の姿だけではない。蒔岡家の姉妹たちの姿や生き方は、そのモデルとなった谷崎松子夫人とその姉妹たちの「ほつそりとした清楚なS子が、今にも誰かに汚されさうでゐて微塵も汚れに触れることなく生きてゐる」様子、そして「昔の心の豊かさを失はず、誰の前へ出ても気後れする風がなく、依然としてそれ〴〵の美しさを保つてゐた」[2]という、谷崎が彼女たちに対して抱いていた印象とも重なるところがある。

一九五六年にグローヴ・プレス社から『日本近代文学選集』を刊行したドナルド・キーンは、その序文において『細雪』に言及している。その際にキーンが英訳版タイトルとして用いたのは、原題の字義に限りなく近い、うっすらと雪化粧した情景を連想させる*The Thin Snow*という訳題であった。[3]だが、そのわずか一年後にクノップフ社から刊行された英訳版『細雪』のタイトルには、原題の字義からかけ離れた*The Makioka Sisters*（『蒔岡姉妹』）が採用されている。読者は、*The Makioka Sisters*という題字を目にした瞬間から、この小説が、ある姉妹をめぐり展開される人間ドラマであるということを予測することになるだろう。このように、原著の題名、またキーンの英訳タイトルと、クノップフ社から刊行された英訳版『細雪』のタイトルとでは、読者が受ける印象、そしてそのタイトルと小説の中身が結びつくまでに要する時間や、その結びつき方までもが大きく異なる。

では、なぜクノップフ版のタイトルは、原題の直訳ではなく、雪子以外の蒔岡家の姉妹たちにまでその視野を広げた*The Makioka Sisters*へと置き換えられたのだろうか。

『細雪』のタイトルは、英訳を担当したサイデンステッカーが直面した難題の一つであったようだ。『細雪』の英訳版は、一九五七年十月にクノップフ社から刊行されているが、その約一年前の一九五六年十一月当時、英訳の最中にあったサイデンステッカーが、このタイトルの翻訳の問題に頭を悩ませていた様子を、ある史料から窺い知ることができる。担当編集者のシュトラウスに宛てた一九五六年十一月二十四日付の手紙の中で、サイデンステッカーは、英訳版タイトルについて、次のような提案をしている。

『細雪』は順調に進んでいますが、タイトルについてはとても心配しています。今のところ、比較的"Dust of Snow"を気に入っています。試しに何人かに聞いてみたところ、強く反対した人は誰もいません。これは驚くべきことで、なぜなら、私が出した他の案はどれもヤジや笑いを引き出してしまっているからです。唯一の問題は、ロバート・フロストの詩に全く同じタイトルのものがあるということです。著作権で問題にはならないでしょうか。"Snow Dust"は、人々にホーギー・カーマイケル〔の作曲した「スターダスト」("Stardust", 1927)〕やソープ・フレイクス〔薄片状の洗濯用石鹸のこと〕を思い出させるし、"Snow Mist"は、私も含め何人かが、少々日本的すぎると感じています。勿論、いっそのこと雪〔という言葉〕自体を諦めて、より離れたところで相当するタイトルを探すという手もありますが。[4]

この文面には、*Dust of Snow*というタイトルを提案する一方、「雪」(snow)という言葉自体を組み込むことを諦め、いっそのこと、原題から少し離れたタイトルを検討すべきかもしれないという、サイデンステッカーの迷いを見て取ることができる。

ところが、サイデンステッカーが妙案を思いつけずにいるなか、ある一案が持ち上がる。それが、英訳版『細雪』よりも一足早く刊行されたキーンの『日本近代文学選集』に用いられた*The Thin Snow*を、クノップフ版でもそのまま用いるという案であった。もともとこの提案をしたのは、キーンその人であった。この時シュトラウスは、一度はキーン訳を採用することを持ちかけているが、翻訳担当者であるサイデンステッカーからは猛反対に遭っている。[5]両者の板挟みにあったシュトラウスは、翻訳者はあくまでもサイデンステッカーであるとキーンに伝え、サイデンステッカーのタイトル案を優先することとなった。[6]

一九五七年二月から三月にかけて、シュトラウスは日本に再来日しているが、この間も英訳版『細雪』の刊行準備は、着々と進められていた。シュトラウスとその妻ミルドレッド、そしてサイデンステッカーを伴い、当時新潟の越後湯沢で撮影が行なわれていた映画『雪国』の現場を訪れた川端康成は、その行きの列車の中でも滞在先でも、シュトラウスが、サイデンステッカーが訳し終えたばかりの英訳原稿に目を通している姿を目撃している。[7] さらにその約一ヵ月後である三月十五日付の書簡の中で、自分の不在のあいだに英訳版『細雪』の刊行準備を進めている同僚の編集者、本書でもたびたび登場したハーバート・ウェーンストックに宛てて、左のようなカヴァーの宣伝文句案を書き送っている。

Here is the jacket front copy for EL to retype: Across the top two inches the following: "A vast and varied picture of the declining glory of a great Osaka merchant family on the eve of war. Japan's greatest postwar novel."

Centered, in large type:

A DUST OF SNOW

smaller: by Junichiro Tanizaki

Author of "Some Prefer Nettles.[8]"

（こちらがＥＬに打ち直してもらうカヴァー表《おもて》用の広告文です。上部に横書き二インチで次〔の文句〕を入力。「戦争前夜の、壮大で変化に満ちた、大阪の名門商家の衰えゆく栄光を描いた、日本最高峰の戦後小説」

中央に大きな字体で：

A DUST OF SNOW

さらに小さめ〔の字体〕で：谷崎潤一郎著
『蓼喰ふ虫』の著者）

加えて、その翌月に配布された日本文学翻訳プログラムを宣伝するパンフレット冊子『日本の小説の愉しみについて』の末尾にある刊行予定作品のリストの中にも、"A Dust of Snow by Junichiro Tanizaki — September 1957" と、予定刊行月とともに *A Dust of Snow* の文字が刷られているのが見つかる。[9] このことからも、サイデンステッカーの提案した *A Dust of Snow* というタイトルが、出版準備が整うぎりぎりの段階まで、クノップフ社の現場で用いられていたことが判明する。

では、この *A Dust of Snow* は、何を契機として *The Makioka Sisters* へ変更されることになったのだろうか。

サイデンステッカーは、それから約四〇年後の一九九八年五月、海外に日本映画を紹介したことで広く知られる映画評論家ドナルド・リチー（Donald Richie, 1924–2013）の企画で開催された、日英文学翻訳に関する講演シリーズに招かれ、そこで『細雪』英訳タイトルが決定した時のことを振り返り、その決定秘話をこう明かしている。

> やがて私はちょっとした前書きにするために、主要人物のリストをまとめました。その冒頭には、「四人の蒔岡家の姉妹たち」〔という見出し〕があり、ハロルドが「これがタイトルだ！」と言ったのです。〔タイトルは〕こうして決まりました。[10]

サイデンステッカーがここで言及している登場人物リストとは、英訳版『細雪』の巻頭部に新たに設けられた登場人物紹介（"The Principle Characters"）のページのことを指している（図6－1）。この紹介ページにある"The four Makioka sisters"（「四人の蒔岡姉妹たち」）という項目を見ると、そこには蒔岡家の姉妹（鶴子、幸子、雪子、妙子）の説明が並べられ、その周辺の人物たち（辰雄、貞之助、悦子、お春など）についての説明がそれに続く。サイデンステッカーの回想によれば、彼の作

The Principal Characters

The four Makioka sisters:

TSURUKO, *the mistress of the senior or "main" house in Osaka, which by Japanese tradition wields authority over the collateral branches.*

SACHIKO, *the mistress of the junior or branch house in Ashiya, a small city just outside of Osaka. For reasons of sentiment and convenience, the younger unmarried sisters prefer to live with her, somewhat against tradition.*

YUKIKO, *thirty and still unmarried, shy and retiring, now not much sought after; so many proposals for her hand have been refused in earlier years that the family has acquired a reputation for haughtiness even though its fortunes are declining.*

TAEKO *(familiarly called "Koi-san"), willful and sophisticated beyond her twenty-five years, waiting impatiently for Yukiko's marriage so that her own secret liaison can be acknowledged before the world.*

TATSUO, *Tsuruko's husband, a cautious bank employee who has taken the Makioka name and who, upon the retirement of the father, became the active head of the family according to Japanese custom.*

TEINOSUKE, *Sachiko's husband, an accountant with remarkable literary inclinations and far broader human instincts than Tatsuo; he too has taken the Makioka name.*

ETSUKO, *Sachiko's daughter, a precocious child just entering school.*

O-HARU, *Sachiko's maid.*

図6－1　英訳版『細雪』主な登場人物の紹介ページ

成したこの主要登場人物リストの草稿をシュトラウスが目にした際に閃いたのが、最終的に刊行された英訳版『細雪』のタイトルとして採用された *The Makioka Sisters* であったようだ。一九五七年四月十六日付のサイデンステッカー宛の書簡の中で、シュトラウスは、それまで用いていた *A Dust of Snow* が、英訳版タイトルにふさわしくないと判断した理由について、次のように説明している。

A Dust of Snow は、タイトルとしては気取りすぎで、またわかりにくいということを強く感じています。それが何を意味するか聞かれることになりますし、日本語のタイトルの翻訳ですとでも弁解する以外、〔タイトルが何を意味するのか〕説明のしようがなく、この本にうってつけのタイトルである *The Makioka Sisters* を使う必要に迫られています。この案は、私に大きな衝撃を与えましたし、あなたと谷崎氏が極端にこの案に抗議しない限り、これ〔このタイトル案〕にすべきだと思います。[11]

このシュトラウスの発案したタイトルは、サイデンステッカーにとっても、納得のゆく代替案であったようだ。一九五七年四月二十三日付のシュトラウスへの返信には、サイデンステッカーが、この案に全面的に賛成していた様を窺い知ることができる。

本が「蒔岡姉妹」のような気取らないタイトルのもとに販売されるのであれば、これ以上に喜ばしいことはありません。その案をとくと考えたと自分の手柄を主張するわけではありません。ですが、キャストの〔リストを作成〕し、「四人の蒔岡家の姉妹たち」という響きに私自身満足していた時に、そうした考えが頭を少なくともよぎっていたことは確かです。〔中略〕いっそタイトルには「雪」を入れるべきではないのではという確信を強めていた時に、ちょうどあなたの手紙が届きました。「雪」（snow）が入ると、『雪国』（Snow Country）との混同を招いてしまいます。[12]

英訳版『細雪』は、以上のような経緯を経て、一九五七年十月に原題とは異なる印象を想起させる *The Makioka Sisters* というタイトルを掲げ、刊行された。このタイトルの変更において極めて興味深いのは、この新たに付与された英訳版タイトルが、移入先であるアメリカにおいて、すでに読者が慣れ親しんでいた先行文学との結びつきを強めたという点にある。そして、その刺激剤の一つとなったのは、宣伝過程においてなされた、ある一つの工夫であった。

クノップフ社のアーカイヴズには、その経緯の一端を示す、一枚の史料が保管されている。それが、英訳版『細雪』の出版にまつわる「プランニング・カード」である。同社から刊行される書籍の宣伝、販売計画が記されたこの一枚のカードの裏面は、「販売—広告—プロモーション—宣伝（パブリシティ）」（"Sales — Advertising — Promotion — Publicity"）に関する計画が綴られており、そこにはさらに、「広告の方向性、または宣伝文句案」（"suggested advertising slant or slogan"）という項目が設けられている。英訳版『細雪』のプランニング・カードの同項目を確かめてみると、そこには、以下のような提案がなされていた（図6—2）。

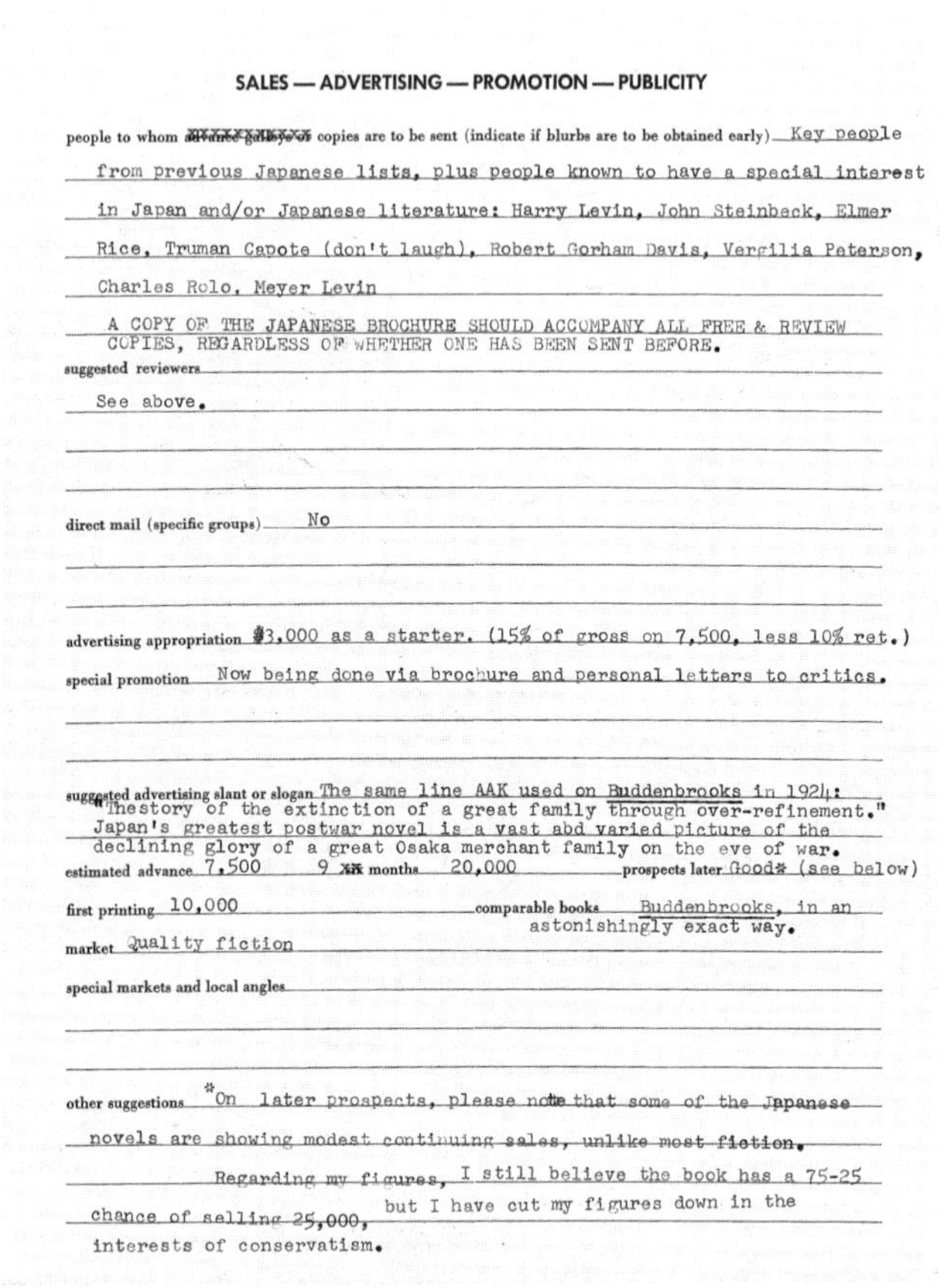

SALES — ADVERTISING — PROMOTION — PUBLICITY

people to whom [crossed out] copies are to be sent (indicate if blurbs are to be obtained early) Key people from previous Japanese lists, plus people known to have a special interest in Japan and/or Japanese literature: Harry Levin, John Steinbeck, Elmer Rice, Truman Capote (don't laugh), Robert Gorham Davis, Vergilia Peterson, Charles Rolo, Meyer Levin

A COPY OF THE JAPANESE BROCHURE SHOULD ACCOMPANY ALL FREE & REVIEW COPIES, REGARDLESS OF WHETHER ONE HAS BEEN SENT BEFORE.

suggested reviewers See above.

direct mail (specific groups) No

advertising appropriation $3,000 as a starter. (15% of gross on 7,500, less 10% ret.)

special promotion Now being done via brochure and personal letters to critics.

suggested advertising slant or slogan The same line AAK used on Buddenbrooks in 1924: "The story of the extinction of a great family through over-refinement." Japan's greatest postwar novel is a vast abd varied picture of the declining glory of a great Osaka merchant family on the eve of war.

estimated advance 7,500 9 months 20,000 prospects later Good* (see below)

first printing 10,000 comparable books Buddenbrooks, in an astonishingly exact way.

market Quality fiction

special markets and local angles

other suggestions *On later prospects, please note that some of the Japanese novels are showing modest continuing sales, unlike most fiction.

Regarding my figures, I still believe the book has a 75-25 chance of selling 25,000, but I have cut my figures down in the interests of conservatism.

図6－2　"The Makioka Sisters" プランニング・カード裏面 "Sales, Advertising, Promotion, Publicity" 欄（Harry Ransom Center, The University of Texas at Austin 所蔵）

The same line AAK used on *Buddenbrooks* in 1924: The story of the extinction of a great family through over-refinement. Japan's greatest postwar novel is a vast and varied picture of the declining glory of a great Osaka merchant family on the eve of war.[13]

（AAK〔アルフレッド・A・クノップフ〕が一九二四年の『ブッデンブローク家の人々』に用いたのと同じ一行：過度な洗練さゆえに没落したある名家の物語。日本最高峰の戦後小説が、戦争前夜の、壮大で変化に満ちた、大阪名門商家の衰えゆく栄光を描く）

下線部（筆者による）にもあるように、ここでは、クノップフ社からトーマス・マン著『ブッデンブローク家の人々』（*The Buddenbrooks*, 1924）が刊行された際に、社長であるアルフレッド・A・クノップフの考案した宣伝文句 "The story of the extinction of a great family through over-refinement." を、英訳版『細雪』の宣伝の際にも組み込むよう、発案がなされている。英訳版『ブッデンブローク家の人々』が刊行された五年後の一九二九年に、マンはノーベル文学賞を受賞している。その際に『ブッデンブローク家の人々』が受賞理由に挙げられていたことを踏まえると、この案がその成功例を強く意識したものであったことが見えてくる。[14] さらに、「比較対象となる書籍」（"comparable books"）という類似した先行作品を書き込む欄には、「ブッデンブロークに驚くほど似ている」（"Buddenbrooks, in an astonishingly exact way"）とのコメントが打ち込まれている。ある一族の歴史とその没落を描くマンの『ブッデンブローク家の人々』が、大阪船場の衰退しつつある旧家蒔岡家の姉妹を描いた『細雪』に、重なる部分があると捉えていたのだろう。その類似性が、改めてこの項目でも強調されている。

では、最終的に刊行された英訳版『細雪』に、この案は、どのように反映されたのだろうか。英訳版『細雪』のカヴァーには、*Buddenbrooks* というタイトルこそ見当たらない。だが、そのカヴァーの折り返し部分（フロントフラップ）には、「この物語は、プライドと、行き過ぎた洗練さゆえに没落した、ある名家の物語である。戦争前夜の、贅沢で愉しみに満ちた大阪（日本のハンブルク）の上流階級の暮らしぶりを、温かに蘇らせる」（"This is the story of the extinction of a great family through pride and over-refinement. It is a loving re-creation of the sumptuous, pleasure-filled upper-class life of Osaka — the Hamburg of Japan — just before the war."）と、前ページの下線部にあるように、英訳版『ブッデンブローク家の人々』が刊行された当時の宣伝文句と酷似した文言が織り込まれている。このように見てみると、*The Makioka Sisters* という英訳版タイトルは、先行する文学と結びつけることにより宣伝効果を狙うクノップフ社の宣伝手法とも、極めて親和性の高いタイトルであったと言えるだろう。

英訳版刊行後、『蒔岡姉妹』に結び付けられた先行文学は、クノップフ社の出版・宣伝史料に見た『ブッデンブローク家の人々』一つにとどまらない。国際ペンクラブの初代会長を務め、ノーベル文学賞受賞作家でもあるジョン・ゴールズワージー（John Galsworthy, 1867–1933）の『フォーサイト家物語』（*The Forsyte Saga*, 1906–22）など、移植先の文化圏で親しまれてきた一族年代記（ファミリー・サーガ）をも想起させる日本文学として紹介した書評記事、さらには、十八〜十九世紀の中流階級の女性たちの私生活や結婚を、ベネット家の五人姉妹を通して描いたジェーン・オースティン（Jane Austen, 1775–1817）の『高慢と偏見』（*Pride and Prejudice*, 1813）に喩えた記事も散見される。例えば、『ワシントン・ポスト』紙に掲載されたグレゴリー・ヘンダーソンによる書評では、『ブッデンブローク家の人々』や『フォーサイト家物語』、そしてマルセル・プルーストの『失われた時を求めて』などと同じ部類に属するものとして紹介され、[15]『ニューヨーク・タイムズ・ブックレビュー』（*The New York Times Book Review*）に掲載されたドナルド・バーの書評では、『高慢と偏見』のような真実味・精密さ（veracity）を持つ作品として、評されている。[16]

もし仮に、*A Dust of Snow* や *The Thin Snow* など、原題の字義により近い英訳版タイトルが選ばれていたならば、このような結びつきが得られたであろうか。むしろ、『細雪』以前に英訳版が刊行されていた『雪国』にも似た日本文学の叙情性やエキゾティシズムの印象を、いたずらに繰り返すことになったのではないだろうか。

英訳版『細雪』における新たなタイトルの付与は、雪子とのつながりや叙情的な連想から離れ、蒔岡家の姉妹たちの物語にその枠組みを設定し直したことにより、その宣伝のみならず、受容される際に、原題の直訳では生じ得なかった先行文学との結びつきをも可能にしている。さらに、この先行文学との結びつきは、英語圏のある一人の作家に発想源をもたらすことになる。だが、その経緯については、後の章に詳しい説明を譲ることにし、次に、『細雪』の英訳題名との混同が懸念された『雪国』を招喚したい。

2　カヴァーの変貌――読み換えられた「千羽鶴」

『雪国』の英訳は、英訳版『細雪』が刊行される約九ヵ月前の一九五七年一月七日に刊行された。[17] 刊行日を翌年に控えた一九五六年十月二十三日に、川端は三島由紀夫に宛てて、一通の書簡を書き送っている。そこには、英語圏で初めて刊行されることとなった自著単行本である英訳版『雪国』を手にした時の、川端の驚愕する様が記録されている。

今日Knopf社のStrauss氏から航空便でSnow Countryが一部とどきました。$1.25といふ廉価本（高いのに驚きますが）で、表紙の芸者の絵にはおどろきました[18]。

川端がシュトラウスから受け取ったという英訳版『雪国』のカヴァーには、小説の舞台となる深い雪に閉ざされた雪国の民家や山々を背景とし、主人公の島村が訪れた温泉宿で多くの時を共に過ごすことになる芸者駒子の姿が、中央に大きく描かれた図版が採用されている（図6－3）。カヴァーの裏面には、"Cover design by Fumi Komatsu"（カヴァーデザインは、フミ・コマツによる）という説明が見つかる。

このフミ・コマツが何者なのかについては後述するが、この川端を驚かせたカヴァー図版は、原著の装幀とは大きくかけ離れたものであった。一九三七年六月に創元社から刊行された原著の装幀には、英訳版の表紙図版に描かれているような人影は一切見当たらない。鼠色の表紙には、横断するように白い胡粉《ごふん》と黄土の線が木版で刷られている[19]（図6－4）。舞台設定や登場人物などが一目でわかるような情報を視覚的に伝達する英訳版の表紙図版とは対照的に、原著の装幀から『雪国』の内容を推察するのは困難である。しかし、『雪国』を読み進めるにつれ、舞台となる北陸の空の薄暗さや雪の降り積もる稜線、そして島村の視線の先に時折舞う二羽の黄色の蝶などを、装幀の色彩や模様と結びつけていくこともできる。

このように、言語的にも文化的にもかけ離れたなかで移植がなされる翻訳出版では、テクストやタイトルの改変に限らず、その書籍を構成するカヴァーもまた、原著と翻訳版とでは、その様相やテクストとの結びつきのあり方を大きく変えることになる。この英訳版『雪国』の場合にあるように、原著者を驚かせるような翻訳版の表紙図版の選択がなされる背景には、どのような諸要因が絡み合っているのであろうか。原著と大きな落差を見せるカヴァーが形成される背景を明らかにするにあたり、まずは必要な前提として、一つの事例から話を始めることにしたい。

日本文学翻訳プログラムでは、三五タイトル近くの日本近代文学が英訳されているが、原著の装幀と英訳版のカヴァーを比較した際に、中でもとりわけ特徴ある落差を見せるのが、川端康成著『千羽鶴』の英訳版カヴァーであろう。『千羽鶴』（筑摩書房、一九五二年）の装幀では、日本画家の小林《こばやし》古径《こけい》（一八八三〜一九五七）がその原画を手掛けており、外函には双鶴図が、また表紙絵には独鶴の図版が用いられ、さらにその見返し部分には、飛翔する数羽の鶴の姿が描かれている（図6－5）。しかし、一九五八年にクノップフ社が刊行した『千羽鶴』の英訳版で採用されたカヴァーのモチーフに用いられたのは、原著の装幀に描かれたような鶴そのものではなく、折り鶴であった（本章扉ページを参照）。同じ小説から、なぜここまでの違いが生じたのであろうか。

図6－3 ***Snow Country***
(Knopf, 1956) **カヴァー**

図6－4 『**雪国**』（創元社、1937年）**表紙**

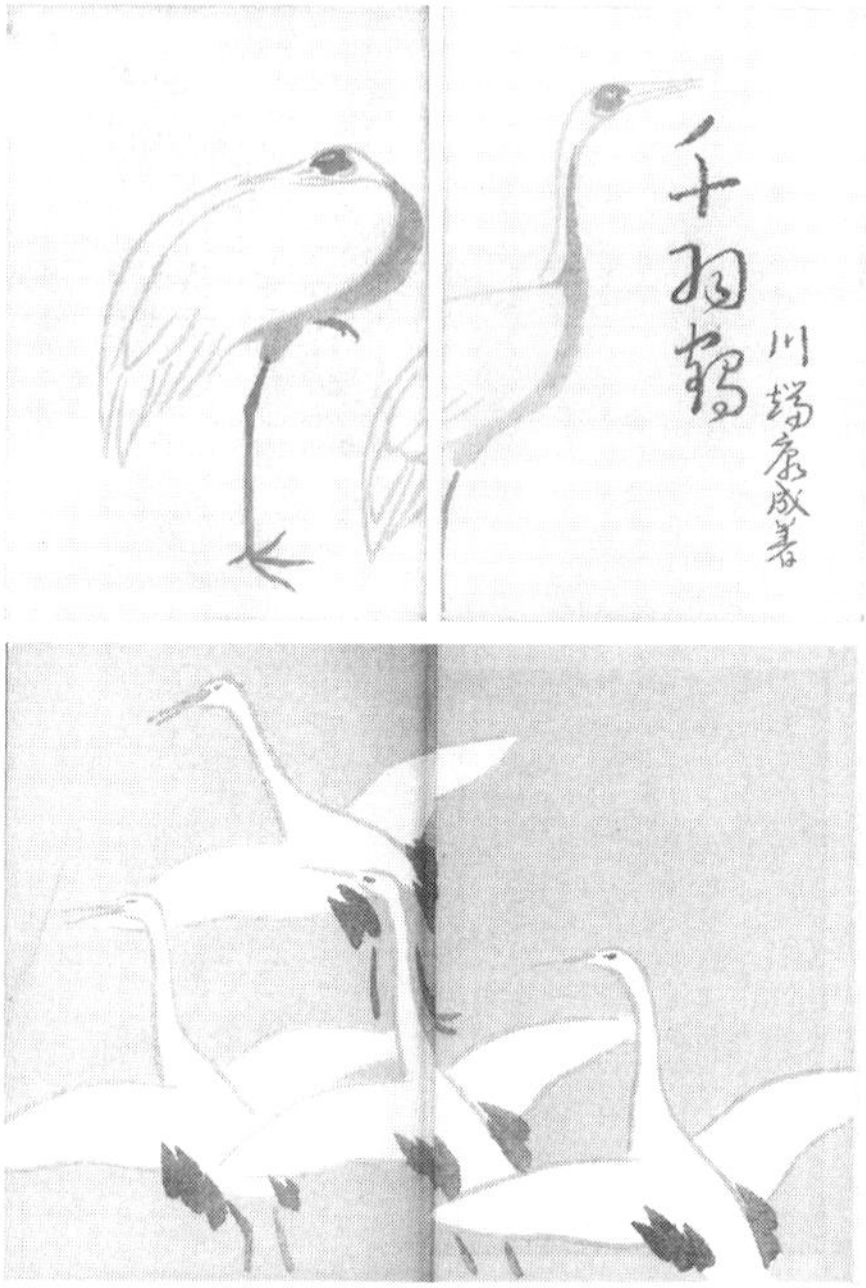

図6－5 『千羽鶴』（筑摩書房、1952年）の装幀　上は函表裏、下は見返し

実は、このカヴァーの図版が折り鶴になった経緯には、その準備段階でなされた翻訳者の助言が深く関わっていた。一九五八年三月十九日にドイツ語版『千羽鶴』の装幀を目にしたサイデンステッカーは、シュトラウスに宛てて、以下のような内容を綴っている。

「千羽鶴」についてですが、本のデザインについて、早いうちにお願いしておきたいことが一つあります。ドイツ語版のカヴァーにあるような自然の鶴を描くという間違いはしないでいただきたい。「千羽鶴」という言葉は、様式化された折り紙の鶴のことを示しています。もし手元にないようであれば、その絵をすぐにでもお送りします。[20]

サイデンステッカーがここで言及している「自然の鶴」（"naturalistic cranes"）を表紙図版に選んだドイツ語版の『千羽鶴』とは、一九五六年にカール・ハンザー社から刊行された *Tausend Kraniche* のことを指している（図6－6）。このカヴァーでは、『千羽鶴』で主人公菊治が茶会で引き合わせられる令嬢の持つ、「桃色のちりめんに白の千羽鶴」の風呂敷の模様が再現されており、あたかも千羽鶴のパターンが織り込まれたテキスタイルのような表紙絵に仕上がっている。この

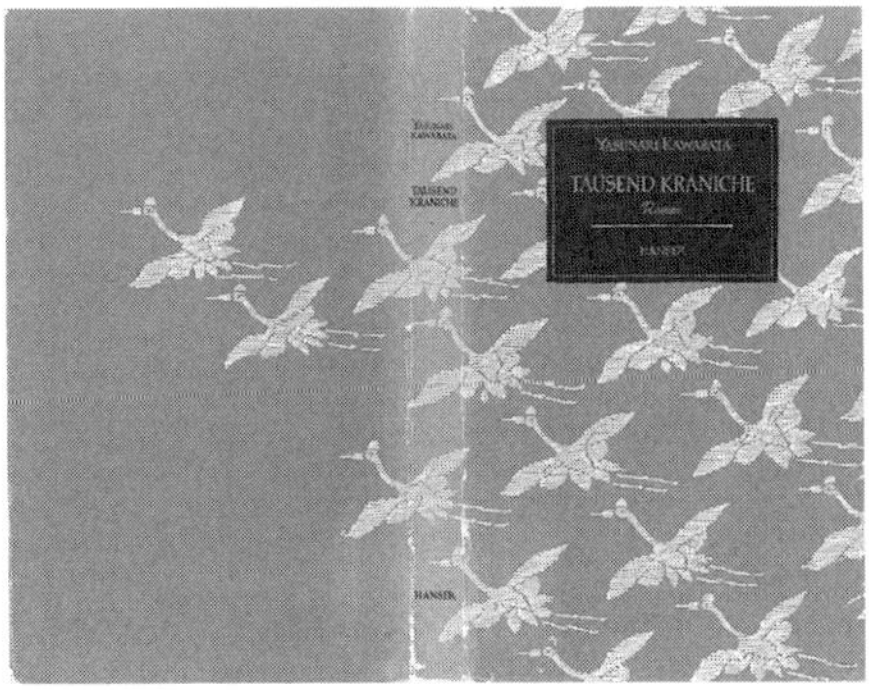

図6－6　ドイツ語版『千羽鶴』*Tausend Kraniche*（Carl Hanser Verlag, 1956）

『千羽鶴』の装幀は、ドイツ語訳を担当した八代《やつしろ》佐地子《さちこ》の知人であった東山魁夷《ひがしやまかいい》（一九〇八～九九）が手掛けたものであった。[21] この小説では、その題名にも用いられている「千羽鶴」という言葉が時折登場するが、いずれの場合にも、それが自然の鶴を模した千羽鶴模様であるのか、あるいは折り鶴の千羽鶴のパターンであるのか、明記はされていない。川端と親交の深かった東山は、この装幀になぜ自然界の「鶴」のモチーフを用いたのであろうか。

この『千羽鶴』の題名の由来となった千羽鶴の風呂敷については、川端自身が「独影自命」で詳しく説明している。筑摩書房から『千羽鶴』を刊行することになった際、川端がその装幀のために尾形光琳《おがたこうりん》の手による千羽鶴の香包みの

行方を探したそうだ。小林古径がその所在を知っていると聞きおよんだ筑摩書房の担当者が小林を訪ね、その縁あって『千羽鶴』の表紙絵を五枚描いてもらうことになったという。[22] この川端が求めた光琳の香包みとは、鶴が群れを成して金色の空を一方向に飛翔する様子が描かれたものであった。川端は、芸術院賞授賞式に天皇陛下に言上した内容を回想するなかで、自身が思い描く千羽鶴のイメージをさらに明確に記している。

小説のなかの一人の娘が千羽鶴の風呂敷を持つてゐるところから、「千羽鶴」と題した。千羽鶴の模様あるひは図案は、日本の美術工芸、服飾にも昔から好んで使はれてゐる。日本の美の一つの象徴である。私の作品は総じて日本風と言はれてゐる。朝空か夕空に千羽鶴が舞ふのを見るやうなあこがれも、作者の心底にあつた。[23]

「朝空か夕空に千羽鶴が舞ふ」という記述からも明らかなように、原著者が思い描いていた「千羽鶴」は、ドイツ語版の『千羽鶴』に採用された表紙絵のような千羽鶴の「模様」であったことがわかる。

その由来を知ることのなかったサイデンステッカーからの指摘を受け、一旦は、「自然の鶴」の図版を使わないことにしたシュトラウスであった。[24] だが、その約三ヵ月後の書簡には、前述した筑摩書房版の『千羽鶴』（図6―5）を目にしたシュトラウスの、困惑する様子を見て取ることができる。

私が驚かされたのは、川端自身から贈られ、私が参考にしている豪華版に、自然の鶴が描かれていることです。装幀だけでなく、外箱、そして見返し部分までの全てに、異なるデザインの自然界の鶴が描かれています。〔中略〕折り鶴をデザインにするのも非常に魅力的であるため、あなたに異論を唱えるつもりはないのですが、もし折り鶴を使うならば、最初に〔千羽鶴の〕言及がある際に、カヴァーと結びつけるような形で、脚注で説明する必要があると考えています。[25]

だが『千羽鶴』には、前述したような由来を知らなくとも、川端がどちらの千羽鶴を思い描いていたのかを知る手がかりとなる箇所がある。『千羽鶴』は、菊治が亡き父と関係のあったちか子の主催する茶会に足を運ぶ場面に始まるが、茶席を口実にちか子が菊治に引き合わせようとしたのが、「桃色のちりめんに白の千羽鶴の風呂敷」を持つ美しい令嬢であった。その令嬢の点前を描写する場面で、令嬢の「みづみづしさ」や「気品」のある佇まいをさらに引き立てる、「令嬢のまはりに白く小さい千羽鶴が立ち舞つてゐさうに思へた」という一文がある。[26] この箇所は、英訳版で“And one saw a thousand cranes, small and white, start up in flight around her.”と訳出されている。[27] その“start up in flight”という言い回しは、令嬢のまわりを「立ち舞う」という、清楚な鶴の立ち姿とその舞うような動作を連想させるよりも、令嬢のまわりを飛翔する鶴の状態を描写することに主眼を置いている（第三章）。この唯一の手がかりが、英訳版における訳語の選択により薄まっていたからであろうか。サイデンステッカーは、シュトラウスの問いに対し、折り鶴も着物や風呂敷の図柄として使われているのを見かけたことがあり、この「千羽鶴」が指しているのはやはり折り鶴の千羽鶴であろうと伝えている。また、いずれの千羽鶴であるにしろ、折り鶴のほうがより魅力的なデザインになるだろうとも話している。[28]

ところが、この後、サイデンステッカーが改めて川端に直接確認したところ、この「千羽鶴」が、実は「折り鶴」ではなく、千羽鶴模様を指していたことが発覚する。ひとたび「千羽鶴」とは「折り鶴」であると主張していたサイデンステッカーは、それから約一ヵ月後に、以下のような内容を、シュトラウス宛に書き送っている。

川端さんから今朝、『千羽鶴』の意味をあれこれと明らかにした手紙が〔届きました〕。どうやら鶴は、自然界のものでも、様式化したものでも大丈夫なようです。〔中略〕鶴は（一）飛んでいなければならなく、また、（二）数も多くなければならないようです。やはりドイツ版のデザインは、結局のところそんなに悪くはなかったようです。[29]

さらにサイデンステッカーは、川端からの装幀に関する希望を、遠回しに以下のように伝えている。

彼〔川端〕はまた、宗達《そうたつ》や前田青邨《まえだせいそん》などの日本画家が千羽鶴を使っていると言っています。それらを活用してくれるよう、例のミス・コマツは納得してくれないでしょうか。それとも、彼女のやり方で進めるのでしょうか。K氏〔川端〕の手紙、そしてミスK〔コマツ〕の前回のデザインから判断すると、果たしてK氏を喜ばせるようなものができるかどうかわかりません。[30]

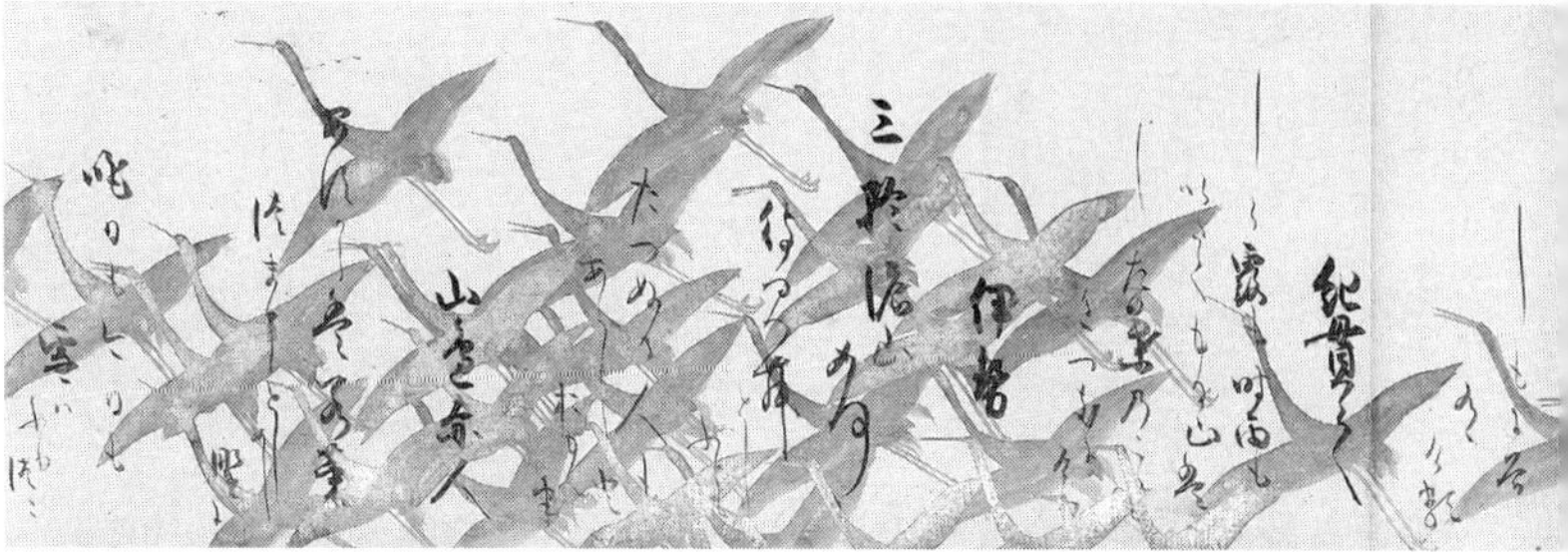

図6－7　俵屋宗達「鶴下絵三十六歌仙和歌巻」（部分、京都国立博物館蔵）

俵屋宗達もまた、川端が原著の装幀として思い描いていた光琳の香包みの場合と同様、鶴の群れをモチーフとした「鶴下絵三十六歌仙和歌巻」（京都国立博物館蔵）などを遺していることで知られる[31]（図6－7）。「それらを活用してくれるよう、例のミス・コマツは納得してくれないでしょうか」と、サイデンステッカーは川端の希望をやんわりと伝えている。ここで彼がシュトラウスに説得を依頼している「ミス・コマツ」こそ、川端を驚かせたあの英訳版『雪国』のカヴァーを手掛けたフミ・コマツに他ならない。

日本文学翻訳プログラムでは、三島の『近代能楽集』の英訳（*Five Modern No Plays*, 1957）や、谷崎の英訳版『細雪』（*The Makioka Sisters*, 1957）のカヴァーを手掛けたフィリップ・グルシキン（Philip Grushkin, 1921–98）、大佛次郎の英訳版『旅路』（1960）の表紙を担当したチャールズ・スカッグス（Charles E. Skaggs, 1917–2017）に加え、三島の『午後の曳航』（1965）や、谷崎の『瘋癲老人日記』（1965）の表紙を手掛けたエレン・ラスキン（Ellen Raskin, 1928–84）などの、著名な装幀家やグラフィックデザイナーたちにカヴァーを依頼している場合が時折見受けられる。そうしたなか、日本文学翻訳プログラムの初期段階に刊行された著作の表紙絵や挿絵を最も多く手掛けていたのが、当時アメリカを拠点に活動していた日本人アーティスト、フミ・コマツであった。彼女の足跡を示す資料は限られているが、その来歴の一部を記した記事が、一九六一年三月十一日刊の『アリゾナ・リパブリック』紙（*The Arizona Republic*）に掲載されている。記事によると、コマツはロックフェラー財団の若手アーティストの助成を受け、一九五四年に渡米した後、ニューヨーク大学の外国人アーティストを対象としたコンペティションで一年間のフェローシップを、さらにその後に、ロックフェラー財団のフェローシップを獲得し、アメリカでの創作活動を続けていたようだ。[32] 彼女は、クノップフ社の日本文学翻訳プログラムで計六作品のカヴァーを担当しており、そのうち『千羽鶴』と『金閣寺』の英訳版では、挿絵も手掛けている。[33]

だが、前掲した英訳版『雪国』の表紙絵に対する反応からも明らかなように、川端は、コマツがデザインしたカヴァーに必ずしも良い印象を抱いてはいなかったようだ。サイデンステッカーの「K氏の手紙、そしてミスKの前回のデザインから判断すると、果たしてK氏を喜ばせるようなものができるかどうかわかりません」という文面からも、川端がコマツの手掛けた装幀に対して不満を禁じ得なかった様を読み取ることができる。

しかし、ここで一つの疑問が浮かび上がる。英訳版『雪国』のカヴァーに対して見せた川端の反応、そしてこれまで本節で検討してきたサイデンステッカーとシュトラウス間のやりとりには、原著者である川端が英訳版『千羽鶴』のカヴァーの図版選択に直接関わっている姿が一切見受けられないのである。その背景には、どのような事情が絡んでいるのだろうか。

日本で川端の著書が刊行される際、特定の画家や商業デザイナーに装幀を依頼することは決して珍しいことではなかった。川端の随筆「「伊豆の踊子」の装幀その他」の冒頭には、川端の『感情装飾』の装幀デザインを担当した吉田謙吉《よしだけんきち》（一八九七〜一九八二）に、『伊豆の踊子』の装幀を依頼した時のことが綴られている。[34] また、新潮社から川端の五十歳を記念して刊行された『川端康成全集』（全十六巻、一九四八〜五四年）の編集を担当していた進藤純孝《しんどうじゅんこう》（一九二二〜九九）は、川端の希望を汲んで題字と表紙絵を日本画家の安田靫彦《やすだゆきひこ》（一八八四〜一九七八）に依頼した経緯について述懐している。[35] 川端は、装幀や製本を「作品の印象に及ぼすところ少なくない」ものと捉えており、[36] その著作の装幀を手掛けた人物には、小林古径や東山魁夷などの日本画家や、洋画家の岡鹿之助《おかしかのすけ》（一八九八〜一九七八）などをはじめとする、錚々《そうそう》たる美術家たちが名を連ねている。こうした原著者の装幀に対する思い入れにもかかわらず、英訳版で原著者がカヴァーの図版選択に関わることを許されなかったのだ。

サイデンステッカーを通して伝えられた川端からの要望に対して、シュトラウスが返したのは、以下のような内容であった。

私たちは、カヴァーの役割がまずは本のポスターとなること、そして、本の販売に役立つことであることを忘れがちです。あなたと川端が言ったことは、ミス・コマツとプロダクション部門にお伝えしますが、細かいことについては、あまり強く押しつけるつもりはありません。できることなら、川端を喜ばせたいのは確かですが（私たちは常に作家を喜ばせようとベストは尽くしますが）、アメリカ市場向けに、日本の本のような見た目のものを作るわけにはいかないのです。[37]

以上の理由から、クノップフ版の『千羽鶴』では、最終的にフミ・コマツの手掛けた「折り鶴」のカヴァーが採用されることとなった。ここで着目したいのは、原著者の意向に沿えない理由として、シュトラウスが「本のポスター」としてのカヴァーの役割を強調しているという点である。シュトラウスらが、「日本の本のような見た目のものを作るわけにはいかなかった」事情には、果たしてどのような諸要因が絡んでいたのだろうか。

カヴァーの英語での呼称には、"book jacket"や"wrapper"だけでなく、"dust jacket"という呼び名がある。この"dust jacket"という呼称そのものが示すように、カヴァーは、書籍を埃や汚れなどから保護するために用いられた包装紙を起源に持つとされている。[38] それが、書籍の保護機能に加え、書籍を判別しやすいようにタイトルや著者名などが印刷されるようになり、やがては購入者の注意を惹くために、次第に書籍の中身に使用されていた挿絵やイラストがその包装紙の表に刷られるようになった。カヴァーの全面にデザインが施され、現在の人目を惹くような形をとるようになったのは一九一〇年代のことである。一九三〇年代から六〇年代にかけてブックデザイナーとして活躍し、クノップフ社のカヴァーも多数手掛けたジョージ（ゲオルグ）・ソルター（George Salter, 1897–1967）は、「今世紀の最初の一〇年の終わりにかけて、「ラッパー」（包み紙としての書籍カヴァー）から、「ジャケット」（カヴァー）への変化がついに起こった」とその変化を証言する中で、「システマティックな宣伝の目論見」、そして「大衆との接触を図るため」に、裏表紙には広告を掲載するという形が、またフラップ（折り返し）部分には宣伝文句が導入された経緯を振り返っている。[39] カヴァーは、書籍の保護やそのテクストの印象を視覚的に表現するのみならず、広告としての役目を担うことにより飛躍的な進化を遂げてきたとも言えよう。このような役割を裏付けるかのように、クノップフ社の創始者アルフレッド・A・クノップフも、カヴァーを「ラベル」や「寡黙なセールスマン」に喩えている。[40]

これらの背景を踏まえ、日本文学翻訳プログラムで刊行された著作のカヴァーを改めて眺めてみると、そのカヴァーがいかに広告としての機能を果たすように形づくられているかが浮かび上がってくる。例えば、日本文学翻訳プログラムで刊行された大佛次郎著『旅路』のカヴァー（図6−8）の表面には、タイトル、著者名、翻訳者名などの基本情報に加え、小説の内容を一文にまとめた"A Novel about Japan in the Aftermath of the American Occupation"（「アメリカ占領期直後の日本についての小説」）というコピー（宣伝文句）が題字の上に組み込まれている。また、著者名の下には、『旅路』以前にすでに日本文学翻訳プログラムで刊行されていた大佛の英訳版著作への言及、"Author of *Homecoming*"（「『帰郷』の著者」）が据えられ、前作を気に入った読者がこの本を手にとるように、あるいはこの小説を読んだ読者を、同じ著者の前作へと導くようなフレーズが織り込まれて

図6−8　英訳版『旅路』*The Journey*（Knopf, 1960）上はカヴァー表、下はカヴァー裏

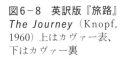

いる。カヴァーの裏面に目を向けると、大佛の写真とともに、ピュリッツァー賞受賞者であるジェイムズ・ミッチェナー（James Albert Michener, 1907–97）の「西洋の作家たちには捉えることのできない、日本人の興味深い心理状態を正確に伝える小説である」というコメントや、『帰郷』は素晴らしい小説である」というノーベル文学賞受賞者パール・S・バック（Pearl Sydenstricker Buck, 1892–1973）による言葉など、アメリカでの知名度が高いだけではなく、日本と結びつきの強い作家からの賛辞が寄せられ[41]、さらに、『ザ・ニューヨーカー』誌（*The New Yorker*）をはじめとする、アメリカ主要各紙の書評なども引用されている。日本で現在刊行されている書籍でいえば、本の帯に書かれるような内容が、直接カヴァーに刷り込まれているのである[42]。

英訳版カヴァーは、カヴァーそのものがポスターとしての機能を果たすのみならず、宣伝過程においても、さまざまな用途で活用されていた。一九五七年五月二十七日版の『パブリシャーズ・ウィークリー』のある一ページには、本屋の店内の様子を描いたイラストを背景に、この先数ヵ月にわたり店頭で目にすることのできる本として、ダットン社、ランダムハウス、クノップフ社等の出版社が刊行を予定している計八冊の本を並べた写真が掲載されている（図6－9）。この八冊のうち、写真中央に配置されたリチャード・メイソン著『スージー・ウォンの世界』（*The World of Suzie Wong*）の真下に並べられているのが、日本文学翻訳プログラムで刊行された大岡昇平著『野火』の英訳 *Fires on the Plain*（1957）である。

この『野火』に顕著なことだが、出版業界誌に掲載された本の装幀写真は、当時小売業者たちが各店舗で本を仕入れる際の検討材料とされていた[43]。シュトラウスは、英訳を手掛けたアイヴァン・モリスに宛てた書簡の中で、この英訳版『野火』のカヴァーのデザイン（図6－10）について、「ショックを与えるように作られているこのデザイン自体も、広告として一役買っている」と説明しているが、その文面からは、シュトラウスのカヴァーの宣伝効果への期待を窺うこともできる。[44]

さらに、カヴァーの書影には、業界向けの広告のみならず、実はもう一つ別の重要な役割があった。その手がかりとなるのが、『ニューヨーク・タイムズ・ブックレビュー』に掲載された、英訳版『雪国』の書評である。「芸者の愛のために」("For Love of a Geisha")という、何とも感傷的なタイトルの掲げられたこの記事には、川端を驚かせた英訳版『雪国』の表紙絵が図6－11（次ページ）のように添えられている。これにより、『雪国』のエキゾティシズムがさらに助長される紙面となっている訳だが、この図版をじっくり眺めてみると、ある不可解な点が浮かび上がる。本来ならばカヴァーに組み込まれてい

図6－9　『パブリッシャーズ・ウィークリー』1957年5月27日号　右ページの図版中央下に配置されているのが英訳版『野火』

図6－10　英訳版『野火』*Fires on the Plain*
(Knopf, 1957)

For Love of a Geisha

SNOW COUNTRY. By Yasunari Kawabata. Translated from the Japanese by Edward G. Seidensticker. 175 pp. New York: Alfred A. Knopf. Paperbound, $1.25.

By DONALD BARR

THE noted Japanese novelist Yasunari Kawabata tells in "Snow Country" the love story of a mountain geisha and a wealthy, jaded dabbler in art and sensuality. Or rather, this is not a love story, but a story about the ideal sensual setting for love, about the physical act of love repeated in every sweet and bitter-sweet variety of disarray and suddenness, about the agonized desire to love—but no love. And this story of failed love is not told, but exquisitely hinted at; it emerges like the black traceries of trees and privets and houses in a snow-covered landscape.

The hot springs of Japan are specialized villages to which gentlemen repair without their wives; the geishas here are more for downright harlotry and less for ritual than in the Tokyo houses; here even the candy store has its geisha under contract. To such a resort in the snow-laden western mountains comes Shimamura, an emotional isolate, a voluptuary (but an impressionist voluptuary), an expert on the occidental ballet (who has never seen an occidental ballet and has chosen that field of expertise for just this reason), a gentleman proud of being so realistic that he can sneer at his own efforts to be real. He meets, takes and leaves the girl Komako. When at length he returns, she has become a geisha to help pay the bills of her landlady's dying son.

The affair resumes, by turns smutty, laughable, tender and harsh. Yet it is doomed; with all the objective conditions of love, and with all Komako's loving onslaughts, Shimamura cannot love; he starts the terrible metaphysical ogling of another geisha, Yoko, whose bright eye has the loveliness of a remote light and whose voice is a lonely cry; Shimamura and Komako must part, he to go back to his wife and family, she to wait for time or disease to consume her.

IT is a very brief novel but presents uncommon difficulties. Komako's tortured caprices and Shimamura's involutions are often hard to construe; besides, the book has had to be written in or translated into euphemisms. The story ends in a kind of flaming, symbolic obscurity. A movie house catches fire and Yoko, perhaps insane at last, remains in the burning structure; unconscious, or perhaps dead, she is carried out by Komako; and we are left to wonder: Is Shimamura, jostled aside by the crowd as he gapes at Komako's dash to save her rival, undergoing the last, overwhelming pang of his inability to love? Or has he, in the instant when Komako has become inaccessible, too late found the power to love?

Notwithstanding its problems, however, the story has a clear emotional point. "Snow Country" fits like an allegory to a multiplicity of Western patterns. Shimamura could be many an American intellectual. He is, in fact, the Portrait of a Critic, while Komako can worthily represent Art. This thought silences criticism.

Mr. Barr is a member of the faculty at Columbia.

THE NEW YORK TIMES BOOK REVIEW

図6－11 『ニューヨーク・タイムズ・ブックレビュー』1957年1月6日号にに掲載された英訳版『雪国』の書評（ドナルド・バー「芸者の愛のために」）

Jacket painting by Fumi Komatsu for "Snow Country", by Yasunari Kawabata (Knopf).

図6－12 *Snow Country* 表紙絵のフォトスタット写真（Harry Ransom Center, The University of Texas at Austin 所蔵）

るはずの題字や著者名が、この図版には全く見当たらない。とすると、この表紙絵は出版社から提供された図版なのではないだろうか。

筆者は、クノップフ社のアーカイヴズで、その図版の所在を探索した。すると、日本文学翻訳プログラム関連のフォルダーの一つの中に、書評に掲載された図像の元となったと推察される一枚の表紙絵（フォトスタットによる複写写真）が見つかった。それが、図6－12である。このことから、クノップフ社では、視覚資料として、表紙絵の複写を各メディアの書評者に提供することにより、本の視覚的イメージを流布し、宣伝効果の向上を図っていたことが明らかになる。シュトラウスが、原著者からの装幀に関する要望に応えることのできなかった事情には、「日本の本のような見た目」がアメリカの読者には受け入れられにくいという事情以前に、カヴァーが担う役割そのものの根本的な違い、すなわちこの章で見てきたような、アメリカにおけるカヴァーの宣伝ツールとしての性格が深く絡んでいたのである。先に挙げたブックデザイナーのソルターもまた、アメリカにおいて読者を獲得するために広告要素が不可欠な理由を読書習慣に起因するものとし、次のように分析している。

長い出版の歴史があるいくつかの国々では、確立された読書習慣を当てにすることができ、当然のことながら、人々が書店に出向くことを期待することができる。そこでは、ウィンドウディスプレイで見せる本を新刊数冊のみにとどめることができる。なぜなら、個人的な付き合いに重きが置かれた販売方法が採られているからだ。〔中略〕読書人口は増えつつあるが、未だ十分な規模には達していない。そのため、広告（宣伝）は、一般読者を惹きつけ、またその数を安定させるためにも、アメリカでは不可欠なのだ。[45]

クノップフ社において、カヴァーを担当するアーティストや商業デザイナーたちは、このような販売・宣伝ツールとしての用途を意識しつつ、カヴァーの作製に取り組む任務を帯びていた。

以上を確認したところで、再び英訳版『千羽鶴』のカヴァーの問題に立ち戻ろう。先述した「折り鶴」を基調としたカヴァーの裏面に目を向けると、そこには川端を写した一枚の写真が、全体に

図6－13　セシル・ビートン撮影による川端の肖像写真（*Thousand Cranes*, Knopf, 1958, カヴァー裏）

大きく引き伸ばされている（図6－13）。この写真は、『ヴォーグ』誌（*VOGUE*）や『ハーパーズ・バザー』誌（*Harper's BAZAAR*）等のファッション雑誌の写真を多数担当し、オードリー・ヘップバーンなどをはじめとする著名人のポートレート写真などでも知られるセシル・ビートン（Cecil Beaton, 1904–80）が撮影したものであった。ビートンは、鎌倉の川端邸を訪れ、川端と面会した時の印象を次のように綴っている。

　我々は何分も待たされたが（もしかしたら、日本人には異なる時間の概念があるのかもしれない）、川端がその姿を現した時、そのすべてが忘れ去られた。我々は、彼の物静かで瞑想的な魅力に瞬く間に引き込まれた。茶味がかった羊皮紙のような肌、もじゃもじゃとした白髪の年配のひとであった。彼は、ベテランの作家はこうあるべきだという何もかもを兼ね備えていた。[46]

一九五七年二月上旬に川端が三島由紀夫に宛てて綴ったある一通の書簡にも、この時のことが、「先刻寒雨中 Mr.Beaton 見えました　大四君《だいし》の祖父の書の屏風（玄関）の前などで写して貰ひました」と記録されている。[47]「大四君の祖父の書の屏風」とあるが、これは、『文藝』『週刊読書人』の編集長などを務めた文芸評論家巖谷《いわや》大四の祖父で、明治の三筆の一人に数えられた書家、巖谷一六《いちろく》（一八三四〜一九〇五）の手による書のことを指している。この写真では、その屛風を背にし、和装に身を包む川端の正座した姿がとらえられている。屛風の入りオゼ（谷折り部分）のちょうど前に川端を据えることにより、その空間のエキゾティシズムが増幅され、「東洋の賢者」とも言うべき川端のイメージが浮き彫りにされる構図となっている。この時撮影された川端の写真は、ビートンが川端のもとを訪れてから数ヵ月のち、一九五七年七月号の『ハーパーズ・バザー』誌に掲載され、さらにその翌年には、クノップフ社から刊行された英訳版『千羽鶴』のカヴァーの裏面を飾ることとなった。

実は、この時ビートンの写真が英訳版『千羽鶴』のカヴァーに組み込まれた経緯には、クノップフ社のスタッフたちのある目論見が絡んでいた。英訳版『細雪』のタイトルをめぐる考察でプランニング・カードを取り上げたが、同様のカードが、この英訳版『千羽鶴』の場合にも残されている。その裏面「販売—広告—プロモーション—宣伝（パブリシティ）」に目を通してみると、そこには、「セシル・ビートンによる著者の写真を強調すること、センセーショナルな写真、また使用許可も取り付け済み」という宣伝計画が綴られている。[48] ビートンの写真が人々の注目を集める一助となることを、クノップフ社側は期待していた。

この著者の写真を基調としたカヴァーデザインは、英訳版『千羽鶴』のカヴァーを原著から大きくかけ離れたものにする、さらなる要因となっている。とはいえ、このようなデザインは、英訳版『千羽鶴』の場合に限らない。例えば、日本文学翻訳プログラムから刊行された安部公房の『砂の女』のカヴァー裏面には、安部の写真が大きく引き伸ばされ、また三島由紀夫著『宴のあと』のカヴァー裏面には、縦長に切り取られた三島の写真がデザインの一部に取り入れられている（図6–14）。いずれのデザイン手法も、日本の作家に限らず、クノップフ社で刊行された著名な作家たちのカヴァーに共通して用いられたレイアウト方法であった。クノップフ社のカヴァーに使われる写真は、前掲したセシル・ビートンのものをはじめ、エリオット・アーウィット（Elliot Erwitt, 1928–2023）らを含む、名だたる写真家たちが撮影していたことでも知られている。[49]

序章でも触れた通り、個別の作品よりも、著者を売り込むというアメリカの出版傾向は、シュトラウスが日本文学翻訳プログラムにおいても踏襲したものだった。そして、こうした出版方法では、プログラムと密接な結びつきのある著者像を構築することが重要となる。アメリカにおいて、著者像の確立が要請されるようになった背景には、アメリカの地理的規模、大衆文化と消費社会の発達に加え、出版社が広告会社の出資を受けていたことなど、複数の要因が考えられる。例えば、一八八〇年代から一九八〇年代にかけてのアメリカにおけるセレブリティとしての作家たちや、その著

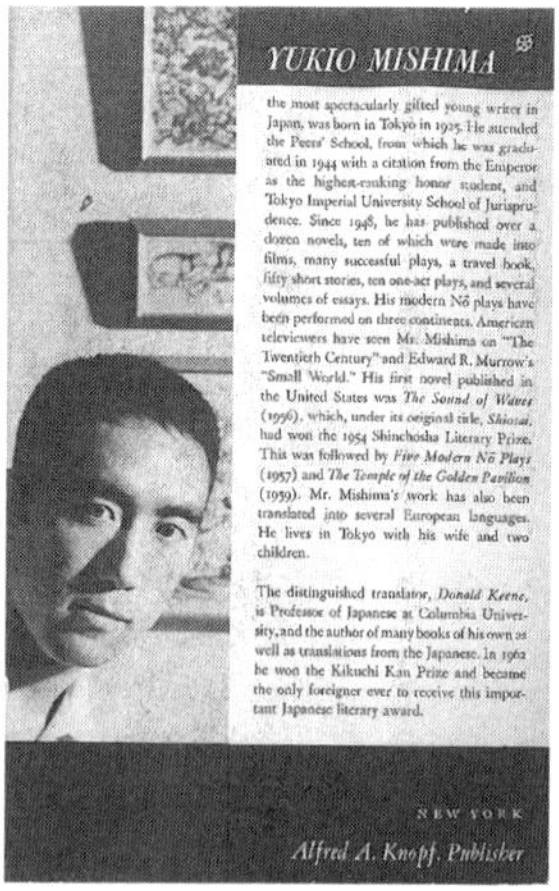

図6–14　著者写真を基調としたカヴァーデザイン　上から順にKobo Abé, *The Woman in the Dunes*（Knopf, 1964）、Yukio Mishima, *After the Banquet*（Knopf, 1963）

者像に関する研究を専門とするローレン・グラスは、ヨーロッパの場合と対比しつつ、アメリカでヨーロッパ出身の作家たちが直面した実情をこう説明する。

当時のアメリカは、「ハイカルチャーの伝統が確立されたというには程遠く」、また「マスカルチャー公共圏がはるかに発達」していた。そのため、「生産量に制約のあるヨーロッパのモデルに根ざした自己理解をしてきた多くの作家たち」は、「大量生産のマーケティング戦略やその読者たちの感性に適応せざるを得ない状況」にあったと。[50]

この「大量生産のマーケティング戦略や読者たちの感性」に応じた著者像を確立するにあたり、日本文学翻訳プログラムにおいて原著者の写真は、極めて重要な役割を担っていた。例えば、一九六四年九月十四日刊の『ニューヨーク・タイムズ』紙に掲載されたクノップフ社の広告欄には、前掲した安部の英訳版『砂の女』のカヴァーの裏面に使われたものと同じ写真が、"This is Kobo Abé"（「これが安部公房だ」）という、あたかもブランドの宣伝文句のようなフレーズを掲げ、組み

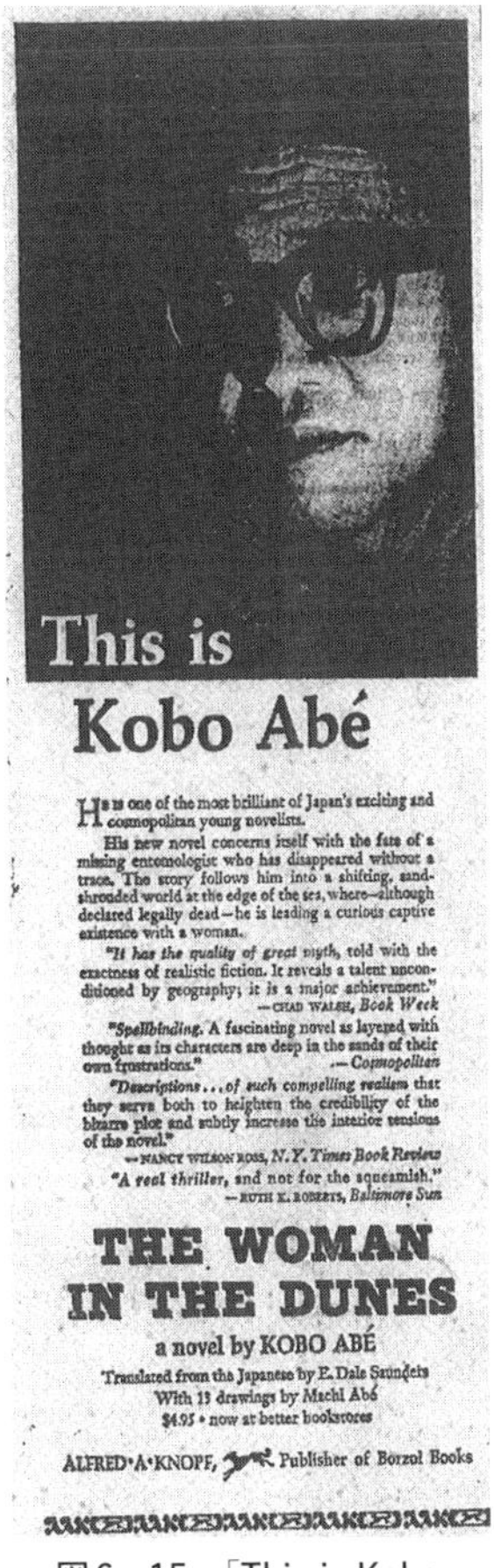

図6－15 「This is Kobo Abé」と書かれた『砂の女』英訳版広告（『ニューヨーク・タイムズ』1964年９月14日号）

込まれている[51]（図6－15）。このように、書籍の宣伝や雑誌記事における著者イメージの重要性を見ると、著者の写真を基調としたクノップフ社の英訳版カヴァーには、「個々の作品よりも、著者を売り込む」という出版手法、またそれに付随するパブリシティとして、メディア各紙を通じて著者イメージを拡散・浸透させ、読者の獲得を試みるというアメリカの出版傾向が、如実に反映されていたことが判明する。

3　二つの川端像——東洋の賢者から世界の「カワバタ」へ

では、その著者像はどのように形作られ、いかなる変遷を遂げたのだろうか。ここでは、クノップフ社の日本文学翻訳プログラムの中で、とりわけ興味深い移り変わりを見せた川端の原著者像を、視覚的要素を中心にたどることにしたい。

クノップフ社で川端の写真が初めてカヴァーのデザインに用いられたのは、川端の著作の英訳一作目にあたる英訳版『雪国』ではなく、前の節でも検討した二作目にあたる英訳版『千羽鶴』でのことであった（図6－13）。この時英訳版『千羽鶴』の裏面に組み込まれた、和服に身を包み正座した川端の写真は、英訳版『雪国』の場合と同様、視覚資料として書評者たちに配布されていた。例えば、『バッファロー・イヴニング・ニュース』紙（*The Buffalo Evening News*）に掲載された英訳版『千羽鶴』の書評には、その写真が掲載されるとともに、セシル・ビートンによる肖像写真であることが、写真のキャプションで補足されている（図6－16）。

また、英訳版『千羽鶴』が刊行されたのと同年にシュトラウスが自らしたためた、日本文学翻訳プログラムを紹介するパンフレット『日本の小説の愉しみについて』(1957)では、図6－17(次ページ)のような、原著者たちの写真を並べたページが綴じ込まれている。この紙面では、川端のみならず、当時洋装姿が定着していた三島までもが和服に身を包み、原著者たちのエキゾティシズムが裏書きされている。異国情緒豊かな原著者の姿が選ばれた理由には、日本文学翻訳プログラムの初期段階において、アメリカの読者たちが、日本の小説に「日本的なもの」を求めているだろうというシュトラウスの判断に加え、当時のアメリカにおける禅ブームに乗じ、鈴《すず》木《き》大拙《だいせつ》の写真などをはじめ、こうした「東洋の賢者」のイメージが移入先の人々に浸透していたことも、少なからず影響しているだろう。[52] 川端の小説の英訳が刊行された初期段階において、クノップフ社側の提供した川端の姿を伝える視覚資料は、わずかこの二点に限られていた。

'Thousand Cranes,' A Japanese Story Of Exquisite Artistry

THOUSAND CRANES, by Yasunari Kawabata; Knopf, 147 pp., $3.

By WALTER B. GREENWOOD

ONLY GOOD can come from the continued impact of Japanese fiction on the English-speaking world. The sensitivity and delicacy of the Oriental artist are qualities that should be freely imported and provide a leavening against the brusque heaviness that weights so much recent American fiction.

"Thousand Cranes," a very brief novel by the Yasunari Kawabata whose "Snow Country" excited attention three years ago, is such a fragile work that it may not survive the transition into the more vigorous intellectual climate of the Western World. Kawabata achieves his effects with impressionistic touches more than with overt statements.

One feels that such is the fine precision of his work, that some refinements of significance must be lost in translation although Knopf has provided a highly effective version.

Lost also on the Western reader would surely be some of the symbolism of the tea ceremony, an integral feature of the narrative.

• • •

"THOUSAND CRANES" is a simple tale of tragic love in modern Japan. Kikuji, the only male character, finds himself enmeshed in the fate, somewhat decreed by custom, of two of his father's mistresses, the daughter of one, and a prospective bride chosen for him by the other.

His guilty passion for one of the mistresses, Mrs. Ota, leaves him incapable of an honorable attitude toward her daughter. His resentment against the other mistress, ugly and meddlesome, is reflected on the lovely young girl she has selected for him.

Like the antique China bowls that give final meaning to the frequent tea ceremonies, the novel is simple and masterfully wrought. Even more than Flaubert, Kawabata uses color to heighten his background and even to reveal character.

As an example of artistic technique, with piquancy deftly captured in a pen stroke, "Thousand Cranes" can be a very enjoyable experience. Readers should be warned, however, to expect no more than this.

• • •

Engineer Has Lifesaver Of the Production Line

THE ANGERS OF SPRING, by Joseph Whitehill; Little, Brown, 373 pp., $4.50.

JOSEPH WHITEHILL is a modern rarity, an engineer turned writer. His first novel is a production-line thing with components gathered from the traditional supply houses.

When allowance is made for the derivative nature of the product, there is still much to be said in favor of "The Angers of Spring." It uses the day-by-day life of an American engineer as the foreground for his interpretation of contemporary life rather than shunting it vaguely into the background.

He has handled a rich and useful subject very well.

Paul Mockley is freshly green from engineering college when he gets his demanding foot in the door of the Ragle Measurement Co., a small and disorganized electronics manufacturing concern in Kansas. The novel covers a year and more of his development in the company.

• • •

HE IS YOUNG, industrious, ingenious and bright. With only occasional setbacks he conquers all, including Evelyn, a quick-tempered draftsman who had her designs on him all along.

Mockley himself never quite comes to life but the characters surrounding him are well drawn and revealing. There is Ragle himself, a deceptively simple and jolly man who stumbles with his plant into credible accomplishments.

Bolan, the experienced designer, is human and a little jealous of Paul's sudden rise. Evelyn may be a new kind of heroine, wielding pencil and micrometer rather than lipstick and perfume, but Whitehill manages a sympathetic portrait.

In the novel there are long passages of highly technical matter that may alienate some readers although they shouldn't. What more technical book is there than "Moby Dick"? Without this careful attention to technological matters, "The Angers of Spring" would be a completely routine performance. With them, however, Joseph Whitehill shows himself to be a writer of some stature.

YASUNARI KAWABATA—A Cecil Beaton portrait of the author of "Thousand Cranes."

図6－16 『バッファロー・イヴニング・ニュース』1959年2月28日に掲載された英訳版『千羽鶴』の書評

　ところが、これらのイメージは、川端のノーベル文学賞受賞後に大きく塗り替えられることになる。一九六八年のノーベル文学賞受賞を機に、クノップフ社が川端の著作の英訳を再開するようになった経緯については、序章でも述べた。だがその英訳を再開した際に、シュトラウ

図6－17　パンフレット『日本の小説の愉しみについて』（1957年4月）の著者たちの紹介ページ

スが用いた川端の写真は、それまでの異国情緒に満ちたものとはうって変わり、より川端の実像に近いものであった。ノーベル文学賞受賞記念版として刊行された*Snow Country and Thousand Cranes*（1969）の発売を告知する『ニューヨーク・タイムズ・ブックレビュー』（一九六九年二月九日刊）に掲載されたクノップフ社の広告には、シュトラウス自らが撮影した、寺社を背景とし洋装に身を包んだ川端の全身写真が掲載されている（図6－18）。コートの右ポケットに片手を突っ込み、階段を登りつめた地点からはるか前方を見つめ、堂々と佇むその姿からは、世界の「カワバタ」としての風格すら漂う。また、ノーベル文学賞受賞記念版に続き、受賞後の英訳一作目として『山の音』（*The Sound of the Mountain*, 1970）が刊行された際にも、前掲の写真をトリミングしたものがクノップフ社の広告に再び用いられている。そこには、「一九六八年のノーベル賞の受賞以降、ここ〔アメリカ〕で出版される初めての小説」との一節が添えられ、「彼の全小説の中で最も優れた作品の一つ」（“One of the finest of all his novels”）というハワード・ヒベットの『サタデー・レビュー』誌（*Saturday Review*）に掲載された書評からの一文とともに、『ニューヨーク・タイムズ・ブックレビュー』の「川端は、名人である」（"Kawabata is a master"）という評価などが、太字で強調されている。[53]

この川端像は、英訳版『山の音』の二年後に刊行された英訳版『名人』（*The Master of Go*, 1972）のカヴァーにおいて、さらにその実像へと迫る様子を見せている。そのカヴァーの裏面に用いられたのは、硬く口元を結び、カメラを見つめ返す川端の表情を大きく捉えた肖像写真であった（図6－19）。さらに、川端の顔の左隣には、原著者の漢字での署名が添えられている。実は、この署名は、川端の死後直後に発行された『文藝春秋』の一九七二年六月号に掲載された、川端の追悼特集に収められた署名の写真を複写したものであった[54]（図6－20）。英訳版『千羽鶴』の場合に見た

図6－18　クノップフ社ノーベル文学賞受賞記念英訳版『雪国・千羽鶴』の広告

「東洋の賢者」としての川端の姿は、『山の音』でその異国情緒に満ち満ちたイメージとは切り離され、それに続く英訳版『名人』において、世界的な名声を博す作家としての川端を印象付けるような著者像へとその様相を変貌させている。そして、この川端のイメージは、その後、英訳版『名人』が刊行されたのち、その主人公である「名人」の姿に重なってゆくことになる。

図6－19　英訳版『名人』カヴァー裏の川端の肖像写真

図6－20　川端の署名（『文藝春秋』1972年6月号）

＊

異なる文化環境への移入を迫られる翻訳文学には、新たな環境で生き永らえるため、それまで身につけたことのない衣服や姿かたちが与えられることになる。例えばそれは、『細雪』から *The Makioka Sisters*（『蒔岡姉妹』）へと改変されたタイトルであり、新たに付与された英訳版タイトルは、「雪子の物語」から「姉妹たち、あるいは一族年代記」へと話の主軸を移し替え、移植先に先行する文学との新たな結びつきや反応を引き出す促進剤となった。また、移植先で新たに作製されるカヴァーは、原著とは異なる読書環境、文化背景のもとに形作られた出版業の体質に応じて、その姿かたちを変え、さらに、移行過程に携わる人物によるテクストの読みや編集者やデザイン担当者による想定読者たちの趣味判断など、さまざまな諸要因が交錯した結果、原著者の想像の限界を超えるようなものが生み出されることになる。だが、原著からかけ離れた様相を見せるのは、装幀の場合に限らない。英訳される小説、特に個々の作品よりも、特定の著者の出版リストを増やし、著者像を確立することが求められる英語圏の出版環境では、著者像を構築する基礎となる著者の視覚イメージもまた、その紹介の段階や認知度に応じて、様相が徐々に変化することになる。

だが、これらの諸要素は、あくまでも出版社側の文化圏における経験則や、想定読者の趣味判断、また作品の読みや宣伝の一環として生成されたものであり、受容する側が、必ずしも作り手の狙い通りの反応や受け止め方を見せないという現実があることも、心に留めておかねばならない。そして移入先において新たに付与、作成され、また変貌したこれらの要素は、時に、作り手側が予想だにしなかった反響を引き起こす呼び水になることもある。

第七章　囲碁という神秘——川端康成『名人』

英訳版『名人』*The Master of Go*（Knopf, 1972）

しかし、七段の碁がそのやうに神経質なわけではなく、逆に力のこもつた線の強い棋風だつた。長考のたちだから、いつも持ち時間が足りないが、いよいよ時間に追ひつめられると、記録がかりに秒を読ませながら、残りの一分間で、百手も百五十手も持つことがあつて、その時のすさまじい気合ひは、かへつて相手をおびやかすのだつた。

——川端康成『名人』第十章

Yet for all the outward tension, Otaké's game was far from nervous. It was a powerful, concentrated game. Given to long deliberation, he habitually ran out of time. As the deadline approached he would ask the recorder to read off the seconds, and in the final minute make a hundred plays and a hundred fifty plays, with a surging violence such as to unnerve his opponent.

——Yasunari Kawabata, *The Master of Go*, tr. by Edward G. Seidensticker, Chapter 10

川端康成は、一橋大学の初代学長や日本エッセイスト・クラブ理事を務めたことでも知られる経済学者の中山伊知郎《なかやまいちろう》（一八九八～一九八〇）との対談「日本文学の海外紹介」（『読売新聞』一九五九年七月十二日朝刊）の中で、自著の『名人』について「あれは私の小説のなかで「雪国」「山の音」などより、自分では好きなんですが」との言葉を残している。[1]『名人』は、愛棋家である川端が最も愛着を持つ作品として挙げた著書であり、クノップフ社の日本文学翻訳プログラムでもまた、たびたび英訳候補に挙げられていた。しかし、その囲碁という主題材の難解さ、またそれまでクノップフ社で英訳・刊行された川端著作の売り上げが伸びなかったことなどの諸要因により、その英訳は実現せずにいた。[2]

ところが川端の訃報からわずか数ヵ月後の一九七二年九月二十六日、『名人』の英訳版は、*The Master of Go*（『碁の名人』）という英題でクノップフ社から刊行されることとなる。翻訳企画がなかなか実現する兆しを見せなかったにもかかわらず、なぜ『名人』は英訳されることになったのだろうか。そして、英語圏の読者にとって親しみのない異文化要素である「囲碁」を中心とした著作を紹介するにあたり、編集者や翻訳者、そして出版社のスタッフたちはどのような工夫を凝らしたのだろうか。

筆者が英訳版『名人』に興味を惹かれる理由は、その翻訳出版経緯にとどまらない。英訳版『名人』は、刊行直後、出版社の予想以上に売り上げを伸ばすのみならず、またその英訳を介して思わぬ創造の連鎖や変容が生じるなど、作り手側の想定をはるかに超えるような伝播《でんぱ》を見せている。その追い風となった英訳版『名人』を取り巻く環境や歴史的背景とは何だったのか。『名人』英訳は、日本文学翻訳プログラムから刊行された他の著作に比べ、英訳を出版する際に一層の工夫を要した分、これらの問いの糸口となる史料が豊かに残されている。これらの史料を手がかりにしつつ、その謎を解き明かしていくことにしたい。

1 英訳までの困難な道程

クノップフ社の日本文学翻訳プログラムでは、どの日本語著作を英訳するか判断を下す際、ドナルド・キーンやハワード・ヒベットをはじめとする日本文学を熟知する研究者や翻訳者たちに助言を求めている。だが、『名人』の英訳に至るまで、クノップフ社から刊行された全ての川端著作の英訳を担当していたサイデンステッカーの場合のように、特定の著者の英訳を担当している翻訳者がいる場合、シュトラウスは翻訳者の希望を重視することにしていた。これは、先の章でも言及した、個別の作品よりも著者を売り込むことを目指す出版手法との兼合いによるところもある。

前にも述べたように、一九六八年の川端のノーベル文学賞受賞を機に、シュトラウスは、すぐさまその著作の英訳を再開している。川端著作の担当翻訳者であるサイデンステッカーが『名人』の英訳を提案した痕跡は、それから程ない一九六九年十一月十四日のシュトラウスとの電話でのやりとりに見いだすことができる。この電話の直後にシュトラウスが記した通話録には、サイデンステッカーと相談した内容が綴られている。

> 今日長距離電話でエド・サイデンステッカーと川端の他の小説を翻訳する計画について話した。〔中略〕彼は、『名人』が囲碁の試合に深く関わる小説であるため、この国では刊行できないだろうとしぶしぶ認めた。そのため暫定的に、サイデンステッカーとアイヴァン・モリスを含む我々の多くが乗り気であった『舞姫』を次に訳してもらうことになった。[3]

こうした当時の状況を反映するかのように、一九六九年に『ソフィア』に掲載されたサイデンステッカーの論文「川端康成の世界——漂泊と哀愁の文学」には、「むつかしい碁の専門用語があるから、日本以外で広く読まれることはまずありえないだろうが、しかし驚くべき作品だ。戦いのきびしさと、戦う碁士の渾身の執念と、そして敗北のさびしさが、稀に見る力強さで胸を突く」と、『名人』が孕む翻訳の難しさとともに、サイデンステッカーが『名人』に対して抱いていた印象が感慨深く語られている。[4]

『名人』英訳を一度は断念したものの、サイデンステッカーは折に触れてその英訳を実現できないか思案していたようだ。その一端は、彼が同時期に取り組んでいた『源氏物語』英訳に関する日記を抜粋・編纂した『源氏日記』（*Genji Days*）に記録されている。『名人』が英訳候補から外れた約半年後の一九七〇年六月十一日にサイデンステッカーは、台北で開催されるアジア・ペンクラブ会議に出席する川端らの壮行会に参加しているが、その日の日記には、次のような内容が書き残されている。

碁の名人〔呉清源《ごせいげん》〕〔中略〕も出席していた。中年で甲高い声で喋り、ぼんやりとした面持ちで人民服を身に纏《まと》っている。群衆の中で人は彼が天才だと見分けることはできないだろうが、一旦そうだとわかると、そんな風に見えなくもない。彼の無口さは（ほとんど喋らないのだが）囲碁の空想世界に封じ込められているのが最もふさわしいように思えて、私は再び『名人』の翻訳を試してみたいという思いに駆られた。出席者の中で、彼が川端の最も尊敬する人物であるということは明らかだった。[5]

この時サイデンステッカーが見かけた囲碁の名人、呉清源（一九一四〜二〇一四）は、その昔、川端が「名人」のモデルとした本因坊秀哉《ほんいんぼうしゅうさい》（一八七四〜一九四〇）と対局しており、『名人』でも名人引退碁の解説者として顔を覗かせている（第二十九章）。呉清源の佇まいに、川端の『名人』に描かれたかつての本因坊秀哉の姿を見たのだろうか。その数ヵ月後、サイデンステッカーがシュトラウスに宛てた書簡には、『名人』のことが再び言及されている。

もちろん川端の他の小説〔の翻訳〕を引き受けますが、どれがいいのか正直わかりません。『舞姫』を読み直さなければなりませんし、『みずうみ』、そしてさらに昔まで遡ると、『浅草紅団』などがそれ以外の可能性として考えられます。これらの作品も読み直さなければなりません。そしてもちろん、『名人』のことがずっと頭から離れないのですが、〔翻訳するなかで〕かなり大胆な書き直しが必要となるでしょう。[6]

『名人』のことがずっと頭から離れない」との一文からは、サイデンステッカーの『名人』を英訳したいという想いが再燃していた様が見て取れる。その二ヵ月後、川端の初期の『掌の小説』をいくつか翻訳・出版しても構わないかとの問い合わせをある大学の助教授から受けた際にも、サイデンステッカーは再びこの話を持ち出している。その件について、シュトラウスに相談するなかで、もし『掌の小説』の出版を考えているのであれば、自分が翻訳を担当したいと希望を伝えるとともに、川端自身が未だ翻訳されていない著作のうち、心から翻訳を願う著作だと言っている著作だと強調する。と同時に、「というよりは、それら〔掌の小説〕と『名人』がです」と書き添え、「次の川端著作にこれらを検討してもよいのではないでしょうか」と提案している。[7]

しかし、翻訳者と原著者が強く希望しているとはいえ、シュトラウスが『名人』の英訳化に踏み切るには、さらなる追い風が必要であった。その最大のきっかけとなったのが、当時クノップフ社の編集長を務めていたロバート・ゴットリーブ（Robert Gottlieb, 1931–2023）の存在だった（ちなみにシュトラウスは一九六六年まで編集長、その後はコンサルティング・エディターという役職に就いているが、書簡を通して見る限り、それまでと同様の編集業務を継続している）。

前掲のサイデンステッカーの書簡（一九七〇年十二月二十日付）を受けて、シュトラウスは、ゴットリーブにこの件を相談したようだ。その約一〇日後、二十九日の書簡でシュトラウスがサイデンステッカーに伝えたのは、次のような内容であった。

まったく不思議なこともあるものだ！　君の十二月二十日付の手紙を我々の現編集長であるボブ・ゴットリーブに見せたのだが、実は彼が囲碁の熱狂的なファンであるということが発覚し、この国では今や囲碁が流行っているという。という訳で、彼は君の『名人』の翻訳を出版するアイディアにとても魅力を感じているようだ。君と川端さんがそうしたいと望んでいることなので、私が君たち三人の提案に喜んで賛成するのに充分な理由になる。[8]

自身も碁をたしなむゴットリーブは、当時アメリカで囲碁の人気が徐々に高まりつつあったことを感知していたようだ。実際、この一二年ほど前である一九五八年にアメリカを訪れた大佛次郎もまた、ニューヨークのグリニッジ・ビレッジを歩き回っている際に、「木の蔭のテーブルでは、人が群れて日本の碁を打ったり西洋の将棋をしている」と、人々が碁に興じている姿を見かけている。[9]

ゴットリーブは、サイモン&シュスター社で編集者としてのキャリアをスタートさせ、一九六一年刊行と同時にベストセラーに躍り出たジョーゼフ・ヘラーの『キャッチ＝22』などを手掛けている。その彼がクノップフ社に籍を転じたのは、一九六八年の四月頃のことであった。クノップフ社の編集長に着任後、彼が編集を担当した作家には、後にノーベル文学賞を受賞することになるトニ・モリスンやドリス・レッシング、ボブ・ディランなどをはじめ、錚々たる作家や各界を代表する著名人たちが名を連ねている。サイモン&シュスター時代から、ゴットリーブの興味は幅広く、自伝や当時活躍していた編集者たちの著書、作家たちのインタビューなどから、ゴットリーブが担当していた作品以外にも関心を持ち、積極的に原稿に目を通していたことを窺い知ることができる。[10]

こうしたゴットリーブの興味の対象の中には、日本文学も含まれていた。ゴットリーブの自伝『熱心な読者——ある人生』（*Avid Reader; A Life*, 2016）には、コロンビア大学在学中に英訳版『細雪』を繰り返し読んだこと、そしてアーサー・ウェイリー訳の『源氏物語』の愛読者であったことが綴られている。[11] 彼の日本文学への興味は、出版社に勤務し始めてからも衰えることはなかった。[12]『名人』英訳の場合も例外ではなく、シュトラウスが翻訳原稿をゴットリーブとも共有していることなどからも、その関心の形跡を読み取ることができる。[13] ゴットリーブのような豊富な出版経験を持ち、英訳の当事者たちに比べ日本文化と一定の距離のある第三者の後押しの声により、シュトラウスは確信を持って英訳化に踏み切ることになる。

2 「囲碁」を訳すということ

『名人』英訳の契約をクノップフ社と取り交わしたサイデンステッカーがまず取り組んだのは、『名人』に記された名人引退碁の対局内容を紐解くことであった。この対局内容の下調べに取り組んでいた一九七一年六月下旬から七月上旬にかけてのサイデンステッカーの日記をあたってみると、そこには、『名人』を読み進めつつ、「名人の謎」（六月二十五日）を読み解こうとする様子が断片的に記録されている。[14] このような下準備を経てサイデンステッカーは、一九七一年七月十四日に『名人』の翻訳作業に着手している。この日の日記には、「午前中の半ばに差し掛かった頃、私は大きくひと呼吸し、『名人』の最初の言葉を打ち出した。文体面では、私が今まで手掛けた他の川端〔の著作〕に比べ、より易しく、よりわかりやすく明確であると思う」などの、翻訳作業の初日の様子が記録されている。[15]

だが、急遽身につけた碁に関する知識では、『名人』に描かれた対局内容を理解し、訳出するには、まだ十分とは言えなかったようだ。翻訳を開始した約二週間後、川端著作を担当していた中央公論社の編集者である伊吹和子《いぶきかずこ》（一九二九～二〇一五）の紹介を受け、同じく中央公論社の編集者で、囲碁に詳しい柳田邦夫《やなぎだくにお》（一九三二～八八）から、『名人』に登場する対局内容や囲碁に関する話を聞き、翻訳するなかで生じた疑問点などを解消している。[16]

翻訳に取り組み始めた当初、囲碁を熟知せずに翻訳に取り組むことに、サイデンステッカー自身も迷いを抱えていたようだ。翻訳作業もちょうど半ばに差し掛かった頃の一九七一年八月十日に『読売新聞』に掲載された記事「川端さんの『名人』を翻訳しながら」には、『名人』を英訳するにあたり、サイデンステッカーのとったスタンスの変遷が記されている。サイデンステッカーは記事の中で、「ゲームといっても、碁は、もっとも難解かつ神秘的であって、ずぶの素人たる私などが、一体どれほど理解し、またほかの素人読者に伝えうるものだろうか」と、「未知の危険な領域にあえてふみこむ心配」を吐露している。[17]また、前述の通り、サイデンステッカーは、『名人』を英訳するならば多少の書き換えや省略は免れ得ないだろうと予想しており、記事の中で、「あらかじめ、川端さんには、この作品の本質を伝える上で、必ずしも必要ではない碁の専門的な細部は、機に応じて省かせていただくという許可を得ておいた」と、前もって部分的な削除の許可を得ていたことを明かしている。

しかし、ここでとりわけ興味深いのは、川端から省略の許可を取っていたにもかかわらず、実際の英訳では、原文の省略を一切行なわないという方針に最終的に落ち着いたという点にある。その省略についてサイデンステッカーは、「やるまいと考えるようになった。原作に出来るだけ忠実に訳すということにきめた」と述べている。[18]

サイデンステッカーは原文の省略を一切行なわなかった理由として、囲碁が海外でも広く知られていること、そして、この『名人』が「碁について何一つ知らない読者にも訴えるというところにある」と説明している。だがここで特筆すべきは、サイデンステッカーの挙げた「思い切った省略や書き換えなど避けたいと思った」のは、「碁は神秘的なゲームで、あくまで神秘的なままにとどめるべきである」という、もう一つの理由である。サイデンステッカーは、その言葉が意味するところを以下のように詳しく説明している。

この小説の効果も、神秘的な雰囲気を巧みによび起こす川端さんの腕の冴えに負うている。一九三八年の手合わせが、この作品の中心となっているが、この手合わせを観戦し、報告している川端さん自身、名人の敗北が決定的となった瞬間、定かにそれと気づいていなかったのだし、手合わせが終わった直後、名人自身すらも果たして何目負けたのか正確には言えないといった個所を読むと、碁というものは何とも不可思議な遊びであり、こうした遊びを単純にわかりやすく見せようなどという企てのむなしさ、いや不誠実さを痛感せざるを得なくなる。〔中略〕「遊び」という言葉を使ったが、じつは碁というのは、スポーツであると同時に芸術でもある。競技的なものと美的なものが、交錯する地点に立つものである。碁には、宗教的、神秘的な要素がふくまれていて、名人その人というよりも、川端さんの描き上げた、いわばフィクション化された主人公の人柄と生涯のうちに、そうした要素が、まことに力強いかたちで具象化されている。

つまるところ、川端さんの「名人」は、奇異な魅力をそなえた不可思議な小説であって、私として、この奇異さ、不可思議さを払い去ろうなどという気には到底なれないのである[19]。

この箇所からは、移植先の読者にとってみれば難解かつ不可思議な囲碁の描写こそが、この小説に内在する宗教的・神秘的要素を引き出すことにつながるというのがサイデンステッカーの考えであったことが明らかになる。加えて、囲碁や対局にまつわる細部を「単純にわかりやすく見せよう」とするのではなく、あくまでも原文に叙述された対局の細かな部分までを余すところなく訳出することにより、東洋の秘技として囲碁の神秘性を維持するという方針に至った経緯を読み取ることができる。

とはいえ、『名人』を余すことなく訳すということは、その主題材である囲碁やそれを取り巻く世界をも、異なる文化圏に移植することを意味する。サイデンステッカーは、これらの要素を実際どのように訳し、移そうと試みたのだろうか。

『名人』には、将棋好きの名人が引退碁の合間に将棋盤を持ち出す様子がたびたび描かれるが[20]、英訳版で際立つのは、この「将棋」の訳出のされ方である。例えば、『名人』の二十七章では、碁を離れ、頭を休めるときにも将棋に熱中し、「勝負ごとの餓鬼」のような名人の執心が描かれている。箱根での対局初日を終えた名人は、自室に引き上げその日の対局内容を調べる大竹七段（名人の対局相手）とは対照的に、世話人たちを交え連珠に興じるが、早々に飽きると、引退碁の観戦記を新聞に連載している浦上の部屋にある将棋を持ち出してくる。

「二抜きは少しふざけたもので、おもしろくありませんよ。将棋にしませう。浦上さんの部屋にある。」と、いそいそと先きに立つて行つた。そして、岩本六段との飛車落ちが、夕飯で指しかけになつた。

やがて、そこに自室に籠っていた大竹が加わる。

大竹七段の部屋からは、夕飯の後にも、ちよつと石の音が聞えてゐたが、やがて下りて来ると、砂田記者と私とを、飛車落ちで翻弄しながら、

「ああ、将棋を指すと、どうも歌がうたひたくなるから、失礼しますよ。実際、将棋は好きだなあ。どうして将棋指しにならないで、碁打ちになつたか、これだけはいくら考へても、いまだに分らない。碁よりも将棋の方が、よほど古いんですよ。[21]〔後略〕」

右の引用箇所に当たる部分は、英訳では次のように訳出されている。傍線および二重傍線箇所の異文化要素がどのように訳出されているか注目してみたい。

"But it's such a lightweight game," he [Meijin] said fretfully as he went out. "We'll play chess. There's a board in Mr. Uragami's room."

His match with Iwamoto at rook's handicap was interrupted by dinner.

〔…〕

After dinner a clicking of stones came sporadically from Otaké's room; but soon he came down for rook-handicap games with Sunada of the *Nichinichi* and myself.

“When I play chess I have to sing. Excuse me, please. I do like chess. I ask myself and ask myself, and for the life of me I can't understand why I became a Go player instead of a chess player. I've been at chess longer than Go.[22]

英訳版『名人』では、傍線箇所の「将棋」が全て“chess”に、そして二重傍線部の「飛車落ち」は、「飛車」がチェスの駒である「ルーク」に置き換えられ、“rook's handicap/ rook-handicap”と訳出されている。また、『名人』で「将棋」という言葉が初出するのは、名人の亡くなる二日前に浦上が名人と将棋を二局指したという説明のあるくだりでのことだが、その初出の一文、「私は十六日に名人を宿へたづねて将棋を二局指した[23]」という箇所は、“I had visited him on the sixteenth and played two games of chess with him.[24]”と英訳され、“game of chess”の隣に「1」という脚注番号が振られている。読者は本編の末尾に設けられたこの脚注説明の項目1にある“Shōgi, which shares a common Indian ancestor with the Western game of chess”（「将棋。西洋のゲームであるチェスと共通のインドの祖を持つ[25]」）という用語説明を目にして初めて、この“chess”が、西洋のチェスではなく将棋のことを指していたと知ることになる。

この事例を含め、『名人』の英訳版では、すべての「将棋」という言葉が、ことごとく“chess”（チェス）に、そして将棋に関わる用語は全てチェス（あるいはチェスを捩った英語圏の将棋用語）のそれに置き換えられている。そのため、本編の末尾にある脚注を見て確かめないことには、余程チェスや将棋に詳しい人物でない限り、ここで名人たちが引退碁の合間に興じているのが西洋のチェスでなく日本の将棋であると感知することはできない。さらに、第九章に登場する「将棋の木村名人」は、"Kimura, Master of Chess" と訳出されている。[26] 巻末の脚注の説明を確認することなく英訳版『名人』を読み進めた読者の目には、あたかも囲碁の名人がチェス好きで、日本にはチェスの名人もが存在すると映るような英訳文が仕立て上げられているのだ。こうした将棋をチェスとする異文化要素の置換方法は、アメリカの読者にとって馴染みのない囲碁を題材とする『名人』において、東西の勝負ごとを混在させることにより、日本のボードゲームを知らない読者の文化的障壁を和らげる機能を果たしている。[27]

将棋が "chess" という言葉に置換されているのに対し、この小説の軸となる異文化要素である「囲碁」は、全編を通して全て "Go" あるいは "go" と表記されている。異文化要素をそのまま移植先の言語に移す際、"*Go*" のようにイタリック表記で異文化要素であることを示す選択肢などもあるなか、なぜあえてこのような表記が採用されたのであろうか。この囲碁が英訳版『名人』でイタリック表記無しの "go" と表記された経緯には、実は翻訳者と編集者とのあいだで交わされた英訳版『名人』のタイトルを決定するに至るまでの交渉過程が深く絡んでいる。

『名人』の英訳にまつわる出版社側の史料に目を通すと、『名人』英訳の現場では当初、最終的に採用された英題とは異なる仮題が用いられていたことがわかる。一九七一年三月二十六日付の英訳版『名人』の契約書には、タイトルの欄に "THE CHAMPION"（『チャンピオン』）との記入があることから、この時点ではまだ『名人』が *The Champion* という題で呼ばれていたことが判明する。[28] この仮題からは、囲碁の競技としての側面、そしてその勝負の世界の高みにまで上り詰めた競技者としての「名人」が想起されるだろう。そのタイトルが *The Master of Go*（碁の名人）となったのは、シュトラウスがサイデンステッカーの翻訳草稿に目を通した直後のことだった。一九七一年十二月二十八日付のシュトラウスからサイデンステッカー宛の書簡には、「タイトルは、THE MASTER OF GO にすべきだと確信している」と記されている。[29] その後、翌年の一月末に英訳版『名人』の序文を執筆していたサイデンステッカーは、その序文に書かれていた名人の名が刻まれた"Shūsai, The Master"というフレーズを切り取り、タイトルにしてはどうかと提案を試みているが、[30] この案は、シュトラウスらに「非常にぎこちない（"very awkward"）」タイトルとして却下されてしまう。この時、クノップ側では皆、THE MASTER OF GO のタイトルを支持していたようで、「ここは我々編集者の判断に任せてほしい」とサイデンステッカーに要請している。[31]

タイトルを決定する際には出版社側の希望が押し通されることとなったが、サイデンステッカーはこのタイトルを受け入れる代わりに、ある条件を呑むようシュトラウスに求めている。それが、"Go"のイタリック表記の排除であった。一九七二年二月二日付の書簡には、こうした妥協形成の過程や交渉の様相が克明に記されている。

たった一つ、小さなことですが、私の希望についても受け入れていただきたいことがあります。イタリック表記の除去についてです。イタリック表記は、基本的に嫌な、悩まされる〔課題〕で、このテクストの"Go"ほどに頻繁に登場する言葉の場合は、イタリック表記にすべきではないと考えています。私が文中で終始イタリック表記を避けていることにお気づきになるとは思いますが、あなたのコピーエディターたちが私の意見を覆すことのないよう、またタイトルからもイタリックを除去するようお願いします。[32]

実際に *The Master of Go* に目を通すと、"go" のイタリック表記が徹底的に排除されていることがわかる。クノップフ版のタイトルでは The Master of Go とイタリック表記を示す下線がついたまで刊行されたものの、後に刊行されたペーパーバック版、そしてイギリスのセッカー&ウォーバーグ社がイギリス向けに出し直した際には、この下線部は消されており、版を重ねるにつれて取り除かれたものと推察される。

サイデンステッカーのイタリック嫌いは、何もこの『名人』翻訳の場合に限ったことではない。『アトランティック・マンスリー』誌の別冊日本特集号 *Perspective of Japan: An Atlantic Monthly Supplement*（1954）に収録された川端の「伊豆の踊子」の英訳を手掛けた際には、同特集号を手掛けていたインターカルチュラル・パブリケーションズ社の編集長ジェイムズ・ラフリンが、サイデンステッカーに宛てた書簡に、「過剰なイタリック表記について君の言うこともわかるが、やはり日本の用語については、そのほとんどでそうしなければ〔イタリック表記にしなければ〕ならないと考えている」との記述があり、そしてその理由として、「読者たちがその説明をグロッサリー（用語解説）で探す」可能性が指摘されている。[33] この文面からは、サイデンステッカーが川端著作の翻訳を手掛け始めた当初から、イタリック表記の多用に抵抗感を示していた様子を窺い知ることができる。[34] サイデンステッカーは、折に触れて「イタリック表記がやたらに多すぎるのも読む気をくじかれる」と主張し、[35] 読書体験の妨げになる恐れからイタリック表記を可能な限り避けていた。その主張がクノップフ社から刊行された『名人』英訳に反映されたことからも、翻訳者の経験に裏付けられた提案が、訳文の生成・校正現場では考慮されていたことが明らかになる。

ここまで見てきたような訳文における異文化要素の訳出・表記方法における工夫の他、『名人』を英訳・出版するにあたり原著と移植先の文化圏の文化的隔差を埋めようとする試みは、序文の生成過程にも垣間見ることができる。

英訳版『名人』の序文の生成過程において特に興味深いのは、囲碁に関する説明の箇所が形作られた経緯である。翻訳原稿に目を通したシュトラウスは、一九七一年十二月二十八日付のサイデンステッカーに宛てた書簡の中で、序文には最低限の囲碁に関する情報を含む必要があるとし、次のように述べている。

ゴットリーブが四語で言い表したこのゲームの目的、"surrounding and protecting the territory（領地を囲み、守る）"は、〔囲碁の〕動きへの理解を大いに深めてくれました。"the way the moves are made（〔駒の〕動かし方）"について、あと二言三言付け加えていただければ、十分です。そうすることによって、小説では少なければ少ないほどよい脚注の一部を、削除することができるかもしれません。[36]

「領地を囲み、守る」とゴットリーブが表現した囲碁のルールは、実際の序文では、"The object is to build up positions which are invulnerable to enemy attack, meanwhile surrounding and capturing enemy stones.[37]"（「〔囲碁の〕目的は、敵が打ち破ることのできない陣地を築くと同時に、敵の碁石を囲み、取ることにある」）と、より具体的な囲碁の攻守の説明が追加されたうえで解説文が練り上げられている。しかし、上記の書簡で特に注目すべきは、シュトラウスの言及した"the way the moves are made"という表現である。囲碁は、碁石を盤上に「置く」、つまり碁石を打つゲームであり、一度打った石は「動かす」ことができない。ところが、シュトラウスは、サイデンステッカーに囲碁において駒をどのように動かすのか、そのルールについて、説明を付け加えるよう促している。

その理由は、それから約半月後の書簡を見ると判明する。シュトラウスは以前に送った書簡について言及しつつ、なぜ"the way the moves are made"という説明の仕方をしたのか、その事情を書き送っている。

> あの時は、私が無知なばかりに、〔囲碁では〕我々のチェッカーの場合のように、ボード上で石を動かすものだとばかり思っていました。ボブ・ゴットリーブからの要求を、石を置く原理について二言三言説明を付け足してほしいとあなたに依頼しているものと解釈すべきでした。[38]

つまり、シュトラウスは、囲碁をチェッカーの場合と同様、円状の駒を「動かす」ものとして認識していたのだ。このシュトラウスによる誤解は、チェスやチェッカー等のボードゲームに慣れ親しんだ英語圏の読者にとって、囲碁のどのような面が特徴的なのか、サイデンステッカーにその異質性を改めて認識させるきっかけとなったようだ。*The Master of Go* の序文には、このやりとりが生かされたと推察される一文、"It is not what might be called a game of moves, as chess and checkers.[39]"（「それは、チェスやチェッカーなどのような、いわゆる動きのゲームではない」）が組み込まれている。

このように、要求・妥協といった交渉過程のみならず、訳者と編集者の対話が発想源となる場合もあるのだ。

ここまで詳述した翻訳・編集過程やそこに残された妥協形成の跡をたどると、日英翻訳に特化した人物（サイデンステッカー）、そして日本語・日本文学を解し、なおかつアメリカにおける出版事情を熟知した編集者（シュトラウス）、さらに日本語は解さずともその題材である囲碁を知る編集者（ゴッドリーブ）など、さまざまな背景・能力を持つ人物間での対話を通して、英訳版『名人』の諸要素が形づくられたことが明らかになる。

3　刊行準備段階での川端の死

サイデンステッカーの手掛けた翻訳原稿は、一九七二年一月上旬にコピーエディティング部門に送られ、そこで英訳原稿のゲラ刷りが作成されている。[40] ところが、刊行準備の最終段階に入った『名人』の英訳現場は、誰もが予想もしなかった事態に見舞われることになる。それは、原著者である川端康成の突然の死であった。

一九七二年四月十六日、川端康成は、仕事部屋にしていた神奈川県にある逗子マリーナの自室にて、ガス自殺を遂げたと言われている。実は川端は、その月の初めにシュトラウスに宛てて、ある一通の手紙を書き送っていた。サイデンステッカーの『源氏日記』には、川端がシュトラウスに宛てた書簡にまつわる記述も残されている。

この数日間で、なぜ年老いた人々が春に自殺するのか分かってきたような気がする。我が家の窓の外は、命に満ちている。岩崎邸の向こうには欅《けやき》の木が生い茂り、風がそこを吹き抜け、春の新緑が素晴らしい。〔中略〕これが自分の周囲には命を感じるが、自分の中には命を感じないということである。少なくとも私には戻る場所、『源氏物語』がある。ハロルド・シュトラウスが彼から最近受け取った手紙から判断すると、どうやら川端さんには、それすら残されていなかったようだ。彼は、アメリカを再び訪れるつもりで印税をアメリカで預けていた。ところが、自殺の二、三週間前に書いたであろう手紙では、それを日本に送金するよう頼んでいたらしい。再び海外へ旅する可能性を考えるには疲れすぎていたと、これ以上執筆のことを考えるのにも疲れすぎていると話していたそうだ。[41]

サイデンステッカーがここで言及している、シュトラウスが川端から受け取っていた書簡というのが、一九七二年四月三日付の左の書信である。

敬愛する Harold Strauss 様

今年は久しぶりで New York でお会ひ出来るかと、楽しみにして居りましたが、近ごろ、少し健康を悪くして、この体では、外国旅行は困難と思ひあきらめました。幸ひを失つたやうです。さびしいことです。私がいつアメリカ合衆国へ行けますか、その予定も今はなくなりました。そのやうな事情で、はなはだ勝手ですが、急なお願ひをいたします。私の小説作品の版権料（印税）copyright、これまでお預けしてありました総計全額を、なるべく早く私あてにお送りいただきたく存じます。長年、御保管の御面倒を、この際改めて御礼申上げます。全額が現在何ドルになつて居りますか、私は分りませんが、多分、私の大きい助けになるほどであらうし、私の作品の翻訳出版についてのお心づくしを思ひ出して、感謝を新にいたします。御送金下さいます方法は、私あての小切手でよろしいと思ひます。他によい方法をお考へ下さいますなら、その方法でも結構でおまかせいたします。税金 tax はアメリカでお納め下さつてゐることと思ひます。そのこともありますので、計算報告書も合せてお送り下さいませ。右、何卒よろしくお願ひいたします　敬具

四月三日

川端康成
Yasunari Kawabata

Seidensticker 氏が翻訳中の「名人」は「ゴ」といふ日本（中国）のゲエムを扱つてをりまして、西洋に分りにくい点もありませうが、心は通じてくれると思ひます。私自身は最も愛する作品なので、その出版を非常な楽しみにいたして居ります。

三島氏の「豊饒の海」も御出版下さいますとか、これは大きい反響を呼びますでせう。三島氏の死を惜む歎きと悲しみとは、私から離れる時がありません。[42]

この書簡には、川端が最も愛着を持つ『名人』の英訳刊行を心待ちにしていたことを読み取ることができる反面、健康の衰えからもはや外国旅行をすることが叶わないという失望をその文面に垣間見ることができる。川端の死から約二週間後、シュトラウスはサイデンステッカー宛の書簡の中で、この書簡を受け取った時のことを回顧し、川端の死には三島の時ほど驚かなかったと、打ち明けている。

あなたにとって、大変な時だったことでしょう。しかし奇妙なことに、私は三島の時ほど川端の死に驚かなかったのです。一ヵ月ほど前に、私は彼から実に悲しい手紙を受け取っていました。彼からの頼みで、印税をこちらで保管していたのですが、それが、かなりの額になっていました。これは彼がアメリカをもう一度訪れるつもりだったためなのですが、最後の手紙で彼は、これ以上執筆をするのには、ましてやアメリカに再び来るには疲れすぎたと、ある程度詳しく説明してくれました。そして、貯まった印税を、日本の彼のもとに送金するよう頼んできたのです[43]。

『川端康成全集』補巻2に収録された前掲の書簡の解題には、この川端からシュトラウスに送られた書簡が「ストラウス氏あての後の方の書信は、おそらく川端としては最後に近い一つと思はれる」との説明があるが[44]、少なくともシュトラウスにとっては、川端から受け取った最後の手紙となった。そして、川端が死を迎えることとなる五日前の四月十一日には、コピーエディティング部門に回されていた翻訳原稿の校正用原稿が刷り上がり、サイデンステッカーに発送されている[45]。

そして四月十六日、ちょうど日本にいたサイデンステッカーが川端の死の知らせを聞いたのは、外出先から東京の自宅に戻った夜十一時頃のことで、川端の死亡推定時刻である午後六時頃からわずか五時間ほど後のことだった。帰宅した際にちょうど受けた電話で、川端が亡くなったことを産経新聞の記者から聞き知ったという。その二日後に記した日記でサイデンステッカーは川端の死を、こう振り返る。

我々〔サイデンステッカーと中央公論社の伊吹〕は午前二時に鎌倉に到着した。鎌倉のお宅〔川端邸〕に続く小道はごった返していた。表の通りには、百台もの自動車が駐車していたに違いない。カメラのフラッシュと突き出されるマイクが凄じく、またテレビの照明もあまりに眩しく、水溜りを避けて通るのは至難の業だった。

　門内に入ると、全てが静寂に包まれていた。大勢が集まり、葬式の手配に関する話し合いが進んでいた。私が最初に線香をあげた時、その顔には布がかけられていた。そして、一時間以上たった頃、お別れを言うよう案内され、布が外された。その表情は穏やかで、顔色の変化も見受けられなかった。眠っているようだったと言いたいところだが、彼が寝ているところを一度も見たことがなく、またあの並々ならぬ眼差しがないためか、私の知っていたその顔と大分違うように見えた。[46]

サイデンステッカーはその後、川端の葬儀への参列、そして川端関連の新聞記事やインタビュー等の対応に追われることになるが、川端の死から一週間後に再び『名人』英訳関連の作業に戻り、その校正に取り掛かっている。ゲラ刷りの確認を終えたサイデンステッカーが校正原稿を送り返す際にシュトラウスに宛てた四月二十三日付の書簡には、「川端の死に顔を目の前にして、彼が名人の死に顔を描写する箇所に目を通すのは、何とも難しい、いや、むしろ奇妙な作業だった」と、川端の死の直後に『名人』の翻訳に目を通すサイデンステッカーの心境が語られている。[47]
　川端の死がもたらしたものは、このような翻訳者の複雑な心境にとどまらない。刊行前であった英訳版『名人』の出版現場では、川端の死に伴い、著者紹介の書き換えが行なわれている。前掲した書簡の中で、サイデンステッカーは、著者紹介の書き換えが必要になったと、シュトラウスに以下のように伝えている。

"Note About the Author"（著者に関する覚書）にも勿論変更が必要です。少なくとも最後の一文は外さなければなりませんし、もしかしたらこのような文を追加してもよいかもしれません。"Kawabata was found dead, by his own hand, on the evening of April 16, 1972. He left no suicide note, and no satisfactory explanation for his suicide has been offered."（川端は、一九七二年四月十六日に自らの手で命を絶ち、亡くなっているところを発見された。遺書は残されておらず、また納得のいくような彼の自殺の理由の説明はなされていない）恐らくその覚書は、あなたが書かれたものでしょうから、修正はおまかせします。最後の一パラグラフを切り取ることができたらどんなによかったことでしょう。[48]

この"Note about the Author"とは、クノップフ社から刊行された日本文学の巻末に挿入される著者紹介のことである。クノップフ社の英訳版『名人』に関連する史料フォルダーの中には、変更される以前の著者紹介の草案が残されているが、川端の生前に刊行された英訳版川端著作に使われていた著者紹介の最後のパラグラフには、川端の活躍がこう記されていた。

He is also a prominent literary critic, and has discovered and sponsored such remarkable young writers as Yukio Mishima. In 1948 he was appointed chairman of the Japanese Center of the P. E. N. Club. Like so any other Japanese writers, he lives in Kamakura.[49]

（彼はまた著名な文芸評論家であり、三島由紀夫などの優れた若い作家たちを見いだし支援している。一九四八年には日本ペンクラブの会長に任命された。他の日本人作家たちがそうであるように、彼は鎌倉に住んでいる）

しかし、川端の死の直後、サイデンステッカーから書き換えの必要性を指摘されたシュトラウスは、すぐさま最後の一文をサイデンステッカーの提案した新しい二文に書き換え、現在形で書かれていた箇所をすべて過去形に変更している。[50] 以上のような過程を経て、その数ヵ月後に刊行された英訳版『名人』の著者紹介の最後のパラグラフには、"Kawabata was found dead, by his own hand, on the evening of April 16, 1972. He left no suicide note, and no satisfactory explanation for his suicide has been offered." と川端の最期を記した新たな二文が刻まれることになった。[51]

こうして英訳版『名人』は、川端の死から約五ヵ月後の一九七二年九月二十六日、クノップフ社から *The Master of Go* として刊行された。当初この英訳版『名人』の初版発行部数は、それまでに刊行されていた川端の著作よりも低く設定されていた。一九七二年三月十四日付の印刷予定部数並びに販売予定部数などが記された書類 "Publishing Summary for AAK, The Master of Go" によると、英訳版『名人』の初版部数は、印刷部数が七五〇〇部、販売に回す部数が五七五〇部に設定されていたことがわかる。[52] これは、英訳版『名人』が刊行される二年前に出版された英訳版『山の音』の場合（印刷予定部数：一万部、販売予定部数：八〇〇〇部）と比較すると、[53] 印刷予定部数が二五〇〇部、販売予定部数が二二五〇部抑えられている。
ところが、*The Master of Go* は上梓後、出版社側の想定をはるかに上回る販売部数の伸びを見せ、刊行後わずか一週間で四八〇〇部を売り上げるという好成績を残している。[54] さらにその一週間後には第二刷が決定しており、[55] 翌年の一月十二日にシュトラウスがサイデンステッカーに宛てた書簡には、「この本が驚くほどよく売れ続けていることをお伝えすることができて嬉しいです。これまでに約七三五〇部を出荷してきましたが、やや難解な小説にしては、非常に良い〔売り上げ状況だ〕と思います」と、シュトラウスの驚きが綴られている。[56]
販売部数のみならず、英訳版『名人』の刊行直後から一九七三年にかけて、アメリカの主要紙や地方紙に掲載された *The Master of Go* に関する書評は多数にのぼり、一九七二年十一月十一日の『読売新聞』夕刊でも、サイデンステッカーが「精魂を傾けて難解な翻訳に取り組んでいた」『名人』が、「英語圏の新聞、雑誌の書評欄をにぎわせている」ことが報じられている。[57]
なぜ当時英訳版『名人』の刊行は、ここまでの反響を呼んだのであろうか。そして、アメリカで受容され、『名人』像が形成されていくにあたり、*The Master of Go* はどう読まれ、語られたのだろうか。

4　*The Master of Go* と冷戦の影――「もしナボコフが観戦記を書いたならば」

英訳版『名人』が出版された約一ヵ月後に『ニューヨーク・タイムズ』紙に掲載された書評「ボビーとボリスについてナボコフが記事に書いたかのような」(“As if Nabokov had reported on Bobby and Boris”）の冒頭文には、以下のような内容が綴られている。

世紀のチェスマッチは終わりを迎えた。ボビー・フィッシャーの席やボリス・スパスキーの誇りは、粉々に打ち砕かれ組み立て直された。しかし、もし『タイムズ』紙が、ウラジーミル・ナボコフの有名なチェス熱につけ込み、我らの最も著名な作家にレイキャヴィークに赴き、対戦を取材するよう上手く説得することができたとしたら、どうなったことだろうか。そして、至るところでその出来事を芸術・歴史劇の一場面として見ているあいだに、もしナボコフが、チェスの戦術分析のみならず、彼の芸術のなすがままに二人のプレーヤーたち自身を彼らの家族や友人たち、マネージャー、審判、そこまで重要でないチェスの名人たちや記者たちとともに細かに分析した本を授けてくれたとしたら、どうなるだろうか。[58]

英訳版『名人』が刊行された当時の書評には、右記のような作家のウラジーミル・ナボコフ、そして英訳版『名人』の刊行直前に開催された世界チェス選手権で注目を集めたボリス・スパスキーとボビー・フィッシャーへの言及が繰り返し現れる。なぜ、書評者たちはこれらの二つの要素を書評に組み込んでいたのだろうか。

ナボコフは、チェスのグランドマスター（名人）を主人公とした小説『ディフェンス』（英：*The Luzhin Defense*, 原（露）：Защита Лужина, 1930）を著しており、その英訳は、英訳版『名人』が刊行される八年前にパットナム社から出ている。*The Master of Go* の刊行日当日に『ボストン・マス・モーニング・グローブ』紙（*Bosston Mass Morning Globe*）に掲載された書評では、「この小説は、テーマやニュアンスに富んでおり、例えば、ナボコフのチェスにまつわるノヴェラ『ディフェンス』を想起させるようなアーティストの独我論を探求している」と、その『ディフェンス』を直接引き合いに出している。[59]『ディフェンス』は、川端の『名人』と似通っている点はあるものの、ボードゲームを題材にしているという点、また、主人公がグランドマスター（名人）であり、いずれも名人の死で終わりを迎えるという点以外は、筋の展開も、棋士の描写も大きく異なる。しかし、川端が『名人』で囲碁の観戦記を書いたように、「もし仮にナボコフが世界チェス選手権の観戦記を書いたならば」という想像をめぐらせつつ先行文学をその紹介に組み込むことにより、書評者たちは、読者が小説の内容を連想しやすいような語りを展開している。

また、先述の通り、『名人』の英訳が刊行された一九七二年は、偶然にも当時三年周期（現在は二年周期）で開催されていた世界チェス選手権の年に重なっている。アメリカ全土の注目を集めたアメリカのボビー・フィッシャーとソ連のボリス・スパスキーの対局、そしてフィッシャーによる世界チャンピオンの座の奪取は、ボードゲームに対する人々の関心が高まる契機となるだけでなく、英訳版『名人』が予想以上に売り上げを伸ばす追い風の一つとなったようだ。クノップフ社のほうでも、『名人』の刊行時期と偶然にも重なった世界チェス選手権の効果にいくらかの期待を寄せていたようだ。シュトラウスのアシスタントであるエレノア・フレンチは、アジア内における英訳のペーパーバック版の再販契約を交わしていたタトル社のチャールズ・E・タトルへ宛てた書簡で、「チェスのスパスキー対フィッシャー戦が、熱狂的な観戦者たちの一部を『名人』に導いてくれるのではないかと期待している」と打ち明けている。[60]

一九七二年七月十一日にアイスランドのレイキャヴィークで始まったこのスパスキーとフィッシ

ャーとのチェスマッチは、当時の米ソ間の政治的背景と切り離すことのできない盤上の代理戦争であった。それまでチェスはソ連のお家芸であり獲得が難しいと考えられていたチェスの世界チャンピオンの座が、フィッシャーというアメリカ人の名チェスプレーヤーの登場により、初めて奪われようとしていたのである。

この世界選手権がアメリカ国内で注目を集めたのは、当時の政治的背景の他、メディアの大々的な宣伝により、それまで内輪での営みであったチェスが観戦スポーツへと変化したこと、そしてフィッシャーの人物像によるところが大きい。この対局における「心理的、政治的、個人的側面」に惹かれ[61]『ザ・ニューヨーカー』誌に掲載する記事の取材をしにアイスランドに赴いた作家で文芸批評家、哲学者でもあるジョージ・スタイナー（George Steiner, 1929–2020）は、フィッシャーが「歴史とチェスの社会学」を変えるのみならず、一夜にして「試合のアマチュア経済学を大金へと変化」させ、「国民の凄まじい熱狂ぶりを生み出した」と証言している[62]。この歴史的な試合は、最終的にスパスキーの敗退、失冠をもって九月一日に幕を閉じた。この熱が冷めやらぬ九月末に、クノップフ社から *The Master of Go* が発売されたという訳である。『名人』の書評のうち、この世界チェス選手権について言及したものは、先に挙げた例も含め、筆者が見た限りでも八本にのぼる。いずれの書評においても、大衆がその夏に共有した出来事を通して読者のボードゲームの興味を掻き立てるような文言を枕として組み込むことにより、囲碁との接点のない人々が *The Master of Go* へ関心を抱くような語りが編まれていた[63]。

『名人』を発想源とし、名人の引退碁をこうした冷戦期の世界チェス選手権をめぐる文脈へと置き換えたのが、一九八五年に米アカデミー賞で外国語映画賞を受賞したフランス・スイス合作映画

La Diagonale du fou（『フール〔ビショップ〕の対角線』1984, 英：*Dangerous Moves*『危険な動き』）である。[64] 同作は、一九八三年のスイスを舞台とし、ソヴィエト連邦のグランドマスター、ミシェル・ピコリ演じるアキヴァ・リーブスキンドと、彼のかつての教え子でソ連からスイスに亡命したパヴィウス・フロムとのチェスマッチが話の軸となっている。二人のチェスをめぐる駆け引きは、周囲を巻き込みつつ、東西の政治的対立を色濃く投影しながら展開する。主人公二人の設定は、先に触れたスパスキー対フィッシャーというよりもむしろ、それに継ぐ世界チェス選手権（一九七八年）、すなわちソ連出身のグランドマスターであるアナトリー・カルポフと、その挑戦者ヴィクトール・コルチノイ（ソ連出身、スイスに亡命）を彷彿とさせる。同作では、対局を重ねるにつれアキヴァの抱える病が進行し、命を削りながらも試合に臨みつづけるグランドマスターの姿、試合の条件をめぐる二人の駆け引きなど、『名人』で描かれた囲碁の名人と挑戦者の姿、二人の関係性、そしてそれを取り巻く周囲の人々や囲碁の世界そのもの、さらに名人であることの孤独や厳しさが、描写のされ方こそ違うものの、息づいている。また、試合の合間に囲碁やチェッカーに興じる場面なども登場し、監督のリシャール・デンボ（Richard Dembo, 1948–2004）が『名人』を発想源とした痕跡を至るところに見いだすことができる。

　川端の『名人』で描かれる囲碁の世界・主題・要素と、冷戦期における東西対立の政治的構図、代理戦争としての働きを担っていた世界チェス選手権の文脈との親和性の高さを裏書きする翻案の一例とも言えよう。前掲した書評に見た、書評者たちがスパスキー対フィッシャーの世界選手権と川端の『名人』を結びつけたような力学が、ここでもまた働いている。[65]

5　本因坊秀哉に重ねられた川端像

先行文学と関連づけた読み、そして世界チェス選手権への言及とともに、英訳版『名人』の書評には、もう一つ顕著な特徴が見られる。英訳版が刊行される約半年前に原著者が死去したことにより、原典には見られなかった新たな『名人』の読みが生まれたのだ。英訳版『名人』がアメリカで刊行される約五ヵ月前の川端の死は、その一年四ヵ月ほど前の三島由紀夫の衝撃的な死が人々の記憶に新しかったこともあり、『ニューヨーク・タイムズ』紙などでも大きく報じられた[66]。そのような背景から、英訳版『名人』が刊行されると、『名人』に描かれた名人・秀哉の死には、文芸の名人としての川端像や、川端の死が重ねられて語られるようになる。

中でも、前にも触れたジョージ・スタイナーが『ザ・ニューヨーカー』誌に掲載した英訳版『名人』評では、川端が繰り返し取り組んできたテーマが『名人』にどのように現れているか説明がなされるとともに、名人芸を極めた者がたどる末路が語られる。

本因坊秀哉は、「碁の伝統において、その生き方や芸のあり方が崇拝されていた本物の名人たちの最後の一人であった〔中略〕偶像崇拝と因習の打破の精神が混在する時代に、名人は、旧来の崇拝対象の最後の生き残りとして、最後の対局に臨んだのだ」。ヘッセの知性と道徳観の核として解釈されるガラス玉演戯は終わりを迎え、本物のマギステル・ルディはもう戻らない。この古いものから新しいものへの変化、そしてそれが日本人の人生にもたらした消えることのない苦悩は、川端にとって不変のテーマであった。〔中略〕彼は、一九六八年にノーベル賞を受賞し、そして一九七二年に何の説明も残すことなく自殺した。一九五四年に出版されたにもかかわらず、『名人』は、何よりも良い手がかりになるかもしれない。完成の後には、敗北しか残されていない。[67]

スタイナーがここで触れた「本物のマギステル・ルディ〔演戯名人〕」とは、ヘルマン・ヘッセがノーベル文学賞を受賞したきっかけとされる『ガラス玉演戯』（*Das Glasperlenspiel*, 1943, 英：*The Glass Bead Game*, 1949）の主人公クネヒトのことを指している。『ガラス玉演戯』は、二十五世紀初頭の中央ヨーロッパの架空の州、カスターリエンを舞台とし、その二〇〇年ほど前に実在した人物、「ガラス玉演戯」に携わる演戯名人となったクネヒトを回想する形で話が展開する。物語の終盤では、クネヒトが音楽名人の地位を辞し、晴れて自由の身となり弟子を迎えた矢先に、彼は突然の死を迎えることになる。スタイナーは、この「驚嘆し畏怖する人」「神秘の境から来た魔術的演戯の名人」であるクネヒトと、[68]『名人』に描かれる秀哉の姿に、ノーベル文学賞を受賞した後に訪れた川端の死を重ねている。

名人の姿に川端の姿を見たのは、スタイナーにとどまらない。ノースカロライナ州の地方紙『ニュース＆オブザーバー』（*The News & Observer*）に掲載された書評では、「碁の名人について彼〔川端〕が語ると、彼自身の長い人生と今年の彼の死〔四月、享年七十三〕を思い出す」という前置きとともに、「非現実的にも見えるが、それは一芸に執して、現実の多くを失つた人の、悲劇の果ての顔だからでもあらう。殉難の運命の顔を、私は写真に残したのであらう[69]」という、名人の死に顔を写した浦上が、その写真をめぐり内省する場面（第八章）の一節が引用されている。また、書評者の中には、原著が戦中・戦後に二〇年余りの歳月を費やし執筆されたこと、そして川端が死を迎えるはるか以前に刊行された著作であることを全く無視し、「「碁」――著者の死の手がかり」（"Go": a clue to author's death"）というタイトルを掲げ、「この心に迫る物語を読むと、著者の死の理由に少なくとも遭遇しているのではないかという思いを抱く」[70]と、著者の死の手がかりが、あたかも『名人』に隠されていると示唆するかのような文言を組み込む者までもが現れている。

原著が日本で刊行された当初、書評者たちの印象に残ったのは、そこにある一つの人間の生き方を見いだすことができるという点であり、その関心は、観戦記に基づいたこの『名人』を他の川端著作と比べた際の特異性、そしてノンフィクションをフィクション化した川端の手腕など、技巧的側面に向けられていた。例えば、原著が日本で刊行された当時の書評者の一人である正宗白鳥は、『名人』を通読して、「一種の人間の見本、一人の人間の生死の正体を、わが心に刻するやうな感じを受けた」という感想を綴っている。[71]しかし、英訳を通じて『名人』の書評者たちが見いだしたのは、一人の人間の生き方というよりも、名人の生きる姿勢に重なる原著者川端の姿、そしてその文芸の名人としての姿であった。本節で見てきたアメリカ側の一連の書評には、川端が逝去した直後に英訳が刊行されたからこそ生まれる、日本での『名人』刊行時の反応にはなかった、この時点・文脈ならではの読みが引き出された様子を垣間見ることができる。

ここまで囲碁との接点のない読者たちに向けて書かれた書評を見てきた。だが、では、当初クノップフ社の編集者・翻訳者たちが想定読者として視野に入れていた囲碁愛好家たちからの反応とは、いったいどのようなものだったのだろうか。

6　囲碁における「残りの一分間」

英訳版『名人』がクノップフ社から刊行されることは、その刊行以前から愛好家たちのあいだでもすでに知られていたようだ。日本棋院は、海外に向けた囲碁文化の普及を目的とし、一九六一年から英語圏の囲碁愛好家向けに英語版の月刊囲碁雑誌『ゴ・レビュー』（*GO Review*）を発行しているが、その一九七二年二月号には、近々英訳版『名人』が刊行されることが告知されている。[72] さらに、*The Master of Go* が出版された翌年である一九七三年二月号には、その書評が掲載されている。ところが、英訳版『名人』に対して囲碁愛好者が見せた反応は、極めて厳しいものであった。その書評を手掛けたピーター・ギルダー（Peter Gilder）は、サイデンステッカーが川端の繊細かつ詩的性質を有する文体を見事に翻訳していると認めつつも、その三ページの書評のうち実に二ページを、囲碁用語の翻訳の仕方や誤訳、そして、囲碁愛好家が訳文を読んだ際に覚える違和感などの批判に割いている。[73]『名人』のモデルとなった本因坊秀哉と木谷實《きたにみのる》（一九〇九～七五）の名人の引退碁の内容を詳細に解いた *Meijin's Retirement Game*（『名人引退戦』、2010）の著者、ジョン・フェアバーン（John Fairbairn）もまた、囲碁プレーヤーから見た際に浮上するサイデンステッカー訳の問題点に言及している。囲碁愛好家たちの視点から見ると、この英訳版『名人』はいったいどのような点で問題を抱えていたのだろうか。

フェアバーンの著書 *Meijin's Retirement Game* の巻末付録ページには、"The novel, *The Master of Go*"（小説、『名人』）というタイトルのついた、英訳版『名人』の各章の解説が収められている。

フェアバーンは、なぜこのような解説を組み込んだのか、次のように説明している。

私は、この囲碁の対戦は、サイデンステッカー(一九二一~二〇〇七)の関心をあまり引かなかったのだろうと、そして我々西欧の囲碁プレーヤーたちがその価値を認めるほどに彼は対局に注意を払っていなかったのではないかとみている。彼は、詳細を気にする西欧の囲碁プレーヤーたちがたくさんいることを知っておそらく驚いたことだろう。だが、やはり〔そのような囲碁プレーヤーたちは〕いるのだし、我々囲碁プレーヤーにとって、かなりの支障を来す問題がこの翻訳にはある。〔本書では〕これらの問題を改善することにより、英語版が囲碁プレーヤーにとって一層面白いものになるよう期待している。[74]

囲碁に通暁するフェアバーンが指摘したサイデンステッカーの訳文の綻《ほころ》びは、囲碁用語の誤訳や対局状況の誤解など、多岐にわたる。ここでは中でも、囲碁を知らない読者が英訳文を読んだ場合にも、訳文が原著とかけ離れた印象を与える要因となるような翻訳者の囲碁に対する認識の甘さを取り上げ、その訳文のいったい何が問題なのか探っていくこととしたい。

『名人』の第十章では、その前の章で打ち始め式を終えた名人引退碁の二日目の対局の模様を通して、名人と大竹七段の戦いに臨む姿勢やその棋風の違いなどが描かれる。「名人と大竹七段とでは、対局の緊張も静と動と、無神経的と神経的と、表面は正反対の現はれ方をするのだつた[75]」と対をなすように描かれた両者の棋風が、対局中の二人の息遣いや小用の頻度など、両者の一挙一動の綿密な描写を通して浮き彫りにされていく。その流れのなか、大竹の気合いみなぎる強い棋風が以下のように描き出される。

しかし、七段の碁がそのやうに神経質なわけではなく、逆に力のこもつた線の強い棋風だつた。長考のたちだから、いつも持ち時間が足りないが、いよいよ時間に追ひつめられると、記録がかりに秒を読ませながら、残りの一分間で、百手も百五十手も持つことがあつて、その時のすさまじい気合ひは、かへつて相手をおびやかすのだつた。[76]

この箇所は、サイデンステッカーの英訳ではこう訳されている。

Yet for all the outward tension, Otaké's game was far from nervous. It was a powerful, concentrated game. Given to long deliberation, he habitually ran out of time. As the deadline approached he would ask the recorder to read off the seconds, and in the final minute make a hundred plays and a hundred fifty plays, with a surging violence such as to unnerve his opponent.[77]

（しかし、そのようなあらゆる表面上の緊張にもかかわらず、大竹の棋風は神経質さから程遠いものだった。力強く、集中した棋風であった。長考する傾向があるため、時間がなくなるのが常であった。制限時間に近づくにつれ、彼は記録係に秒を読むよう頼み、残りの一分間に、打ち寄せるような激しさで百手も百五十手も打つため、対局相手を怖気付かせるのであった）

フェアバーンは、英訳版『名人』の解説において、この箇所にある "in the final minute" という訳語が具体的に何を指し示しているのかを詳しく説明している。

実のところ、この箇所は、秒読みの最後の一分間のことを指しており〔川端は、時間内に次の一手を打てば〔対局時間が〕長く更新される〔意味合いでの〕「残りの一分間」と正確に書いている〕、こうした手を百手以上も繰り出すこと、つまりそのような打ち合いが数時間も続くことがあると言っているのだ。[78]

ここでフェアバーンが言及している「秒読み」とは、時間制で定められた持ち時間を使い切った後に、一定時間内に打てば時間切れにならないという、時間制とともに導入された規則である。つまり、前掲の引用箇所で川端が描いた秒読みの様子は、この「残りの一分間」に大竹が次の一手を打てば対局は続いていくということを意味しており、その時間制限と緊張の中で百手も百五十手も打ち続ける忍耐力・手腕・判断力のある大竹の力量について川端は説明しているのだ。

しかし、英訳文の下線部を詳しく見てみると、原文で語られている状況、つまり秒読みの残り一分で打つ状態を大竹が百手も百五十手にもわたり維持するという状況が極めて伝わりづらい訳となっているこことがわかる。サイデンステッカーは、「残りの一分間で」という箇所を、前置詞"in"を用いて"in the final minute"と訳出している。さらに「残りの一分間で、百手も百五十手も持つことがあって」という箇所にある「持つ」の意味をサイデンステッカーは明らかに取り損ね、永くその状態を維持するという意味合いでの「持つ」ではなく、大竹が「百手も百五十手も打つことがある」（"make a hundred plays and a hundred fifty plays"）と解釈している。しかしこの英訳文では、前置詞の“in”が「方法・手段」の“in”ではなく「時間」を表す“in”、つまり「残りの一分間内に、百手も百五十手も打つことがあって」という意味にしか取れない。言い換えれば、“in the final minute make a hundred plays and a hundred fifty plays”という英訳文は、囲碁のルールを知らない読者、あるいは原著を知らない読者に、あたかも大竹が超人的な動作で「最後の一分以内」（“in the final minute”）に百手も百五十手も打っているような奇怪な印象を生じかねない訳となっている。

さらに付け加えると、「その時のすさまじい気合ひは、かえつて相手をおびやかすのだつた」の英訳文“with a surging violence such as to unnerve his opponent”では、原文の「すさまじい気合ひ」に当たる箇所が“with a surging violence”（「打ち寄せるような激しさで」）と訳出されている。原著では、あくまでも大竹の「すさまじい気合ひ」がこの場面描写の主役に据えられていたのに対し、英訳文ではその打ち込みの動作に焦点が置かれ、その動作自体に荒々しさが付与されている。サイデンステッカーは、実のところ大竹が最後に一分間以内に百も打つと、思い込んでいたのではないだろうか。そうした印象を禁じ得ないほどに、この加筆により、英訳文では大竹の対局相手に見せる圧倒的、暴力的な荒々しい打ち込みの様子が劇的に描写され、原著よりもはるかに激しい、あたかもスポーツを見ているかのような大竹の棋風が印象付けられている。

この「残りの一分間」にまつわる翻訳の事例からは、サイデンステッカーが原著の主題材である囲碁の世界との距離を思うように縮めることができないまま英訳した結果、原文に描かれていた大竹の圧倒的な強さと気合いが、英訳において囲碁のスポーツとしての側面を印象づけるような誇張された訳文へと変換されていたという事実が浮かび上がってくる。

7 創作源としての『名人』——*Positively Fifth Street*（2003）

英訳版『名人』を通して強められた囲碁のスポーツとしての性格は、二〇〇〇年代に入ると、ある創作の連鎖を生み出している。『名人』の執筆経緯が、あるノンフィクションの触発源となっているのだ。それが、シカゴ美術館附属美術大学のライティング・プログラムで教鞭をとるジェイムズ・マクマナス（James McManus, 1951–）が、二〇〇三年にファラー・ストラウス＆ジルー社から出版した*Positively Fifth Street: Murderers, Cheetahs, and Binion's World Series of Poker*である。[79]

*Positively Fifth Street*は、囲碁と同様、マインドスポーツの一種とされるポーカーの世界選手権を題材にしており、アマチュアのポーカー・プレーヤーである著者が、『ハーパーズ』誌の取材の一環として記したノンフィクションである。マクマナスが、二〇〇〇年のポーカーの世界選手権（WSOP）に参加しファイナルテーブルまで勝ち進んだ経緯について、そしてラスベガスの有名カジノ「ビニオンズ・ホースシュー」の経営者でWSOPの立ち上げに関わったベニー・ビニオンの息子、テッド・ビニオンの殺人事件とその裁判を中心に、話が進められる。この*Positively Fifth Street*では、マクマナスが、世界選手権におけるポーカー・プレーヤーの心理や手腕、そしてそれに興じる姿をどのように描写すべきかを、マインドスポーツを題材とした小説やその他の文学を引き合いに出しつつ模索する語りがたびたび展開される。そのような語りのなか、英訳版『名人』は、このノンフィクションの「オン・ザ・バブル」という章で、著者が同僚から創作源にと勧められた本として登場する。

ゴート・アイランド・パフォーマンス・グループのメンバーで文筆家でもある私の同僚、マシュー・ゴウリッシュは、私がワールド・シリーズを取材することを聞き、川端康成の『名人《ザ・マスター・オヴ・ゴ》』を読んだことがあるか、と訊いてきた。私がないと答えると、マシューは驚いていた。というのも、彼は私が短編小説のセミナーで川端の『掌の小説《パーム・オヴ・ザ・ハンド・ストーリーズ》』を教材にしていることを知っていたからだ。その二日後には、私の郵便受けに新品の『名人』が届いた。〝インスピレーションを感じてくれ。マシュー〟彼は長年にわたって手元に置いておくべき本を数多く推薦してくれているので、私はそれを家でその晩のうちに読んだ。〔中略〕それはポーカーについての本でないばかりか、どうやってプレイするのかもわからないゲームの展開を詳述したものだった。その緻密な筆致は、ナイトテーブルに危なっかしく積み上げられたカウボーイ流のアドヴァイス本とはあまりにもかけ離れていた。[80]

そして、マクマナスが『名人』の執筆背景や名人の引退碁について触れた後には、次のような説明が続く。この箇所については、英訳版『名人』との比較のため、原文を引用することにしたい。

His new narrator follows the glacial action from below and outside. "I was not so much observing the play as observing the players. They were the monarchs, and the managers and reporters were their subjects." An amateur player himself, Kawabata hopes to "report on Go as if it were a pursuit of supreme dignity and importance — and I could not pretend to understand it perfectly — I had to respect and admire the players. I was presently able to feel not only interest in the match but a sense of Go as an art, and that was because I reduced myself to nothing as I gazed at the master." His translator, Edward Seidensticker, explains in the introduction that the book was conceived as a *shosetsu*, "a faithful chronicle-novel" that Westerners might read as a kind of reportorial memoir: "embroidered or colored but essentially nonfiction all the same."[81]

（彼の新しい語り手は、その遅々とした〔勝負の〕動きを客観的な角度から見守っている。「私は、対局よりも棋士たちのほうを観察していた。対局者たちが主人で、世話人や観戦記者たちは従僕である。彼自身、アマチュア・プレイアーである川端は、「あたかも無上の品格と意義を追求することであるかのように囲碁を伝えたかったものの、それを完璧に理解しているふりなどすることはできなかった。それには、棋士たちを敬愛しなければならなかった。当時は、その対局への興味ばかりでなく、芸道としての囲碁を感じることができたのだ。それは、私自身を無にして、名人をじっと見つめていたからだ」。彼の翻訳者であるエドワード・サイデンステッカーは、その序文において、この本が、小説として、欧米人ならば一種のルポタージュ形式の回想録として読むことのできる「忠実な記録小説」であり、「やや脚色・特色づけられているが、それでも本質的にはやはりノンフィクションであるもの」として構想されたことを説明している[82]）

Positively Fifth Street では、このように実に二ページにわたり、川端の『名人』に関する話が繰り広げられる。ここでマクマナスは、引退碁を語るにあたり川端がどのようなレポート方法をとっ

たのか、『名人』の本文中で述べている箇所を引用している。また、上記の引用場面においてとりわけ興味深いのは、マクマナスが英訳版『名人』を借用するにあたり、翻訳者であるサイデンステッカーの存在が可視化されているという点である。サイデンステッカーが執筆した英訳版『名人』の序文を確認してみよう。すると、次に引用する冒頭箇所を元にして、前掲の引用文の下線部に当たる部分が描かれていた、ということがわかる。

Mr. Kawabata has described *The Master of Go* as "a faithful chronicle-novel." The word used, of course, is not "novel" but *shōsetsu*, a rather more flexible and generous and catholic term than "novel." Frequently what would seem to the Western reader a piece of autobiography or a set of memoirs, somewhat embroidered and colored but essentially nonfiction all the same, is placed by the Japanese reader in the realm of the *shōsetsu*.[83]

（川端は、『名人』を「忠実な記録小説」と説明している。ここで使われている言葉は、もちろん「ノヴェル」ではなく「ショウセツ」である。このショウセツは、「ノヴェル」よりも、どちらかというとより柔軟度が高く、許容度が広く、広範囲のものを指す用語である。欧米の読者には自伝や回想録のように捉えられがちで、やや脚色・特色付けられているが、それでも本質的にはノンフィクションであり、日本の読者はこれを小説の領域に位置付けている）

この箇所の他、マクマナスは、囲碁のルールについての説明、そして『名人』の執筆背景の大部分をサイデンステッカーの書いた序文に依拠して執筆している。また、これらの説明に続けてマクマナスは、*The Master of Go* で見た不敗の名人に打ち勝った大竹の姿、すなわち「〝身じろぎもせず、深くうなだれており〟、両手を〝膝の上にきちんと揃えて〟乗せて」いる様を引き合いに出しつつ、[84] アメリカのスポーツ選手やポーカー・プレイヤーたちが対戦相手やファンに戦勝の踊りを見せつける姿や、悪意に満ちたイエス！と言う声を漏らす勝者の姿と対比させる。そのうえで、「〔悪意のある言葉を〕囁くのではなく、また私がとてつもないポットをかき集めることがあったとしても『監獄ロック』を大声で歌うのでも、あるいは自分自身を無にするのでもなく、私はショウセツを書くつもりである」（“Instead of hissing, or belting out 'Jailhouse Rock' if I rake a huge pot, or reducing myself to nothing, my plan is to write a *shosetsu.*”）と執筆に対する想いを新たにし、“novel” ではなくあえて “shosetsu” というノヴェルよりも幅広く、柔軟性の高い用語を借用・強調し、この場面を結んでいる。[85]

マクマナスは、川端の『名人』にみる執筆形式に自らのノンフィクションの執筆経験を重ね合わせるだけでなく、英訳版『名人』自体をその語りにしかと組み込んでいる。『名人』の有するゲームをめぐる劇的要素のみならず、英訳版『名人』に付随する諸要素（ここでは、序文）までもが共に移植先へと移され、その執筆形式の創作源として活かされている。

ここまで見てきたように、『名人』は、歴史的背景、先行文学との結びつき、さらには英訳過程における変容を通してマインドスポーツとしての性格を強め、その他のマインドスポーツとの近似性や根本的な差異は、移植先において多様な創造の連鎖を生み出している。

『名人』英訳の興味深い点は、その創造の連鎖にとどまらない。英訳版『名人』は、刊行から五〇年近くを経た現在に至るまで、出版形態を変えていくなかで数奇な運命をたどっている。

8　英訳版日本小説と *The Master of Go* の行方

英訳版『名人』のたどりついた先を明らかにする前に、まずはクノップフ社の日本文学翻訳プログラムから刊行された出版タイトルの場合、どう版を変え、出し直されていくのか、イギリス・アメリカ市場での場合に焦点を絞り、その大まかな流れを素描しておきたい。

アメリカでクノップフ社からまずハードカヴァー版が刊行されると、続いてその書籍はセッカー&ウォーバーグ社からイギリス市場向けにハードカヴァー版で出されることになる。イギリスの出版業界で長年活躍したアンソニー・ブロンドは、自著『出版というゲーム』において英米出版業界における翻訳文学について語るなかで、「協力して費用や〔その出版にあたり生じる〕問題を共に負うという取り決めがない限り、イギリスとアメリカの出版社が、翻訳権を買うことは稀である」と述べている。[86] こうした連携関係は、クノップフ社とセッカー&ウォーバーグ社の日本小説の英訳刊行の現場にも如実に現れており、セッカー&ウォーバーグ社が、クノップフ社の編集過程に関わっていたことは、『野火』の章で既述した通りである。

イギリスでハードカヴァー版が刊行されるとそれから程なくして、アメリカ国内では、読者がより安価にその本を入手できるよう、マスマーケット向けのペーパーバックが大量に刊行されることになる。一九六〇年以降に、このペーパーバック化を担当していたのが、バークレー・パブリシング社であった。同社は、クノップフ社が刊行した英訳版の日本の小説のほとんどをバークレー・メダリオンシリーズとしてペーパーバック化している。他方イギリスでは、大岡昇平の『野火』や谷崎潤一郎の『鍵』『瘋癲老人日記』などのペーパーバック版が、一九六八年頃にイギリスのコングロマリットであるグラナダ社に吸収されたパンサー社から刊行されている。その後翌年には、イギリスで刊行された日本文学翻訳プログラムの出版タイトルのマスマーケット向けペーパーバックが、次々とペンギン・ブックス社から刊行されている。

このようなクノップフ社から刊行された日本の小説がたどる航路が大きく変化したのは、シュトラウスが退職し、クノップフ社から刊行された日本の小説数が三五作品以上に達した頃のことである。一九八〇年から八一年にかけて、アメリカのペリジー・トレード社が谷崎、三島、川端の著作をペーパーバックでまとめて同時期に出し直すと、今度はイギリス側でペンギン・ブックス社が、一九八〇年代後半から九〇年代前半にかけて、セッカー&ウォーバーグ社でイギリス向けに刊行し直したクノップフ社の英訳版日本小説を二十世紀クラシックス・シリーズとして出している。また、一九九三年から九四年には、アメリカのエブリマンズ・ライブラリーがコンテンポラリークラシックス・シリーズとして谷崎潤一郎の『細雪』、三島由紀夫の『金閣寺』をハードカヴァー版で出している。これは、クノップフ社が英訳版を刊行して以来となるハードカヴァー版であった。その背表紙には、クノップフ・ブランドを示す、ボルゾイ・ブックスのロゴが刻印されている。

さらに、一九九〇年代から二〇〇〇年代前半に入ると、アメリカではヴィンテージ・インターナショナル版が、そしてイギリスでは、ランダムハウス傘下のヴィンテージから刊行されたヴィンテージ・クラシック版、あるいはペンギン・グループから出されたペンギンモダンクラシックス版で、まとまった数のクノップフ版を祖とする日本の小説が刊行され始める。

この時期に特徴的なのは、個々の著作を同じシリーズ、同じ著者によるものであるということが一目でわかるように、カヴァーのデザインの統一化が図られ、製品ライン化（シリーズ化）が徹底されているという点である。例えば、二〇〇〇年代に刊行されたヴィンテージ・クラシックス版で刊行された谷崎の著作には、ヴィクトリア&アルバート美術館に所蔵されている着物の艶やかな模様が表紙図版に用いられており（図7－1）、また、三島の著作には赤と白を基調とした日本画を連想させるようなデザインが採用され（図7－2）、同じシリーズ・著者による書籍として判別しやすいようなデザインとなっている。イギリスでは谷崎と三島の著作が主にヴィンテージ・クラシック・シリーズで刊行されているのに対し、川端康成や安部公房の著作は、ペンギンから刊行されるモダンクラシック・シリーズで発行されているという点も、この時期のもう一つ特筆すべき傾向と言える。

ペーパーバック化された日本文学翻訳プログラムの著作は、二〇一〇年代に入ると電子書籍時代の到来により、再び大きな転換期を迎える。一九九〇年代から二〇〇〇年代に刊行された三つのシリーズ、ヴィンテージ・インターナショナル版、ヴィンテージ・クラシックス版、そしてペンギンのモダンクラシックス版のペーパーバック版が次々と電子化され、Kindleを通して利用することができるという入手・利用形態の変化も生じている。

だが、クノップフ社の日本文学翻訳プログラムで刊行された著作の全てが、必ずしも同じ流れをたどっている訳ではない。かつてクノップフ社から刊行された日本の小説としてまとまりを持っていた著作群からは、その流れのなかでこぼれ落ちていくものもある。また、その著作がどの書籍形態で出し直されるか如何で、その著作が移植先で生き続けるか否かが決まる。

マスマーケット向けのペーパーバック版は、その値段を低く設定することにより、より幅広い層

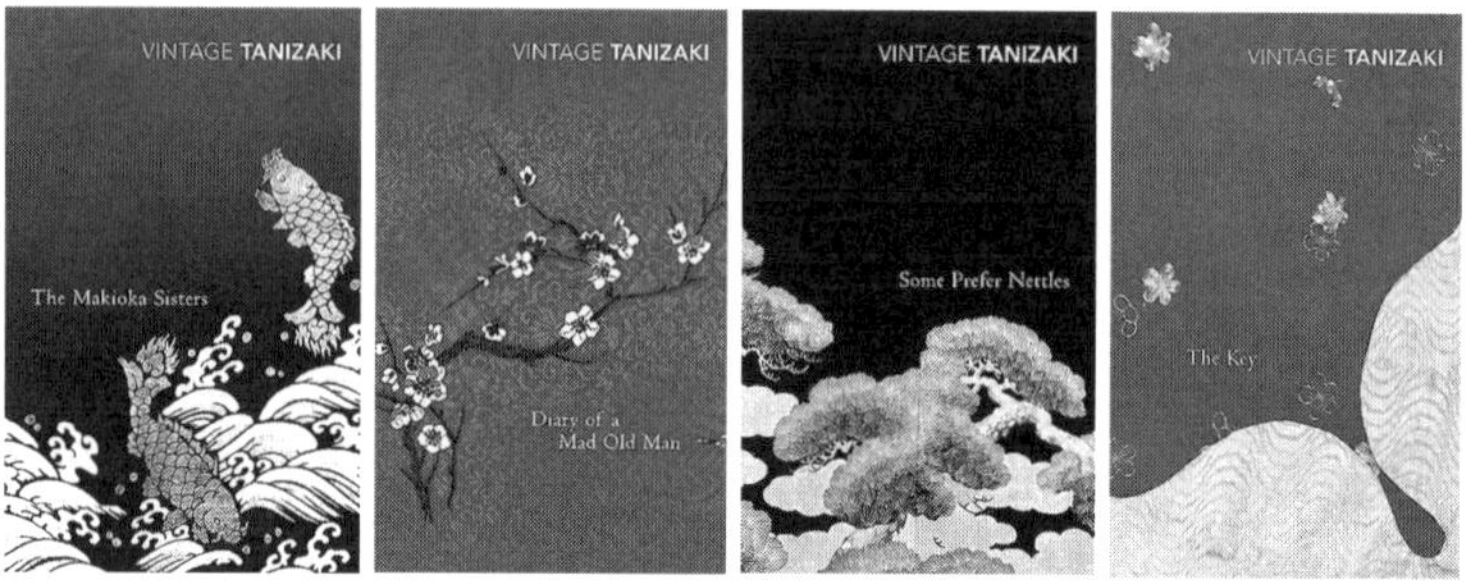

図7－1　ヴィンテージ・クラシックス・シリーズで刊行された英訳版の谷崎著作　左から、*The Makioka Sisters*（『細雪』）、*Diary of a Mad Old Man*（『瘋癲老人日記』）、*Some Prefer Nettles*（『蓼喰ふ虫』）、*The Key*（『鍵』）

図7－2　ヴィンテージ・クラシックス・シリーズで刊行された英訳版の三島著作　上段左から、*The Sound of the Waves*（『潮騒』）、*After the Banquet*（『宴のあと』）、*The Sailor Who Fell From Grace with the Sea*（『午後の曳航』）、*The Temple of the Golden Pavilion*（『金閣寺』）、*Thirst for Love*（『愛の渇き』）、下段左から、*Spring Snow*（『春の雪』）、*Runaway Horses*（『奔馬』）、*The Temple of Dawn*（『暁の寺』）、*The Decay of the Angel*（『天人五衰』）

の読者が本を手に取ることができるという、読者層の拡大や普及を目的としているのに対し、ヴィンテージ社やペンギン・ブックス社でシリーズ書籍として刊行していたクオリティー・ペーパーバック版は、マス・ペーパーバック版よりも値段設定や質が高く、書店に並ぶ期間が短期間に限定されているハードカヴァー版に比べると大きさも占領するスペースも少ないため、書店で長期にわたりストックされる本として扱われていた。今でこそインターネットの普及も進み、Amazonなど、短期の売り上げにかかわらず幅広い品数を取り揃えることのできるロングテールビジネスの登場により、本を好みの形態で場所・時間を問わず入手することが可能となっている。しかし、一九六〇年代から九〇年代にかけては、このクオリティー・ペーパーバック版になるか否か、つまり、書店で長期にわたり並ぶ、あるいは在庫として保管される書籍形態で出版できるか否かが、各書籍の存続の鍵を握っていた。さらに、こうした出版形態の変化やクノップフ社の英訳版日本文学の著作群の解体の裏には、一九六〇年代に活発に繰り返されたコングロマリットによる出版社の吸収合併や、同じグループ傘下（アメリカのランダムハウス、イギリスのペンギングループ）での連携などが密接に関わっていたという事実も忘れてはならない。

クノップフ社から刊行された英訳版日本文学のなかでも、その変遷においてひと際興味深い特徴を見せているのが英訳版『名人』である。英訳版『名人』の場合、一九七二年に刊行されてから九六年にヴィンテージ・インターナショナル・シリーズで出し直されるまでは、他のクノップフ社から刊行された日本文学の場合と同様の流れをたどっていた。ところが、他の著作と大きな違いを見せるのが、ヴィンテージ・インターナショナル・シリーズで刊行された後の刊行先であった。英訳版『名人』の現在の落ち着き先となっているのが、二〇一三年にペンギン・グループとランダムハウスが統合してできたペンギン・ランダムハウス・グループ傘下にあるイエロー・ジャージー・プレスという出版社である。

このイエロー・ジャージー・プレスは、二〇〇六年に新版の *The Master of Go* を刊行した。その公式ホームページにある企業紹介の欄を確認してみると、以下のような内容が掲載されている。

一九九八年に始動したイエロー・ジャージー・プレスは、文学的切れ味を持ったスポーツ出版社です。ブラッドリー・ウィギンス〔自転車競技〕、フランク・ブルーノ〔ボクシング〕、ディエゴ・マラドーナ〔サッカー〕、セベ・バレステロス〔ゴルフ〕などのスポーツ界の英雄たちによる書籍、そして、ウィリアム・フォザーリンガム、ゲイリー・イムラック、ポール・キメイジ、そしてH・G・ビッシンジャーなどを含む、優れたスポーツ分野の作家たちによる著作を刊行しています。[87]

クノップフ社から刊行された他の川端著作がペンギンモダンクラシックシリーズから二〇一一年一月にまとめて刊行されているにもかかわらず、英訳版『名人』だけは、同じペンギン・グループ・ランダムハウス傘下のスポーツ書籍を主に刊行している別の出版社から出ているという驚くべき事実に行き当たる。

本章では、『名人』の英訳・受容過程において、囲碁のスポーツとしての側面が誇張された例をたびたび見てきたが、この囲碁のマインドスポーツとしての特徴がこの出版社からの刊行要因となったのは想像するにかたくない。かつて一九五四年から七〇年代半ばにかけ、クノップフ社から刊

図7－3　イエロー・ジャージ・プレス社から刊行された英訳版『名人』The Master of Go とペンギンモダンクラシックシリーズで刊行された英訳版川端著作
上段左から *Snow Country*（『雪国』）、*Thousand Cranes*（『千羽鶴』）、下段左から *Beauty and Sadness*（『美しさと哀しみと』）、*The Sound of the Mountain*（『山の音』）

行されていた日本文学の翻訳作品群の一部として、そのまとまりを保ちつつ他の川端による著作群とともに版を変えていった英訳版『名人』は、その翻訳作品群からも、そして図7－3が示すように、川端著作群（『雪国』『千羽鶴』『山の音』『美しさと悲しみと』）からも切り離され、今や囲碁という一種のマインドスポーツを題材とした書籍区分で紹介されているのだ。もし、英訳版『名人』

の仮題であった *The Champion* がそのまま英訳版タイトルとなっていたならば、『名人』はさらに早い段階でスポーツ出版社に漂着していたかもしれない。

＊

英訳版『名人』がいつしかスポーツ出版社に流れ着いたように、クノップフ社から刊行・英訳された日本文学の著作群はただ単に版を重ねるだけでなく、その出版リスト自体も解体・吸収・消失・結合を繰り返す。このような印刷形態や出版する媒体の変化というものも、翻訳文学が異国でどのように生きながらえ、どの程度移植先において定着し、いかにして日本文学として認識されていくかという海外における日本文学の受容過程に深く絡んでいる。

一九六〇年代に始まったペーパーバックの普及、クノップフ社のランダムハウス・グループ傘下への吸収、そして二〇一〇年代の電子書籍時代を迎え、また新たな変革を経験した今、クノップフ社の日本文学翻訳プログラムの出版タイトルは、今後どのような変遷をたどるのだろうか。かつて講談社インターナショナルから初版が刊行された *House of the Sleeping Beauties and Other Stories*（「眠れる美女」「片腕」「禽獣」のサイデンステッカーによる英訳三篇を収録）が、二〇一七年十二月にランダムハウス社のヴィンテージ・インターナショナル・シリーズで出し直され、クノップフ社が刊行した英訳版川端著作とともに、ヴィンテージ・インターナショナル・シリーズの川端著作群に新たに加わったように、『名人』が他の英訳版川端著作群に再び加わる日はいつか来るのだろうか。英訳された日本の小説群のさらなる漂流の旅は続く。

終章　日本文学は世界文学に何をもたらしたのか

——英訳版『細雪』の最後の二行

日本文学から学びたい

来日のA・ウィルソン氏が語る

英国の代表的作家の一人、アンガス・ウィルソン氏が目下開催中の「英国フェア」のため、ブリティッシュ・カウンシルの招きで、来日した。十二年前の国際ペン大会についで二度目。

さる二十八日には東京・紀尾井町のホテルニューオータニで、旧知の川端康成氏と歓談したが、「お互いに変りませんね。芸術は若さを保つのでしょうか」と笑っていた。

氏の文学は英文学の伝統に根ざした、どちらかというと地味な作風で、日本ではそれほど知られていない作家だが、氏の方では日本文学にかなりくわしい。さきごろも雑誌「海」の海外作家へのアンケートに答えて、日本文学への愛着を述べていたが、この日も「西欧は日本文学から多くを学ぶべきだ。その意味で川端氏がノーベル賞を受けたのは大変うれしい。小説は西欧の芸術形式だが川端氏はそれを用いて日本人の心を"詩"にまで高めた」と語った。

また三島由紀夫氏の作品は英訳が出るたびにとびつくほどの熱愛ぶり。「昨日会いましたが、相変らず元気で勇敢です。彼は西欧の形式をよく理解している上に日本の古典にも通じているのが強味だ。『近代能楽集』はその典型といってよい。小説の場合でも、そのきびしさというか、独自に感心するが、同時に自分が登場人物に飛込んでいて、一種の告白をしている」という。これは、およそ告白とは縁がないと見られている三島文学についてのユニークな評価だろう。

最後に、「小説一般について」ウィルソン氏の意見はこうだ。「フランスのヌーボー・ロマンはいけません。小説にはいろいろの形が考えられるが、主義やプログラムによって書くのではない。英国ではドグマに対して否定的で、小説が変るとしても個人が変えるという考えだ。だからヌーボー・ロマンの作家たちについても、私はその共通性よりも、ロブ＝グリエやビュトールやサロートが、それぞれいかにちがうか、ということに興味がある」。

近くセイロンで新作に取りかかるというが、「これからのことはいいたくない。あなたもそうではありませんか」と隣の川端氏を見て笑った。

川端康成氏（左）と語るA・ウィルソン氏＝東京・紀尾井町のホテルニューオータニで

川端康成と語り合うアンガス・ウィルソン
（『朝日新聞』1969年10月2日）

雪子はそんなものを見ても、これが婚礼の衣裳でなかつたら、と、呟きたくなるのであつた。さう云へば、昔幸子が貞之助に嫁ぐ時にも、ちつとも楽しさうな様子なんかせず、妹たちに聞かれても、嬉しいことも何ともないと云つて、けふもまた衣えらびに日は暮れぬ嫁ぎゆく身のそゞろ悲しき、と云ふ歌を書いて示したことがあつたのを、図らずも思ひ浮かべてゐたが、下痢はとう〳〵その日も止まらず、汽車に乗つてからもまだ続いてゐた。

——谷崎潤一郎『細雪』下巻、第三十七章

Yukiko looked at them and sighed — if only they were not for her wedding. Sachiko remembered how glum she had been when she was married herself. Her sisters had asked for an explanation, and she had retorted with a verse:

"On clothes I've wasted
Another good day.
Weddings, I find,
Are not always gay."

Yukiko's diarrhea persisted through the twenty-sixth, and was a problem on the train to Tokyo.

—Junichirō Tanizaki, *The Makioka Sisters*, tr. by Edward G. Seidensticker, Book III, Chapter 37

第二次世界大戦後、アメリカのクノップフ社やニュー・ディレクションズ社、そしてイギリスではセッカー&ウォーバーグ社から、日本の作家の著作が次々と英訳・出版されるなか、これらの同時代の日本文学を多読し、触発された作家がいる。その一人が、イギリスの作家で、ノーベル文学賞受賞者カズオ・イシグロやブッカー賞作家イアン・マキューアンなどを輩出したイースト・アングリア大学クリエティブ・ライティング・コースの創設者、アンガス・ウィルソンである。

ウィルソンは、一九五七年に初の日本開催となる国際ペン大会に出席するため、そして六九年にはブリティッシュ・ウィークに参加するため来日している。また、三島の随筆にも英訳化の後押しをした人物としてたびたび顔を覗かせており、[1]また先の章でも見たように、『野火』の英訳が刊行される折には閲読者としての助言をするなど、戦後の英語圏における日本文学の紹介と深い関わりがあった。しかし、その小説の至るところに組み込まれたイギリスの生活や社会、階級意識にまつわる異文化要素が翻訳の障害となり、和訳されたウィルソンの小説はわずか数点にとどまっている。また、これまでのウィルソンにまつわる研究は、主に英文学の視座から語られ、[2]ウィルソンと日本との接点に関心が向けられることはなかった。

最終章では、これまでの研究では見逃されてきたウィルソンと日本文学の翻訳との関わりに目を向けるとともに、彼が繰り返し言及した谷崎潤一郎『細雪』の英訳、*The Makioka Sisters*（1957）を取り上げ、ウィルソンと『細雪』とのあいだの実相を詳らかにしていきたい。

1　アンガス・ウィルソン、日本文学と出会う

アンガス・ウィルソンは、三十四歳で遅咲きの作家デビューを飾っている。大英博物館での仕事の傍ら、退屈な日々を紛らわすためウィルソンが週末に書きためていた短篇を友人の画家が偶然目にし、その原稿を文芸雑誌『ホライゾン』(*Horizon*)に持ち込んだのがきっかけであった。[3]この時に掲載された短篇が、ウィルソンの古くからの友人で、後に日本文学の英訳刊行にも携わることとなるセッカー&ウォーバーグ社の編集者ジョン・G・パティソンの目に止まる。[4]一九四九年には、日本でも翻訳が刊行された短篇集『悪い仲間』(*The Wrong Set*)が出版され、その年に五〇〇〇部以上の売り上げを記録するという、当時の新人作家の短篇集としては異例の快挙を成し遂げている。[5]ウィルソンは、一九五五年に大英博物館での職を辞し、以後執筆に専念することになるが、当時は収入源を確保するため、小説を執筆する傍ら、書評の仕事も引き受けていた。

ウィルソンが初めて日本文学に触れたのは、ちょうどこの頃のことであった。日本で開催される国際ペン大会を翌年に控えたウィルソンは、一九五六年六月にグローヴ・プレス社から刊行された『日本近代文学選集』(ドナルド・キーン編)に目を通し、[6]翌年四月、『エンカウンター』誌にその書評を掲載している。既述の通り、イギリスの『エンカウンター』誌は、創刊当初から日本文学の英訳や日本関連記事を積極的に掲載しており、エドワード・G・サイデンステッカーが短篇の翻訳を掲載するなど、英語圏における日本文学の紹介と関わりの深い文芸雑誌であった。当時、毎月から隔月の頻度で『エンカウンター』誌の書評を担当していたウィルソンが、その一つとして手掛けた

のが、この選集の書評「日本作品の一世紀」(“A Century of Japanese Writing”)であった。

当初ウィルソンが日本文学に対して抱いた印象は、後に見せる好意的な評価とは程遠いものであった。本人の回想によれば、この選集を初めて読んだ時、ウィルソンは「エキゾティックなディテールに振り回されない」よう心がけていたという。[7]ところが、異国趣味に走らぬよう自ら防御線を張ったウィルソンに見えたのは、西洋文学の模倣としての日本文学の姿であった。ウィルソンは、選集に収録された作品について「全て十分な技量をもって書かれており、いくらかは優れた作品も、そして記憶に残る作品もある」と前置きしつつも、「同時代の西洋の短篇小説の中でも際立つようなものは、一つもない」と評している。さらに、やや皮肉を込めた調子で「模倣の偉業として評価するならば、この著作は非常に優れている」と説明する傍ら、「この短篇集には、本当の意味での個性、作家たちの力強いヴィジョンが欠如している」と綴っている。[8]

後に国際ペン大会のため来日した折、上智大学のシンポジウムに招かれたウィルソンは、なぜこのような批判的な目を向けたのか、その理由を詳しく説明している。短篇集に収録された作品に見られる西洋文学の模倣性は、当時のウィルソンには「死んだモデルの模倣」と映ったという。日本の作家たちが西洋文学における最新の動向を把握していないがために、ヘッセ、ツルゲーネフ、チェーホフ、モーパッサン、ゾラなどの「いちばん価値なしとみとめられている面」の模倣が見られると言うのだ。[9]さらに、同じシンポジウムに登壇していたヨゼフ・ロゲンドルフ神父がその年のペン大会を振り返り、文芸評論家の青野季吉が島崎藤村の作風を評価していたことについて言及すると、ウィルソンはキーンの短篇集で読んだ私小説の抜粋に見た「内心の独白〔既訳ママ、内的独白のことか〕」は「西洋において今日さかんに拒否している手法」を喚起すると述べ、西洋の文学形式が容易く取り入れられることに対し、次のような警鐘を鳴らしている。

私が目にしたものから判断して、これらの小説が重要な文学であるとは思います。だが、西洋のある文学形式がそんなにやさしく日本の作家によって受けつがれていいでしょうか。どうも日本の作家は、まさに任務を終わって衰えようとする形式を、とりあげたがるのではないかという気がします。日本の作家も前進して、自分たちの言わねばならないことがらのなかから、自分自身の形式を創造すべきではないでしょうか。西洋がかれらの思想に最もふさわしい形式を提供するなどということはない筈でしょう。[10]

初めて日本文学に接触した当初、ウィルソンが捉えたのは、西洋の文学と日本文学との差異ではなく、文化伝播におけるタイムラグにより、時代遅れの模倣者として映る日本文学の姿であった。

2 アジア文学の翻訳がいかなる可能性を拓き得るか

だが、実際にウィルソンが同時代の日本の小説を初めて全篇を通して読んだのは、『日本近代文学選集』の書評を手掛けてから約一年後のことであったという。ウィルソンがこの時期新たに日本の小説を手に取った経緯には、日本で開催されるペン大会への参加を控えていたという事情の他、当時の英訳版日本小説の入手状況も深く絡んでいた。戦後、日本文学の英訳化事業を推し進めたクノップフ社が、日本の小説を英訳・刊行し始めたのは、本書でも見てきたように、一九五五年以降のことである。しかし、ウィルソンがキーンの選集の書評を手掛けた時点では、まだイギリスで手に入る英訳の点数は極めて限られていた。その後、ウィルソンは日本でのペン大会への参加を控えた夏に、谷崎潤一郎、川端康成、大岡昇平、三島由紀夫の小説を、初めて全篇を通して読んだと明かしているが[11]、ペン大会が開催される時点までに入手でき、ウィルソンが目を通したと語る作家たちの小説の英訳、並びにイギリス市場向けに出し直された日本の小説の英訳は、谷崎の『蓼喰ふ虫』（一九五五年）、三島の『潮騒』（一九五六年）、川端の『雪国』（一九五七年）、大岡の『野火』（同上）など、多少なりともその数が増えている。

ウィルソンが初来日を果たした第二十九回国際ペン大会は、川端康成が日本ペンクラブの会長を務めていた時期に日本に招致されたもので、一九五七年九月一日から九日にかけて、国内から二〇八名、海外から一七一名のペンクラブ会員を迎え、シンポジウムや分科会などが行なわれた[12]。この時、九月五日にシンポジウムに登壇したウィルソンが自身の講演内容として選んだのは、アジア文学の翻訳がいかなる可能性を拓き得るか、というテーマであった。ウィルソンはこの講演の中で、その夏に同時代の日本文学の英訳を読んだ経験を踏まえつつ翻訳の重要性に触れ、翻訳が東西の作家たちの創作活動にどのような可能性をもたらすのか、という考察へと話を展開させている。

大英博物館での仕事を辞めてからというもの、長篇小説の執筆に意欲的に取り組むようになったウィルソンは、時間と人物造作の関係性について、そしてプロットを無理強いすることにより生ける素材を殺してはいまいかという問題など、どの作家もいずれは直面する「表面上では形式的に見えても、人々の考え方の構造そのものに深く入り込んでいく問い」に悩まされていたという[13]。こうした葛藤から脱却する手がかりの一つとなったのが、ちょうどこの時期に手に取った日本の小説の英訳であったようだ。ウィルソンはこの時に生じた日本の小説に対する印象の変化を、次のように述懐している。

ところが、これらの日本の作家たちの人物や時間、そしてナラティブに対する考え方は、西洋の作家たちの影響をあまりにひどく直に受けていない場合（それでは駄目だと私は思っているのですが）、私が今まで考えたどの形とも全く異なる固有の形をしており、それが私に徹底的な解放感を味わわせてくれたのです。もちろん、私にはそれらを模倣することはできないし、そうしたいなんて思うべきではないのですが、〔日本の〕芸術家たち、しかも相当な数の芸術家たちが、これらの人の生き方に関する根本的な問題について、私の知らないやり方で考えをめぐらしていたという事実そのものが刺激になり、また勇気と支えになり、私自身のルーツをさらに深く掘り下げることができるようになったのです。[14]

このように自身の経験を語るウィルソンは、「模倣でも、標準化された国際性でもなく、根本的な差異の豊かさやインスピレーション」にこそ、アジアと西洋の作家たちが互いに助け合うことのできる点があると訴えている。[15]

ペン大会でのこの発言に加えて興味深いのは、ウィルソンがこの理想を実現するために実践的な解決策を併せて提案し、その内容が、後のウィルソンと日本小説の英訳との関わりに影響しているという点である。ウィルソンは、前述のような「真の刺激を与え」、「世界をもう一度見つめ直すことを強いる」ような小説は、「新しい世界」に対する人々の恐れゆえに、とても多くの読者を引きつけることなどできないこと、したがってこれらの著作を英訳・刊行するには、出版社には利他的な行動をとることが必要となるが、今日もはやその利他性は廃れていると観察している。そのうえでウィルソンが提案したのは、西洋の作家たちが「ちょっとした脅し（blackmail）を行使する」ことと、つまり、「アジアの小説で重要な著作を可能な限り出版するようにと、西洋の出版社を強請《ゆす》ること」であった。[16] ウィルソンの言う「ちょっとした脅し」とは、いったい何のことを指しているのだろうか。

ウィルソンの出席した第二十九回国際ペン大会では、アジアでの初開催ということもあり、「東西文学の相互影響」というテーマが掲げられていた。そのため、この大会では、東洋における西洋文学と西洋における東洋文学を比較した際に浮き彫りとなる認知度の不均衡、そしてその問題と切り離すことのできない、文学作品の翻訳の輸出入にまつわる課題について議論が集中することとなった。翻訳に関する論議が重ねられるなか、会期中の討論でウィルソンが提案したのは、西洋側のペン・センターで、英語圏の出版社がまだ英訳していない著作のリストを作成・提供すること、そして、アジア諸国の著作の翻訳を促すための書評システムを構築することであった。[17] なぜウィルソンには、このような発案ができたのか。それは、一九五五年に専業作家として独立して以来、彼が複数の新聞・雑誌・ジャーナル等に書評を掲載した経験から、イギリスの書評システムを熟知していたこと、[18] そして、アメリカで刊行された日本文学の英訳をイギリス向けに出し直していたセッカー&ウォーバーグ社の顧問として、出版現場の実情や翻訳文学の刊行現場に接していたからこそであったと言える。[19]

この案は、九月五日から六日の二日間にわたり繰り広げられた文学会議・討議を経た後、最終的に決議案として提案されている。ウィルソンは、ポーランド代表の詩人アントニ・スウォニムスキ、韓国代表で韓国民話の翻訳者、鄭寅燮らとともに翻訳者の地位の向上にペンクラブが尽力すること、そしてその目的を達成するため、ペンクラブとユネスコがスポンサーとなり、文才を有する西洋出身の翻訳者を発掘しアジア諸国で養成すること、商業的な利益を期待できない詩の翻訳・出版を支援すること、さらには、アジア諸言語からの優れた翻訳作品に賞を与えることなどを定めた決議案をまとめていた。

ウィルソンがとりわけこだわりを見せた書評にまつわる案は、最終的にこの決議案の第五項目に組み込まれることとなった[20]。無事可決されたこの決議について九月八日の閉会式の挨拶で振り返ったウィルソンは、今後可能な限り日本の書籍の翻訳を読み、イギリスに来た日本人たちに会う旨を宣言しており[21]、以後、日本の小説への関心を深めていくことになる。

3 『細雪』の位置付けの変化

その宣言通りにウィルソンは、翌年から、同時代の日本の小説が英訳されるやすかさず目を通し、次々に書評を掲載している。また、日本の小説の紹介に加え、その英訳原稿の閲読を引き受けるなど、ウィルソンは、日本文学の英訳化への動きともますますその関わりを深めている。三島由紀夫が一九五七年に渡米した際の記録には、三島がニュー・ディレクションズ社の副社長ロバート・マクレガーから、『仮面の告白』の英訳原稿を読んだウィルソンが出版をすすめてきたという話を聞いたこと、またその際にウィルソンが、アメリカでもし出さないのならば、自身がロンドンで自費で出そうとまで言ったことが記録されており[22]、ウィルソンの閲読者としての一面を垣間見ることができる。そのウィルソンが、日本文学の英訳事業の促進力として動き始めた頃、書評で最初に取り上げたのが、本書でもたびたび言及してきた谷崎潤一郎『細雪』の英訳、*The Makioka Sisters* であった。一九五七年十月にクノップフ社により英訳・刊行されたこの英訳版『細雪』は、その翌年にセッカー&ウォーバーグ社からイギリス向けに出版されている。

しかし、刊行当初に英訳版『細雪』がウィルソンに与えた印象は、イギリスの小説と比較した際の一種の「物足りなさ」であったようだ。英訳版が出た当初、『細雪』は第六章でも既述の通り、トーマス・マンの『ブッデンブローク家の人々』など、英語圏で親しまれてきた一族年代記を想起させる日本文学として紹介された。一九五八年四月二十七日に『オブザーバー』紙（*The Observer*）に掲載された『細雪』の書評、「日本のジェーン・オースティン」（"Jane Austen in Japan"）においてウィルソンは、そのことを引き合いに出しつつも、「私には、ジェーン・オースティンの著作のほうがより近いように思える」と述べている[23]。十八〜十九世紀の中流階級の女性たちの私生活や結婚を描いたオースティンの著作には、確かにその設定や題材からして、『細雪』を和製のオースティン著作に喩えるのに十分な要素が数多く含まれており、ウィルソンは、「〔蒔岡家の〕姉妹たちには、〔『高慢と偏見』の〕ベネット姉妹たちと類似点がある。保護者としての鶴子や幸子の力不足は、〔『マンスフィールド・パーク』の〕バートラム卿夫人とノリス夫人のそれと同じである」と、オースティンの小説と『細雪』との共通項を挙げている[24]。

だが、類似点の次にウィルソンの目に止まったのは、オースティンの著作に比べた際に浮き彫りとなる『細雪』の「欠陥」であった。ウィルソンは、次のように綴る。

しかし、一度この比較が済んでしまうと、すぐさま明らかになるのは、谷崎氏の小説がいかに傑作から程遠いかということである。これは一つには、弱体化し使い古された日本人の生活の拠りどころとなっている道徳体系が関係しているが、ジェーン・オースティンの最大の強みである道徳力が、あまりにも欠如しているのだ。だが『蒔岡姉妹』の欠陥は、より特殊なものである。実のところ、姉妹たちの描写におけるさまざまな感受性や、有名な蛍狩りや洪水、台風の場面など、優れた挿話が挟み込まれているにもかかわらず、谷崎の用いる自然主義的印象主義は、ヒロインたちの退屈で、その刻一刻が閉所恐怖症さながらの人生を示唆するならばまだしも、むしろ複製してしまっているのだから。[25]

英訳版『細雪』を初読した当初のウィルソンは、『細雪』をオースティンの著作に比肩するもののやや見劣りする小説として捉えていたようだ。ウィルソンは、「それでも、日本人の生活の一描写としては実に読む価値があり、たとえ傑作でないにしろ、小説としては概ね良いものである」と『細雪』を読む利点を補いつつも、「その表現手法のあまりに多くが冗長で形が不完全であり、技量に欠けている」と述べるなど、その書評の文末には、ウィルソンの否定的な評価が滲み出ている。[26]

ところが、ウィルソンの見方は、その約五年後の一九六三年に大きな変化を見せている。ペン大会以来、英訳版日本小説に関する書評を次々と各紙に掲載していたウィルソンであったが、一九六三年七月五日に『スペクテーター』誌（*The Spectator*）に掲載した記事「クリスタルのとき」（"A Moment of Crystal"）では、初めて単体の記事で日本の小説を取り上げている。日本の小説との出会いや、日本の小説の特徴、そしてその違いから何を学ぶべきかについて綴ったこの記事の冒頭は、次のような一節から始まる。

私には、ある小説からとったお気に入りの引用句がある。それがこの一文、「ヨキコ〔正しくは雪子。記事の原文には Yokiko とある〕の下痢は、その月の二十六日に一日中続き、東京行きの汽車の中で面倒なことになった。」という一文である。私はこの二年間というもの、幾度となくこの文を引用し、その都度、日本近代文学作家の重鎮である谷崎による長篇の家族年代記『蒔岡姉妹』の最後の一文であるのだ、と読者たちに伝えてきた。[27]

ウィルソンにとっての『細雪』の位置付けは、先に見た書評での評価とは打って変わり、お気に入りの引用句を引き合いに出し、推奨するほどまでに高いものとなっている。わずか数年の時を経て、英訳版『細雪』に対する印象はいったいなぜ、どのようにしてここまで劇的に変化したのだろうか。

4 ウィルソンの見た日本の小説の異質性

英訳版『細雪』の刊行直後には、物足りないという印象を否めなかったウィルソンであったが、五年後に、『細雪』を改めて取り上げた際に見えてきたのは、それまで自身が慣れ親しんできた文学との根本的な差異であった。前掲の記事の中でウィルソンは『細雪』の最後の一節について、

「真剣な芸術作品のクライマックスにしては、滑稽な印象を与えるに違いない」が、なぜ日本の読者が同様の印象を抱かないのかという疑問は「偏見のない好奇心」を掻き立てるものだ、と述べる。さらに、この種の好奇心を持たない「四分の三が外国人嫌いで、四分の一が性愛嫌いの」イギリスの小説家や読者たちを諫めつつ、日本近代小説の「優れた部分やその多くの欠点」はむしろ、「従来のノヴェルの型や西洋の物の見方の限界に関して、批判的にものを考えさせる役割を果たしている」とまで主張している。[28]

では、英訳版『細雪』の「最後の一文」は、ウィルソンにどのような視点をもたらしたのだろうか。記事の結論部分で、ウィルソンは次のように論じている。

これ〔終わりの迎え方〕は、トルストイの『アンナ・カレーニナ』において、レーヴィンがシャツを失くす場面にあるような技巧的に形作られた現実味(artful organisation of 'reality')でもなければ、また、〔ヴァージニア・ウルフの〕『波』や〔アラン・ロブ゠グリエの〕『覗くひと』にあるような、意図的に時間を断ち切る(purposeful break-up of time)のとも違う。谷崎のものは、物事の本来あるべき秩序(true moral order)を表しているのであり、西洋のノヴェルに抗うものである。[29]

ここでウィルソンが挙げているレーヴィンがシャツを失くす場面とは、写実主義小説の代表格と謳われるレフ・トルストイ(Lev Nikolayevich Tolstoy, 1828–1910)の『アンナ・カレーニナ』の第五部三章において、主人公アンナの兄、オブロンスキー公爵の友人の地主貴族レーヴィンが、想いを寄せつづけたキティとの婚礼を直前にして、着替えのシャツがないことに気づいて起きるひと騒動のことを指している。ウィルソンは、主筋や人物造作とは直接の関連性のない登場人物たちの一挙一動を丹念に描き出したこの一場面に作為的なものを感じ取り、『細雪』の終末から伝わるリアリティが、『アンナ・カレーニナ』の一場面から伝わるこのような「技巧的に形作られた現実味」ともまた異なると分析している。

さらにウィルソンは、時間軸を転倒させる手法を用いたアラン・ロブ゠グリエの『覗くひと』（*Le Voyeur*, 1955）やウルフの『波』（*The Waves*, 1931）にある「意図的に断ち切られた時間」もまた、『細雪』における時間の推移とは大きく異なることを続けて指摘している。比較対象として挙げた著作に用いられている写実的な描写や時間の配列のされ方を「技巧的」「意図的」と形容していることからも明らかなように、ウィルソンには、これらの要素が人為的な実験の産物と映ったのに対し、『細雪』における描写や時間の流れ、さらにその終わりの迎え方には、これらロシア文学・フランス文学・イギリス文学にはない、「物事の本来あるべき秩序」を見いだしている。

ウィルソンは『細雪』を和製オースティン文学に喩えた時点では、まだこのような差異に関心を抱いていなかった。彼が日本の小説の異質性に興味を持つようになったきっかけとは、何だったのだろうか。

5　ウィルソンの葛藤——能動と受動の狭間で

前掲の記事「クリスタルのとき」においてウィルソンは、『細雪』の最後の一文を過去二年間、幾度となく引用したと述べている。『細雪』を引用し始めた頃、ウィルソン自身はどのような状況に置かれていたのだろうか。一九五八年、そして六三年に書かれた、二本の英訳版『細雪』に関する記事のあいだに目を向けると、ウィルソンを取り巻く環境に生じたある変化が浮かび上がってくる。

一九六〇年代のウィルソンは、キャリア面において新たな転換期を迎えていた。一九六〇年にはカリフォルニア大学ロサンゼルス校、シカゴ大学に講師として招かれ、翌年には、ロンドン大学ユニバーシティ・カレッジ・ロンドン主催のノースクリフ・レクチャーで講演を行なうなど、徐々にアカデミアでの活躍の場を広げている。ウィルソンの最も高く評価される文芸批評「英国小説における悪」("Evil in the English Novel")が書かれたのも、この頃のことであった。そして、一九六三年には『小説の勃興』(*The Rise of the Novel*, 1957)の著者として広く知られる英文学者イアン・ワット(Ian Watt, 1917–99)からの誘いを受け、イースト・アングリア大学で非常勤講師を、さらに六六年から七三年にかけては、作家業の傍ら同大学の英文学部の教授を務めている。

一九五七年に日本文学に関心を抱いた際には、小説家の誰しもが直面する問題に悩まされていたウィルソンであったが、『細雪』に自身の慣れ親しんできた文学とは異なる性質を見いだすようになった頃には、創作環境と学術環境の両方から古今のイギリス文学の小説手法を見つめ直し、その実験を重ねる重要性を新たに感じるようになっていた。ウィルソンはこの時期に書いた小説において、さまざまな技巧上の実験に積極的に取り組んでいる。ウィルソンは、一九六一年に刊行した長篇小説『動物園の老人たち』(*The Old Men at the Zoo*)を執筆した時のことを後に振り返り、小説の後半部分では、当時C・P・スノーやアイリス・マードックらが用いていた、既存の小説の作風を模倣しつつもその型を新しい方法で用いるパスティーシュ（作風の模倣）を採り入れたこと、そして最終的にこの実験は功を奏さなかったと告白している。[30] 二年後の一九六三年夏に取り掛かった長篇小説『遅い目覚め』（*Late Call*, 1964）、そしてそれに続く自身の最も実験的な小説として挙げる一族年代記『笑いごとじゃない』（*No Laughing Matter*, 1967）でウィルソンが積極的に用いたのは、パロディーを取り入れることにより読者とテクストとのあいだに距離を作り出し、小説内で繰り広げられる出来事を批判的に観察させることを目的とした異化効果（alienation effect）であった。[31]

このように実験的な手法を積極的に取り入れた背景には、ウィルソンが従来の小説規範に沿って書かれた読みやすい作品と読者との関係を疑問視していたことが挙げられる。ウィルソンは、伝統的な小説と読者との関係性について、次のように説明している。

もしその小説家に本当に力量があるならば（もし彼が伝統的な小説を優れたナラティヴで書いているならば当然そうあるべきだが）、読者が多少ぼんやりしていて半覚醒状態にあったとしても、それはさして問題にならない。なぜならば、読者はそのような小説を読み慣れ、小説家も〔そのような小説を〕書き慣れているならそれでうまくゆくからだ。しかし、これでは、本当の意味での芸術、真のコミュニケーションとしてうまくいっているとは言えない。だからこそ私は、「私たちには伝統的な小説しかない」という考えを、長い目で見た時には拒絶しなければならないと考えるのだ。〔中略〕さまざまな手をもってして人々の目を覚まさせることはできるが、それでも〔読者と伝統的な小説との関係性は〕円滑すぎる。その関係全体が円滑すぎて、〔小説という〕形式を死に瀕せしむるものなのだ。[32]

ウィルソンに、日本の小説の異質性を咀嚼しようとする徴候が現れ始めた時期、そして、小説手法の実験を重ねるようになった経緯には、旧来の小説作法に支えられた読者とテクストとの円滑すぎる（over smooth）関係に対する問題意識の芽生えがあった。

6　「現代の小説家たちのジレンマ」と突破口としての日本文学

さらに一九六〇年代後半に入ると、ウィルソンは、自身も含むイギリスの同時代の小説家たちが直面していたジレンマを強く意識し始めていた。そのジレンマを打破するための突破口として、彼は日本の小説にさらなる関心を寄せるようになる。

「クリスタルのとき」を発表した四年後である一九六七年に、ウィルソンは「現代の小説家たちのジレンマ」（"The Dilemma of the Contemporary Novelist"）という論文において、英文学における実験的な文体、そして写実性の追求が、一九三〇年代にヴァージニア・ウルフやジェイムズ・ジョイスによる人間の内面描写において極限まで高められ、現代のイギリスの作家たちがもはやそれ以上の成長を遂げることができず、深刻なジレンマに陥っている、と現状を分析している。この論考の中で、イギリスの小説が生き残るため、そして「イギリスで長年用いられてきた言葉遣いに新たなヴィジョンやニュアンスをもたらし」、「言葉に真実味をもたらす」ためにウィルソンが必要だと強調したのは、「外の声（outside voices）」に耳を傾けることであった[33]。発想源としての翻訳文学の重要性を訴えるウィルソンは、なかでも特に日本の小説に自分は強い関心を寄せているとし、五年前の記事で述べた「日本の小説の特色」をさらに発展させた形で、次のように描き出してみせる。

日本人の心は、一つの事柄が別の事柄へと繫がっているという考えをそれはひどく忌み嫌うのです〔我々にとってはそれこそが小説の真髄とも思えるのですが〕。作家たちの中には、彼らなりの因果律の概念によって結び付けられたナラティブを書いている人たちの多いのはご存じの通りですが、『蒔岡姉妹』で谷崎は、これには抗わねばならぬと感じ、〔滑稽なようでいて、実際には滑稽なだけでなくそれこそが魅力なのですが〕この壮大な小説の終わりで、ヒロインが汽車で東京に向かっていること、さらにその旅の途中で下痢にひどく悩まされたと語るのです。これは間違いなく、作者がそう感じているからでしょう。その他の部分を差し置いても世界の一断片を優先して取り上げなければならないなどという考えは、これを決して許してはならぬ、日本人の心はそんな考えを受け入れようとはしない、と。だからこそ、その時彼女に胃の不調〔原文ママ〕があったということで、彼女の結婚やなにやかやの困難は唐突に忘れ去られ、その一瞬の感覚とともに小説は終わりを迎えるのです。[34]

一九六九年に再来日した際、ウィルソンは西洋の小説との比較を交えつつ、この『細雪』の終わり方について、さらに詳しい説明を付け加えている。ウィルソンは、「西洋の壮大な小説の場合、死や誕生、戦争などの一大イベントで終わらせなければならないが、日本の〔同様の小説の〕場合、他の出来事よりも別の今ひとつの出来事を強調するようなことはしてはならない、ということを教えてくれる」と述べ、「〔このエンディングは〕結婚式の鐘の音や葬式の調べなどの、壮大なクライマックスにすべての焦点を合わせるやり口から私たちを解放してくれる手助けとなる」と説明する。[35]

　この論点は、ウィルソンが以前、『細雪』の比較対象として挙げていたオースティンの著作、例えば『高慢と偏見』の結末部分と比べてみると、とりわけ明らかであろう。

『高慢と偏見』の最終章では、主人公エリザベス・ベネットとダーシーの結婚話がまとまり、その周囲の主要人物たち各々の行く末が綴られ、読者の関心が満たされることになる。そして、小説は、二人が結ばれるきっかけを作ったガーディナー夫妻への二人の感謝の想いが語られたところで終わりを迎えている。これに対し、『細雪』の最終章は、全てが収まるところに収まるという点では似ているものの、その収まり具合は、『高慢と偏見』に見る幸福な結末とは大きな違いを見せる。長年蒔岡家の醜聞の種であった四女の妙子は、バーテンダーの三好と所帯を持つことになり、婚前に妊娠した三好の子を秘密裡に産む。しかしその赤ん坊は、不運にも出産時に病院の院長が手を滑らせたことにより窒息死してしまう。縁談に縁談を重ねた三女・雪子は、子爵の庶子である御牧《みまき》のもとへ嫁ぐことが決まるが、いよいよ婚礼を数日後に控えた頃から雪子には下痢が始まり、ウィルソンも引用した最後の一文で終わりを迎える。主人公が紆余曲折を経て理想的な結婚相手と結ばれ、その後は幸せに暮らしたという幸福な結末に向け全ての出来事が紡がれる『高慢と偏見』に対し、『細雪』では、蒔岡家の姉妹をめぐる一つ一つの場面が絵巻物のように並列的に書き連ねられた挙句、雪子の婚礼が果たして良縁であったのかどうかは、ついに明かされないままに放置されるのである。

　ウィルソンは、このような『細雪』の終わりに触れつつ、自分の論評を次のように締め括っている。

壮大な小説をこのように終える方法は、あまりに非凡で、小説は一つの型だと捉えるような考え方そのものを真っ向から否定するものです。私は、このような小説から多くのことを学ぶべきだと考えています。たとえその根本的な人生観を受け入れることができなかったとしても、です。このようなエキゾティシズムは、〔今のイギリス小説の現状を脱して〕意味ある変貌を遂げようとするならば、私たちを目覚めさせてくれるものなのです。[36]

従来のイギリスの小説作法に批判的な眼差しを向けていたウィルソンにとって、英訳版『細雪』の結びの一節は、それまでイギリスの小説家たちが踏襲してきた小説作法の殻を破る新たな手がかりとなっていたようだ。

7 *The Makioka Sisters* の最後の二行

ここまでくると、さらにいま一つの疑問が浮かび上がる。そもそもウィルソンの記憶に残った『細雪』の終わりの部分は、果たしてそれほどまでに印象深いものだったのだろうか。ウィルソンは、英訳版『細雪』に言及するたび、この最後の一節が「滑稽な」（"comic"）終わり方であると説明している。[37] 河野多恵子がこの終局部分を「気遣わしい結末」と言い表すように、[38] 日本語原典の読者ならば、『細雪』の結末に幾分かの幸先の悪さを思い浮かべもすることだろう。ところが、ウィルソンの印象はこれとは明らかに違う。彼は、なぜここまで異なる印象を抱いたのだろうか。

『細雪』の終わりの部分では、整えられた鬢《びん》や色直しの衣装を眺める、婚礼を控えた雪子の心境が、次のように語られる。

雪子はそんなものを見ても、これが婚礼の衣裳でなかつたら、と、呟きたくなるのであつた。さう云へば、昔幸子が貞之助に嫁ぐ時にも、ちつとも楽しさうな様子なんかせず、妹たちに聞かれても、嬉しいことも何ともないと云つて、けふもまた衣えらびに日は暮れぬ嫁ぎゆく身のそゞろ悲しき、と云ふ歌を書いて示したことがあつたのを、図らずも思ひ浮かべてゐたが、下痢はとう〱その日も止まらず、汽車に乗つてからもまだ続いてゐた。[39]

この場面に至るまでの雪子の描写は、姉の幸子やその夫貞之助など、雪子を取り巻く人物たちや、語り手の視点から綴られる。周囲の人物たちも雪子がいったい何を考えているのかわからず、釈然としない様子が語られるなど、雪子の心中を摑みきれない不確かな描写がその大半を占めているが、この最終場面で雪子は、次女・幸子が嫁いだ際に見せた楽しくなさそうな様子を思い出し、そしてその姉が詠んだ和歌を思い浮かべる。読者はこの場面まで来てはじめて、婚礼を数日後に控えた雪子の陰鬱な心の内を垣間見ることができるのだ。

ところが、原文と英訳文を照らし合わせると、この重要な場面において、ある決定的な取り違えがなされていることが判明する。前に引用した『細雪』の結びの一節は、英訳文では次のように訳出されている。

[...] Yukiko looked at them and sighed — if only they were not for her wedding. Sachiko remembered how glum she had been when she was married herself. Her sisters had asked for an explanation, and she had retorted with a verse:[40]

（雪子は花嫁衣装に目をやり、ため息をついた。もしこれが彼女の婚礼のためのものでなければよかったのにと。幸子は、自分が結婚した時にいかに憂鬱な気持ちであったか思い出した。姉妹たちが説明を求めると、彼女は次のように返した）

この英訳文を見て真っ先に気づくのは、本来ならば、姉・幸子が嫁いだ際に見せた様子を雪子が思い浮かべるはずであるところ、その主語が取り違えられ、英訳では姉の幸子が、かつて自分自身が嫁いだ時のことを振り返る独白になっているという点である。翻訳者のサイデンステッカーは、主語の明記されていない原文の一文にある「そういえば、昔幸子が」という一節から、幸子が嫁いだ時のことを思い出している動作主が幸子自身であると判断したものらしい。だが、ここは文脈からして、"She [Yukiko] remembered how glum Sachiko had been when she was married." とするべきところであっただろう。さらに原文では、雪子の「これが婚礼の衣装でなかったら」という呟き、姉が嫁いだ時の楽しくなさそうな表情や、和歌に姉が詠み込んだ想いを回想する延長線上に、雪子の下痢がとうとう止まらなかったという事実が淡々と描写され、花嫁の憂鬱な心持ちが深められている。

これに対し、英訳文では、次のようにここで改行がなされている。

"*On clothes I've wasted*
Another good day.
Weddings, I find,
Are not always gay."
Yukiko's diarrhea persisted through the twenty-sixth, and was a problem on the train to Tokyo.[41]

(「衣えらびにまた費やした
一好日
婚礼といふものは、
常に喜ばしからざるものなり」
雪子の下痢は、二十六日に一日中続き、東京行きの汽車の中で面倒なことになった)

一見して明らかなように、主語の取り違えにより雪子の憂鬱さと下痢の症状とのつながりが断ち切られたばかりか、改行のせいで、雪子の心情と身の不具合との呼応が読み取れない運びとなっている。[42]

明らかな主語の取り違えに加え、この英訳文で興味深いのは、原文ではひと続きの文に和歌が挿入されていたのに、英訳文ではわざわざそれとは異なる表記方法が採られているという点である。『細雪』の原文には時折和歌や歌が組み込まれているが、文脈によって文中に組み込まれているもの、あるいは、改行されひと目で和歌、あるいは歌だと判別しやすい表記方法が採られているものなど、その表記のされ方にはばらつきが見られる。ところが前の引用箇所では、和歌の訳にあたる箇所が、原文ではひと続きの文に組み込まれていたにもかかわらず（図終－1）、英訳文ではひと目で和歌だとわかるようにわざわざ引用符やイタリック表記を用いて弁別がなされており、さらにそこで改行が加えられている。

329

るのであつた。

幸子は、そんな工合に急に此處へ來て人々の運命が定まり、もう近々に此の家の中が淋しくなることを考へると、娘を嫁にやる母の心もかうではないかと云ふ氣がして、やゝもすると感慨に沈みがちであつたが、雪子はひとしほ、貞之助夫婦に連れられて廿六日の夜行で上京することに極まつてからは、その日〳〵の過ぎて行くのが悲しまれた。それにどうしたことなのか數日前から腹工合が惡く、毎日五六回も下痢するので、ワカマツやアルシリン錠を飲んで見たが、餘り利きめが現れず、下痢が止まらないうちに廿六日が來てしまつた。と、その日の朝に間に合ふやうに、大阪の岡米に誂へて置いた鬘が出來て來たので、彼女はちよつと合はせて見てそのまゝ床の間に飾つて置いたが、學校から歸つて來た悦子が忽ちそれを見付け、姉ちやんの頭は小さいなあと云ひながら被つて、わざわざ臺所へ見せに行つたりして女中たちを可笑しがらせた。小槌屋に仕立てを頼んで置いた色直しの衣裳も、同じ日に出來て屆けられたが、雪子はそんなものを見ても、これが婚禮の衣裳でなかつたら、と、呟きたくなるのであつた。さう云へば、昔幸子が貞之助に嫁ぐ時にも、ちつとも樂しさうな樣子なんかせず、妹たちに聞かれても、嬉しいことも何ともないと云つて、けふもまた衣えらびに日は暮れぬ嫁ぎゆく身のそゞろ悲しき、と云ふ歌を書いて示したことがあつたのを、圖らずも思ひ浮かべてゐたが、下痢はとう〳〵その日も止まらず、汽車に乘つてからもまだ續いてゐた。

（をはり）

図終－1　『細雪』下巻（中央公論社、1953年）**本文最終ページ**

そのうえで、新しいパラグラフに例の『細雪』の結びの一節、"Yukiko's diarrhea persisted through the twenty-sixth, and was a problem on the train to Tokyo."が、独立した文章として据えられている（図終－2）。その結果、最後の二行は原文のような連続性を失い、ウィルソンの言葉を借りれば、

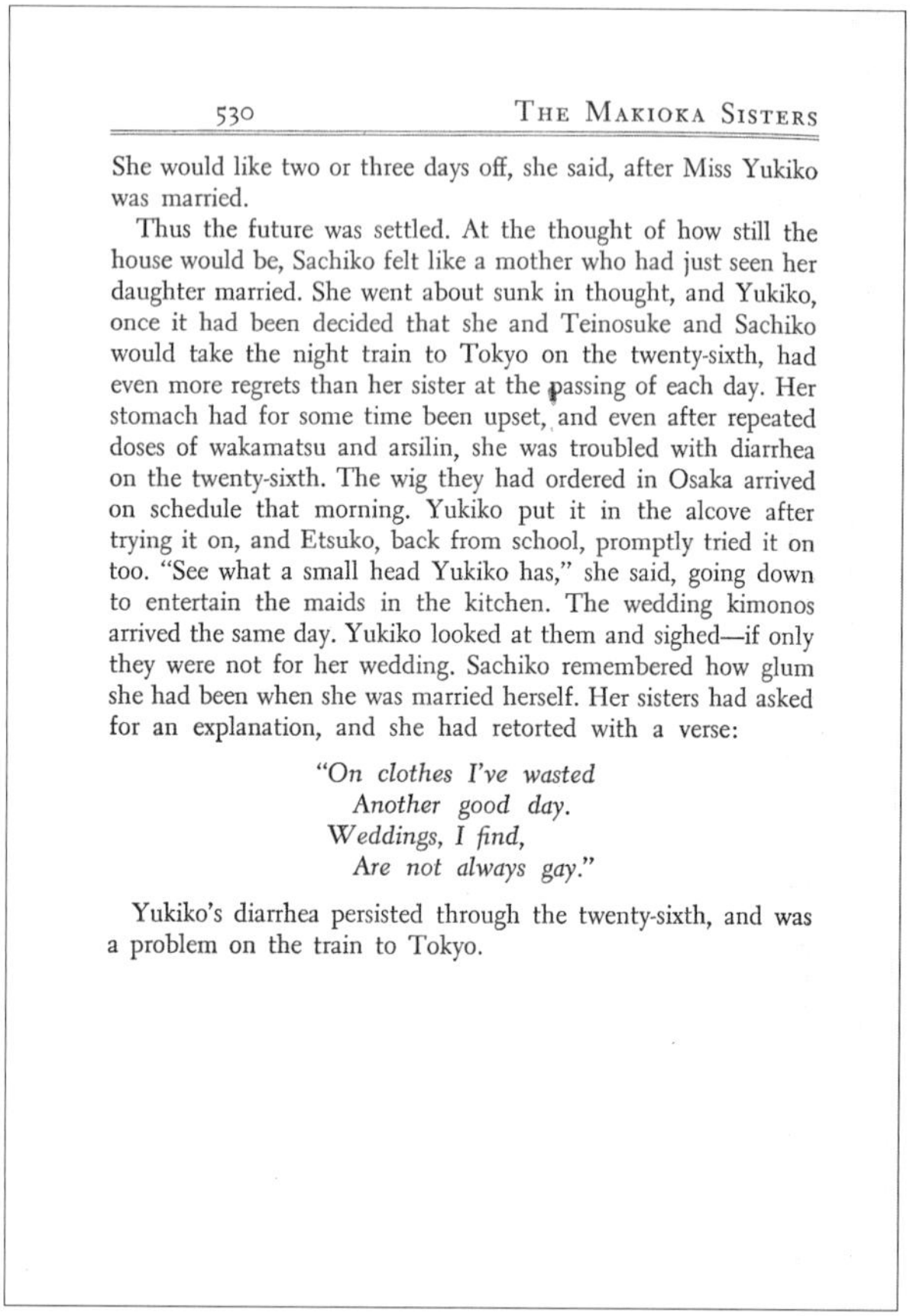
530　　THE MAKIOKA SISTERS

She would like two or three days off, she said, after Miss Yukiko was married.

Thus the future was settled. At the thought of how still the house would be, Sachiko felt like a mother who had just seen her daughter married. She went about sunk in thought, and Yukiko, once it had been decided that she and Teinosuke and Sachiko would take the night train to Tokyo on the twenty-sixth, had even more regrets than her sister at the passing of each day. Her stomach had for some time been upset, and even after repeated doses of wakamatsu and arsilin, she was troubled with diarrhea on the twenty-sixth. The wig they had ordered in Osaka arrived on schedule that morning. Yukiko put it in the alcove after trying it on, and Etsuko, back from school, promptly tried it on too. "See what a small head Yukiko has," she said, going down to entertain the maids in the kitchen. The wedding kimonos arrived the same day. Yukiko looked at them and sighed—if only they were not for her wedding. Sachiko remembered how glum she had been when she was married herself. Her sisters had asked for an explanation, and she had retorted with a verse:

"On clothes I've wasted
Another good day.
Weddings, I find,
Are not always gay."

Yukiko's diarrhea persisted through the twenty-sixth, and was a problem on the train to Tokyo.

図終－2　英訳版『細雪』*The Makioka Sisters*（Knopf, 1957）本文最終ページ

いかにも「唐突」な終わりを迎えることになる。

しかも、この最後の二行は、雪子自身ではなく（他人である）姉幸子の回想直後に雪子の下痢に関する記述が登場するという、およそ脈絡のない叙述へと変貌を遂げているのだ。その挙げ句、「東京行きの汽車の中で雪子の下痢が止まらずに面倒なことになった」（"and was a problem on the train to Tokyo"）という、原文には存在しなかった説明がつけ足され、原文よりもはるかにコミカルで際立った印象を残すような結びの一文となっている。

ウィルソンに英訳版『細雪』の最後の一文を印象づけたのは、こうした翻訳における屈折によるところも大きかった、という事実は今まで指摘されることなく見落とされてきた。

*

ウィルソンが英訳を通して日本の小説に触れた時、その発想源として彼が求めたのは、西洋の型を模倣・吸収した輸入品の日本文学ではなく、むしろ日本の土着の思考形式や感性から自然と生まれでた、移植先の文学にはない異質な小説作法であった。そして、写実性の追求や時間の推移の表現方法など、自国の小説作法が臨界点に到達し、これ以上の発展を望めないとウィルソンが感じた時、まさにその触発の契機が訪れる。創作環境や学術環境ゆえに英国の小説作法の行き詰まりに直面していたからこそ、ウィルソンはかけ離れた言語で創作された小説に目を向け、彼の内には「外の声」から何かを学び取ろうとする内的変化が生じていたのだろう。このことは、一九六九年に再来日したウィルソンが上智大学で行なった講演の冒頭に述べたひと言からも裏付けられる。「日本の小説は、西洋の小説家が足を踏み入れてしまったいくつかの閉ざされた箱、監獄から抜け出す方法について、実に多くのことを教えてくれる」と。[43] 日本の小説の異質性は、従来の小説作法から脱却しようとその解決策を模索していた時期であったからこそ、ウィルソンに強く訴えかけたと言える。だが、その決定打となったのは、翻訳過程において英訳版『細雪』の最後の二行に図らずも生じた屈曲であった。

佐伯彰一は『評伝 三島由紀夫』において、英訳版『細雪』が刊行された当初に、『ザ・ニューヨーカー』誌に掲載されたアンソニー・ウェストの書評を振り返りつつ、「『細雪』の結末における女主人公の「下痢」への言及をとらえて、ゾラを上廻る、生理的な自然主義小説というレッテル」が貼られたと回想している。[44] しかしそこでは、サイデンステッカーによる主語の取り違えや、イタリック表記による別立ての和歌の表記方法、さらには改行による最後の二行の誇張を含む翻訳過程で生じた訳文の屈曲は見逃されている。

改めてこうしたメカニズムに目を向けると、ウィルソンや英語圏の書評者たちにこの結末が鮮烈な印象を残した背景には、小説の結末部分に注意を払うのが常套という書評者の性癖に加え、実は誤訳と編集、改行やイタリックの導入により引き起こされた異化作用が上乗せされていたという、思わぬ実態が明らかになる。

これまで文学の翻訳は、原典側の能動性、移入先の受動性を前提として語られてきた。だがここでは、その二元論の枠組みを越え、能動でもなく受動でもなく、むしろその両者のせめぎ合いに「中動態」とも言うべき様相が現れる局面が詳らかとなった。さらにそこには、作品に新たな力動性が付与される一部始終を垣間見ることができる。サイデンステッカーによる主語の取り違えは、原典から逸脱した誤読を誘うものであった。だが一方で、この誤訳は英訳版『細雪』の新たな読みの可能性を開拓・拡大することにつながり、結果として英訳版『細雪』が日本の小説の異質性を照らし出すという印象を、ウィルソンにもたらしている。『細雪』の英訳文における誤訳をも含む屈曲は、日本の小説の異質性をウィルソンが見いだし、その「選択的吸収」を促すような一種の「補助線」でもあった。

そして、この英訳を通したウィルソンと日本文学との遭遇は、その後、興味深い形で結実している。ウィルソンは一九六七年に英国のアーツ・カウンシル文学部門の議長に就任しているが、その頃、同部門である改革が行なわれることになる。当時の年次報告書を見ると、一九六七年から作家、出版社(支援なしには刊行が難しい書籍に対して)、翻訳者を支援する助成金が導入されている[45]。一九五七年のペン大会でウィルソンが草案作成に携わり可決された翻訳者や出版社の支援を記した決議内容を強く彷彿とさせる内容だが、この変革が生じた背景には、ウィルソンが一九五七年のペン大会で聞き知った翻訳の出版事情をめぐる問題や東西の文学交流の不均衡を解消すべく可決された決議の草案作成の経験、そして、彼自身が英訳を通して日本文学を読むなかで受けた刺激があったからに他ならない。ウィルソンは一九七四年にこの支援に言及した際にも、とりわけ翻訳者の支援に注力していると述べ、「英国文化全般は、島国性に陥りやすいという病に絶えず付きまとわれているため、翻訳は極めて重要だ」と説明するとともに、「我々は〔他の国の文学から〕切り離されており、翻訳を奨励すればするほど良い」と、翻訳支援事業に傾ける熱意を露わにしている[46]。そして、このウィルソンの文学部門の議長着任以降に活性化した支援事業は、その後の多様性を尊ぶ現代イギリス文学の流れへと合流していくことになる。

*

一九五〇年代半ばから七〇年代にかけて、シュトラウスたちに苦難を強いた言語・文化・文学規範の隔差は、現代の同時代の日本文学の英訳、例えば村上春樹の小説の翻訳の場合に比べ、はるかに大きな隔たりであったはずだ。だが、そのような時代になされた英訳であったからこそ、史料に深く刻まれた翻訳者たちの葛藤、そして受容先の読者たちの違和感の痕跡を痛切にかつありありと読み取ることができたともいえる。そして、その翻訳過程には、原文を英語に移す際の回避し難い、英語、並びに文章作法の許容限界の存在に加え、移植先の読者の拒否反応の引き金にならない程度の異質性とはどの程度であるか、あるいはその異質性をどの程度尊重すべきかという、「違和感」と「異質性」との狭間を行き来する文化の架橋者たちの判断が絡んでいた。

このように、小説を翻訳するということは、単なる言語の置き換えではなく、言語と言語、文化と文化、小説とノヴェルをも含む、様々な「あいだ」でのせめぎ合いを通じて訳文を練り上げることを意味する。さらに、そのせめぎ合いでなされる判断には、各文化圏における「現実感」(リアリティ)のあり方の違いや、作為的・無作為的なものがどこまで求められ、許容されるのかなどの、比較文化論までもが関わってくる。

クノップフ社の日本文学翻訳プログラムが我々に示し見せてくれるのは、言語・文化・文学規範のあいだに置かれた人々が直面する葛藤の様相や、その要因がいかなるものか、という問いに対する答えにとどまらない。翻訳を通して異質性に触れた者が、その差異に戸惑いつつも自身の偏狭さや限界を乗り越えるための刺激・触発源をそこに見いだすという、かつて（そして今もなお）著者自身が経験しつつある異文化接触の過程、そして、ウィルソンが夢想したように、翻訳を通して伝わる「模倣でも、標準化された国際性でもなく、根本的な差異の豊かさやインスピレーション」が拓く可能性そのものが、ここに浮上してきたと言えるのではないだろうか。

あとがき

資料探索の旅は、しばしば人を思いがけない場所に連れて行ってくれる。

本著に登場した一次史料の多くは、テキサス大学オースティン校ハリー・ランソム・センターで調査したクノップフ社関連のアーカイヴズ史料が元になっている。この史料群を見つけ、それを閲覧できると知った時の喜びは今でも忘れがたく残っている。だがその史料の複写の取り寄せには、上限があった。アーカイヴズに所蔵されている日本文学英訳関連の史料は、その上限をはるかに上回る規模であり、どうしてもその全容を一度この目で確かめてみたいと思った私は、同センターのフェローとしての滞在資格を得、テキサスに飛んだ。

テキサス州オースティンにあるハリー・ランソム・センターは、国内外の芸術・文学関連の貴重史料・作品を多数保有しており、世界各地からその史料に関わる研究をしているフェローたちが集まり、入れ替わり立ち替わり滞在していた。建物に入り、研究者たちのオフィスのあるフロアに足を踏み入れると、ガルシア・マルケスなど、センターが史料を保有する作家たちのポートレートが出迎えてくれる。その夏、テキサスは例年にないヒートウェーブの只中にあり、貴重史料の閲覧室は、その暑さの分、最大出力で冷房をつけているため凍えるような寒さだった。閲覧室に入る前に、服を何枚も重ね着し、極寒地に赴くような出立ちで毎日閲覧室に入っていたことを懐かしく思い出す。開館から閉館時間まで、史料を捲《めく》る日々が続いた。史料の内容はもちろんのこと、編集者の走り書きや、新聞記事のクリッピングや書簡に直筆で書き込まれたメモ、コーヒーのマグカップの輪染みなど、日々の生活の痕跡が、史料から当時の様子を思い浮かべる手助けとなってくれる。史料の受け渡しデスクで作業をしているアーキヴィストたちの英語やスペイン語での囁き声が時折流れてくる他は（メキシコが近いため、スペイン語話者も多い）閲覧室は静寂に満ちており、数時間も史料を捲り続けていると、そのうちオフィスで編集者たちがタイプライターを叩く音、彼らの会議の様子、編集者たちがやりとりをする声が聞こえてくるような錯覚を覚える。折しも、同センターではエリオット・アーウィットの写真展が開かれており、その中にあったクノップフ社の作家たちの写真が、こうした幻を助けたのかもしれない。

テキサスで一通り日本文学英訳の関連史料に目を通した後、今度はコロラドに滞在し、翻訳者サイデンステッカー関連の資料を所蔵しているコロラド大学ボルダー校のアーカイヴズに通った。私の研究の原点は、サイデンステッカーの日本文学の英訳にある。日記の一ページ一ページ、様々な原稿や書簡を捲りつつ、その直筆に目を通し文字の癖に徐々に目を慣れさせ、内容を解読し、重要な箇所を書き留めていく。サイデンステッカーが翻訳者としての仕事、また日本研究者として過ごした日々を追体験した時間は、何にも代えがたい時間だった。この一連のアメリカでの調査では、テキサス大学オースティン校ハリー・ランソム・センターのスタッフの方々、またコロラド大学ボルダー校アーカイヴズのデイビッド・ヘイズ氏、エドワード・G・サイデンステッカー・ペーパーズの受け入れに尽力されたローレル・ロッド名誉教授など、たくさんの人々にご協力いただいた。

国内の調査でもまた、日本近代文学館、ドナルド・キーン・センター柏崎をはじめ、様々な機関の方々にご助力いただいた。とりわけ、国際日本文化研究センター図書館の江上敏哲氏、高垣真子氏には、研究の着手時から完成に至るまで大変お世話になった。大佛次郎記念館の金城瑠以氏には、資料閲覧でお世話になった際に、シュトラウスが日本を訪れた時に大佛が撮影した写真を思いがけず見せていただいた。それまで書簡や文章を介してしか知ることのなかった大佛とシュトラウスとの交流の跡を、写真で確かめることができた喜びを今でもはっきりと覚えている。以上の方々に、この場を借りて心から感謝を申し上げたい。また、費用の面でも多大なご助力があったことを申し添えておきたい。総合研究大学院大学文化科学研究科国際日本研究専攻院生プロジェクトをはじめ、総合研究大学院大学海外学生派遣事業（平成二十八年度）、Dissertation Fellowship supported by the Creekmore and Adele Fath Charitable Foundation and The University of Texas at Austin Office of Graduate Studies の助成なくして、この研究は実現し得なかった。

この研究を進めるなか、ドナルド・キーン教授やハワード・ヒベット教授、編集者のロバート・ゴットリーブなど、本書の登場人物たちが次々と逝去された。戦後の日本文学翻訳の創成期を築いた架橋者たちのことを、これらの史料やテクストを通してしか私は知らない。そういった意味で、本書は、研究対象者たちと距離を置いた世代が、その第三者の視点から戦後期の日本文学英訳の生成環境を描こうとする試みの第一歩と言えるかもしれない。とはいえ、研究するなかで、サイデンステッカー教授と『源氏物語』の英訳で共に仕事をしたご経験のある小田桐弘子先生や門下生のローレル・ロッド先生をはじめ、生前の姿を知る方々とお会いする機会にも恵まれ、在りし日のサイデンステッカー教授の姿や翻訳過程の様子を伺うことができ、様々な示唆を得ることができた。

本書は、筆者が二〇一九年に提出した博士学位審査論文「小説とノヴェルのあいだ――戦後期日本小説の英訳・出版現場の探究」を、より幅広い読者に向けて送り出すために再編成・加筆・修正したものである。博論の執筆過程においては、指導教員の稲賀繁美先生に、また審査の折には、牛村圭先生、坪井秀人先生、セシル坂井先生、新井潤美先生に数々の貴重なコメントをいただいた。刊行にあたっては、編集を担当してくださった吉田大作氏に大変お世話になった。編集・出版に関する研究をしているとはいえ、現場に直に触れたことのない私だが、吉田さんとのやりとりを通して、初めて本書の内容が血の通うものになったように思う。原稿を練り直す時期に、上智大学で自身の専門を軸に据えた授業を担当する機会も得たこともまた幸運だった。博論の提出から数年を経たにもかかわらず、新鮮な気持ちで原稿と再び向き合うことができたのは、かつてサイデンステッカー教授が教鞭をとり、ウィルソンもまた訪れた大学で、学生たちとともに日本文学のテクストを英語で読み、その魅力を改めて実感したことによるところが大きい。

最後に、こうした歩みをたどる私の最大の理解者である両親にも感謝したい。音楽家である二人は、その昔イタリアのベルカント唱法に感銘を受け渡伊し、「ベルカントの最後の鶯」と称されたリーナ・パリウーギ（Lina Pagliughi, 1907–80）に師事した。その歌声を探究する二人にとっての最大の課題が声の中間領域、すなわちパッサッジョ（passaggio）にあったことを筆者が知ったのはつい最近のことである。全く異なる分野の道を歩んだ私が、自分自身の関心を探究して行った結果、偶然にも同じようなテーマが研究の通奏低音として流れていたことに、深い感動を覚えずにはいられない。翻訳を研究する筆者に、本書の冒頭に掲げたゲーテの「ひとつの譬喩」を贈ってくれたのも父である。

＊

本書で取り上げてきた戦後直後に日本文学の英訳に携わった翻訳者や編集者たちが経験した諸問題や葛藤の領域は、越境を経験したことのある人ならば、誰しもがどこかで直面したことのあるものだろう。越境の現場、あるいは言語・文化のあいだに身を置く人たちにとって、本書でみてきたような懸隔を乗り越えようとした人たちがその昔在ったこと、そして彼らの試みから様々な可能性が拓かれたという事実そのものが支えとなってくれればと思う。そして、その隔たりを乗り越えた先に、さらなる創造の連鎖や移植先で新たな命が芽吹き、かつてのゲーテがそうだったように、その瑞々しさを味わう悦びに繋がることを切に願いつつ――。

京都―テキサス―コロラド―ロンドン―東京を経た二〇二三年秋・京都にて

片岡 真伊

Edward G. Seidensticker (London: Secker & Warburg, 1958), p. 530.

41 *Ibid.*

42 この他、サイデンステッカーの主語の取り違えとしては、誤訳の例としてしばしば引き合いに出される「伊豆の踊子」での主語の取り違えがよく知られている。サイデンステッカーは、『スタンダード英語講座 第2巻　日本文の翻訳』の「主語をどうとらえるか」という一節において、その取り違えに言及しつつ、川端の文体の場合、「たえず十分気をつけていないと、うっかり主語を見失ってしまいかねない」（前掲『日本文の翻訳』、131–132頁）と説明する一方、谷崎の文章については、「むしろ明晰であって、主語や目的語がどれか、迷うようなことはない」（同上、131頁）と述べている。だが、皮肉にもその主語に迷うことのないはずの谷崎の文章で取り違えは起きており、たとえ翻訳者が明晰であると判断した日本文の英訳の場合でさえも、この翻訳問題は繰り返し生じ得ることを物語っている。

43 Angus Wilson, 'Is the Novel a Doomed Art Form?'『英文学と英語学』6（1970), p. 1（1969年9月29日の講演記録）。

44 前掲『評伝 三島由紀夫』、187–188頁。詳しくは『ザ・ニューヨーカー』誌に掲載されたウェストの書評「東は東」('East is East', December 14, 1957)、および佐伯彰一『外から見た日本文学』ティビーエス・ブリタニカ、1981年、41–47頁を参照のこと。最後の一文への言及がある書評の例としては他に、マーシュ・マスリンの書評「病弱なニッポンの姉妹たち」('The Browser: Ailing Nippon Sisters', *The San Francisco Call Bulletin*, December 26, 1957）や、サム・アドキンスの「言葉の紡ぎ手が織り成す日本人の生活のタペストリー」('Word Weaver's Tapestry on Japanese Life', *The Courier-Journal*, November 24, 1957）などがある。

45 *The Arts Council of Great Britain: 23rd Annual Report and Accounts Year Ended 31 March 1968* (London: The Arts Council of Great Britain, 1968), p. 63. 1969年に来日した際にウィルソンは、アーツ・カウンシルの議長着任以来、わずか3年間で100万ポンド以上（現在の金額に換算すると53億円）にのぼる支援の判断に携わったと明かしている（Angus Wilson and Teruo Oka, 'An Interview with Angus Wilson', p. 11.）この時期は英国のアーツ・カウンシルが、「助成金の範囲拡大や組織の拡充などによって、様々な芸術分野に対してその影響力を増大させていった」時期にもあたる。佐藤李青「英国のアーツカウンシルは日本の芸術文化政策のモデルとなりうるか？――『アーツカウンシル五〇年史』から見たアーツカウンシル運営の現実」日本文化政策学会第三回年次大会ポスター発表。

46 Peter Firchow, 'Angus Wilson', in *The Writer's Place: Interview on the Literary Situation in Contemporary Britain*, ed. by Peter Firchow (Minneapolis: University of Minnesota Press, 1974), p. 336.

17 *Ibid.* p. 204.
18 セッカー＆ウォーバーグ社の編集長フレデリック・ウォーバーグは、ウィルソンが専業作家として独立した際、収入源を確保するため、『オブザーバー』紙の書評を月ごとに三、四本執筆する契約を結んでいたと証言している。Warburg, *All Authors are Equal*, p. 276.
19 スティーヴン・スペンダー他「作家と現代世界」、13頁。
20 Japanese P. E. N. Centre, *Report: Compte-rendu*, pp. 253–254; 日本ペンクラブ『日本ペンクラブ五十年史』、89–90頁。
21 Japanese P. E. N. Centre, *Report: Compte-rendu*, p. 264.
22 前掲「裸体と衣裳―日記」、105頁。
23 Angus Wilson, 'Jane Austen in Japan', *The Observer*, 27 April, 1958, p. 17.
24 *Ibid.*
25 *Ibid.*
26 *Ibid.*
27 Angus Wilson, 'A Moment of Crystal', p. 22.
28 *Ibid.*
29 *Ibid.*, p. 23.
30 Angus Wilson, 'The Dilemma of the Contemporary Novelist', in *Approaches to the Novel*, ed. by John Colmer (Edinburgh: Oliver & Boyd, 1967), pp. 122–123.
31 Angus Wilson and Frederick P. W. McDowell, 'An Interview with Angus Wilson', *The Iowa Review*, 3–4 (1972), p. 81. この "alienation effect" は、文脈からして "Verfremdungseffekt" の訳語／意味合いとして用いられていると推察される。
32 Angus Wilson, 'The Dilemma of the Contemporary Novelist', pp. 124–125.
33 *Ibid.*, p. 130.
34 *Ibid.*, pp. 131–132.
35 Angus Wilson and Teruo Oka, 'An Interview with Angus Wilson',『英語研究』58. 12 (1969), pp. 6–7.［1969年９月30日のインタビュー記録］（引用は筆者による和訳）
36 Angus Wilson, 'The Dilemma of the Contemporary Novelist', p. 132.
37 Angus Wilson, 'A Moment of Crystal', p. 22; Angus Wilson, 'Dilemma of the Novelist', p. 131. 谷崎の死後に松子夫人から聞いたこの最後の一節の由来を、サイデンステッカーはこう記録している。「批評家はさまざまの意味を読み込んでいるようだけれども、別に、作者の人生観などとは何の関係もない。あの数行があそこに出て来るのは、ただ実際にそんな出来事がたまたま起こったからにすぎないという。」前掲『流れゆく日々』、223–224頁。
38 河野多恵子「谷崎文学の愉しみ（二十九）」『谷崎潤一郎全集』第25巻付録月報、中央公論社、1983年、４頁（河野多恵子『谷崎文学の愉しみ』中公文庫、1998年）。
39 谷崎潤一郎『細雪』下巻『谷崎潤一郎全集』第20巻、中央公論新社、2015年、309–310頁。
40 Junichirō Tanizaki, *The Makioka Sisters*, trans. by Edward G. Seidensticker (New York: Knopf, 1957), p. 530; Junichirō Tanizaki, *The Makioka Sisters*, trans. by

終章

1 前掲「裸体と衣裳―日記」、105頁。また佐伯彰一なども、来日時のウィルソンの様子を記録している。詳しくは佐伯彰一『評伝 三島由紀夫』（新潮社、1978年）14頁を参照されたい。

2 例えば、ウィルソンの小説の翻訳を手掛けた芹川和之による、ウィルソンのテクストにみる英国的要素の考察「英国的な、あまりにも英国的な」（『千葉商大論叢. A, 一般教養篇』第11巻3・4号、24–44頁）や、『笑いごとじゃない』（*No Laughing Matter*）におけるウィルソンの小説論の実践について詳解した泉名正子「Angus Wilson と現代イギリス小説の方向」（『静岡女子大学研究紀要』第7巻、27–35頁）など。

3 Angus Wilson, *The Wild Garden or Speaking of Writing* (Berkley and Los Angeles: University of California Press, 1963), p. 21.

4 このパティソンが、日本の小説の英訳現場との関わりがあったことについては、すでに『野火』の英訳現場に関する章で述べたとおりである。

5 Fredric Warburg, *All Authors are Equal* (New York: St. Martin's Press, 1973), p. 273.

6 *Modern Japanese Literature: An Anthology* ed. by Donald Keene (New York: Grove Press, 1956). この選集に短篇や小説の抜粋が収録された作家については、序章の注18を参照のこと。

7 Angus Wilson, 'A Moment of Crystal', *The Spectator*, 5 July, 1963, p. 22.

8 Angus Wilson, 'A Century of Japanese Writing', *Encounter*, 8.4 (1957), p.84. この選集の編者であるキーンは、後にウィルソンの書評について次のように振り返っている。「私が編集した、英訳日本現代文学選集が出たとき、ある書評家がそれを、ヨーロッパ文学の練習に過ぎないと片付けてしまった。私はその書評を読んで大いにがっかりした。つまり、その書評家が言いたかったのは、日本の現代文学は日本の古典文学に似ていないので外国文学の模倣であろうということで、それは浅薄な臆測に過ぎなかったと思う。私はその書評家に異議を申し立てたら、彼はそれ以来模倣という言葉を一切使わなくなって、日本の現代文学の英訳が出たら大抵絶讃する」（『日本との出会い』中央公論社、1975年、211頁）。一方ウィルソンは、国際ペン大会のため来日した際に、この書評を書いて以来、いくつかの日本の小説を通して読み、批判の大部分が和らいだものの、西洋文学の影響を強く受けた小説家たちに対する批判については、自分の意見を曲げるつもりはないと述べている（*Report: Compte-rendu*, Tokyo: Japanese P. E. N. Centre, 1957, p. 51）。

9 前掲「作家と現代世界」、9頁（原文掲載なし、既訳ママ）。

10 同上、10頁。

11 Japanese P. E. N. Centre, *Report: Compte-rendu*, p. 52.

12 日本ペンクラブ『日本ペンクラブ五十年史』日本ペンクラブ、1987年、85頁。

13 Japanese P. E. N. Centre, *Report: Compte-rendu*, pp. 51–52.

14 *Ibid.*, p. 52.

15 *Ibid.*

16 *Ibid.* p. 53.

セⅡ」、新潮社、1986年、645頁。

69 Ron Boyes, 'Kawabata's Brilliant "Master of GO"', *The News & Obserber*, October 29, 1972. 他にも Clarence E. Olson, 'Go As A Game, As A Way of Life', *St. Louis Post Dispatch*, September 23, 1972. や、Ivan Morris, 'A Nobel Man's Masterwork', *The San Francisco California Examiner*, October 6, 1972, also published in *Book World*, September 24, 1972. などを参照されたい。

70 Richard Beardsley, '"Go": a clue to author's death', *Louisville, K. Y. Times*.

71 正宗白鳥「今年を回顧して」『川端康成作品論集成』第5巻、おうふう、2010年、161頁（初出：『文芸』昭和29年12月号）。その他、上林暁「名人」（初出：『文芸』1955年2月）、『名人』榊山潤（初出：『解釈と鑑賞』1957年2月）等を参照のこと。

72 'New Book', *Go Review*, 12. 2 (1972), p. 80.

73 Peter Gilder, 'Book Review: "*The Master of Go*" by Yasunari Kawabata', *Go Review*, 13. 2 (1973), pp. 72–74.

74 John Fairburn, *Meijin's Retirement Game* (Richmond: Slate &Shell, 2010), p. 100.

75 前掲『名人』、33–34頁。

76 同上、34頁。

77 Kawabata, *The Master of Go*, p. 43.

78 Fairburn, *Meijin's Retirement Game*, p. 112.

79 邦訳タイトルは『殺人カジノのポーカー世界選手権』（原著の副題を元にしたタイトル）。ここでは、原著のメインタイトルである *Positively Fifth Street* を用いることにする。

80 ジェイムズ・マクマナス『殺人カジノのポーカー世界選手権』真崎義博訳、文春文庫、2006年、324頁。

81 James McManus, *Positively Fifth Street*, Picador edition. (New York: Farrar, Straus and Giroux, 2007), p. 229. [First published in 2003]

82 鉤括弧内は、マクマナスが英訳版『名人』から引用した箇所を筆者が日本語に訳し戻したもの。原文は以下の通り。「私は碁を見てゐたといふよりも、碁を打つ人を見てゐたのだつた。また、対局の棋士が主人であつて、世話人も観戦記者も従僕である。自分によく分りもしない碁を、無上に尊重して書いてゆくには、棋士に敬愛を持つほかはなかつた。勝負の興味ばかりでなく、一つの芸道の感動が私にあつたのは、自分を空しうして名人をながめたお蔭であつた」川端康成『名人』、79–80頁。

83 Edward G. Seidensticker, 'Introduction', in *The Master of Go* (New York: Knopf, 1972), v.

84 James McManus, *Positively Fifth Street*, p. 229.

85 *Ibid.*

86 Anthony Blond, *The Publishing Game*, rev. edn (London: Jonathan Cape, 1972), p. 65.

87 'Yellow Jersey Press'<https://www.penguin.co.uk/company/publishers/vintage/yellow-jersey-press/> [accessed on January 15, 2016]

43 A letter from Harold Strauss to Edward Seidensticker, May 5, 1972.
44 前掲『川端康成全集』補巻２、624頁。
45 Manuscript Order, Alfred A. Knopf, 4/11/72.
46 1972年４月18日付の日記。Seidensticker, *Genji Days*, p. 79.
47 A letter from Edward Seidensticker to Harold Strauss, April 23, 1972.
48 *Ibid.*
49 "A Note About the Author/ Yasunari Kawabata", anonymous, undated. 英訳版『名人』の前に刊行された『山の音』(Yasunari Kawabata, *The Sound of the Mountain*, New York: Knopf, 1970) に収録されたものと同じ内容である。
50 A letter from Harold Strauss to Edward Seidensticker, May 2, 1972.
51 Kawabata, *The Master of Go*, p. 191.
52 Publishing Summary for AAK, The Master of Go [3/14/1972].
53 Publishing Summary for AAK, 10/1/1969.
54 A letter from Harold Strauss to Edward Seidensticker, October 5, 1972.
55 A letter from Harold Strass to Edward Seidensticker, October 13, 1972.
56 A letter from Harold Strauss to Edward Seidensticker, January 12, 1973.
57 「川端氏の名作「名人」が英訳出版」『読売新聞』1972年11月11日夕刊７面。
58 Alan Friedman, 'As if Nabokov had reported on Bobby and Boris', *The New York Times*, October 22, 1972, p. 4.
59 Robert Taylor, 'Symbolism in the game of Go', *Boston Mass Morning Globe*, September 26, 1972.
60 A letter from Eleanor French to Charles E. Tuttle, September 25, 1972.
61 George Steiner, 'Acknowledgement', in *Fields of Force: Fischer and Spassky at Reykjavik* (New York: The Viking Press, 1974) [unpaginated].
62 *Ibid*, p. 86.
63 書評の例は以下の通り。David M. Walsten, 'When a traditional game ceased to be an art of elegance', *Chicago Sun Times*, October 1, 1972, p. 19; Edmund Fuller, 'The Science and Ritual of Go', *Wall Street Journal*, October 18; Christopher Porterfield 'Rustle of Wind', *TIME*, October 9, 1972, p. 87; Frances Neal, 'Author's Favorite Translated', *Nashville Tennessean*, October 22, 1972; Victor Howe, 'The Mastering the stone bead game', *Boston Mass, Christian Science Monitor*, October 11, 1972; Vivian Mercier, 'The Master of Go', *World Day*, September 12, 1972, p. 52.
64 川端康成の『名人』をベースにしたとのクレジットがなされている。詳しくは松島利行「そこに碁盤があった――囲碁と映画の文化論③」『碁ワールド』第50巻８号、80頁を参照のこと。
65 *La Diagonale du fou* (Dangerous Moves) dir. by Richard Dembo (Gaumont, 1984) [on DVD].
66 John M. Lee, 'Kawabata, Japanese Novelist Who Won Nobel Prize, a Suicide', *The New York Times*, April 17, 1972. p. 1, 7.
67 George Steiner, 'Books: Gamesmen', *The New Yorker*, January 27, 1973, p. 90.
68 ヘルマン・ヘッセ『ガラス玉演戯』高橋健二訳『新潮世界文学』37「ヘッ

そして三時間にわたり『名人』の対局内容をサイデンステッカーのために再現したとの記録がある（Seidensticker, *Genji Days*, pp. 74–75）。

17 E. G. サイデンステッカー「川端さんの『名人』を翻訳しながら」佐伯彰一訳『読売新聞』1971年８月10日付朝刊17面。

18 同上。ここでの忠実さとは、「意識的な省略、書きかえ」をしないことを指す。サイデンステッカーは、仮に読者が原著から外れていると感じる箇所があれば、それは完全に自分の落ち度であり、「意識的な省略、書きかえたという言い訳はきかない」と記事の中で説明している。

19 同上。

20 二十七章以外にも、一、九、十二、十三、十六、十九、二十四、三十七、四十一章において「将棋」が言及されている。

21 川端康成『名人』『川端康成全集』第10巻、新潮社、1969年、77頁。

22 Yasunari Kawabata, *The Master of Go,* trans. by Edward G. Seidensticker (New York: Knopf, 1972), p. 110.

23 前掲『名人』、9–10頁。

24 Kawabata, *The Master of Go,* p. 4

25 *Ibid.*, p. 185.

26 前掲『名人』、30頁。および Kawabata, *The Master of Go*, p. 36.

27 この翻訳手法は、サイデンステッカーの初期の翻訳「伊豆の踊子」にも用いられており、「碁」は “checker” や “chess” として訳出されている。

28 An agreement of THE CHAMPION by Yasunari Kawabata (March 26, 1971).

29 A letter from Harold Strauss to Edward Seidensticker, December 28, 1971.

30 A letter from Edward Seidensticker to Harold Strauss, January 22, 1972.

31 A letter from Harold Strauss to Edward Seidensticker, January 26, 1972.

32 A letter from Edward Seidensticker to Harold Strauss, February 2, 1972.

33 A letter from James Laughlin to Edward Seidensticker, November 9, 1954. このラフリンは、先の章でも触れた通り、ニュー・ディレクションズ社の創業者でもある。

34 後に1997年に「伊豆の踊子」を再翻訳した際にも、イタリック表記は完全に排除され、翻訳者の当初の希望通りに改められている。詳しくは、拙論 ‘Emending a Translation into “Scrupulous” Translation: A Comparison of Edward G. Seidensticker’s Two English Renditions of “The Izu Dancer”’, *Sokendai Review of Cultural and Social Studies* 12 (2016), pp. 83–101. を参照。

35 例としては、前掲『スタンダード英語講座 第２巻　日本文の翻訳』165頁を参照。

36 A letter from Harold Strauss to Edward Seidensticker, December 28, 1971.

37 Kawabata, *The Master of Go*, vii.

38 A letter from Harold Strauss to Edward Seidensticker, January 13, 1972.

39 Kawabata, *The Master of Go*, vii.

40 A letter from Harold Strauss to Edward Seidensticker, January 7, 1972.

41 1972年５月７日付の日記からの引用。Seidensticker, *Genji Days*, p. 81.

42 川端康成『川端康成全集』補巻２、新潮社、1984年、371–372頁。

第七章

1 川端康成、中山伊知郎「対談 日本文学の海外紹介」『読売新聞』1959年7月12日付朝刊14面。

2 『名人』の翻訳は、英訳に先んじて韓国語訳（1969）が、また英訳刊行の3年後にはフランス語訳（1975）が出ている。だが、その他の言語へと訳されるのは1980年代以降のことであり、川端の著作をいち早く刊行していたドイツ語訳でさえも、2015年を待たねばならなかった。『名人』が英訳されてから諸言語に翻訳されるまでに、他の川端の著作の場合と比べ時を要していること自体が、翻訳対象としての難しさを物語っていると言えよう。

3 A memo from Harold Strauss to himself, November 14, 1969.『舞姫』は、サイデンステッカーが初めて読んだ川端の小説でもあった。ヒベットとの対談で初めて読んだ川端の著作が『舞姫』であったことを明かしており、「その次に『雪国』を読んで初めて川端さんの偉大さがわかった」と振り返っている。詳しくは、H. ヒベット、E. G. サイデンステッカー「対談：日本文学の翻訳者 日本文学を語る」『西洋の源氏 日本の源氏』笠間書院、1984年、206頁（初出：『波』新潮社、1969年1月号）。

4 エドワード・サイデンステッカー「川端康成の世界――漂泊と哀愁の文学」『ソフィア』第18巻2号、1969年、129頁。

5 Edward G. Seidensticker, *Genji Days* (Tokyo and New York: Kodansha International, 1977), p. 16.

6 A letter from Edward Seidensticker to Harold Strauss, October 12, 1970.

7 A letter from Edward Seidensticker to Harold Strauss, December 20, 1970.

8 A letter from Harold Strauss to Edward Seidensticker, December 29, 1970.

9 大佛次郎「町の中の村」『水に書く』新潮社、1959年、214頁（初出：『西日本新聞』1959年1月7日付）。

10 例えば、Robert Gottlieb, *Avid Reader: A Life* (New York: Farrar, Straus & Giroux, 2016) や Robert Gottlieb et al.,'The Art of Editing No.1', *Paris Review,* 132 (1994) <https://www.theparisreview.org/interviews/1760/robert-gottlieb-the-art-of-editing-no-1-robert-gottlieb> [accessed on December 2, 2016]

11 Robert Gottlieb, *Avid Reader: A Life,* p. 317.

12 ゴットリーブは日本語こそ解さなかったが、小津映画を観に毎週ニューヨークのジャパン・ソサエティに通い詰め、来日時には宝塚で観劇するなど、日本文化産業に対する強い関心を寄せ続けていた。詳しくは、前掲 *Avid Reader: A Life,* pp. 317–318を参照。

13 A letter from Harold Strauss to Edward Seidensticker, December 15, 1971.

14 Edward G. Seidensticker, Diaries, Ann Arbor, April 13, 1971–Tokyo, August 1, 1971.

15 同上、July 14の記述。

16 同上、July 29の記述。柳田は、その後、『名人』において名人の対局相手として登場する大竹のモデルである木谷實について『強豪木谷一門の秘密』（現代新社、1979年）を著している。また、柳田は1972年3月7日の日記にも再び登場しており、その日の午後に碁盤・碁石を持参し訪ねてきたこと、

37 A letter from Harold Strauss to Edward Seidensticker, August 26, 1958.
38 Ned Drew and Paul Sternberger, *By its Cover* (New York: Princeton Architectural Press, 2005), p. 20.
39 George Salter, 'The Book Jacket', in *Third Annual Exhibition Book Jacket Designers Guild 1950* (New York: the Book Jacket Designers Guild, 1950) [unpaginated].
40 Alfred A. Knopf, 'A Publisher Looks at Book Design', in *Portrait of a Publisher 1915/1965 I* (New York : Typophiles, 1965), p. 87.
41 クノップフ社では、事前に著名な作家や主要メディア各紙にアドバンスコピーを送り、こうしたカヴァーや宣伝に用いるためのコメントを求めていた。
42 日本文学翻訳プログラムでは、映画版とのタイアップを図った作品もいくつかあり（『鍵』『金閣寺』『砂の女』等）、それらの作品が刊行される際には、同じ著作の映画版が映画祭で上映されたことなど、映画に関わる情報がカヴァーの裏面に追加されている。イギリス市場向けにセッカー&ウォーバーグ社から出し直す際には、コピーや書評の引用などの広告的要素はことごとく取り除かれており、著作紹介や値段などは、すべてフラップ（カヴァーの折り返し部分）内に収められている。
43 *Judging a Book By Its Cover* (London and New York: Routledge, 2007) の編者ニコール・マシューズは、カヴァーがこのような役割を担うことになった理由を地理的要素に求め、大都市から離れ、出版社の巡回セールスマンたちとも滅多に会うことのないアメリカやオーストラリアの小売業者たちのあいだで、こうした傾向がとりわけ顕著であったと指摘している。詳しくは同書、xiii を参照のこと。
44 A letter from Harold Strauss to Ivan Morris, December 18, 1956.
45 George Salter, *Third Annual Exhibition Book Jacket Designers Guild Catalogue*, 1950 [unpaginated].
46 Cecil Beaton, *Japanese* (New York: The John Day Company, 1959), xxxv.
47 前掲『川端康成・三島由紀夫 往復書簡』、104–105頁。
48 Planning Card for *Thousand Cranes*.
49 詳しくは、*Elliot Erwitt: Home Around the World* (New York: Aperture, 2016), pp. 18–19を参照のこと。この頁には、アーウィットがクノップ社のために手掛けた著者のポートレート写真が組み込まれたカヴァー20点が掲載されており、著者像を構築するうえで、著者の写真が極めて重要な役割を果たしていたことがわかる。
50 Loren Glass, *Authors Inc.: Literary Celebrity in the Modern United States, 1880–1980* (New York and London: New York University Press, 2004), p. 6.
51 'This is Kobo Abé', *The New York Times*, September 14, 1964, p. 31.
52 詳しくは Jane Naomi Iwamura, *Virtual Orientalism: Asian Religions and American Popular Culture* (New York: Oxford University Press, 2011) の第二章を参照。
53 'The Sound of the Mountain', *New York Times Book Review*, June 12, 1970.
54 「川端康成」『文藝春秋』1972年６月号（頁数表記なし）

literature/1929/summary/> [accessed on November 14, 2017]

15 Gregory Henderson, 'Big Guns Roll Up in the Fall Fiction Barrage: From Japan ...', *The Washington Post*, October 13, 1957, E6.

16 Donald Barr, *The New York Times Book Review*, October 13, 1957, cited in *Book Review Digest*, 1958.

17 書籍に記載されている著作物の発行年は1956年であるが、史料を確認すると、実際に刊行されたのがこの日であったことが判明する。

18 佐伯彰一編『川端康成・三島由紀夫 往復書簡』新潮社、2000年、98頁。

19 芹沢銈介『芹沢銈介全集』第27巻、中央公論社、1982年、17頁。民藝運動でも知られる芹沢銈介は、数多くの装幀を手掛けており、『雪国』『愛する人たち』『温泉宿』など、川端著作の装幀も多数担当している。

20 A letter from Edward G. Seidensticker to Harold Strauss, March 19, 1958.

21 東山がこの装幀を担当することになった経緯については、川端も「古い日記」(1月16日付)の中で触れている。詳しくは、「古い日記」『川端康成全集』第28巻、88頁を参照のこと(初出:『新潮』昭和34年、第56巻第12月号)。

22 川端康成「独影自命　十五」『川端康成全集』第33巻、新潮社、1982年、530-531頁(初出:『川端康成全集』第15巻、昭和28年1月20日)。

23 同上、533頁。

24 A letter from Harold Strauss to Edward G. Seidensticker, March 24, 1958.

25 A letter from Harold Strauss to Edward G. Seidensticker, June 30, 1958.

26 川端康成『千羽鶴』『川端康成全集』第12巻、新潮社、1980年、14、24頁。

27 Yasunari Kawabata, *Thousand Cranes* trans. by Edward G. Seidensticker (New York: Knopf, 1958), p. 21.

28 A letter from Edward Seidensticker to Harold Strauss, July 14, 1958.

29 A letter from Edward Seidensticker to Harold Strauss, August 15, 1958.

30 *Ibid.*

31 前述した光琳の香包みは、この宗達の絵巻に触発され、その図版を模したものである。

32 *The Arizona Republic*, March 11, 1961, p. 52.

33 コマツが表紙を担当した日本文学翻訳プログラムの他の刊行物は、以下の通り。*The Heike Story*, 1956; *Snow Country*, 1956; *Thousand Cranes*, 1958; *The Temple of the Golden Pavilion*, 1959; *After the Banquet*, 1963; *Seven Japanese Tales*, 1963。

34 川端康成「「伊豆の踊子」の装幀その他」『川端康成全集』第33巻、新潮社、1982年、29頁(初出:『文藝時代』昭和2年5月号)。吉田が担当した装幀の生成過程や、単行本『伊豆の踊子』(金星堂、1927年)の装幀、絵中に書かれた一つ一つの事物の由来について、川端自身が湯ヶ島温泉滞在中の思い出を交えつつ詳しく説明している。

35 進藤純孝、伊吹和子「川端文学の原点」伊吹和子編『川端康成 瞳の伝説』PHP 研究所、1997年、92頁。

36 川端康成「自著広告」前掲『川端康成全集』第33巻、109頁(初出:『新潮』昭和5年12月号)。

45 *Ibid.*
46 A letter from Ivan Morris to Harold Strauss, October 3, 1958.
47 A letter from Harold Strauss to Ivan Morris, October 17, 1958.
48 原著者である三島自身は、翻訳を通じて自著の何がどの程度伝わればよいと考えていたのだろうか。英訳版『金閣寺』と同年に出版された三島の『文章読本』(1959)の翻訳に関する一節には、「要は作品としての全体的効果がうまく移されてゐるかどうか」が重要であるとの説明がある(前掲『文章読本』、91–92頁)。

第六章
1 谷崎潤一郎「「細雪」瑣談」『谷崎潤一郎全集』第25巻、中央公論新社、2016年、249頁(初出:『週刊朝日』春季増刊号〔1949年4月〕)
2 谷崎潤一郎「雪後庵夜話」『谷崎潤一郎全集』第24巻、中央公論新社、2016年、333頁(初出:『中央公論』昭和39年1月号)
3 Donald Keene, 'Introduction', in *Modern Japanese Literature* (New York: Grove Press, 1956), p. 25.
4 A letter from Edward G. Seidensticker to Harold Strauss, November 24, 1956.
5 キーンのタイトル提案と、それに対するサイデンステッカーの反応にまつわるやりとりについては、ラリー・ウォーカーの先行研究 'Unbinding the Japanese Novel in English Translation: The Alfred A. Knopf Program, 1955–1977' (doctoral dissertation, University of Helsinki, 2015) に引用があるためここで改めて繰り返すことはしない。この章では、先行研究では詳しく描かれることのなかった *The Makioka Sisters* が英訳タイトルとして採用されるまでの経緯を、未発表史料や翻訳者の証言を交えつつ論述した。
6 A letter from Harold Strauss to Donald Keene, December 18, 1956.
7 シュトラウスらとの旅を記録した「京都行・湯澤行」には、「サイデンステツカア氏が谷崎氏の「細雪」を訳し終へたばかりの時で、シュトラウス氏は行きの汽車でもホテルでも、その原稿を読みふけつてゐた」とある(『川端康成全集』第28巻、新潮社、1982年、34頁。初出:「浜銀ニュース」第86号、昭和33年1月20日刊)。
8 A letter from Harold Strauss to Herbert Weinstock, March 15, 1957.
9 Harold Strauss, *On the Delight of Japanese Novels* (New York: Knopf, 1957), p. 20.
10 *Words, Ideas, and Ambiguities: Four Perspectives on Translating from the Japanese,* ed. by Donald Richie (Chicago: Imprint Publications, 2000), p. 77.
11 A letter from Harold Strauss to Edward Seidensticker, April 16, 1957.
12 A letter from Edward Seidensticker to Harold Strauss, April 23, 1957. また、偶然にも谷崎は、原著の題名を検討した当初、蒔岡姉妹に焦点を合わせた「三人姉妹」という題名も候補の一つに入れていたという。詳しくは、前掲「「細雪」瑣談」、249頁を参照のこと。
13 "The Makioka Sisters", Planning Card.
14 'The Nobel Prize in Literature 1929', <https://www.nobelprize.org/prizes/

11 A letter from Ivan Morris to Harold Strauss, October 3, 1958.
12 A letter from Harold Strauss to Ivan Morris, October 17, 1958.
13 A letter from Harold Strauss to Ivan Morris, September 22, 1958.
14 前掲『金閣寺』、137頁。
15 A letter from Ivan Morris to Harold Strauss, October 3, 1958.
16 前掲『金閣寺』、51頁。
17 同上、64頁。
18 同上、136頁。
19 同上、46頁。
20 同上、51頁。
21 同上、136頁。
22 『金閣寺』の英訳原稿は管見の限り見当たらないため、ここではシュトラウスのコメントに引用されていたモリスの初稿の英訳を用いている。A letter from Harold Strauss to Ivan Morris, September 22, 1958.
23 Yukio Mishima, *The Temple of the Golden Pavilion*, trans. by Ivan Morris (New York: Knopf, 1959), p. 127.
24 前掲『金閣寺』、137頁。
25 同上、62頁。
26 Yukio Mishima, *The Temple of the Golden Pavilion, op. cit.*, p. 55.
27 板坂元『日本人の論理構造』講談社現代新書、1971年、133–134頁。
28 三島由紀夫「『金閣寺』創作ノート」前掲『決定版 三島由紀夫全集』6、658頁。
29 前掲『金閣寺』、44頁。
30 Yukio Mishima, *The Temple of the Golden Pavilion, op. cit.*, pp. 38–39.
31 前掲『金閣寺』、46頁
32 Yukio Mishima, *The Temple of the Golden Pavilion, op. cit.*, p. 40.
33 前掲『金閣寺』、137頁。
34 Yukio Mishima, *The Temple of the Golden Pavilion, op. cit.*, p. 127.
35 前掲『金閣寺』、29頁。
36 A letter from Harold Strauss to Ivan Morris, September 22, 1958.
37 *Ibid.*
38 A letter from Ivan Morris to Harold Strauss, October 3, 1958.
39 A letter from Harold Strauss to Ivan Morris, October 17, 1958.
40 Ivan Morris, 'On Translating Saikaku', in *The Japanese Image*, ed. by Maurice Schneps and Alvin D. Coox (Tokyo and Philadelphia: Orient/West Incorporated, 1965), pp. 327–328. [first published in *Orient/West*, 4.7 (1959)]
41 *Ibid.*, p. 327.
42 Ivan Morris, 'Notes on Literary Translation From Japanese into English', *The Journal-Newsletter of the Association of Teachers of Japanese*, 2. 1/2 (1964), pp. 2–3.
43 前掲『金閣寺』、272頁。
44 A letter from Harold Strauss to Ivan Morris, September 22, 1958.

22 A letter from Harold Strauss to Edward Seidensticker, May 13, 1957.
23 A letter from Edward Seidensticker to Harold Strauss, June 29, 1957.
24 前掲『細雪』下巻、166頁。
25 Junichirō Tanizaki, *The Makioka Sisters*, p. 434.
26 安西徹雄『英語の発想』ちくま学芸文庫、2000年、155頁。
27 例としては、板坂元『日本人の論理構造』(1971)、安西徹雄『英語の発想』(1983) など。これらの研究では、日本語と英語の特性を明らかにするための比較分析対象として、英訳版『山の音』やクノップフ社から刊行された日本の小説の英訳が数多く用いられている。また、英文学・日本文学を専門とする比較文学者アール・マイナーは、川端著作に見られる「視点の移動」(shifting point of view) や「混沌とした動詞の時制」(chaotic verb tenses) に関する発表において、『山の音』の冒頭部分について論じる中で、「サイデンステッカーにとって、物語の過去時制 (narrative past tense) を選択し、それを維持し続けることは唯一の、かつ自然な成り行きであった」と、その翻訳手法を引き合いに出している。Earl Miner, 'The Seer and the Seen: Reflections on a Page of Kawabata's *The Sound of the Mountain*', in *Proceedings of the Nitobe-Ohira Memorial Conference on Japanese Studies* (Vancouver: University of British Columbia, 1986), p. 332. さらに、この時の発表を元に綴った『山の音』に関する論文「知る者と知られる者——『山の音』」(『東西比較文学研究』明治書院、1990年、309–345頁) においても、「動詞の相が移り換わる川端の文章を英文に直訳すると、英語の時制は大混乱を来す。サイデンステッカーの解決策は、過去形に終始することであった」と記していることも付け加えておきたい (313頁)。
28 前掲『スタンダード英語講座 第2巻 日本文の翻訳』119–120頁。

第五章

1 E. G. サイデンステッカー「紫式部に忠実であるということ——『源氏物語』を訳して」『西洋の源氏 日本の源氏』1984年、笠間書院、69頁 (初出:『ソフィア』第23巻3号、1974年、44–54頁、日本文化研究国際会議〔1972年11月20日〕での発表 'On Being Faithful to Murasaki Shikibu' in *This Country, Japan* (Tokyo, New York, San Francisco: Kodansha International, 1979) の和訳)
2 A letter from Harold Strauss to Ivan Morris, September 22, 1958.
3 A letter from Ivan Morris to Harold Strauss, October 3, 1958.
4 A letter from Donald Keene to Harold Strauss, May 5, 1962.
5 A letter from Ivan Morris to Harold Strauss, October 3, 1958.
6 A letter from Harold Strauss to Ivan Morris, October 17, 1958.
7 *Ibid.*
8 三島由紀夫『文章読本』『決定版 三島由紀夫全集』31、新潮社、2003年、165頁 (初出:『婦人公論』付録、昭和34年1月)。
9 三島由紀夫『金閣寺』『決定版 三島由紀夫全集』6、新潮社、2001年、95頁。
10 A letter from Harold Strauss to Ivan Morris, September 22, 1958.

28 前掲「『野火』の意図」、174頁。
29 ウォーバーグの自伝には、1971年にセッカー&ウォーバーグ社が出版した井伏鱒二著『黒い雨』の英訳（*Black Rain*：英訳初版は講談社インターナショナルによる刊行）のイギリスでの版権を獲得し、その結果、既に自社から刊行されていた英訳版『野火』との組み合わせから、自社の出版リストがより強固なものになった経緯が明かされている。（*All Authors Are Equal,* p. 201.）大岡の『野火』の刊行なくして、井伏鱒二の『黒い雨』のイギリスでの版権獲得は実現しなかったと言えよう。

第四章
1 谷崎潤一郎『細雪』下巻『谷崎潤一郎全集』第20巻、中央公論新社、2015年、30–31頁。
2 Junichirō Tanizaki, 'The Firefly Hunt', trans. by Edward G. Seidensticker, in *Modern Japanese Literature: An Anthology* (New York: Grove Press, 1956), p. 385.
3 最終的に刊行された英訳タイトルはThe Makioka Sistersだが、ここではまだ仮タイトルのA DUST OF SNOWが用いられている。このタイトルの英訳に関しては、第六章で詳しく取り上げる。
4 Herbert Weinstock, Report on A DUST OF SNOW, April 8, 1957.
5 *Ibid.*
6 「コピーエディター」は「校正者」と訳されることが多いが、厳密にいうとその役割の範疇は、必ずしも日本の「校正者」の場合とは一致しない。そのため、ここでは原文で記されている職名のカタカナ表記をそのまま用いることにした。
7 Herbert Weinstock, Report on A DUST OF SNOW, April 8, 1957.
8 A letter from Harold Strauss to Edward Seidensticker, May 13, 1957.
9 Harold Strauss, *On the Delights of Japanese Novels* (New York: Knopf, 1957), p. 20.
10 A letter from Harold Strauss to Edward Seidensticker, May 13, 1957.
11 *Ibid.*
12 *Ibid.*
13 *Ibid.*
14 Styling Memo, The Makioka Sisters (Sasame Yuki).
15 A letter from Harold Strauss to Edward Seidensticker, May 13, 1957.
16 川端康成「五拾銭銀貨」『川端康成全集』第1巻、新潮社、1981年、437頁を参照のこと。
17 谷崎潤一郎『細雪』上巻『谷崎潤一郎全集』第19巻、中央公論新社、2015年、28–29頁。
18 同上、15頁。
19 同上。
20 牧野成一『ことばと空間』東海大学出版会、1978年、48頁。
21 Junichirō Tanizaki, *The Makioka Sisters,* pp. 19–20.

8　大岡は、この最終場面を、無意識のうちに『白痴』のムイシュキンがラゴージンに「不意に襲撃されるという段取り」に似せてしまったという。（同上、498–499頁）。
9　前掲「『野火』について」170頁。
10　前掲「『野火』におけるフランス文学の影響」、504頁。
11　同上。大岡は、モリスの『野火』英訳に対して相当な不満を抱いていたようだ。佐伯彰一は、『新潮』に掲載された「英訳日本小説による感想——東は東？」において、『野火』の第三章の冒頭文「私はいつか歩き出してゐた。歩きながら、私は今襲はれた奇怪な観念を反芻してゐた。その無稽さを私は確信してゐたが、一種の秘密な喜びで、それに執着するものが、私の中にあつたのである」という箇所が英訳では、「私はいつか知らぬ間に、ふたたび森の小路を歩き出していた」と訳出され、重要な内省部分がいとも簡単に切り捨てられたと指摘し、「モリス氏は、西欧の読者のためを思う余り、いささか口当りのよさをねらいすぎたのではあるまいか」との批判を展開している（『新潮』第58巻２号〔1961〕、47頁）。この記事を目にした大岡から届いた便りについて、佐伯は後に、「モリスに対して、色々と言い分、不満をいだいておられたらしく、私の小エッセイを読んで、「さらに、もっと思い切って激しく！」といった大岡氏一流の論争をけしかけるようなお便りを頂いたことがあった」と振り返っている。『回想（メモワール）——私の出会った作家たち』文藝春秋、2001年、136頁。
12　*Nobi/ Fires on the Plain*: Manuscript Record (6/11/56).
13　A letter from Harold Strauss to Ivan Morris, July 24, 1956.
14　A letter from Fredric Warburg to Harold Strauss, 17 July, 1956.　併せて Trade Editorial Publication Proposal を参照すると、閲読者がウィルソンであったことが判明する。
15　A letter from Harold Strauss to Ivan Morris, July 24, 1956.
16　アリストテレース「詩学」『アリストテレース詩学・ホラーティウス詩論』松本仁助、岡道男訳、岩波文庫、1997年、42頁。
17　M. H. Abrams, *A Glossary of Literary Terms*, 8th edition (London: Thomson Learning, 2005), p. 235.
18　Memo from Harold Strauss to Blanche W. Knopf, July 12, 1956.
19　大岡昇平『野火』、58頁。
20　同上。
21　同上、60頁。
22　A letter from Harold Strauss to Ivan Morris, July 24, 1956.
23　A letter from JGP to Ivan Morris, 9 August, 1956.
24　*Ibid*.
25　*Ibid*.
26　大岡昇平「『野火』の意図」『大岡昇平全集』14、筑摩書房、1996年、174–175頁（初出：『文学界』10月号〔第７巻第10号、1953年10月１日、文藝春秋新社〕）
27　前掲「野火（初出導入部）」、143頁。

48　会話部分とダイアローグの性質の差異は、ノヴェルのダイアローグを和訳する際にも、当然のことながら難題を生み出す。大社淑子氏は、『アイヴィ・コンプトン＝バーネットの世界――権力と悪』（ミネルヴァ書房、2005年）において、「いつかサイデンステッカー氏と話す機会があったとき、コンプトン＝バーネットの作品は翻訳不可能だという点で意見が一致した」（292頁）という逸話を紹介するなかで、その翻訳を断念した理由について次のように述べている。「コンプトン＝バーネットの登場人物が語る言葉は決してやさしくはないが、意味はなんとか取れるにしても、そのニュアンスを日本語で伝えるのは至難の業なのだ。その上、縦横無尽の引用句や、そのひねり、パロディなど、難関が山ほどある。加えて、言葉の使い方で性格描写をするのであるから、少し間違えば命取りになりかねない」（292頁）。性格描写と密接に絡むダイアローグを翻訳する場合、本章で見てきた話し手の身元が要であるか、高夏であるかがさして小説の筋には大きく影響しない『蓼喰ふ虫』の場合とは異なり、些細な取り違えが人物造作やプロットに致命的なダメージを与えかねないということを物語っている。

49　E. G. サイデンステッカー、那須聖『日本語らしい表現から英語らしい表現へ』培風館、1962年、8–9頁。

第三章

1　吉田健一「解説」『野火』新潮文庫、1954年、181頁。

2　同上、181–182頁。サイデンステッカーもまた、谷崎潤一郎著『少将滋幹の母』を抜粋翻訳した経験について振り返るなかで、「この作品の文体は英訳するには理想的だったけれども、形式はかならずしも英訳に適当とは思えなかった」と述べ、「話の途中で、小説というよりエッセイの分野に脱線してゆくことがあまりに多く、英米の読者は、小説と銘うった作品の中にこうしたエッセイ風の脱線が出て来たのでは、やはり異和感をおぼえざるをえないだろう。そこで、抄訳という形を取ることで、原文の明晰さを伝えながら、同時にこの（西洋の常識からすれば）異例な形式は避けることができた」と、エッセイ風の特徴を持つ日本の小説の性質について触れている。詳しくは、E. G. サイデンステッカー、安西徹雄『スタンダード英語講座 第２巻　日本文の翻訳』大修館書店、1983年、205頁を参照。

3　大岡昇平『野火』『大岡昇平全集』３、筑摩書房、1994年、129–130頁。

4　大岡昇平「野火（初出導入部）」同上、138頁。

5　Shohei Ooka, *Fires on the Plain*, trans. by Ivan Morris (New York: Knopf, 1957), p. 236.

6　アイヴァン・モリス「『野火』について」武田勝彦訳『海』1969年８月号、170頁。原文は、同年に刊行された英訳ペンギン・ブックス版に序文として収録。

7　大岡昇平「『野火』におけるフランス文学の影響」『大岡昇平全集』16、筑摩書房、1996年、504頁（初出：『三田文学』８月号〔第59巻第８号、1972年８月１日〕。原稿は、同年５月に行なわれた講演に、大岡が大幅な加筆訂正をしたもの）。

の視界——近現代日本文化の変容と翻訳』思文閣出版、2012年、139–169頁を参照されたい。

32 A letter from Irving Kristol to Edward Seidensticker, July 16, 1953.

33 A letter from Irving Kristol to Edward Seidensticker, July 30, 1953.

34 A letter from Harold Strauss to Edward Seidensticker, October 29, 1953.

35 太宰治「雌について」『太宰治全集』2、筑摩書房、1998年、346–347頁（初出：『若草』第12巻第5号〔1936年5月1日刊〕）

36 このように次々と繰り出される対話（議論）を通じて臨場感が高められ、話が展開する流れは、太宰の「浦島さん」（『御伽草子』）における浦島と亀との対話場面を彷彿とさせる。こうした太宰の「直接話法的再現」については、菅原克也『小説のしくみ——近代文学の「語り」と物語分析』（東京大学出版会、2017年）37–38頁を参照されたい。

37 太宰治『太宰治全集』12、筑摩書房、1999年、82頁（昭和11年4月23日付の書簡）。

38 Edward G. Seidensticker, *Genji Days* (Tokyo: Kodansha International, 1977), p. 123.

39 例えば前掲『流れゆく日々』、204頁。サイデンステッカーは、『雪国』の翻訳の難しさがその「極度に切りつめた細部のうちに、作品の成否がかかっているから」だと述べ、その一例として「二人の人物が言葉を交わしている時、一方の言葉遣いがほんのわずかに変わっただけで、ガラリと状況が一変する」ところにあると説明する。これは文脈からして、主人公の島村が駒子のことを「いい女だ」と言ったところ、駒子がその意味するところを取り違え、怒りを滲ませる場面のことを指しているものと推察される。サイデンステッカーは、この場面を「緻密な会話を得意としたコンプトン＝バーネットと、多少似ていなくもない」と喩えている。

40 Seidensticker, *Genji Days*, pp. 123–124.

41 三島由紀夫「裸体と衣裳ー日記」『決定版 三島由紀夫全集』30、新潮社、2003年、103頁。（初出：「日記」『新潮』1958年4月〜1959年9月）

42 Ivy Compton-Burnett, *Manservant and Maidservant* (London: Victor Gollancz, 1972), p. 5.

43 このダイアローグと人物造作との密接な結びつきは、英語圏におけるダイアローグの役割の認識にも裏付けられる。M. H. エイブラムスの文学用語集の用語索引で "dialogue" を探すと、その用語説明が "characater and characterization" の項目にあることが判明する。M. H. Abrams, *A Glossary of Literary Terms*, 8th edition (London: Thomson Learning, 2005), p. 33.

44 谷崎潤一郎『細雪』上巻『谷崎潤一郎全集』第19巻、中央公論新社、2015年、9–10頁。

45 Studs Terkel, *Talking to Myself: A Memoir of My Times* (London: Harrap, 1986), p.4.

46 Bradford Smith, 'Japanese Family Chronicle', *Herald Tribune*, October 19, 1957.

47 Gregory Henderson, 'Big Guns Roll Up in the Fall Fiction Barrage From Japan ...', *The Washington Post*, October 13, 1957, E6.

5 A letter from Harold Strauss to Edward Seidensticker, September 23, 1953.
6 Manuscript Record of *Some Prefer Nettles*, 6/8/53.
7 *Ibid.*
8 谷崎潤一郎『蓼喰ふ虫』『谷崎潤一郎全集』第14巻、中央公論新社、2016年、183頁（初出：1928年12月4日から1929年6月19日にかけて『大阪毎日新聞』と『東京日日新聞』に連載。単行本は1929年11月に刊行）。
9 Manuscript Record of *Some Prefer Nettles*, 6/8/53.
10 *Ibid.*
11 A letter from Brewster Horowitz to Harold Strauss, September 3, 1953.
12 A letter from Harold Strauss to Edward Seidensticker, September 23, 1953.
13 A letter from Edward Seidensticker to Harold Strauss, September 30, 1953.
14 A letter from Edward Seidensticker to Harold Strauss, October 2, 1953.
15 Harold Strauss, TADE KUU MUSHI (Each to his Taste), 10/13/53.
16 A letter from Harold Strauss to Edward Seidensticker, October 14, 1953.
17 A letter from Harold Strauss to Edward Seidensticker, October 29, 1953.
18 *Ibid.*
19 A letter from Edward Seidensticker to Harold Strauss, April 8, 1954.
20 A letter from Harold Strauss to Edward Seidensticker, June 1, 1954.
21 *Ibid.*
22 谷崎潤一郎『文章読本』中央公論社、1934年、191頁。
23 同上、191–192頁。
24 同上、49頁。
25 Harold Strauss, 'Unusual Problems Involved in Translating Japanese Novels', *Publishers' Weekly*, November 13, 1954, p. 1966.
26 A letter from Harold Strauss to Edward Seidensticker, June 1, 1954.
27 'Notes on Conversation' from Edward Seidensticker to Harold Strauss, June 9, 1954.
28 *Ibid.*
29 *Ibid.*
30 例えば安西徹雄は、「日本語では、名詞の繰返しを英語ほど嫌わないように思う」と指摘している（『英文翻訳術』ちくま学芸文庫、1995年、72頁）。また、デイヴィッド・ロッジは『小説の技巧』（*The Art of Fiction*, 1992）において、ヘミングウェイの文にみる反復表現を例にあげつつ、「ここまで目立った語彙的・文法的反復を学校の作文でやったら、たぶん減点を食らうだろう」、「すぐれた文学的文章の伝統的なお手本に従うなら、文章には「優美な変化」を持たせねばならない。何かに二度以上言及するときには、二度目は別の言い方を考えるべきであって、構文にも同じく変化をつけるべきである」（『小説の技巧』柴田元幸、斎藤兆史訳、白水社、1997年、126頁）と、反復表現を許容できない英文作法について言及している。
31 一例としては、金志映の谷崎潤一郎著『痴人の愛』と吉本ばなな著『キッチン』を検討した研究があげられる。詳しくは、金志映「翻訳におけるジェンダーと〈女〉の声の再生——*Naomi* から *Kitchen* まで」井上健編『翻訳文学

53 *Ibid.*
54 *Ibid.*
55 *Ibid.*, ix.
56 Richard S. Israel, 'A Wonderer's Compelling Urge to Visit Home', *San Francisco Chronicle*, January 1955. 訳は、「放浪者の、止むにやまれぬ故国再訪の衝動」『大佛次郎自選集 現代小説』付録月報、No.1、7–8頁による。
57 'Homecoming', *Atlantic Monthly*, March 1955.
58 大佛次郎「あとがき」前掲『帰郷』、406–407頁（昭和47年7月1日付）。
59 Edward G. Seidensticker, 'Introduction', in *Some Prefer Nettles* (New York: Knopf, 1955), xiv.
60 *Ibid.*
61 *Ibid*, xv.
62 *Ibid.*
63 Yusuke Tsurumi, 'Lecture IV Modern Literature — The Novel, The Drama, and Poetry', in *Present Day Japan* (New York: Columbia University Press, 1926), p. 71.
64 Edward G. Seidensticker, 'Introduction', xvi.
65 A letter from Edward G. Seidensticker to Harold Strauss, April 4, 1954.
66 A letter from Harold Strauss to Edward Seidensticker, April 16, 1954.
67 *Ibid.*
68 A letter from Harold Strauss to Edward Seidensticker, June 1, 1954.
69 *Ibid.*
70 *Ibid.*
71 Ben Ray Redman, 'New-Old Japan', *Saturday Review*, June 4, 1955, p. 16.
72 *Ibid.*
73 Ralph Otwell, 'Conflict Dramatizes Old, New of Japan', *Chicago Sun-Times*, May 8, 1955.
74 'Around the world in fiction', *Atlantic Monthly*, July 1955, pp. 80–81.
75 A letter from Frank B. Gibney to Harold Strauss, December 10, 1954.
76 A letter from Harold Strauss to Edward Seidensticker, December 7, 1955.
77 A letter from Harold Strauss to Edward Seidensticker, December 30, 1955.
78 川端康成発エドワード・サイデンステッカー宛書簡、昭和30年9月24日付。
79 鶴見祐輔「失望させない作家」『鶴見祐輔著作集』第3巻、学術出版会、2010年、45–46頁（1948年6月24日付）。
80 同上、46頁。
81 石塚義夫『鶴見祐輔資料』講談社出版サービスセンター、2010年、256頁。

第二章

1 前掲『流れゆく日々』、204頁。
2 A letter from Howard Hibbett to Harold Strauss, January 6, 1953.
3 A letter from Edward Seidensticker to Harold Strauss, June 4, 1953.
4 A letter from Harold Strauss to Edward Seidensticker, July 1, 1953.

るとともに、「日本語にはそんな問題はない。「これとあれの間」もしくは「これもあれも」でいいわけですから」（170頁）と、江藤の主張した翻訳傾向の違いの要因を両言語の特性の違いに見いだしているのも興味深い。

34 例えば「日欧文化の対称性と非対称性」の追記には、日本比較文学会全国大会（1987年6月、同志社女子大学）のシンポジウムの講演でも、地名・固有名詞に関する部分と同様の内容を発表したことが記されている。詳しくは、前掲『言葉と沈黙』203頁を参照。

35 Edward Seidensticker, 'Translation: What Good Does it Do?' in *Literary Relations East and West*, ed. by Jean Toyama and Nobuko Ochner (Honolulu: University of Hawaii Press, 1990), p. 180.

36 *Ibid.*, p. 181.

37 Harold Strauss, 'Unusual Problems Involved in Translating Japanese Novels', *Publishers' Weekly*, November 13, 1954, p. 1966.

38 *Ibid.*

39 大佛次郎『帰郷』『大佛次郎自選集 現代小説』第4巻、朝日新聞社、1972年、274頁。Jiro Osaragi, *Homecoming* (New York: Knopf, 1955), p. 206.

40 前掲『帰郷』、276頁。Osaragi, *Homecoming*, p. 208.

41 前掲『帰郷』、280頁。

42 Osaragi, *Homecoming*, p. 212.

43 前掲『帰郷』、276頁。

44 Strauss, 'Introduction', vi.

45 *Ibid.*

46 *Ibid.*, vii.

47 *Ibid.*

48 筆者は、原文でこの "melancholy" と "unfulfillment" が日本語の何を指すのかわからず、『帰郷』の原文を確かめて初めて、「わび」「さび」の訳語であることを知った。鈴木貞美・岩井茂樹共編『わび・さび・幽玄――「日本的なるもの」への道程』（水声社、2006年）の第九章「日本庭園の「わび」「さび」「幽玄」はどう外国に紹介されたか」（山田奨治著、483−499頁）を参照したところ、ホロヴィッツの訳と符合する訳語は見当たらなかった。英語圏で "wabi", "sabi" という言葉自体がいつ頃から使われ始めたのかという問いについてはさらなる追究が必要ではあるが、ここでは今後の研究課題として覚書程度にとどめておく。

49 英訳版『帰郷』の刊行時までには、ロレイン・カックの『京都百名園』（*One Hundred Kyoto Gardens*, 1936）や『日本庭園の芸術』（*The Art of Japanese Gardens*, 1940）などを通じて、龍安寺を含む京都の庭園が英語圏で紹介されていた。詳しい経緯については、山田奨治『禅という名の日本丸』（弘文堂、2005年）の第六章に収録された「龍安寺と禅の紹介者たち」（281−286頁）を参照されたい。

50 Strauss, 'Introduction', vii.

51 *Ibid.*

52 *Ibid.*, viii.

18 同上、109頁。

19 鶴見の主な活動の一つには、この太平洋問題調査会（IPR: Institute of Pacific Relations）での活動が挙げられる。鶴見は、第1回太平洋会議（1925年）から第二次世界大戦を機に日本が脱退する前の第6回太平洋会議（1936年）に至るまで全会議に出席し、講演者や運営を担い、積極的な活動を展開していた。鶴見と太平洋問題調査会との関わりについては、前掲『広報外交の先駆者——鶴見祐輔 1885–1973』に詳しい考察がある。

20 前掲「摩天楼を指さす」、165–166頁。

21 同上、166頁。

22 'Obituaries: Rae Delancey Henkle', *Publishers' Weekly*, December 7, 1935, p. 2087.

23 鶴見祐輔「ビーアドさんの思出」『鶴見祐輔著作集』第4巻、学術出版会、2010年、16頁（1948年10月11日執筆）。

24 Charles A. Beard, 'Prefatory Note', in *The Mother* (New York: Rae D. Henkle, 1932), vii–viii.

25 *Ibid.*, xi.

26 *Ibid.*, xi–xii.

27 *Ibid.*, xii.

28 西欧における能の紹介については、堀まどか『「二重国籍」詩人　野口米次郎』（名古屋大学出版会、2012年）の第六章第四節を参照。同書では、アーネスト・フェノロサが西欧に能を紹介する以前に、野口との交流を通じて、ウィリアム・バトラー・イェイツが能を知った経緯が明らかにされている。

29 Charles A. Beard, 'Prefatory Note', xii.

30 Harold Strauss, 'Introduction', vi. 第二次世界大戦後にアメリカで好評を博した展覧会の一例としては、ニューヨークを含むアメリカの5都市を巡った日本古美術大展覧会（1953）などが挙げられる（矢代幸雄「戦後海外における日本古美術大展覧会の開催」『私の美術遍歴』岩波書店、1972年、377–414頁）。また、シュトラウスが序文を手掛けていた頃、ベストセラー作家であるジェイムズ・ミッチェナーの浮世絵に関する本 *The Floating World* (New York: Random House,1954) が刊行されている。シュトラウスが英訳版『帰郷』の序文においてわざわざ "floating world" という言葉を用いていることから、その本の存在を意識していたとも推察される。

31 *Ibid.*

32 江藤淳「日欧文化の対称性と非対称性」『言葉と沈黙』文藝春秋、1992年、200–201頁。（初出『文學界』1989年1月号）

33 江藤淳、クロード・レヴィ＝ストロース「神話と歴史のあいだ」前掲『言葉と沈黙』167–168頁。（初出『諸君！』1989年1月号）。江藤の「西洋の翻訳家の方が外国の文学的成果の受け入れにおいて柔軟性を欠いている」「私ども日本人の方が、おそらくはるかに柔軟である」という発言に対し（169頁）、レヴィ＝ストロースが「おそらくそれは、日本語の構造のほうがはるかに柔軟性に富むからでしょう。ご存知のように、フランス語、英語、あるいはドイツ語では「これかあれか」の二者択一しかありませんから」と述べ

第一章

1 Harold Strauss, 'Introduction', in *Homecoming* (New York: Knopf, 1955), xii–xiii.

2 Strauss, 'Unusual Problems Involved in Translating Japanese Novels', p. 1968.

3 Harold Strauss, 'Introduction', in *Homecoming*, vi.

4 英訳版『帰郷』の序文に言及した記事・研究には、村松定孝、武田勝彦共著『海外における日本近代文学研究』（早稲田大学出版部、1968年）に収録された「ハロルド・シュトラウスの『帰郷』論」（武田）、「シュトラウスと大佛次郎」（村松）などがある。だが、それらの考察範囲は、あくまでも同著の序文内容の紹介にとどまり、生成経緯はもちろんのこと、このような問いについて十分な考察がなされることはなかった。

5 H. W. "Report on HOMECOMING", 3/4/54.

6 Harold Strauss, 'Introduction', in *Homecoming*, v.

7 この英訳については、河野至恩氏による論文「一九一〇年代における英語圏の日本近代文学――光井・シンクレア訳『其面影』をめぐって」『日本文学の翻訳と流通――近代世界のネットワークへ』（河野至恩、村井則子編、勉誠出版、2018年、31–48頁）に詳しい考察がある。

8 例えば、前掲『越境する言の葉――世界と出会う日本文学』付録資料「日本文学翻訳史年表（1904–2000年）」。この翻訳史年表では、海外の翻訳者に限らず、日本人による翻訳も含め、「文学史上の意義及び翻訳の多寡」を選定基準とし、比較文学の視座から重要と判断された翻訳を中心に日本文学の翻訳史を描き出している。この選定基準が鶴見の『母』の除外に関係していると見ることもできよう。また、国際交流基金の「日本文学翻訳作品データベース」においても、筆者が閲覧した時点（2022年6月16日）では、『母』は登録されていない。

9 A letter from Harold Strauss to A. F. Frink, June 25, 1954.

10 澤地久枝『ひたむきに生きる』講談社、1986年、110頁。

11 英訳版『母』の出版経緯は、上品和馬『広報外交の先駆者――鶴見祐輔 1885–1973』（藤原書店、2011年）において、外交史の視座から略述されているが、ここでは鶴見と日本の小説の英訳との関わりに焦点を絞り、同時代の日本の小説を英訳する試みの先駆けとして英訳版『母』が果たした役割を浮き彫りにすることに注力した。

12 鶴見祐輔「摩天楼を指さす」『欧米大陸遊記』大日本雄弁会講談社、1933年、165頁。

13 同上。

14 Yusuke Tsurumi, *Present Day Japan* (New York: Columbia University Press, 1926), pp. 58–94.

15 鶴見祐輔「日本文学の世界化」『北米遊説記　附・米国山荘記』大日本雄弁会講談社、1927年、124–125頁。

16 講義の全容については、前掲『北米遊説記　附・米国山荘記』96–98頁に詳しい記述がある。

17 「市俄古大学の講演」前掲『欧米大陸遊記』108–109頁。

phia: Orient/ West Incorporated, 1965) [First appeared in *Orient/ West Magazine*, 8.2 (1963)], p. 326など。

29 Edward Seidensticker, 'The Reader, General and Otherwise', *The Journal-Newsletter of the Association of Teachers of Japanese*, 2. 1/2 (1964), pp. 21–22.

30 Edward Seidensticker, 'Translation: What Good Does it Do?' in *Literary Relations East and West*, ed. by Jean Toyama and Nobuko Ochner (Honolulu: University of Hawaii Press, 1990), p. 178.

31 James L. W. West III, *American Authors and the Literary Marketplace since 1900* (Philadelphia: University of Pennsylvania, 1988), p. 22.

32 A letter from Harold Strauss to John Nathan, May 14, 1965. イギリスでも同様の傾向が見られる。詳しくは前掲書 Blond, *The Publishing Game*, p. 34を参照。

33 大木ひさよ「川端康成とノーベル文学賞――スウェーデンアカデミー所蔵の選考資料をめぐって」『京都語文』第21号（2014）、42–64頁。

34 A letter from Harold Strauss to Fredric Warburg, December 21, 1972.

35 A letter from Harold Strauss to Donald Keene, July 14, 1971.

36 A letter from Edward G. Seidensticker to Anthony Chambers, March 29, 1969.

37 Donald Keene, 'Kawabata Yasunari', in *Five Modern Japanese Novelists* (New York: Columbia University Press, 2003), p. 24.

38 エドワード・G・サイデンステッカー『流れゆく日々』安西徹雄訳、時事通信社、2004年、187頁。

39 A letter from Harold Strauss to Fredric Warburg, December 21, 1972.

40 アンドレ・シフレン『理想なき出版』柏書房、2002年、151頁。

41 例えば、『帰郷』の英訳は、当時のアメリカの出版市場では珍しく、刊行の三年後も一定数の売り上げを変わらず維持している。詳しくは A letter from Harold Strauss to Edward Seidensticker, March 7, 1958. を参照のこと。

42 前掲『流れゆく日々』186頁を参照。

43 A letter from Harold Strauss to Ivan Morris, March 24, 1960.

44 Lewis Nichols, 'An American Notebook', *The New York Times Book Review*, November 10, 1968, p. BR58.

45 March 4, 1971, *The New York Times*, p. 32.

46 「第三回国際文化交流シンポ――ノーベル文学賞陰の実力者」では、『個人的な体験』の英訳（1969）が高く評価されたにもかかわらず、売り上げ不振により出版社が大江作品の版権を手放すことになった経緯、及び「アジア圏の作家の場合は、実績がなければ続けて出版されない」日本文学の英訳出版の実情が明かされている（『読売新聞』1995年７月20日付朝刊東京版13面）。

47 Alfred A. Knopf, *Publishing Then and Now: 1921–1964* (New York: The New York Public Library, 1964), p. 5.

48 *Ibid.*, p. 6.

49 A letter from Harold Strauss to Meredith Weatherby, September 16, 1955, in *Dictionary of Literary Bibliography, Volume 355*, p. 417.

月12日付夕刊３面。

15 Strauss, 'Editor in Japan', p. 59.

16 例えば、Edward Fowler, 'Rendering Words, Traversing Cultures: On the Art and Politics of Translating Modern Japan Fiction', *Journal of Japanese Studies*, 18.1 (1992), pp. 1–44. また、冷戦文学として川端文学を読み直したマイケル・ボーダッシュ「冷戦時代における日本主義と非同盟の可能性――『美しい日本の私』再考察」坂井セシル、紅野謙介、十重田裕一、マイケル・ボーダッシュ、和田博文編『川端康成スタディーズ――21世紀に読み継ぐために』（笠間書院、2016年）207頁など。

17 Japanese P. E. N. Centre, *Report: Compte-rendu* (Tokyo: Japanese P. E. N. Centre, 1957), p. 59.

18 この選集に短篇や小説の抜粋が収録された作家は次の通り。仮名垣魯文、服部撫松、河竹黙阿弥、坪内逍遥、二葉亭四迷、樋口一葉、国木田独歩、夏目漱石、島崎藤村、田山花袋、永井荷風、石川啄木、森鷗外、泉鏡花、中勘助、志賀直哉、菊池寛、久米正雄、芥川龍之介、小林多喜二、横光利一、火野葦平、川端康成、谷崎潤一郎、太宰治、林芙美子、三島由紀夫。

19 スティーヴン・スペンダー、アンガス・ウィルソン、ヨゼフ・ロゲンドルフ、エドワード・サイデンステッカー／刈田元司（司会・訳）「作家と現代世界」『ソフィア――西洋文化並に東西文化交流の研究』第６巻４号、1957年、９頁。

20 Harold Strauss, 'Unusual Problems Involved in Translating Japanese Novels', *Publishers' Weekly*, November 13, 1954, p. 1967.

21 例えば、日本比較文学会五十周年記念に際して刊行された論集『越境する言の葉――世界と出会う日本文学』（彩流社、2011年）の付録資料「日本文学翻訳史年表（1904–2000年）」（1–45頁）。

22 Strauss, 'Unusual Problems Involved in Translating Japanese Novels', p. 1967.

23 Keene, *Chronicles of My Life: An American in the Heart of Japan*, p. 96.

24 A letter from Harold Strauss to Nobuko Faith Barcus, September 7, 1972. 当初プログラムでは、存命中の作家のみを英訳対象としていたが、1970年の三島由紀夫の死、1972年４月の川端の自殺などを経て、この書簡が記された1972年時点では、選定基準が「最近亡くなった作家も含む」という条件へと変更されている。

25 A letter from Harold Strauss to Earl Miner, March 29, 1974.

26 A letter from Harold Strauss to Donald Keene, July 6, 1956, in *Dictionary of Literary Bibliography, Volume 355: The House of Knopf, 1915–1960*, ed. by Cathy Henderson and Richard W. Oram (Michigan: Gale, 2010), p. 419.

27 Russell Lynes, *The Taste-Makers* (New York: Harper & Brothers, 1954), p. 320. [First appeared as 'Highbrow, lowbrow, middlebrow', *Harper's*, February Issue (1949)]

28 Edward Seidensticker, 'On Miner on Translating Japanese Poetry', *Orient/ West Magazine*, 7.1 (1962), pp. 18–19や 'Free versus Literal Translations', in *The Japanese Image*, ed. by Maurice Schneps and Alvin D. Coox (Tokyo and Philadel-

注

はじめに

1 大江健三郎、河合隼雄、谷川俊太郎『日本語と日本人の心』岩波書店、1996年、131頁。
2 Yasunari Kawabata, *Snow Country*, trans. by Edward G. Seidensticker (New York: Knopf, 1956), p. 3.
3 Larry Walker, 'Unbinding the Japanese Novel in English Translation: The Alfred A. Knopf Program, 1955–1977' (doctoral dissertation, University of Helsinki, 2015).
4 最近では、当時の文化冷戦などの国際政治情勢を踏まえつつ、日本文学の発掘経緯をたどった堀邦維『海を渡った日本文学――『蟹工船』から『雪国』まで』(書肆侃侃房、2023年)なども出ている。
5 *Words, Ideas, and Ambiguities: Four Perspectives on Translating from the Japanese*, ed. by Donald Richie (Chicago: Imprint Publications, 2000), p. 19などを参照。

1 手塚富雄訳『世界の詩集』第1巻、ゲーテ詩集、角川書店、1967年、240頁。

序章

1 Fredric Warburg, *All Authors Are Equal: The Publishing Life of Fredric Warburg 1936–1971* (New York: St. Martin's Press, 1973), p. 199.
2 三島由紀夫『三島由紀夫未発表書簡――ドナルド・キーン氏宛の97通』中央公論社、1998年、208–209頁(昭和45年11月付書簡)。
3 Anthony Blond, *The Publishing Game*, rev. edn (London: Jonathan Cape, 1972), pp. 65–66.
4 A letter from Fredric Warburg to Harold Strauss, September 22, 1971.
5 Warburg, *All Authors Are Equal: The Publishing Life of Fredric Warburg 1936–1971*, p. 199.
6 A letter from Harold Strauss to Fredric Warburg, December 21, 1972.
7 Donald Keene, *Chronicles of My Life: An American in the Heart of Japan* (New York: Columbia University Press, 2008), p. 31. およびドナルド・キーン『日本との出会い』(篠田一士訳、中央公論社、1975年)22頁。
8 A letter from Harold Strauss to Fredric Warburg, December 21, 1972.
9 A letter from Harold Strauss to Alfred and Blanche Knopf, October 31, 1952.
10 A letter from Harold Strauss to Howard Hibbett, December 18, 1952.
11 A letter from Harold Strauss to Alfred and Blanche Knopf, October 31, 1952.
12 Harold Strauss, 'Editor in Japan', *The Atlantic*, August 1953, p. 62.
13 A letter from Harold Strauss to Howard Hibbett, December 18, 1952.
14 ハロルド・ストラウス「アメリカにおける日本文学」『読売新聞』1957年2

A letter from Harold Strauss to Edward Seidensticker, January 7, 1972 [915.1]
A letter from Harold Strauss to Edward Seidensticker, January 12, 1972 [915.1]
A letter from Harold Strauss to Edward Seidensticker, January 13, 1972 [915.1]
A letter from Edward Seidensticker to Harold Strauss, January 22, 1972 [915.1]
A letter from Harold Strauss to Edward Seidensticker, January 26, 1972 [915.1]
A letter from Edward Seidensticker to Harold Strauss, February 2, 1972 [915.1]
Publishing Summary for AAK, The Master of Go [3/14/1972] [915.2]
Manuscript Order, Alfred A. Knopf, 4/11/72 [915.1]
A letter from Edward Seidensticker to Harold Strauss, April 23, 1972 [915.1]
A letter from Harold Strauss to Edward Seidensticker, May 2, 1972 [915.1]
A letter from Harold Strauss to Edward Seidensticker, May 5, 1972 [915.1]
A letter from Harold Strauss to Nobuko Faith Barcus, September 7, 1972 [914.6]
A letter from Eleanor French to Charles E. Tuttle, September 25, 1972 [941.4]
A letter from Harold Strauss to Edward Seidensticker, October 5, 1972 [779.8]
A letter from Harold Strass to Edward Seidensticker, October 13, 1972 [779.8]
A letter from Harold Strauss to Fredric Warburg, December 21, 1972 [916.4]
A letter from Harold Strauss to Earl Miner, March 29, 1974 [917.4]
Styling Memo, The Makioka Sisters (Sasame Yuki) [1476.1]
Planning Card for *Thousand Cranes* [1386. 2]
"The Makioka Sisters", Planning Card [1476.1]
"A Note About the Author/ Yasunari Kawabata", anonymous, undated [915.2]
Photostat of Jacket painting by Fumi Komatsu for "Snow Country." [1386.1]

コロラド大学ボルダー校ノーリン図書館所蔵
《Edward G. Seidensticker Papers》
A letter from Irving Kristol to Edward Seidensticker, July 16, 1953 [28.7]
A letter from Irving Kristol to Seidensticker, July 30, 1953 [28.7]
A letter from James Laughlin to Edward Seidensticker, November 9, 1954 [28.7]
Edward G. Seidensticker, Diaries, Ann Arbor, April 13, 1971–Tokyo, August 1, 1971 [7.8]

《Anthony H. Chambers Collection》
A letter from Edward G. Seidensticker to Anthony Chambers, March 29, 1969 [Folder 2]

日本近代文学館所蔵
《サイデンステッカーコレクション》
川端康成発エドワード・サイデンステッカー宛書簡、昭和三十年九月二十四日付

(Michigan: Gale, 2010)]
A letter from Harold Strauss to Edward Seidensticker, December 7, 1955 [210.3]
A letter from Harold Strauss to Edward Seidensticker, December 30, 1955 [210.3]
Nobi/ Fires on the Plain: Manuscript Record (6/11/56) [961.7]
Memo from Harold Strauss to Blanche W. Knopf, July 12, 1956 [215.7]
A letter from Fredric Warburg to Harold Strauss, July 17, 1956 [215.7]
A letter from Harold Strauss to Ivan Morris, July 24, 1956 [215.7]
A letter from JGP to Ivan Morris, August 9, 1956 [215.7]
A letter from Edward G. Seidensticker to Harold Strauss, November 24, 1956 [1419.3]
A letter from Harold Strauss to Donald Keene, December 18, 1956 [214.3]
A letter from Harold Strauss to Ivan Morris, December 18, 1956 [214.3]
A letter from Harold Strauss to Herbert Weinstock, March 15, 1957 [244.13]
Herbert Weinstock, report on A DUST OF SNOW, April 8, 1957 [1476.1]
A letter from Harold Strauss to Edward Seidensticker, April 16, 1957 [219.4]
A letter from Edward Seidensticker to Harold Strauss, April 23, 1957 [219.4]
A letter from Harold Strauss to Edward G. Seidensticker, May 13, 1957 [244.13]
A letter from Edward Seidensticker to Harold Strauss, June 29, 1957 [244.13]
A letter from Harold Strauss to Edward Seidensticker, March 7, 1958 [244.13]
A letter from Edward G. Seidensticker to Harold Strauss, March 19, 1958 [243.8]
A letter from Harold Strauss to Edward G. Seidensticker, March 24, 1958 [243.8]
A letter from Harold Strauss to Edward G. Seidensticker, June 30, 1958 [243.8]
A letter from Edward Seidensticker to Harold Strauss, August 15, 1958 [260.7]
A letter from Harold Strauss to Edward Seidensticker, August 26, 1958 [260.7]
A letter from Harold Strauss to Ivan Morris, September 22, 1958 [292.5]
A letter from Ivan Morris to Harold Strauss, October 3, 1958 [292.5]
A letter from Harold Strauss to Ivan Morris, October 17, 1958 [292.5]
A letter from Harold Strauss to Ivan Morris, March 24, 1960 [292.6]
A letter from Donald Keene to Harold Strauss, May 5, 1962 [390.11]
A letter from Harold Strauss to John Nathan, May 14, 1965 [440.3]
A letter from Harold Strauss to Fredric Warburg, August 2, 1968 [496.11]
Publishing Summary for AAK, 10/1/1969 [915.2]
A memo from Harold Strauss to himself, November 14, 1969 [915.2]
A letter from Edward Seidensticker to Harold Strauss, October 12, 1970 [779.8]
A letter from Edward Seidensticker to Harold Strauss, December 20, 1970 [779.8]
A letter from Harold Strauss to Edward Seidensticker, December 29, 1970 [779.8]
An agreement of THE CHAMPION by Yasunari Kawabata (March 26, 1971) [915.2]
A letter from Harold Strauss to Donald Keene, July 14, 1971 [916.3]
A letter from Fredric Warburg to Harold Strauss, September 22, 1971 [917.9]
A letter from Harold Strauss to Edward Seidensticker, December 15, 1971 [915.1]
A letter from Harold Strauss to Edward Seidensticker, December 28, 1971 [915.1]

The Arts Council of Great Britain: 23rd Annual Report and Accounts Year Ended 31 March 1968 (London: The Arts Council of Great Britain, 1968).
'The Nobel Prize Edition of Snow Country and Thousand Cranes', *The New York Times Book Review*, February 9, 1969, p. 45.
'The Sound of the Mountain', *The New York Times Book Review*, June 12, 1970.
'The Bobby and Boris Show', *LIFE* August 18, 1972, p. 8.
'If he loses, can Spassky go home again — and will he?', *LIFE* September 1, 1972, p. 61.
'New Book', *Go Review*, 12.2 (1972), p. 80.
'Yellow Jersey Press', <https://www.penguinrandomhouse.co.uk/publishers/vintage/yellow-jersey-press/> [accessed on January 15, 2016]
'The Nobel Prize in Literature 1929', <https://www.nobelprize.org/prizes/literature/1929/summary/> [accessed on November 14, 2017]

3　アーカイヴズ史料《所蔵資料館別、年次順》

＊各史料の保管ボックス、フォルダー番号については、項目末の括弧内を参照のこと。

テキサス大学ハリー・ランソム・センター所蔵
《Alfred A. Knopf, Inc. Records》
A letter from Harold Strauss to Howard Hibbett, December 18, 1952 [130.7]
A letter from Harold Strauss to Alfred and Blanche Knopf, October 31, 1952 [573.7]
A letter from Edward Seidensticker to Harold Strauss, June 4, 1953 [176.2]
A letter from Howard Hibbett to Harold Strauss, January 6, 1953. [130.7]
Manuscript Record of *Some Prefer Nettles*, 6/8/53 [1476.1]
A letter from Harold Strauss to Edward Seidensticker, July 1, 1953 [176.2]
A letter from Brewster Horowitz to Harold Strauss, September 3, 1953 [1476.1]
A letter from Harold Strauss to Edward Seidensticker, September 23, 1953 [176.2]
A letter from Edward Seidensticker to Harold Strauss, September 30, 1953 [176.2]
A letter from Edward Seidensticker to Harold Strauss, October 2, 1953 [176.2]
Harold Strauss, TADE KUU MUSHI (Each to his Taste), 10/13/53 [1476.1]
A letter from Harold Strauss to Edward Seidensticker, October 14, 1953 [176.2]
A letter from Harold Strauss to Edward Seidensticker, October 29, 1953 [176.2]
H. W. "Report on HOMECOMING", 3/4/54 [1436.7]
A letter from Edward G. Seidensticker to Harold Strauss, April 4, 1954 [176.2]
A letter from Edward Seidensticker to Harold Strauss, April 8, 1954 [176.2]
A letter from Harold Strauss to Edward Seidensticker, April 16, 1954 [176.2]
A letter from Harold Strauss to Edward Seidensticker, June 1, 1954 [176.2]
"Notes on Conversation" from Edward Seidensticker to Harold Strauss, June 9, 1954 [176.2]
A letter from Harold Strauss to A. F. Frink, June 25, 1954 [158.17]
A letter from Frank B. Gibney to Harold Strauss, December 10, 1954 [176.2]
A letter from Harold Strauss to Meredith Weatherby, September 16, 1955 [In *Dictionary of Literary Bibliography, Volume 355: The House of Knopf, 1915–1960*

1957).
—— *The Makioka Sisters*, trans. by Edward G. Seidensticker (London: Secker & Warburg, 1958).
Tebbel, John, *A History of Book Publishing in the United States, Volume III: The Golden Age between Two Wars 1920–1940* (R. R. Bowker Company: New York and London, 1978).
—— *A History of Book Publishing in the United States, Volume IV: The Great Change 1940–1980* (R. R. Bowker Company: New York and London, 1981).
Tsurumi, Yusuke, *Present Day Japan* (New York: Columbia University Press, 1926).
—— *The Mother* (New York: Rae D. Henkle, 1932).
Walker, Larry, 'Meditation and Memory: The Translation of Ōoka Shōhei's Nobi', 『京都府立大学学術報告（人文）』, 66 (2014), pp. 67–80.
—— 'Unbinding the Japanese Novel in English Translation: The Alfred A. Knopf Program, 1955–1977' (doctoral dissertation, University of Helsinki, 2015).
Walsten, David M., 'When a traditional game ceased to be an art of elegance', *Chicago Sun Times*, October 1, 1972, p. 19.
Warburg, Fredric, *All Authors Are Equal: The Publishing Life of Fredric Warburg 1936–1971* (New York: St. Martin's Press, 1973).
West III, James L. W., *American Authors and the Literary Marketplace since 1900* (Philadelphia: University of Pennsylvania, 1988).
Wilson, Angus, 'A Century of Japanese Writing', *Encounter*, 8. 4 (1957), pp. 83–85.
—— 'Jane Austen in Japan', *The Observer*, 27 April, 1958, p. 17.
—— *The Old Men at the Zoo* (London: Secker & Warburg, 1961).
—— 'A Moment of Crystal', *The Spectator*, 5 July, 1963, pp. 22–23.
—— *The Wild Garden or Speaking of Writing* (Berkeley and Los Angeles: University of California Press, 1963).
—— *Late Call*, (London: Secker & Warburg, 1964).
—— *No Laughing Matter* (London: Secker & Warburg, 1967).
—— 'The Dilemma of the Contemporary Novelist', in *Approaches to the Novel*, ed. by John Colmer (Edinburgh: Oliver & Boyd, 1967), pp. 115–132.
Wilson, Angus, and Oka, Teruo, 'An Interview with Angus Wilson', 『英語研究』 58. 12 (1969), pp. 4–13 [interview on 30 September, 1969]
Wilson, Angus, 'Is the Novel a Doomed Art Form?' 『英文学と英語学』 6 (1970), pp. 1–31 [talk given on 29 September 1969]
Wilson, Angus, and Frederick P. W. McDowell, 'An Interview with Angus Wilson', *The Iowa Review*, 3.4 (1972), pp. 77–105.
'Obituaries: Rae Delancey Henkle', *The Publishers Weekly*, December 7, 1935, p. 2087.
'Homecoming', *Atlantic Monthly*, March, 1955.
'Around the world in fiction', *Atlantic Monthly*, July, 1955, pp. 80–81.
Publisher's Weekly, May 27, 1957.
'This is Kobo Abé', *The New York Times*, September 14, 1964, p. 31.

—— *Fires on the Plain,* trans. by Ivan Morris (Baltimore: Penguin Books Inc., 1969).
Osaragi, Jiro, *Homecoming,* trans. by Brewster Horowitz (New York: Knopf, 1955).
Otwell, Ralph, 'Conflict Dramatizes Old, New of Japan', *Chicago Sun-Times,* May 8, 1955.
Porterfield, Christopher, 'Rustle of Wind', *TIME,* October 9, 1972, p. 87.
Redman, Ben Ray, 'New-Old Japan', *Saturday Review,* June 4, 1955, p. 16.
Richie, Donald., ed., *Words, Ideas, and Ambiguities: Four Perspectives on Translating from the Japanese* (Chicago: Imprint Publications, 2000).
Salter, George, 'The Book Jacket', in *Third Annual Exhibition Book Jacket Designers Guild 1950* (New York: the Book Jacket Designers Guild, 1950) [unpaginated]
Seidensticker, Edward, 'On Miner on Translating Japanese Poetry', *Orient/ West Magazine,* 7.1 (1962), pp. 17–20.
—— 'Free versus Literal Translations', in *The Japanese Image,* ed. by Maurice Schneps and Alvin D. Coox (Tokyo and Philadelphia: Orient/ West Incorporated, 1965) [first published in *Orient/ West Magazine,* 8.2 (1963)], pp. 317–326.
—— 'The Reader, General and Otherwise', *The Journal-Newsletter of the Association of Teachers of Japanese,* 2. 1/2 (1964), pp. 21–27.
—— *Genji Days* (Tokyo: Kodansha International, 1977).
—— *This Country, Japan* (Tokyo, New York, San Francisco: Kodansha International, 1979).
—— 'Translation: What Good Does it Do?' in *Literary Relations East and West,* ed. by Jean Toyama and Nobuko Ochner (Honolulu: University of Hawaii Press, 1990), pp. 177–184.
Smith, Bradford, 'Japanese Family Chronicle', *Herald Tribune,* October 19, 1957.
Steiner, George, 'Books: Gamesmen', *The New Yorker,* January 27, 1973, pp. 89–92.
—— *Fields of Force: Fischer and Spassky at Reykjavik* (New York: The Viking Press, 1974).
Strauss, Harold, 'Editor in Japan', *The Atlantic,* August 1953, pp.59–62.
—— 'Unusual Problems Involved in Translating Japanese Novels', *Publishers' Weekly,* November 13, 1954, pp. 1965–1968.
—— 'Introduction', in *Homecoming,* trans. by Brewster Horwitz (New York: Knopf, 1955), v–xiii.
—— *On the Delights of Japanese Novels* (New York: Knopf, 1957).
Taylor, Robert, 'Symbolism in the game of Go', *Boston Mass Morning Globe,* September 26, 1972.
Terkel, Studs, *Talking to Myself: A Memoir of My Times* (London: Harrap, 1986).
Tanizaki, Junichirō, *Some Prefer Nettles,* trans. by Edward G. Seidensticker (New York: Knopf, 1955).
—— 'The Firefly Hunt', trans. by Edward G. Seidensticker, in *Modern Japanese Literature: An Anthology,* ed. by Donald Keene (New York: Grove Press, 1956), pp. 383–386.
—— *The Makioka Sisters,* trans. by Edward G. Seidensticker (New York: Knopf,

Lee, John M., 'Kawabata, Japanese Novelist Who Won Nobel Prize, a Suicide', *The New York Times*, 17 April, 1972. p. 1, 7.
Longxi, Zhang, *Allegoresis: Reading Canonical Literature East and West* (Ithaca and London: Cornell University Press, 2005).
Lodge, David, *The Art of Fiction* (London: Martin Secker & Warburg, 1992).
Lynes, Russell, *The Taste-Makers* (New York: Harper & Brothers, 1954) [first published as 'Highbrow, lowbrow, middlebrow', *Harper's*, February, 1949].
MacNiven, Ian S., *"Literchoor Is My Beat": A Life of James Laughlin, Publisher of New Directions* (New York: Farrar, Straus and Giroux, 2014).
Maslin, Marsh, 'The Browser: Ailing Nippon Sisters', *The San Francisco Call Bulletin*, December 26, 1957.
McDonald, Jessica S., *Elliot Erwitt: Home Around the World* (New York: Aperture, 2016).
McManus, James, *Positively Fifth Street: Murderers, Cheetahs, and Binion's World Series of Poker*, Picador edition. (New York: Farrar, Straus and Giroux, 2007) [first published in 2003].
Mercier, Vivian, 'The Master of Go', *World Day*, September 12, 1972, p. 52.
Michener, James A., *The Floating World* (New York: Random House,1954).
—— 'A Japanese Comes Home', *Saturday Review*, January 22, 1955, p. 26.
Miner, Earl, 'The Seer and the Seen: Reflections on a Page of Kawabata's *The Sound of the Mountain*', in *Proceedings of the Nitobe-Ohira Memorial Conference on Japanese Studies*, ed. by Kinya Tsuruta (Vancouver: University of British Columbia, 1986), pp. 327–364.
Mishima, Yukio, *The Temple of the Golden Pavilion*, trans. by Ivan Morris (New York: Knopf, 1959).
—— *After the Banquet*, trans. by Donald Keene (New York: Knopf, 1963).
Morris, Ivan, 'Notes on Literary Translation From Japanese into English', *The Journal-Newsletter of the Association of Teachers of Japanese*, 2. 1/2 (May, 1964), pp. 1–3. [presented at the AAS, on March 20, 1964]
—— 'On Translating Saikaku', in *The Japanese Image*, ed. by Maurice Schneps and Alvin D. Coox (Tokyo and Philadelphia: Orient/West Incorporated, 1965), pp. 327–328. [first published in *Orient/West Magazine*, 4. 7 (1959)]
—— 'A Nobel Man's Masterwork', *San Francisco California Examiner*, October 6, 1972.
Nichols, Lewis, 'An American Notebook', *The New York Times Book Review*, November 10, 1968, p. BR58.
Nickianne Moody, Matthews, Nicole, *Judging a Book By Its Cover* (London and New York: Routledge, 2007).
Olson, Clarence E., 'Go As A Game, As A Way of Life', *St. Louis Post Dispatch*, September 23, 1972.
Ooka, Shohei, *Fires on the Plain*, trans. by Ivan Morris (New York: Knopf, 1957)
—— *Fires on the Plain*, trans. by Ivan Morris (London: Secker & Warburg, 1957)

Greenwood, Walter B., '"Thousand Cranes," A Japanese Story of Exquisite Artistry', *Buffalo Evening News*, February 28, 1959, B–6.
Henderson, Cathy and Richard W. Oram ed., *Dictionary of Literary Bibliography, Volume 355: The House of Knopf, 1915–1960* (Michigan: Gale, 2010).
Henderson, Gregory, 'Big Guns Roll Up in the Fall Fiction Barrage From Japan ...', *The Washington Post*, October 13, E6.
Howe, Victor, 'The Mastering the stone bead game', *Boston Mass, Christian Science Monitor*, October 11, 1972.
International House of Japan Library, ed., *Modern Japanese Literature in Translation: A Bibliography* (Tokyo: Kodansha International, 1979).
Israel, Richard S. 'A Wonderer's Compelling Urge to Visit Home', *San Francisco Chronicle*, January 1955.
Iwamura, Jane Naomi, *Virtual Orientalism: Asian Religions and American Popular Culture* (New York: Oxford University Press, 2011).
Japanese P. E. N. Centre, *Report: Compte-rendu*, (Tokyo: Japanese P. E. N. Centre, 1957).
Kataoka, Mai, 'Emending a Translation into "Scrupulous" Translation: A Comparison of Edward G. Seidensticker's Two English Renditions of "The Izu Dancer"', *Sokendai Review of Cultural and Social Studies* 12 (2016), pp. 83–101.
Kawabata, Yasunari, *Snow Country*, trans. by Edward G. Seidensticker (New York: Knopf, 1956).
—— *Tausend Kraniche* (Carl Hanser Verlag, 1956).
—— *Thousand Cranes*, trans. by Edward G. Seidensticker (New York: Knopf, 1958).
—— *The Sound of the Mountain*, trans. by Edward G. Seidensticker (New York: Knopf, 1970).
—— *The Master of Go*, trans. by Edward G. Seidensticker (New York: Knopf, 1972).
Keene, Donald. ed., *Modern Japanese Literature: An Anthology* (New York: Grove Press, 1956).
—— *Five Modern Japanese Novelists* (New York: Columbia University Press, 2003).
—— *Chronicles of My Life: An American in the Heart of Japan* (New York: Columbia University Press, 2008).
Klein, Christina, *Cold War Orientalism: Asia in the Middlebrow Imagination, 1945–1961* (Berkeley: University of California Press, 2003).
Knopf, Alfred A., *Publishing Then and Now: 1921–1964* (New York: The New York Public Library, 1964).
—— 'A Publisher Looks at Book Design', in *Portrait of a Publisher I: Reminiscences and Reflections* (New York: The Typophiles, 1965), pp. 84–88.
Laughlin, James, ed., *New directions in prose and poetry*, 10 (1948).
Ledbetter, James, 'When British Authors Write American Dialogue, or Try to', *The New Yorker*, October 24, 2017 <https://www.newyorker.com/books/page-turner/when-british-authors-write-american-dialogue-or-try-to> [accessed on May 7, 2018].

1957, p. 2.
Barr, Donald. *The New York Times Book Review*, October 13, 1957, cited in Book Review Digest, 1958.
Beardsley, Richard, '"Go": a clue to author's death', *Louisville, K. Y. Times*.
Beaton, Cecil, *Japanese* (New York: The John Day Company, 1959).
Blond, Anthony, *The Publishing Game*, rev. edn (London: Jonathan Cape, 1972).
Boyes, Ron. "Kawabata's Brilliant 'Master of GO', *The News & Obserber*, October 29, 1972.
Cheney, Frances Neal. 'Author's Favorite Translated', *Nashville Tennessean*, October 22, 1972.
Clements, Amy Root, *The Art of Prestige: The Formative Years at Knopf*, 1915–1929 (Amherst & Boston: University of Massachusetts Press, 2014).
Compton-Burnett, Ivy, *Manservant and Maidservant* (London: Victor Gollancz, 1972).
Dazai, Osamu, 'Of Women', trans. by Edward G Seidensticker, *Encounter*, 1. 1 (October 1953), pp. 23–26.
Dembo, Richard, dir., *La Diagonale du fou* (Dangerous Moves) (Gaumont, 1984) [on DVD]
Dingman, Roger, *Deciphering the Rising Sun: Navy and Marine Corps Codebreakers, Translators, and Interpreters in the Pacific War* (Annapolis: Naval Institute Press, 2009).
Drew, Ned and Paul Sternberger, *By its Cover* (New York: Princeton Architectural Press, 2005).
Fairburn, John, *Meijin's Retirement Game* (Richmond: Slate & Shell, 2010).
Firchow, Peter, 'Angus Wilson', in *The Writer's Place: Interview on the Literary Situation in Contemporary Britain*, ed. by Peter Firchow (Minneapolis: University of Minnesota Press, 1974), pp. 331–352.
Fowler, Edward, 'Rendering Words, Traversing Cultures: On the Art and Politics of Translating Modern Japanese Fiction', *The Journal of Japanese Studies*, 18. 1 (1992), 1–44.
Friedman, Alan, 'As if Nabokov had reported on Bobby and Boris', *The New York Times*, October 22, 1972, p.4.
Fuller, Edmund, 'The Science and Ritual of Go', *Wall Street Journal*, October 18 1972.
Gilder, Peter, 'Book Review: 'The Master of Go' by Yasunari Kawabata', *Go Review*, 13.2 (1973), pp. 72–74.
Glass, Loren, *Authors Inc.: Literary Celebrity in the Modern United States, 1880–1980* (New York and London: New York University Press, 2004).
Gottlieb, Robert, 'The Art of Editing No. 1', *Paris Review*, 132 (1994) <https://www.theparisreview.org/interviews/1760/robert-gottlieb-the-art-of-editing-no-1-robert-gottlieb> [accessed on December 2, 2016]
—— *Avid Reader: A Life* (New York: Farrar, Strauss and Giroux, 2016).

ジェイムズ・マクマナス『殺人カジノのポーカー世界選手権』真崎義博訳、文春文庫、2006年
正宗白鳥「今年を回顧して」『文芸』12月号（1954年）、河出書房（『川端康成作品論集成』第5巻、おうふう、2010年）
松本重治『上海時代』上、中公新書、1974年
三島由紀夫『三島由紀夫未発表書簡――ドナルド・キーン氏宛の97通』中央公論社、1998年
――『金閣寺』『決定版 三島由紀夫全集』6、新潮社、2001年
――「『金閣寺』創作ノート」『決定版 三島由紀夫全集』6、同上
――『鏡子の家』『決定版 三島由紀夫全集』7、新潮社、2001年
――「裸体と衣装―日記」『決定版 三島由紀夫全集』30、新潮社、2003年
――『文章読本』『決定版 三島由紀夫全集』31、新潮社、2003年
――『告白 三島由紀夫未公開インタビュー』講談社、2017年
水村美苗「ノーベル文学賞と「いい女」」『新潮』1月号（2011年）
村松定孝、武田勝彦共著『海外における日本近代文学研究』早稲田大学出版部、1968年
アイヴァン・モリス「『野火』について」『海』1969年8月号、中央公論社
矢代幸雄『私の美術遍歴』岩波書店、1972年
山田奨治『禅という名の日本丸』弘文堂、2005年
吉田健一「解説」大岡昇平『野火』新潮文庫、1954年
デイヴィッド・ロッジ『小説の技巧』柴田元幸、斎藤兆史訳、白水社、1997年
和田敦彦『書物の日米関係――リテラシー史に向けて』新曜社、2007年
――『越境する書物――変容する読書環境のなかで』新曜社、2011年
著者記載なし「川端康成」『文藝春秋』1972年6月号、文藝春秋
――「川端氏の名作「名人」が英訳出版」『読売新聞』1972年11月11日付夕刊
――「第三回国際文化交流シンポ――ノーベル文学賞陰の実力者」『読売新聞』1995年7月20日付朝刊（東京版）
国際交流基金データベース「日本文学翻訳書誌検索」https://jltrans-opac.jpf.go.jp/Opac/search.htm;jsessionid=C6418F74F0BD9BE85EF1BF0FCCF3CB5B（2022年6月16日閲覧）

2　英文、およびその他の外国語文献

《アルファベット順。同著者の場合、収録書籍の年次順、同収録書籍の場合、初出年次順》

Abé, Kobo, *The Woman in the Dunes* trans. by E. Dale Saunders (New York: Knopf, 1964).
Abrams, M. H., *A Glossary of Literary Terms*, 8th edition (London: Thomson Learning, 2005).
Adkins, Sam, 'Word Weaver's Tapestry on Japanese Life', *The Courier-Journal*, November 24, 1957.
Austen, Jane, *Pride and Prejudice* (London: Penguin, 2003).
Barr, Donald, 'For Love of a Geisha', *The New York Times Book Review*, January 6,

菅原克也『小説のしくみ――近代文学の「語り」と物語分析』東京大学出版会、2017年
アンドレ・シフレン『理想なき出版』柏書房、2002年
進藤純孝、伊吹和子「川端文学の原点」伊吹和子編『川端康成 瞳の伝説』PHP研究所、1997年
鈴木貞美、岩井茂樹共編『わび・さび・幽玄――「日本的なるもの」への道程』水声社、2006年
ハロルド・ストラウス「アメリカにおける日本文学」『読売新聞』1957年2月12日付夕刊
スティーヴン・スペンダー、アンガス・ウィルソン、ヨゼフ・ロゲンドルフ、エドワード・サイデンステッカー／刈田元司（司会・訳）「作家と現代世界」『ソフィア――西洋文化並に東西文化交流の研究』第6巻4号（1957年）、創文社
芹沢銈介『芹沢銈介全集』第27巻、中央公論社、1982年
太宰治「雌について」『太宰治全集』2、筑摩書房、1998年
――『太宰治全集』12、筑摩書房、1999年
谷崎潤一郎『文章読本』中央公論社、1934年
――『細雪』下巻、中央公論社、1953年
――『細雪』上巻『谷崎潤一郎全集』第19巻、中央公論新社、2015年
――『細雪』下巻『谷崎潤一郎全集』第20巻、中央公論新社、2015年
――「雪後庵夜話」『谷崎潤一郎全集』第24巻、中央公論新社、2016年
――「「細雪」瑣談」『谷崎潤一郎全集』第25巻、中央公論新社、2016年
――『蓼喰ふ虫』『谷崎潤一郎全集』第14巻、中央公論新社、2016年
鶴田欣也「英訳された俳句の問題点」『比較文学』第8号（1965年）
鶴見祐輔『北米遊説記　附・米国山荘記』大日本雄弁会講談社、1927年
――「この小説を書いたわけ」『母』大日本雄弁会講談社、1929年
――『欧米大陸遊記』大日本雄弁会講談社、1933年
――「失望させない作家」『鶴見祐輔著作集』第3巻、学術出版会、2010年
――「ビーアドさんの思出」『鶴見祐輔著作集』第4巻、学術出版会、2010年
中村真一郎「十八世紀の小説」『西欧文学と私』三笠書房、1970年
日本比較文学会編『越境する言の葉――世界と出会う日本文学』彩流社、2011年
日本ペンクラブ『日本ペンクラブ五十年史』日本ペンクラブ、1987年
ハーバート・パッシン『米陸軍日本語学校』加瀬英明訳、ちくま学芸文庫、2020年
H・ヒベット、E・G・サイデンステッカー「対談 日本文学の翻訳者　日本文学を語る」前掲『西洋の源氏 日本の源氏』
ヘルマン・ヘッセ「ガラス玉演戯」高橋健二訳『新潮世界文学』37「ヘッセII」新潮社、1986年
堀まどか『「二重国籍」詩人　野口米次郎』名古屋大学出版会、2012年
アール・マイナー『東西比較文学研究』明治書院、1990年
――『日本を映す小さな鏡』吉田健一訳、筑摩書房、1962年
牧野成一『ことばと空間』東海大学出版会、1978年

——、中山伊知郎「対談 日本文学の海外紹介」『読売新聞』1959年7月12日付朝刊
——「名人」『川端康成全集』第10巻、新潮社、1969年
——『小説の研究』講談社、1977年
——『千羽鶴』『川端康成全集』第12巻、新潮社、1980年
——「五拾銭銀貨」『川端康成全集』第1巻、新潮社、1981年
——「古い日記」『川端康成全集』第28巻、新潮社、1982年
——「京都行・湯澤行」同上
——「独影自命　十五」『川端康成全集』第33巻、新潮社、1982年
——「「伊豆の踊子」の装幀その他」同上
——「自著広告」同上
——『川端康成全集』補巻2、新潮社、1984年
——、三島由紀夫、佐伯彰一編『川端康成・三島由紀夫　往復書簡』新潮社、2000年
上林暁「名人」羽鳥徹哉、林武志、原善監修『川端康成作品論集成』第5巻、おうふう、2010年
ドナルド・キーン『日本との出会い』篠田一士訳、中央公論社、1975年
河野至恩、村井則子編『日本文学の翻訳と流通：近代世界のネットワークへ』勉誠出版、2018年
河野多惠子「谷崎文学の愉しみ（二十九）」『谷崎潤一郎全集』第25巻付録月報、中央公論社、1983年
E・G・サイデンステッカー、那須聖『日本語らしい表現から英語らしい表現へ』培風館、1962年
——「川端康成の世界——漂泊と哀愁の文学」『ソフィア』第18巻2号（1969年）
——「川端さんの『名人』を翻訳しながら」佐伯彰一訳、『読売新聞』1971年8月10日付朝刊
——、安西徹雄『スタンダード英語講座 第2巻　日本文の翻訳』大修館書店、1983年
——「紫式部に忠実であるということ——『源氏物語』を訳して」『西洋の源氏 日本の源氏』安西徹雄訳、笠間書院、1984年
——『流れゆく日々』安西徹雄訳、時事通信社、2004年
佐伯彰一「英訳日本小説による感想——東は東？」『新潮』第58巻2号（1961年）、新潮社
——「日本小説の時代」『群像』第24巻2号（1969年）、講談社
——『評伝 三島由紀夫』新潮社、1978年
——『外から見た日本文学』ティビーエス・ブリタニカ、1981年
坂井セシル、紅野謙介、十重田裕一、マイケル・ボーダッシュ、和田博文編『川端康成スタディーズ：21世紀に読み継ぐために』笠間書院、2016年
榊山潤「名人」前掲『川端康成作品論集成』第5巻
佐藤李青「英国のアーツカウンシルは日本の芸術文化政策のモデルとなりうるか？——『アーツカウンシル五〇年史』から見たアーツカウンシル運営の現実」日本文化政策学会第三回年次大会ポスター発表

出典・主要参考文献

1　和文《五十音順、同著者の場合、収録書籍の年次順》

アリストテレース「詩学」『アリストテレース詩学・ホラーティウス詩論』松本仁助、岡道男訳、岩波文庫、1997年
安西徹雄『英文翻訳術』ちくま学芸文庫、1995年
──『英語の発想』ちくま学芸文庫、2000年
石塚義夫『鶴見祐輔資料』講談社出版サービスセンター、2010年
リチャード・イズラエル「放浪者の、止むにやまれぬ故国再訪の衝動」『大佛次郎自選集 現代小説』付録月報 No.1、朝日新聞社、1972年10月
板坂元『日本人の論理構造』講談社現代新書、1971年
──「エディター東西考」『異文化摩擦の根っこ』スリーエーネットワーク、1988年
井上健編『翻訳文学の視界──近現代日本文化の変容と翻訳』思文閣出版、2012年
上品和馬『広報外交の先駆者・鶴見祐輔 1885-1973』藤原書店、2011年
江藤淳「日欧文化の対称性と非対称性」『言葉と沈黙』文藝春秋、1992年
江藤淳、クロード・レヴィ＝ストロース「神話と歴史のあいだ」江藤淳『言葉と沈黙』文藝春秋、1992年
大江健三郎、河合隼雄、谷川俊太郎『日本語と日本人の心』岩波書店、1996年
大岡昇平『野火』『大岡昇平全集』3、筑摩書房、1994年
──「野火（初出導入部）」『大岡昇平全集』3、同上
──「『野火』の意図」『大岡昇平全集』14、筑摩書房、1996年
──「『野火』におけるフランス文学の影響」『大岡昇平全集』16、筑摩書房、1996年
大木ひさよ「川端康成とノーベル文学賞──スウェーデンアカデミー所蔵の選考資料をめぐって」『京都語文』第21号（2014）
大社淑子『アイヴィ・コンプトン＝バーネットの世界──権力と悪』ミネルヴァ書房、2005年
大澤吉博「比較文学研究と翻訳」『比較文學研究』第69号（1996）、東大比較文學會
──『言語のあいだを読む──日・英・韓の比較文学』思文閣出版、2010年
大佛次郎「町の中の村」『水に書く』新潮社、1959年
──『帰郷』『大佛次郎自選集 現代小説』第4巻、朝日新聞社、1972年
──「あとがき」同上
川端康成『雪国』創元社、1937年
──『千羽鶴』筑摩書房、1952年
──「『呉清源棋談・名人』あとがき」『呉清源棋談・名人』文藝春秋新社、1954年

138, 139, 144, 145, 331
ペーパーバック　289, 301, 317-319, 321, 324
ペンクラブ　244, 277, 298, 331, 334
編集者　vii, 8-10, 13, 25, 30, 32, 33, 35, 36, 38, 41, 43, 50, 65, 80, 82, 90, 91, 93, 95, 97, 111, 112, 118, 130, 141, 144, 150, 157, 158, 161, 174, 191, 196, 230, 235, 237, 271, 275, 280, 281, 287, 288, 291, 306, 328
(国際)ペン大会　16, 327-333, 353
『豊饒の海』　5, 22, 294
翻訳
——者　vi-viii, 7, 8, 19, 24, 25, 30, 33, 34, 36-38, 41-43, 56-58, 65, 74, 80, 87, 93, 96, 118, 130, 144, 174-176, 178, 179, 181, 187, 188, 196, 198, 203, 228, 230, 236, 248, 257, 275, 276, 279, 287, 289, 296, 306, 308, 314, 334, 347, 353, 354
——手法　60, 62, 130, 171, 226, 227, 230
——文学　7, 25, 42, 270, 317, 324, 333, 342

ま・や・ら行

マンネリズム　179, 182, 198, 200
民間情報教育局(CIE)　9
模倣／模倣者　11, 13, 16-18, 329, 330, 332, 341, 351, 355
ユーモア　15, 83
ランダムハウス　32, 258, 318, 321, 322, 324
(アメリカ)陸軍日本語学校　9
冷戦　16, 17, 302, 303
連続性　141, 144, 145, 147, 350

73, 82, 139, 140, 147, 156-158, 202, 225, 234, 247, 250, 255, 256, 261, 265-267, 269, 271, 279, 303, 306
『高慢と偏見』 244, 335, 344
固有名詞 56-60
コングロマリット 32, 318, 321

さ 行

サスペンス 134, 148-151, 157, 158
GHQ／SCAP（連合国軍最高司令官総司令部） iii, 9, 10
時制 165, 167, 173-175, 178, 179, 181, 182, 186, 187, 190-192, 197
——感覚 173-175, 181
自然主義 336, 352
視点の浮遊／浮遊する視点 163, 165, 167, 173, 175, 182, 184, 190
主語（の統一、取り違え） 165, 167, 173, 347, 348, 352
商業出版 iv, 23
象徴 53, 64, 77, 224, 250
触発／インスピレーション ix, 55, 311, 313, 327, 332, 351, 355
書評 68, 78-80, 128, 244, 258-260, 266, 269, 299, 300, 302-307, 328-331, 333-337, 352
——システム 333
——者 25, 68, 69, 80, 128, 130, 260, 266, 300, 301, 303, 306, 352
——欄 33, 299
人物造作／性格描写 12, 67, 79, 126, 128, 331, 339
セッカー&ウォーバーグ社 7, 142, 147, 150, 157, 158, 288, 317, 318, 327, 328, 335
先行文学 241, 244, 245, 301, 303, 316
全米図書賞 34
想定読者 24, 25, 227, 271, 306
ソフトパワー 48

た 行

ダイアローグ 93, 97-99, 119, 122, 124, 126-128, 130
タイトル（の翻訳） 87, 233-236, 238-241, 243-246, 263, 270, 287, 288
タトル社 301
地名 56-62, 64
中央公論社 11, 281, 295
中間地帯 195
注釈 129, 227, 228
中動態 352
著者像 233, 264-266, 270, 271
読者層 iv, 22, 24, 319

な 行

ナラティブ／語り 52, 53, 78, 137, 138, 142, 144, 149, 150, 155, 170, 172, 301, 302, 312, 316, 332, 341, 343
ニュー・ディレクションズ社 6, 21, 227, 327, 334
能 53
ノヴェル 30, 31, 33, 42, 66, 78, 79, 124, 127, 128, 130, 133, 141, 144, 315, 316, 338, 354
ノヴェレッタ 30, 31
ノースウェスタン大学 8, 9
ノーベル文学賞 iii, iv, vi, 22, 27, 33, 34, 243, 258, 267, 268, 276, 280, 304, 305

は 行

話し言葉 92, 100, 101, 104, 111
反復表現 110, 111, 207
比喩／直喩／隠喩 202-205, 207, 208, 211, 214-216, 218, 219, 224-226, 228
フォード財団 21, 88
『ブッデンブローグ家の人々』 174, 243, 244, 335
プロット／筋書き 15, 67-69, 72,

事項索引

あ行

あいだ　vii, 36, 38, 130, 144, 157, 172, 190, 196, 287, 327, 341, 354
アーツ・カウンシル　335
異国趣味／異国情緒／エキゾティシズム／エキゾティック　16, 17, 23, 61, 245, 259, 263, 267, 268, 270, 329, 345
異質性　16, 42, 55, 72, 130, 339, 342, 352-354
イタリック　287-289, 349, 352
一族年代記／家族年代記　244, 270, 335, 337, 341
一般読者　iv, 23-25, 227, 261
異文化要素　42, 275, 285, 287, 289, 327
違和感　viii, 11, 53, 54, 68, 69, 72, 128, 138-141, 164, 165, 175, 186, 196, 197, 202, 203, 205, 207, 210, 211, 219-221, 225, 226, 229, 230, 307, 354
インターカルチュラル・パブリケーションズ社　21, 289
浮世　15, 62-64, 66, 74
エッセイ／小論　78, 133, 138
閲読者　35, 36, 141, 144, 327, 335
『エンカウンター』誌　21, 98, 99, 112, 328
エンディング　66, 67, 72-74, 76-79, 141-144, 343

か行

(アメリカ)海軍日本語学校　9, 80
改変　vi-viii, 110-112, 118, 134, 138, 140-144, 147, 149, 154, 158, 167, 170, 172, 233, 246, 270
解明部　66, 138, 144
会話
——小説　121, 122, 124
——部分　87, 88, 91, 97, 99, 104, 106, 111-113, 118, 120-122, 126-130, 143, 147, 149-151
——文　98-100, 104, 106, 107, 108, 110-112, 118, 119, 123, 126, 127
書き下ろし　31
語り手　161, 163, 165, 183, 184, 314, 346
歌舞伎　48, 67
規準／規範　vii, 38, 52, 54, 69, 70, 75, 80, 145-147, 172, 341, 354
脚注　58, 251, 286, 290
ギリシャ劇　52, 53
クノップフ社　iv-viii, 6-8, 10, 11, 14, 16, 18, 19, 21-24, 26, 30, 32-38, 41-45, 56, 67, 82, 83, 87, 91, 100, 104, 105, 112, 130, 134, 141, 142, 144, 147, 150, 157, 161, 171, 174, 176, 179, 182, 188, 190, 196, 198, 221, 227, 233, 235, 238, 241, 243, 244, 247, 254, 256-258, 260, 261, 263-268, 275, 276, 279-281, 289, 297, 298, 301, 307, 317-319, 321, 322, 324, 327, 335, 354
クライマックス／アンチクライマックス　140, 143, 144, 146, 338
グローヴ・プレス社　6, 17, 167, 328
グロッサリー(用語解説)　289
検閲　9
現実味／現実感(リアリティ)　126, 128, 130, 338, 339, 354
『源氏物語』　iv, 19, 71, 118, 119, 195, 277, 281, 293
原著者　vii, 7, 20, 42, 66, 69, 70, 72,

志賀直哉　191
島崎藤村　133, 329
嶋中鵬二　11
昭和天皇　250
進藤純孝　255
鈴木大拙　267

た　行

太宰治　21, 99, 111-113, 115, 118
谷崎潤一郎　iii-v, 5, 6, 14, 16, 18, 21, 22, 26, 27, 32, 70-73, 75-79, 87, 91-94, 96-98, 101, 103-105, 111, 127, 128, 161, 173, 183, 185, 195, 201, 214, 234, 237, 240, 253, 318, 319, 327, 331, 335-338, 343
俵屋宗達　252, 253
鶴見祐輔　20, 44-53, 55, 72, 82, 83
鄭寅燮　334
徳富蘆花　19

な　行

中山伊知郎　275
長与善郎　13
那須聖　128
夏目漱石　19
西脇順三郎　27
新渡戸稲造　50
野坂昭如　26, 27

は　行

林房雄　20
東山魁夷　249, 255
樋口一葉　72
火野葦平　20
二葉亭四迷　iv, 44
堀田善衛　12
本因坊秀哉　278, 304, 307

ま　行

前田青邨　252
牧野成一　185
正宗白鳥　306
三島由紀夫　iv, 5, 6, 14, 16, 22, 27, 30, 32, 37, 80, 120, 121, 128, 198-204, 207, 215, 221, 226, 230, 245, 253, 262-264, 267, 294, 297, 304, 318, 319, 327, 331, 334
村上春樹　ix, 354
紫式部　iv, 119-121

や　行

安田靫彦　255
八代佐地子　249
柳田邦夫　282
山岸外史　115
与謝野晶子　21
吉川英治　14, 26, 80
吉田健一　11, 133, 134
吉田謙吉　255
吉行淳之介　30

マキューアン、イアン　327
マクマナス、ジェイムズ　312-316
マクレガー、ロバート　334
マードック、アイリス　340
マラドーナ、ディエゴ　322
マン、トーマス　174, 243, 335
ミッチェナー、ジェイムズ　258
メイソン、リチャード　258
メイラー、ノーマン　34
モーパッサン、ギ・ド　329
モリス、アイヴァン　5, 6, 33, 138-144, 147, 149-151, 157, 196-201, 203-205, 207-209, 211-215, 218-221, 223-230, 258, 277
モリスン、トニ　280

ヤ・ラ・ワ行

ヤスダ、ケネス　21
ラインズ、ラッセル　24
ラスキン、エレン　253
ラフリン、ジェイムズ　21, 289
リチー、ドナルド　238
レヴィ＝ストロース、クロード　56, 57
レッシング、ドリス　280
レッドマン、ベン　78
ロゲンドルフ、ヨゼフ　329
ロック、ウィリアム　82
ロビンス、ヘンリー　141, 143, 144, 147
ロブ＝グリエ、アラン　338, 339
ロラン、ロマン　12
ワット、イアン　340

（漢字）

あ　行

青野季吉　16, 329
芥川龍之介　19
安部公房　27, 30, 263, 265, 319
安西徹雄　191
石川達三　11
石本シヅエ　20
井原西鶴　226, 227
伊吹和子　282, 296
井伏鱒二　115
巖谷一六　263
巖谷大四　262, 263
江藤淳　56-58
大江健三郎　iv-vi
大岡昇平　11, 14, 133, 139, 140, 142-144, 147, 149, 151, 155, 156, 258, 317, 331
大木ひさよ　27
岡鹿之助　255
尾形光琳　249
大佛次郎　9, 12-14, 18, 32, 41, 54, 63, 64, 68, 69, 74, 82, 83, 87, 185, 201, 227, 253, 257, 258, 280

か　行

開高健　26, 27
片岡鉄兵　20
川端康成　iii-v, 6, 11, 13, 14, 21, 26, 27, 32-35, 80, 82, 120, 183, 190, 195, 201, 237, 245, 246, 249-255, 259, 261-263, 266-270, 275-283, 289, 292-298, 301, 303-307, 310, 313-316, 318, 319, 322-324, 331
北園克衛　21
木谷實　307
黒島伝治　20
呉清源　278
河野多惠子　345
後藤新平　50
小林古径　247, 250, 255
小林多喜二　20

さ　行

佐伯彰一　352
佐藤いね子　19
佐藤春夫　76
澤地久枝　46
塩谷栄　19

112, 130, 141-144, 147, 149-151, 154, 157, 158, 173, 175, 176, 178, 179, 182, 183, 186-189, 196, 197, 199-205, 207-212, 214, 215, 218-221, 223-226, 228-230, 235-237, 239, 240, 246, 248, 250-256, 258, 259, 261, 264, 266-268, 276, 279-281, 288, 290-296, 298, 299, 301, 354
シュトラウス、ミルドレッド　45, 236
ショー、グレン・W　19
ジョイス、ジェイムズ　342
ショパン、フレデリック　43
スウォニムスキ、アントニ　334
スカッグス、チャールズ　253
スタイナー、ジョージ　302, 304, 305
スノー、C・P　340
スパスキー、ボリス　300-303
スペンダー、スティーヴン　21, 112
スミス、ブラッドフォード　128
ゾラ、エミール　329, 352
ソルター、ジョージ　256, 261

タ・ナ行

ターケル、スタッズ　127
タゴール、ラビンドラナート　iii
タトル、チャールズ・E　301
チェーホフ、アントン　329
チェンバーズ、アンソニー　30
チャイコフスキー、ピョートル・イリイチ　43
ツルゲーネフ、イワン　47, 329
ディラン、ボブ　280
デンボ、リシャール　303
ドストエフスキー、フョードル　47, 139
トルストイ、レフ　47, 338
ナボコフ、ウラジミール　299-301
ネイスン、ジョン　26

ハ　行

バー、ドナルド　244
バック、パール・S　258
パッシン、ハーバート　9
パティソン、ジョン・G　150, 151, 154, 157, 158, 328
バレステロス、セベ　322
ビアード、チャールズ・A　45, 50-55, 75
ピコリ、ミッシェル　303
ピコン＝サラス、マリアーノ　175
ビッシンジャー、H・G　322
ビートン、セシル　262-264, 266
ビニオン、テッド　312
ビニオン、ベニー　312
ヒベット、ハワード　11, 36, 88, 269, 276
ヒルトン、ジェイムズ　82
フィッシャー、ボビー　300-303
フェアバーン、ジョン　307-310
フォークナー、ウィリアム　34
フォザーリンガム、ウィリアム　322
フリンク、A・F　45
プルースト、マルセル　244
ブルーノ、フランク　322
フレンチ、エレノア　301
フロスト、ロバート　236
ブロンド、アンソニー　7, 317
ヘッセ、ヘルマン　304, 305, 329
ヘップバーン、オードリー　262
ヘラー、ジョーゼフ　280
ベロー、ソール　34
ヘンケル、レイ・D　49, 50
ヘンダーソン、グレゴリー　128, 244
ポーター、ウィリアム・N　19
ホロヴィッツ、ブリュースター　41, 65, 93, 96, 97

マ　行

マイナー、アール　23

人名索引

（カタカナ）

ア　行

アーウィット、エリオット　264
アーヴィング、ジョン　141
アリストテレス　145
イシグロ、カズオ　327
イムラック、ゲイリー　322
ウィギンス、ブラッドリー　322
ウィルソン、アンガス　18, 142-144, 327-345, 350-353, 355
ウェイリー、アーサー　19, 281
ウェザビー、メレディス　37
ウェスト、アンソニー　352
ウェスト三世、ジェイムズ・L・W　25
ウェーンストック、ハーバート　43, 45, 173-175, 179, 181, 237
ウォーバーグ、フレデリック　7, 8, 27, 32, 142, 143, 150
ウッドハウス、P・G　104
ウルフ、ヴァージニア　338, 339, 342
エイブラムス、M・H　145
オースティン、ジェーン　244, 335, 336, 339, 344

カ　行

カーマイケル、ホーギー　236
カミュ、アルベール　22
カルポフ、アナトリー　303
カルレッティ、フランチェスコ　175
ギブニー、フランク・B　80
キメイジ、ポール　322
ギルダー、ピーター　307
キーン、ドナルド　viii, 5, 6, 9, 18, 21, 23, 30, 32, 161, 167, 198, 199, 234-236, 276, 328, 329, 331
クノップフ、アルフレッド　7, 10, 21, 35, 45, 243, 257
クノップフ、アルフレッド・ジュニア（パット）　147-149, 157
クノップフ、ブランチ　10, 148, 149
グラス、ローレン　265
クリストル、アーヴィング　112
グルシキン、フィリップ　253
ゴウリッシュ、マシュー　312
ゴーゴリ、ニコライ　155
ゴットリーブ、ロバート　279-281, 290, 291
コマツ、フミ　246, 252-256
ゴールズワージー、ジョン　35, 244
コルチノイ、ヴィクトール　303
コンプトン＝バーネット、アイヴィ　119, 120, 122, 127, 128
コンラッド、ジョゼフ　35

サ　行

サイデンステッカー、エドワード・G　v, viii, 21, 24, 25, 30, 32-34, 56-58, 70-75, 77-81, 87-100, 105-107, 110-112, 118-122, 127-130, 160, 167, 171, 174, 175, 178, 182, 186-192, 195, 235-240, 249-255, 276-279, 281-284, 288-296, 298, 299, 307-311, 314, 315, 324, 328, 347, 352
シェイクスピア　v
シフリン、アンドレ　32
シュトラウス、ハロルド　6-20, 22, 23, 25-27, 30-34, 36, 37, 41-45, 54-56, 58-60, 62-68, 70, 72-78, 80-82, 87-100, 104-106, 108, 110,

片岡真伊

国際日本文化研究センター准教授、総合研究大学院大学准教授（併任）。1987年栃木県生まれ。ロンドン大学ロイヤルホロウェイ（英文学）卒業、ロンドン大学ユニバーシティ・カレッジ・ロンドン修士課程（比較文学）修了。総合研究大学院大学（国際日本研究）博士後期課程修了。博士（学術）。ロンドン大学東洋アフリカ研究学院（SOAS）シニア・ティーチング・フェロー、東京大学東アジア藝文書院（EAA）特任研究員を経て、2023年より現職。

日本《にほん》の小説《しょうせつ》の翻訳《ほんやく》にまつわる特異《とくい》な問題《もんだい》
——文化《ぶんか》の架橋者《かきょうしゃ》たちがみた「あいだ」

〈中公選書 147〉

著　者　片《かた》岡《おか》真《ま》伊《い》

2024年２月10日　初版発行

発行者　安部順一

発行所　中央公論新社
〒100-8152　東京都千代田区大手町1-7-1
電話　03-5299-1730（販売）
03-5299-1740（編集）
URL https://www.chuko.co.jp/

ＤＴＰ　市川真樹子
印刷・製本　大日本印刷

Published by CHUOKORON-SHINSHA, INC.
Printed in Japan　ISBN978-4-12-110148-8 C1395
定価はカバーに表示してあります。

中公選書　好評既刊

117
「敦煌」と日本人
――シルクロードにたどる戦後の日中関係

榎本泰子著

NHK特集「シルクロード」、平山郁夫の展覧会、井上靖『敦煌』の映画化……。八〇年代を席捲した、あの熱狂は何だったのか。日本人の大陸ロマンを検証し、日中関係の未来を考える。

119
ストックホルムの旭日
――文明としてのオリンピックと明治日本

牛村　圭著

明治日本はスポーツという「洋学」をどう受容したのか。漱石『三四郎』から競技指導書まであらゆるテクストを精読、「文明の頂点」とされたオリンピックに二選手が挑むまでを描く。

123
写真論　距離・他者・歴史

港　千尋著

実験成功から二百年、常時接続されたカメラが見つめる日常は刻一刻と「写真化」している。撮られる世界のほうが撮る人間のことを知っている画像の世紀に撮るべきものは残っているか。

133
大才子　小津久足
――伊勢商人の蔵書・国学・紀行文

菱岡憲司著

四つの名前を使い分けて生きた江戸時代最大の紀行文作家・小津久足。その営みを丹念に辿りながら、近代とは似て非なる、ありのままの江戸社会の姿を探る。

サントリー学芸賞受賞作

138
所有とは何か
――ヒト・社会・資本主義の根源

岸 政彦
梶谷 懐 編著

シェアがあるのに、なぜ人は所有を手放せないのか。経済学や社会学の第一線の研究者六人が、所有の謎をひもとき、人間の本性や社会の成立過程、資本主義の矛盾を根底から捉えなおす。

139
戦争とデータ
死者はいかに数値となったか

五十嵐元道著

近年、戦場での死者数は、国家や国連から統計学や法医学を駆使する国際的ネットワークが算出するようになった。「ファクト」を求める二〇〇年に及ぶ苦闘の軌跡。**大佛次郎論壇賞受賞作**

140
政治家 石橋湛山
――見識ある「アマチュア」の信念

鈴村裕輔著

戦前日本を代表する自由主義者・言論人は、戦後まもなく現実政治に飛び込む。派閥を率い、大臣を歴任し、首相となるも……。石橋は自らの政治理念を実現できたのか。その真価を問う。

141
ケネディという名の神話
――なぜ私たちを魅了し続けるのか

松岡 完著

衝撃的な暗殺から六〇年。良きにつけ悪しきにつけ、ケネディの遺産は今なお生き続けている。ケネディの魅力の源泉は何か。なぜ神話化が可能だったのか。生前・死後を包括的に検証する。

142
ホモ・サピエンスの宗教史
――宗教は人類になにをもたらしたのか

竹沢尚一郎著

宗教は人間にしか存在せず、人類進化の過程で生じた必然だった。ただし、いつ誕生したのかをはじめ、なぞに満ちている。宗教の変化を追うことで、人類の歴史を辿り直した壮大な書。

143
権力について
ハンナ・アレントと「政治の文法」

牧野雅彦著

暴力の支配するところに、本当の意味の権力は存在しない――世界の行く末が見通せない時代に、ますます重みを増すその思想を第一人者が読み解き、人間と政治の根源的な関係性を探る。

144
マッカーサー
――20世紀アメリカ最高の軍司令官なのか

リチャード・B・フランク著
ブライアン・ウォルシュ監訳
ウォルシュあゆみ訳

「天才的な軍人」でもなく、「中身のない大法螺吹き」でもない、生身の人間像が浮かび上がる。その言動や彼を取り巻く出来事は、アメリカの軍隊と軍人について知る上で示唆に富む。

145
明治六大巡幸
「報道される天皇」の誕生

奥 武則著

「可視化された天皇」の出現として位置づけられる明治六大巡幸と近代的新聞が次々に創刊された同時代性に着目し、当時の新聞が「国民国家」形成に果たした役割を明らかにする。